nero

Maryla Szymiczkowa

Come un fiore di papavero scuro

Traduzione di Barbara Delfino

Rizzoli

Pubblicato per

Rizzoli

da Mondadori Libri S.p.A.

ISBN 978-88-17-17660-6

Titolo originale dell'opera:
ROZDARTA ZASŁONA

Prima edizione: luglio 2025

Per le citazioni di R. Stevenson: *La strana avventura del dottor Jekyll*, traduzione di Alberto Nichel, collana Biblioteca fantastica moderna, Libreria Lombarda Editrice T. Antongini & C., 1905

Realizzazione editoriale: Netphilo Publishing, Milano

Come un fiore di papavero scuro

A Martin Pollack
non solo per L'imperatore d'America

* Nota per il lettore italiano: nel testo compaiono alcuni cognomi cosiddetti parlanti. Jednoróg, ad esempio, in polacco significa «unicorno», mentre Nosorożec significa «rinoceronte». Riferimenti a simili animali dotati di corno ritornano più volte nel testo, con valore simbolico.

PROLOGO

Nel quale per qualcuno una notte di piacere termina in modo estremamente spiacevole, e i piatti da portata devono attendere un ulteriore quarto d'ora prima di finire al loro posto nella credenza.

Quando il commissario Stanisław Jednoróg raggiunse la spiaggia ai piedi della villa dei Rożnowski, le dorate trombe d'emergenza avevano da tempo suonato la sveglia nelle caserme austriache sulla collina del Wawel, svettante al di sopra delle acque della Vistola nel pallido sole di aprile che attraversava la nebbia rimasta. Dalle finestre del secondo piano della torretta neogotica, due domestiche curiose osservavano la scena meravigliandosi di tutto: dei poliziotti che camminavano sulla riva del fiume, dei tre soldati ritti un po' in disparte e, soprattutto, del cadavere della ragazza sulla sabbia bagnata.

Giaceva supina, con i capelli sciolti che le coprivano il viso e scendevano in un'ampia onda castana sul petto. Una camicetta di lino bianco e una gonna blu scuro di stoffa spessa, ancora umide, aderivano a un corpo giovane che non poteva avere più di vent'anni. Se fosse passato di lì uno degli studenti dell'Accademia di Belle arti, avrebbe certamente pensato a un'Ofelia preraffaellita, ma a quell'ora, nel quartiere Dębniki, il cadavere era osservato solo da domestiche, semplici poliziotti, un commissario e dei soldati – dalle giacche azzurre e dai pantaloni e berretti rossi si poteva capire che erano ulani del Terzo Reggimento «Arciduca Carlo» –; in breve: gente poco avvezza all'arte.

Al massimo poteva trovarsi lì la moglie di uno dei pescatori locali o un venditore ambulante, ma gli studenti dell'Accademia neanche a volerlo. Un vero peccato, uno di loro avrebbe potuto appostarsi nelle vicinanze, poggiare il piede su una pietra e con tratti veloci abbozzare quel momento su un taccuino: mattino del 17 aprile 1895, quando le onde della Vistola depositarono sulla riva il corpo di una ragazza che sulla camicetta, lì dove ormai il cuore non batteva più, aveva una macchia rossa di sangue coagulato, come un grande fiore di papavero scuro. Al pubblico piacevano le scene drammatiche, tanto più se sullo sfondo c'era una chiara allegoria, ad esempio un vecchio tenebroso con tanto di mantello, a simboleggiare la morte, o un giglio spezzato.

Da dietro l'ansa della Vistola spuntarono altri due poliziotti, due sbarbatelli con una peluria bionda al posto dei baffi – le domestiche affacciate alla torretta prestarono, ovviamente, maggior attenzione a loro che non al rispettabile commissario, il quale invece sarebbe potuto piacere a un'altrettanto rispettabile matrona. Sugli avambracci tesi portavano dei panni gocciolanti; quando li posarono sulla sabbia accanto al cadavere, anche dalla torretta fu chiaro che si trattava di una giacca trovata sulla riva o tra i canneti della sponda, confezionata con la stessa stoffa blu scuro della gonna. Gli sbarbatelli se ne stavano lì immobili e fissavano ora il cadavere, ora il suolo, ora i soldati. Dietro di loro arrivò il medico legale, il dottor Albin Schwarz. Avrebbe dovuto essere già lì, per constatare il decesso, ma adesso attendeva un po' scocciato che portassero il cadavere nella sala anatomica; e forse è per questo che si avviò con i giovani poliziotti come se dovesse effettuare delle indagini, ma in realtà era per godersi una passeggiata, benché facesse ancora freddo per essere metà aprile.

Dal fondo della villa dei Rożnowski qualcuno urlò e le domestiche chiusero, sbattendole, le finestre e tornarono alle loro faccende. Era il mercoledì dopo Pasqua e bisognava ritirare nelle immense credenze i servizi da festa, l'argenteria, i grandi piatti da portata sui quali poco tempo prima era stato sistemato il cibo benedetto: rocchi di salsiccia, involtini di prosciutto, paste frolle e torte preparate con un mucchio di uova. Non c'era tempo per simili attrazioni.

PRIMA PARTE

CAPITOLO I

Nel quale tutto inizia alla Hitchcock, nato tuttavia quattro anni dopo, a Zofia tocca un incontro con la cugina e un'offesa, e a Ignacy un'uscita inaspettata.

Tutto iniziò con il terremoto. Quando la sera del sabato santo i Rombotyński rientrarono a casa dalla messa della resurrezione celebrata nella cattedrale, la moglie del professore non era proprio di ottimo umore, eufemisticamente parlando. La strada di ritorno dalla collina del Wawel la percorsero in compagnia dei Rostafiński: lui era segretario di facoltà all'Accademia delle Arti e delle Scienze, dove Zofia voleva ottenere una cattedra per Ignacy, mentre la moglie era molto attiva nella raccolta di fondi per il restauro della cattedrale, opera che di recente aveva assorbito l'attenzione di quasi tutte le signore in società. Sfortunatamente, all'altezza di piazza Wszyscy Święci (o Ognissanti) si imbatterono nella cugina Dutkiewiczowa con i figli, anche loro di ritorno a casa in via Floriańska. La Rombotyńska, nonostante le migliori intenzioni, non era mai riuscita a liberarsi del principio inculcatole dalla madre, secondo cui «i famigliari, sia chiaro, sono anche persone, sebbene parenti», quindi l'incontro non si limitò a uno scambio di inchini: i due gruppi si unirono e si incamminarono di buon passo, visto che la serata era fredda, lungo via Grodzka verso la piazza del mercato.

Quella che si annunciava come una piacevole passeggiata, da farsi alla luce verde delle lanterne a gas, si concluse con una spiacevole disputa di natura spirituale. Lo svolgimento della messa della resurrezione da sempre era molto commentato a Cracovia: si discuteva sull'accuratezza del sermone, sui canti del coro, sull'aspetto dei celebranti e cose simili, non necessariamente di questioni teologiche – ma alla fine, come insegna la storia della Chiesa, non era per questi motivi che si era giunti a scismi e reciproci anatemi. Questa volta tuttavia il diverbio riguardava una questione fondamentale, ovvero la superiorità del vecchio vescovo sul nuovo, come si ostinava a sostenere la Dutkiewiczowa, o di quello nuovo sul vecchio, come riteneva la Rombotyńska.

Alla pungente osservazione della cugina, secondo cui il defunto cardinale Dunajewski non viaggiava su una carrozza trainata da quattro cavalli e non sentiva il bisogno di sottolineare continuamente la propria indiscutibile rispettabilità, Zofia rispose con una breve affermazione accalorata: «Józefa, siamo a Cracovia!» come se questo spiegasse tutto. Poi aggiunse, nel caso in cui non fosse chiaro e fosse assolutamente necessaria un'altra spiegazione: «L'imperatore ha reso principi i vescovi di Cracovia, quindi è sotto ogni aspetto legittimo che, dopo la morte inattesa del cardinale l'estate scorsa, sul trono dei vescovi sieda un rappresentante dell'antica famiglia principesca dei Puzyna. La mitra della nostra città non è per le teste dei figli di ferrovieri, mercanti o che so io» disse agitando sprezzante la punta dell'ombrello.

«Zofia» ribatté la Dutkiewiczowa, «penso che attraverso te stia parlando il patriottismo locale.»

«Proprio così» rispose la Rombotyńska citando un proverbio tanto vecchio quanto abusato. «Se non ci fosse Cracovia, allora Cracovia sarebbe Roma.»

«Senza dubbio, ma avevo in mente un altro posto, mia cara...» disse la cugina con voce mielosa e punzecchiando con un sorriso la parente poco amata. «Non c'è da stupirsi che il vescovo Puzyna ti sia così caro, dopotutto è stato canonico di Przemyśl, la tua città natale, per molti anni, giusto?»

* * *

Così, quando la Rombotyńska diede la pelliccia a Franciszka, stava ancora fremendo dalla rabbia al ricordo dell'oltraggio subito per mano della Dutkiewiczowa, sotto gli occhi e soprattutto davanti alle orecchie dei Rostafiński. Che colpa ne aveva, lei, se era nata lì?

«E Karolina?» ruggì contro la cuoca, dando sfogo alla rabbia repressa per metà del tragitto di ritorno. «Perché quella ragazza non fa mai il suo dovere?»

Al che Franciszka, tanto confusa quanto spaventata, li informò che meno di un'ora prima Karolina aveva fatto fagotto e lasciato Cracovia, ma solo dopo «avermi comunicato le sue dimissioni».

Crollando sull'ottomana, la Rombotyńska riuscì a pronunciare una sola frase: «Questo... questo è... peggio della guerra».

* * *

La Pasqua nel Palazzo del Pavone si svolse in modo conforme alle circostanze. La moglie del professore, volente o nolente, dovette accollarsi alcuni dei compiti di Karolina, mentre il resto ricadde sulle spalle di Franciszka. Fortunatamente la maggior parte dei preparativi li avevano già sbrigati, ma tale soddisfazione era adombrata dalla rabbia che la Rombotyńska provava per «quella ragazza ingrata sparita senza una parola d'addio», cosicché l'atmosfera che regnava in casa era tutt'altro che allegra, e nei momenti più inaspettati si sentiva Zofia dire: «Ma in che mondo viviamo, accordare le dimissioni a una domestica!», o ancora: «Che indecenza!», o più semplicemente, con fare laconico: «È la fine del mondo». Nonostante questo, o forse addirittura per scacciare il malumore e occupare i pensieri con qualcos'altro, i Rombotyński, come quasi tutti gli abitanti di Cracovia, andarono a ottenere l'indulgenza del lunedì di Pasqua.

Era la prima volta, dopo mesi, che uscivano dal centro: il tempo era bello, il sole caldo – indubbiamente ormai primaverile – faceva capolino tra le nuvole, così pensarono di salire al tumulo di Kościuszko, ammirare la vista e godersi il panorama della città che si risvegliava dallo sfascio invernale. Tuttavia, questi audaci piani ambiziosi furono interrotti da una dolorosa colica di Ignacy («Te l'avevo detto di non fare il bis del dolce al papavero» sibilò Zofia) e la gita terminò con l'acquisto di una campanella in terracotta e un albero della vita che finì sulla credenza.

Il giorno successivo rimasero a casa e sul colle Lasota ci andò Franciszka, da sola, dopo essere stata avvertita dalla Rombotyńska di fare attenzione ai giovani che avrebbero potuto manifestare cattive intenzioni nei confronti delle ragazze non accompagnate che partecipavano alla festa di Rękawka. Il tempo trascorreva lentamente, scandito dallo squillo dell'*hejnał* della torre della basilica di Santa Maria, dal ticchettio dell'orologio sulla credenza in salotto e dalla progressiva scomparsa di dolcetti di pasta frolla, torte al formaggio e altre prelibatezze pasquali.

Il mercoledì successivo alla Pasqua, il tè pomeridiano dai Rombotyński prese una piega completamente diversa dal solito, e sarebbe stato ricordato a lungo nel Palazzo del Pavone. Iniziò con un cambiamento in apparenza insignificante. Non appena il professore si accorse che sulla prima pagina del «Tempo», invece della puntata di *Quo vadis?*, era stata pubblicata «una qualche sciocchezza inglese», si alzò irritato dalla poltrona per avvicinarsi al tavolo e prendersi una fetta di dolce al caramello. Zofia fece allora una cosa che non avrebbe mai fatto se fosse stata di buon umore: quasi inconsciamente si sedette nella poltrona di Ignacy e prese in mano il giornale che lui aveva lasciato sul tavolino.

«*La strana avventura del Dottor Jekyll*» sbuffò Ignacy dall'altra parte del tavolo. «Bella questa. Che un giornale serio pubblichi simili sciocchezze d'oltremare, è inaudito! E in più, al posto dell'ultimo romanzo del Maestro! Ma in che mondo viviamo?!»

Dopo aver dato un'occhiata alle «sciocchezze inglesi», che le sembrarono piuttosto interessanti, un po' nello stile del suo amato Poe, la Rombotyńska girò il giornale per dare una scorsa agli annunci di lavoro pubblicati sull'ultima pagina: sapeva di dover trovare al più presto una nuova ragazza, ma per qualche motivo non si decideva a farlo. Per rinviare l'inevitabile aprì allora il giornale e, partendo dal fondo, iniziò a leggere ad alta voce qualche notizia presa dalle rubriche meno importanti.

«*Durante una corrida a Barcellona, uno dei tori ha saltato la recinzione provocando un panico indescrivibile*» lesse Zofia. «*Uno dei gendarmi si è avvicinato all'animale scatenato e gli ha sparato con il fucile...*»

«È a questo che serve la polizia, mia cara, proprio a questo, a proteggere le persone dai pericoli, quali che siano...»

«*Il proiettile ha ucciso il toro, ma ha raggiunto anche uno degli spettatori che è morto sul colpo*» concluse Zofia. Le rispose il silenzio.

Girò pagina.

«CRONACA. *Tragico incidente. Ieri mattina 16 aprile, alle ore 8, sotto gli occhi di due testimoni accidentali, un cliente dell'Albergo della Rosa, il signor José Silva, giunto nella nostra città da Leopoli, e prima ancora dal lontano Brasile, si è tolto la vita con un colpo di pistola...*»

«La gente non ha nessuna vergogna, uccidersi a pochi giorni dalla Pasqua» commentò Ignacy, senza nemmeno alzare lo sguardo dal piatto con la torta.

«Ma almeno» disse la moglie in tono giustificativo «l'ha fatto lontano dai suoi cari, che potranno sempre dire che è deceduto per un aneurisma o che gli è partito un colpo mentre puliva la pistola.»

Sulla seconda pagina si imbatté in una notizia che la inchiodò alla poltrona.

«Ignacy, il terremoto!» strillò.

«Non esagerare, Zofia. Di tanto in tanto minacciano di farlo, ma il gabinetto del principe di Windisch-Graetz avrà ancora lunga vita, questa è la Monarchia del Danubio, non il Regno d'Italia. Naturalmente il principe è ancora molto lontano dal conte Taaffe, che è stato a capo del governo da... per quanto tempo è stato primo ministro?» si domandò il professore.

«In realtà, Ignacy, chi se ne importa di questi contrattempi politici ...» disse stizzita ma poco convinta la Rombotyńska, assorta nell'analisi attenta dell'articolo. «C'è stato un terremoto vero, in Slovenia, e nella Carnia... con epicentro a Lubiana... *Le scosse sono state violente e prolungate...*» lesse. «*In alcune località si sono protratte per tutta la notte.*»

«Sai che roba» bofonchiò Ignacy. «A Lubiana.»

Era risentito dell'irrispettosa risposta della moglie che, inoltre, si era appena calata nei suoi panni e gli leggeva le notizie del giornale.

«*Sono state avvertite scosse anche a Venezia, Firenze e Roma...*» continuò Zofia senza scoraggiarsi.

«A Roma?» borbottò lui.

«Già. E perfino a Vienna!»

«Mio Dio!» Ignacy si alzò bruscamente, facendo sobbalzare il tavolo; tintinnarono le posate e tremarono tazze, sottotazze e piattini. «Sua Maestà sta bene?! Leggi, sbrigati!» gridò, scuotendo via le briciole dal panciotto.

In quel momento suonò il campanello d'ingresso.

Un attimo dopo Franciszka entrò nel salotto – con cautela, per via delle urla che provenivano da lì. Si fermò sulla porta senza dire una parola, sperando che i coniugi si accorgessero di lei, ma aspettò a lungo, poiché la sua comparsa non suscitò l'interesse di Ignacy, né quello di Zofia, che aveva appena rassicurato il marito circa l'incolumità del sovrano. Pareva a entrambi che nulla di ciò che veniva a dire la domestica poteva essere paragonato alla notizia di un terremoto, per quanto verificatosi nella lontana Lubiana. E invece quanto si sbagliavano.

«Che c'è, Franciszka?» chiese infine Zofia, distogliendo malvolentieri lo sguardo dalle colonne del giornale. «Chi era? Il fattorino ha consegnato il carbone? Eppure gliel'avevo detto che dopo Pasqua non ne avremmo avuto più bisogno. Ormai inizia a far più caldo, e con quei prezzi poi...»

«È per voi... la polizia...» balbettò la ragazza stropicciando nervosamente un panno tra le mani.

«La polizia?!» esclamò la Rombotyńska alzandosi in piedi. «*Kyrie eleison!*»

Per una frazione di secondo le venne in mente la simpatica suor Alojza della congregazione delle suore della Carità, dalla bellezza discreta, che un anno e mezzo prima l'aveva aiutata a individuare l'assassino di Casa Helcel.* Ma si concentrò subito su cose in quel momento più importanti, come l'arrivo improvviso della polizia in una casa rispettabile.

«Stai tranquilla, Zofia, sicuramente non sarà nulla di grave» provò a rassicurarla Ignacy. E, dopo essersi scrollato di dosso le restanti briciole di torta, disse a Franciszka di «far accomodare i signori».

Ne entrò solo uno, molto magro, dall'aspetto di un topo malconcio. A prima vista il giovane dai capelli rossi e l'uniforme un po' troppo abbondante sembrava appartenere a una nuova generazione di agenti imperial-regi. Fece un inchino ai Rombotyński e si presentò.

«Cadetto Jan Erychleb, al vostro servizio.»

* M. Szymiczkowa, *La signora Mohr scompare*, Rizzoli, Milano 2024.

«A cosa dobbiamo questa visita inaspettata?» chiese subito Zofia, forse con un tono un po' più nervoso di quanto aveva previsto. «Questa è una casa rispettabile, signor...» aggiunse esitando, perché si rendeva conto di non sapere esattamente come avrebbe dovuto rivolgersi a un poliziotto di così basso rango «... signor poliziotto.»

«Mi perdoni, signora» disse Erychleb con un inchino e battendo i tacchi, «ma ho ricevuto l'ordine da parte del commissario di parlare con il capofamiglia. Ho l'onore di parlare con il professor Rambotyński?» continuò rivolgendosi a Ignacy.

«Rombotyński!» lo corresse immediatamente Zofia. «*Quei* Rombotyński. Dello stemma dei Wadwicz.»

«Le mie più sentite scuse» disse arrossendo Erychleb. «Sono in servizio soltanto dall'autunno dell'anno scorso... in prova...»

«Davvero? Non l'avrei mai detto...»

«Zofia, ti prego...» disse con occhi supplichevoli il marito. «Mi dica, sono io Ignacy Rombotyński e immagino che voglia parlare con me. Tuttavia, vorremmo entrambi sapere cosa l'ha portata qui.»

«Riferisco doverosamente che mi manda il commissario Jednoróg. Sono stato incaricato di chiederle di recarsi in via Mikołajska... cioè al distretto centrale di polizia, per poi raggiungere assieme al commissario il dipartimento di Medicina legale.»

«Ecco, puoi vedere da te, mia cara, che non c'è nulla di cui preoccuparsi» disse sorridendo Ignacy. «Probabilmente i nostri coraggiosi agenti hanno bisogno di qualcuno con un po' di, come dire, esperienza. Il professor Halban è in congedo da gennaio per malattia, Wachholz è a Leopoli, quindi... a dire il vero non sono un esperto...»

«Ma cosa dici, Ignacy, *certo* che lo sei» disse sbuffando la Rombotyńska. «Tu sei un esperto *di spicco*. Vai a compiere il tuo dovere scientifico e civico» esortò il marito.

Quando il professore uscì insieme al cadetto Erychleb, la Rombotyńska pensò che forse si stavano aprendo nuove e inaspettate strade per la futura carriera del coniuge. È vero, non era diventato capo del dipartimento di Anatomia umana dopo che Teichmann era andato in pensione, ma forse se si fosse impegnato avrebbe avuto qualche possibilità per quello di Anatomia patologica? In fondo non doveva esserci troppa differenza. E poi, chissà, magari avrebbe ottenuto il titolo di professore associato, o addirittura – pensò – una cattedra all'Accademia delle Scienze? Purché i Rostafiński non perdessero la fiducia nei Rombotyński… E lei, naturalmente, l'opportunità di interrogare lui a cena sui dettagli di ogni crimine commesso a Cracovia!

Quando meno di un'ora dopo Rombotyński tornò a casa, sembrava uno spettro: tutto il sangue, che fino a poco tempo prima circolava animato dalla questione dei dolci, sembrava essersi prosciugato dal suo volto. Si sedette in poltrona, fece un profondo sospiro e annunciò con voce grave: «Zofia, Franciszka, devo dirvi una cosa molto importante. È successo un fatto terribile».

CAPITOLO II

Nel quale scopriamo perché le mura dell'antico collegio dei gesuiti sono così spesse, da dove tornavano gli ulani (ossia da un'uscita notturna), qual è l'odore degli abiti di una vergine pura e la potenziale esistenza di onde inesplorate dalla scienza.

La Rombotyńska aveva dormito male. Al mattino si alzò con il mal di testa e, prima ancora di finire di vestirsi, si lamentò in modo eccessivamente retorico con Ignacy e Franciszka, «non ho chiuso occhio nemmeno cinque minuti, per il nervoso». Tuttavia, quando, ancora assonnata, si sorprese a pensare che doveva necessariamente raccontare a Karolina della notte piena di nervosismo, provò qualcosa che non si aspettava: una reale e profonda tristezza. Non indignazione per il decadimento delle buone maniere e l'orrore del mondo contemporaneo, che si possono efficacemente esprimere in una conversazione, non rabbia per essere stata privata di un'eccellente domestica, ma proprio tristezza: era successo qualcosa, e Karolina non ne sarebbe mai e poi mai venuta a conoscenza; da quel momento in poi tutto il mondo sarebbe andato avanti senza Karolina, ignorando la sua inesistenza.

Bisogna in effetti ammetterlo: nell'infinita serie di domestiche che nel corso degli anni si erano avvicendate nell'appartamento dei Rombotyński, nel Palazzo del Pavone, lei era stata la prima ragazza, dopo Franciszka, a rimanere lì più a lungo, guadagnandosi anche la sincera simpatia degli abitanti della casa. "E ora" pensava la Rombotyńska con una tenerezza per lei inusuale "è distesa da qualche parte su un freddo tavolo autoptico, o forse dopo l'autopsia riposa già nel suo ultimo appartamento, molto diverso dalla camera della servitù in via Święty Jan: nella bara." E cercando di camminare il più silenziosamente possibile, Zofia si avvicinò alla porta della camera da letto, girò la chiave d'ottone nella serratura, tornò davanti alla toeletta, si sedette e solo allora, sapendo che nessuno l'avrebbe disturbata, si mise a piangere.

Dopo qualche istante si diede una sistemata, si lavò il viso, applicò la pomata Pompadour, mascherando bene le tracce della notte insonne e del pianto, poi ancora un velo di cipria per un effetto migliore, infine sistemò l'acconciatura, appuntando fra i capelli un elegante pettinino con granati, pronta ad affrontare gli eventi della giornata.

* * *

Il commissario Jednoróg arrivò, come concordato, alle dieci del mattino e si installò subito nel salotto, che Franciszka aveva *ulteriormente* riordinato per l'occasione. La sedia venne occupata dal cancelliere, il cadetto Erychleb, già noto in quella casa, che sul tavolo sistemò un piccolo set di cancelleria portatile, alcune cartelle con documenti, fotografie, in poche parole: tutto l'armamentario della polizia. Franciszka accompagnò altri due agenti nella camera della servitù dove avrebbero dovuto cercare, tra gli effetti personali di Karolina, oggetti possibilmente utili a chiarire il caso.

Walenty Rozmarynowicz, figura molto rispettata a Cracovia, e non solo per la sua imponente barba grigia, fu nominato giudice istruttore. I suoi più grandi successi, tuttavia, risalivano al momento in cui i Rombotyński si erano uniti nel sacro vincolo del matrimonio, cioè a oltre vent'anni prima; attualmente, nelle conversazioni private, veniva definito «l'antico antenato dei giudici galiziani» e si passava sopra al fatto che talvolta gli capitava di sonnecchiare nel bel mezzo di una udienza o di confondere completamente un caso di furto di biancheria intima con uno di gravi percosse a un apprendista sarto; c'era sempre a portata di mano qualcuno che sistemava le cose a dovere e Rozmarynowicz poteva continuare a godere della reputazione di eccezionale decano della magistratura. E così fu anche quella volta: in pratica venne delegato un commissario a condurre l'indagine, in modo che Rozmarynowicz non dovesse lasciare il tribunale. Le spesse mura dell'antico collegio gesuita attutivano il rumore delle carrozze che correvano sull'acciottolato di via Grodzka, permettendogli di schiacciare pisolini di giusta durata.

Come di consueto vennero interrogati tutti uno alla volta, separatamente. Per primo Ignacy, perché Zofia insistette che suo marito, in quanto professore dell'Università Jagellonica e grande mente, era una persona molto impegnata, che rendeva servizi inestimabili alla scienza sia a Cracovia sia in tutto l'impero, e anche in Europa, quindi la polizia avrebbe dovuto assecondare i suoi impegni. Il che, tra l'altro, non si rivelò particolarmente difficile visto che lo stesso Ignacy, alla domanda del cadetto su quale fosse l'orario più adatto, rispose senza esitazione: «Come è più comodo a voi, veramente! La tartaruga non è una lepre, faccio sempre in tempo a trasformarla in un preparato anatomico», frase con cui annullò completamente gli sforzi della moglie per presentarlo sotto la miglior luce possibile. Di fatto il professore avrebbe testimoniato per primo, seguito dalla padrona di casa e infine dal personale domestico, cioè in ordine di importanza. Anche se, pensava Zofia, se fosse stata lei a organizzare l'interrogatorio, naturalmente avrebbe iniziato da Franciszka, che conosceva meglio la vittima.

Ora, mentre aspettava il suo turno, si sforzava di mettere tutto in ordine nella testa, andò persino a prendere il suo taccuino e iniziò ad annotare i singoli fatti. Karolina Szulcówna aveva circa diciassette anni, aveva iniziato a lavorare in via Święty Jan a maggio… no, a giugno dell'anno prima, subito dopo la morte del cardinale Dunajewski. Come ogni altra domestica, anche lei era stata assunta attraverso l'ufficio di collocamento di Marya Mikulska in via Gołębia. Ma da dove veniva, in senso più ampio? In ogni caso, non da Cracovia. Sua madre stava a… Ah sì, a Podgórze, quindi è di Podgórze, dall'altra parte della Vistola – e qui la Rombotyńska sentì di nuovo una fitta al cuore – di quella sponda dove è stata trovata senza vita sotto le mura in mattoni della villa dei Rożnowski. *Religione: cattolica. Carattere: irreprensibile, modesta, laboriosa*, annotava sul taccuino, non si sa bene a quale scopo, probabilmente per tenere occupate mani e mente. *Aspetto: gradevole. Segni particolari: nessuno.* D'altronde, a cosa potrebbero mai servire i segni particolari: non devono identificarla, devono solo scoprire l'assassino.

La porta che dal salotto conduceva alla sala da pranzo si schiuse e si affacciò il cancelliere. Fece un inchino e disse: «Il commissario desidera parlare con lei».

La Rombotyńska si alzò dalla poltrona, si aggiustò le pieghe dell'abito e si avviò; Ignacy era già uscito dal salotto dall'altra porta, quindi, senza perdere tempo in inutili cerimonie di coppia, si avvicinò a passo svelto al commissario che, assumendo uno sguardo di cordoglio, disse: «Signora Rombotyńska, le porgo le mie più sentite condoglianze per la tragica morte della sua domestica. Sono convinto che non sarebbe potuta capitare meglio che nella casa di una padrona così rinomata per le sue opere di beneficenza».

La Rombotyńska assunse un'espressione adatta a ricevere le condoglianze, ringraziò e si accomodò dove le era stato indicato. Il cancelliere si sedette di fronte a lei e sollevò il pennino su fogli di carta da lettere.

«Il professore è uomo di scienza» esordì cauto Jednoróg, «quindi le questioni domestiche…»

«È ovvio che mio marito non si preoccupa delle piccole questioni legate al personale domestico, al riordino e alle commissioni. Rintracciare l'autore di questo abominevole crimine è, certamente, della massima importanza per entrambi, ma a dire il vero non ho idea di come abbia potuto esservi utile, cosa abbia potuto dirvi...»

«Abbiamo parlato a lungo della villa dei coniugi Rożnowski. Il professore ritiene che sia un esempio di scandalosa devastazione dell'antica periferia di Cracovia...»

«... e la sua struttura, volgarmente moderna, è un infelice contraltare alle antiche mura del Wawel» concluse la moglie del professore come se recitasse una lezione imparata a memoria. «Già, già, e immagino le avrà detto che da questo lato della Vistola non sarebbe stato possibile, mentre nel quartiere Dębniki è ancora...»

«... in vigore la legge sull'edilizia del 1786, dell'epoca dei nostri nonni. Sì, certo, il professore è stato gentile a ricordarlo. Ha ironizzato anche sul fatto che i coniugi Rożnowski sono cugini dei produttori di sapone...»

«... e non avrebbero dovuto costruire così vicino all'acqua, naturalmente. Quindi ci siamo chiariti.»

A differenza del giudice istruttore Klossowitz che aveva condotto le indagini in Casa Helcel, Jednoróg era un uomo dotato di buone maniere e godeva, in generale, di una certa simpatia. Un tempo ballerino provetto, aveva conservato una figura elegante, benché adornata da un filo di pancetta, che tuttavia ne accresceva il fascino, agli occhi delle signore, di uomo nel fiore degli anni. Aveva da poco festeggiato il cinquantesimo compleanno, e per l'occasione aveva ricevuto da Vienna una lettera di encomio e una croce al merito d'argento con corona, che si appuntava al petto con un certo diletto – perché non era esente da vanità – agli eventi importanti: sagre, processioni o balli in maschera nelle sale del Palazzo Celestat della Società di tiro a segno.

La Rombotyńska ora lo osservava attentamente: senza l'onorificenza, il *kontusz* della Confraternita del Gallo d'Argento o la marsina era soltanto un funzionario che svolgeva diligentemente le sue mansioni. Le chiedeva quel che bisognava chiedere: se Karolina era stata una lavoratrice coscienziosa, se aveva dei nemici, se si comportava bene, se aveva tendenze alla malinconia o al suicidio, e così via. E lei rispondeva con la massima calma, sforzandosi di dire tutto quello che poteva essere rilevante per l'indagine.

«È sicura che si comportasse bene?»

«Le ho già risposto a questa domanda» brontolò Zofia, «dovrebbe trovarla facilmente nel verbale.»

Il cancelliere sollevò appena dai fogli il suo musetto da topo, lanciò un'occhiata distratta alla pagina precedente e confermò le parole della donna con un cenno del capo, ma nessuno gli prestò attenzione.

«Certo, ma lei stessa capisce che le circostanze in cui abbiamo trovato il corpo… sono quelle di un crimine o di un suicidio, dal momento che…»

«Quali circostanze, mi scusi?»

Jednoróg si appoggiò allo schienale della sedia, una delle sedie della tenuta di famiglia di Ignacy dopo la spartizione dell'eredità, si arricciò i baffi tendenti al grigio e si schiarì la voce.

«Be'… nel cuore della notte, una ragazza che se ne va in giro da sola per la città… non lontano dalle caserme. In un quartiere in cui si possono trovare molte personcine di dubbia condotta, personcine che, con il dovuto rispetto, signora Rombotyńska, svolgono il mestiere più antico al mondo.»

«Ma signor commissario!»

«Non volevo offenderla» disse Jednoróg alzando le mani, «ma signora, lei sa sicuramente che la polizia a volte vede cose dalle quali tutti, da buoni cristiani, preferiremmo distogliere lo sguardo. Be', d'altronde Gesù parlava con le pubbliche peccatrici…»

«Vorrebbe dire che Karolina era una pubblica peccatrice? Era bella, lo ammetto, ma la cosa finiva lì. Sì, aveva un fidanzato, forse Franciszka ne ricorderà il nome, un pescatore o uno zatteriere che a volte la portava in barca, ma tutto, per quanto io ne sappia, in modo innocente. Non vorrà mica insinuare che un professore rispettabile assumerebbe in casa propria una persona dalla condotta dubbia...»

«Nient'affatto, nient'affatto...» si scusò Jednoróg. «Tuttavia va tenuto presente che il cadavere è stato trovato da tre soldati... tre ulani... che in quel momento stavano tornando da... un locale.»

«Da un locale?»

«Da una casa.»

«Da una casa?»

«Da una casa di malaffare» disse infine tutto d'un fiato il commissario, chiaramente imbarazzato.

«Mi perdoni, ma dove bazzicano di notte gli ulani è una questione che riguarda i loro comandanti e non ha nulla a che vedere con dove bazzica la mia domestica. La mia ex domestica, come ho già detto, il sabato, durante la messa della resurrezione, in mia assenza, ha dato le dimissioni ed è partita per una destinazione sconosciuta. Finché è rimasta sotto questo tetto, tuttavia, ha avuto un solo fidanzato, zatteriere o pescatore che fosse, e si è comportata come si addice a una ragazza modesta.»

«Non voglio offendere la memoria della sua ex domestica» disse dopo un po' Jednoróg, «quindi la prego di considerare quello che sto per dirle come un giudizio generico, ma molte ragazze, apparentemente modelli di castità, nel tempo libero si prostituiscono. A volte si tratta forse di una predisposizione innata, dopotutto la defunta era figlia di una ragazza madre...» commentò esaminando le carte «di Marianna Szulcówna, lavandaia e stiratrice... a volte si viene influenzati dalle coetanee o dalle colleghe...»

«Franciszka potrebbe fare da modello a qualunque domestica.»

«Non insinuavo il contrario. A volte, infine, sono sfortunate coincidenze che spingono la figlia di Eva fra le braccia del peccato.»

«È difficile, in questo caso, parlare di sfortunate coincidenze, dal momento che qualcuno l'ha semplicemente pugnalata con un coltello... Si tratta della volontà di qualcuno, non di una coincidenza.»

«Con uno strumento affilato» la corresse Jednoróg. «Sì, è una causa di morte possibile, ma non certa. Ho lasciato l'ufficio prima che venisse consegnato il referto dell'autopsia. Speriamo che le indagini dimostrino la totale innocenza della signorina Szulcówna. Mi perdoni se l'ho offesa in qualche modo, non era mia intenzione. D'altronde siamo tutti interessati alla verità, e la verità a volte è dolorosa e richiede domande dolorose. E questo fidanzato? Si è fatto vedere ultimamente?»

«Chi potrebbe saperlo è Franciszka» rispose la Rombotyńska accettando le scuse del commissario con un leggero sorriso. «A me non interessano le questioni amorose delle domestiche» mentì spudoratamente; non sapeva molto, in realtà, di quel Wacek o Felek, pescatore o zatteriere, non perché non fosse interessata, ma solo perché la domestica era piuttosto riservata. «Degli ultimi giorni di Karolina non è affatto il fidanzato che mi preoccupa...»

«E forse a torto! Dopotutto si tratta di uno dei nostri sospettati. Tra questi ci sono, naturalmente, anche gli ulani che, di fatto, hanno trovato il cadavere e avvertito la polizia.»

«... che, d'altronde, potrebbero loro stessi aver commesso l'omicidio, per poi denunciarlo e uscire dalla cerchia dei sospettati.»

«Vedo che lei, signora, sguazza in un'indagine come un pesce nell'acqua» disse sorridendo il commissario. «Be', l'avevo già sentito dire. È una piccola città, e tra i giudici istruttori lei ha già una certa reputazione. Naturalmente» la rassicurò, «questo rimarrà tra noi. Spero che, unendo le forze, risolveremo insieme questo mistero.»

La Rombotyńska, piacevolmente adulata, ricambiò il sorriso.

«Ha altre domande? Vuole interrogare anche Franciszka?»

«Oh, non si scomodi. Erychleb!»

Il cancelliere si alzò ligio dal tavolo, diede un colpo di tacchi, fece un inchino e si diresse alla porta.

«Il commissario la invita a entrare.»

Franciszka entrò nel salotto, non con lo sguardo basso come ci si sarebbe potuti aspettare, bensì con una postura orgogliosamente eretta. La Rombotyńska ebbe da subito il sospetto che qualcuno avesse origliato da dietro la porta, e quel qualcuno non fosse contento dell'insinuazione in merito alla cattiva influenza esercitata dalle coetanee.

«Buongiorno. Signora, i poliziotti se ne sono andati e ho risistemato la stanza.»

«Grazie. Ci accorderemo per il pranzo quando il commissario avrà terminato il suo lavoro.»

E dopo essersi chiusa la porta alle spalle, la Rombotyńska sentì lo strisciare di una sedia spinta all'indietro. Aveva una gran voglia di origliare, ma se era vero che Franciszka l'aveva già fatto prima, imitarla sarebbe stato umiliante.

* * *

Una volta io tornavo da lontano assai e rincasavo verso le tre ore del mattino; la notte era nera ed eravamo in inverno; non si scorgeva nulla nel quartiere della città in cui mi trovavo, nulla all'infuori delle lanterne, raccontava il signor Enfield all'avvocato Utterson nel romanzo che Zofia stava leggendo sul quotidiano del giorno prima che aveva trovato sul tavolino, cercando di concentrare la mente altrove e mandar via i cattivi pensieri. *Gli abitanti con ogni probabilità dormivano, tutte le strade erano rischiarate come per una processione, e tutte erano vuote come una chiesa...* Nemmeno a farlo apposta, ripensò di nuovo alle rive non illuminate della Vistola e alle mura in mattoni della villa dei Rożnowski. *... quello stato di cose finì per irritarmi. Io cominciavo a impaurirmi, prestando l'orecchio al più piccolo rumore, e giunsi a desiderare la presenza di un* policeman. *Improvvisamente scorsi un individuo di piccola statura che camminava a grandi passi, dirigendosi verso l'Est, e nel tempo stesso una bimba che scendeva correndo a tutta corsa da una via traversale. Nello svoltar l'angolo d'entrambi, accadde loro ciò che naturalmente doveva accadere, si gettarono cioè l'uno sull'altra; qui, mio caro amico, comincia la parte orribile della faccenda. L'uomo rovesciò la bimba, e, in luogo d'arrestarsi, le passò freddamente sul corpo, lasciandola a dibattersi e gridare sul suolo.* "Fantastico" pensò Zofia, "credevo di leggere un bel romanzo, il racconto di una coppia nella campagna inglese, e invece crimini, crimini, ovunque crimini!" *Ad ascoltarlo il fatto non sembra gran che; ma al vederlo era cosa diabolica.*

La Rombotyńska allontanò irritata le pagine del «Tempo». Aveva ragione Ignacy: avrebbe preferito leggere dei primi cristiani e dei patrizi romani dell'epoca di Nerone piuttosto che dei crimini di Londra. Come se non bastassero le terrificanti storie di Jack lo Squartatore, assassino realmente esistito che colpiva di notte, e fosse necessario inventare altre canaglie. Tuttavia continuò a leggere, scoprendo con soddisfazione che *la bimba ha risentito assai maggior paura che danni, assicurò questi.* Le piaceva lo spirito indagatore dell'avvocato Utterson, che voleva sapere dove viveva il ripugnante Mr Hyde, mentre la infastidiva la risposta di Enfield che non era riuscito, tuttavia, a rintracciare Hyde: *Ho tutta una teoria in proposito. L'interrogare ha troppi rapporti col giudizio universale. Tu fai una prima domanda ed è come se tu fossi placidamente seduto sulla sommità di una collina divertendoti a far rotolare una pietra; questa rotola trascinandone seco delle altre; improvvisamente tutte assieme sopraggiungono in valanga rovesciando sul loro cammino qualche buon borghese che si gode tranquillamente il rezzo nel suo giardino (un borghese che tu avresti creduto al riparo da qualsiasi pericolo), ed ecco una famiglia in lutto.* A dire il vero, il giorno del giudizio, quando tutti avrebbero dovuto confessare i propri peccati e i propri vergognosi segreti, era per Zofia Rombotyńska un vago presagio del momento più felice di tutta l'eternità, se solo, come lei sperava, si fosse trattato di una confessione universale e la sua anima immateriale, fluttuando nelle sfere celesti, avesse finalmente appreso tutto sulle azioni terrene delle altre anime immateriali dell'intera borghesia di Cracovia.

Si sentì sbattere una porta nel corridoio e un rumore di passi provenire dalla cucina: era Franciszka che correva a prendere il cappello e il soprabito del professore.

«Ecco una nuova lezione per me. Mi vergogno d'avere una lingua così loquace. Promettimi di non tornare mai su questo argomento almeno quando sarai con me.»

«Con tutto il cuore» disse l'avvocato. «Eccoti la mia mano, Richard.»

(Continua) assicurava una nota in fondo alla colonna. Zofia ripiegò il giornale e lo gettò sul tavolino con un gesto leggero, poi si appoggiò allo schienale del divano e afferrò il nastro del campanello.

«Franciszka, dal momento che il professore è già rientrato, puoi apparecchiare la tavola.»

* * *

«Il commissario è stato molto gentile» mormorò Ignacy mettendosi nel piatto gli avanzi di carne fredda del pranzo di Pasqua, «ma temo di non essergli stato di grande aiuto.»

«Sì, sì, gentile, gentile.»

«Ma?»

«Ma per qualche motivo mi è rincresciuto quando ha insinuato che Karolina... che la causa della morte di Karolina è stata la sua condotta immorale, o comunque un qualche... incidente. La conoscevi personalmente e sappiamo entrambi che era una ragazza onesta.»

Ignacy sollevò lo sguardo mentre cercava di togliersi con la lingua un pezzetto di prosciutto infilato tra i denti.

«Potrebbe esserci un fondo di verità in questo. Un colpo di testa amoroso può capitare, anche alle ragazze ritenute più pudiche! È una questione di contrapposizione fisica tra uomo e donna, che è il fondamento della contrapposizione spirituale che ne deriva. Questo rapporto» continuò appoggiandosi allo schienale della sedia «può essere paragonato, diciamo, al rapporto tra elettricità e magnetismo, complementari anch'essi ad angolo retto, a novanta gradi, che producono così una nuova forza, amplificata...»

«Certo, le donne sono innegabilmente diverse dagli uomini...»

«Lasciami finire, Zofia» disse il professore alzando il dito. «L'anima maschile e l'anima femminile sono veri e propri opposti che, essendo appunto due metà polari, necessariamente si appartengono, completandosi a vicenda e generando nuove forze solo nelle giuste condizioni. Per questo una simile differenza c'è anche nelle manifestazioni d'amore, dal momento che una donna non sente solo con i propri centri nervosi, ma con *ogni singolo* nervo! Questa è la posizione scientifica più recente avvalorata, ad esempio, dalla ricerca del dottor Czarnowski di Berlino.»

Ignacy aveva i suoi argomenti preferiti e, cosa che la Rombotyńska sapeva molto bene, amava tenere lezioni non solo nelle aule universitarie.

«Tuttavia non si tratta né di una ragazza nel fiore degli anni, né di una donna matura. L'odore stesso degli abiti di una vergine così pura ha una purezza e una delicatezza straordinarie, tanto da essere quasi inodore. Ma in occasione dell'innamoramento, eccolo cambiare come in un fiore all'apertura del bocciolo. Questo odore» continuò Rombotyński infervorato, «una volta inalato dall'uomo, penetra anche nel suo sangue, agisce su di lui in modo totale come un fattore, chiamiamolo, di godimento. L'odore di lui, invece, provoca nella ragazza un'emozione mista, da un lato simile all'effetto dell'odore di un rapace sulla preda, e potremmo chiamarlo un sentimento di paura; dall'altro, l'odore dell'uomo amato, in questo caso forse quello zatteriere...»

«... o pescatore, non ricordo.»

«... o pescatore, diventa un fattore di piacere. Con una maggiore frequentazione, la paura si attenua, e rimane il puro piacere» disse il professore allontanando da sé il piatto su cui restava una fetta di prosciutto con il rafano. «Questo sconvolgimento dello spirito, secondo la scienza, agisce sul sistema nervoso scomponendo una proteina e sciogliendo, di conseguenza, il legame tra l'emozione e l'odore. Nella ragazza prevalgono due sorgenti di attrazione: l'odore... sessuale» disse fissando lo sguardo sul tavolo, «che provoca un'emozione innocente, e la corrente cerebrale che ha un effetto eccitante sull'uomo, come quello dello champagne. E costui si avventa su chi ha di fronte come un falco su un piccione!» proseguì agitando violentemente la mano e facendo quasi ribaltare i vasetti con i rami di salice. «La ragazza, dal canto suo, attraverso l'istantanea e intensa aspirazione dell'odore maschile e l'effetto di un più immediato sconvolgimento dello spirito, diventa profondamente sensibile. La paura istintiva che ne scaturisce è talmente impetuosa da generare una sorta di paralisi, la quale può rendere la ragazza una preda passiva dell'uomo.»

«Passiva?» riuscì solo a ripetere Zofia.

«Passiva. Così si spiega perché anche le ragazze più timide e meglio educate, insospettabili, cadono preda degli impostori. Attraverso un'inalazione eccessiva di odore maschile, la ragazza viene privata della propria volontà, come catatonica, come sedata magneticamente, e si sottomette a tutto. Si lascia baciare, ma rimane fredda e tremante, perché è a tal punto incantata dall'uomo che potrebbe addirittura sacrificare la propria vita. E se dovesse opporsi, l'ardore rabbioso dell'imbroglione infervorato intensificherebbe a tal punto l'odore maschile da paralizzare la ragazza, come per effetto del cloroformio!»

«Non credo proprio che Karolina si trovasse in uno stato catatonico, in quel momento. Era una ragazza risoluta e con i piedi per terra, non c'è ragione di credere che un donnaiolo qualunque abbia potuto ipnotizzarla con l'odore del sigaro, del cognac o altro.»

«Quante cose sembrano impossibili, eppure la natura ce ne dimostra l'esistenza? Shakespeare ha scritto che ci sono più cose in terra e in cielo di quante ne abbiano sognate i filosofi, ma questo per gli scienziati non vale mai!»

Ciò detto, Ignacy chiamò Franciszka per chiederle di servire il caffè, dopodiché ricadde sulla sedia visibilmente soddisfatto della sua lezione.

* * *

Il discorso che aveva avuto luogo a cena sarebbe stato l'ultimo evento memorabile della giornata, se non ci fossero stati quei dieci minuti serali durante i quali Zofia, seduta alla toeletta, sfilò il pettinino con granati dal suo alto chignon, scosse la testa e sciolse i capelli sentendo i riccioli cadere in un'onda fresca sulle spalle coperte dalla camicia da notte, mentre un attimo dopo Franciszka iniziava a pettinarli delicatamente. Com'era sempre accaduto, prima che il compito venisse assegnato a Karolina.

La Rombotyńska si chiedeva spesso perché proprio quei momenti – e non solo in casa sua, per quanto ne sapeva – fossero particolarmente favorevoli alle confidenze. Tra uomini, pareva che non succedesse; parrucchieri e barbieri, come aveva più volte notato sbirciando al di là delle alte vetrine, generalmente lavoravano in silenzio, con le sopracciglia aggrottate che li facevano sembrare arrabbiati. Nulla a che vedere con la tenerezza e la delicatezza del districare le chiome fluenti... Forse che lo stretto contatto tra la mano di una donna e la testa di un'altra facilitasse in qualche modo il flusso dei pensieri? Chissà se nel giro di un anno o due un nuovo scienziato di Parigi, Londra, Vienna o persino Cracovia avrebbe scoperto un qualche genere di onda in movimento tra chi pettina e chi viene pettinata, qualcosa di simile a una musica inudibile a orecchio umano? Dopotutto quella era l'era del progresso, e non c'era anno in cui la scienza non annunciasse qualche rivelazione straordinaria che obbligava a riconsiderare la relazione con il mondo circostante.

E stavolta, la cosa più importante uscì dalla bocca di Franciszka proprio mentre la pettinava.

«Signora...» disse la domestica facendo una pausa «a volte mi chiedo...»

«Sì, Franciszka...»

«Si può infrangere un giuramento? Anche se si è fatto un voto? Se è per il bene della persona a cui è stato fatto?»

«Penso che dovresti parlare con quella persona e convincerla a...»

«... ma se non si potesse... parlare con lei?» la interruppe Franciszka tremando.

«Sai qualcosa?» chiese la Rombotyńska voltandosi verso la domestica. «Sai chi ha ucciso Karolina?»

«No, questo no... Ma...»

«Ma?»

«Ma Karolina mi ha detto una cosa... di cui mi ha proibito di parlare. "Non farne parola con nessuno." E io ho fatto un voto. Ho fatto un voto al quadro di san Jan Kanty appeso nella stanza della servitù. Solo che ora...»

«Ora» disse la Rombotyńska con la sensibilità di un segugio che ha fiutato le tracce «i giuramenti non valgono più, perché hai fatto una promessa a Karolina viva, ma Karolina è morta. L'unica cosa che potrai fare in sua sventurata memoria» continuò afferrandole la mano, non per cordialità, ma per poterla convincere con più efficacia «è raccontarmi tutto quello che ti ha detto. Dai qui» la invitò, allungando l'altra mano per prendere la spazzola, «siediti e racconta.»

Franciszka consegnò obbedientemente la spazzola, si sedette sulla sedia accanto alla porta della camera da letto e fece un profondo sospiro.

«Maria santissima!» gridò sospirando un'altra volta. «Karolina aveva un filarino. Un innamorato» si corresse, perché sebbene parlasse sempre più spesso la lingua del luogo, le capitava ancora, soprattutto nei momenti di nervosismo, di infilare qualche parolina del suo dialetto nativo di Bielsk.

«Sì, lo so, un pescatore o uno zatteriere.»

«Un renaiolo, Felek, ma non sto parlando di lui. Ne aveva uno nuovo. Con quel Felek, diceva, non c'era nulla di serio, si stuzzicavano solo. Ma qualche settimana fa...» Franciszka si interruppe.

«Qualche settimana fa...?»

«Un vecchio, uno sciagurato, la seguiva, lei mi diceva anche che aveva paura, perché ovunque andasse lo vedeva sparire dietro un angolo o qualcosa del genere. E siccome Karolina, lei la conosceva, era una ragazza coraggiosa, una volta gli si è avvicinata e gli ha chiesto: "Volete qualcosa, visto che mi seguite come un cane?". Ma lui era conf...»

«... confuso...»

«... molto confuso e le ha detto che si scusava, ma la seguiva per conto dell'ingegnere e che l'ingegnere avrebbe voluto molto conoscerla. A scopo di matrimonio. E lui stava controllando se era una ragazza onesta, perché l'ingegnere era affascinato dal suo viso, così mi ha ripetuto, affascinato dal suo viso, ma voleva sapere se anche il suo cuore era puro, e a quanto pare era per questo motivo che il vecchio la seguiva dappertutto.»

«E l'ha incontrato?»

«L'ha incontrato, l'ha incontrato» sospirò Franciszka, «le aveva detto solo di fare in fretta perché lui non aveva tempo. Poteva essere richiamato in qualsiasi momento e sarebbe dovuto partire. L'ha portata da Rehman, nella Galleria dei Tessuti, per prendere un caffè e un dolce, in modo elegante.»

«Partire per andare dove?»

«Be', in America. Perché in America c'è una miniera e lui dev'essere ingegnere o direttore di quella miniera.»

«Come si chiama?»

«Non lo ricordo, so solo che è un ingegnere.»

«E che aspetto ha?»

Franciszka si guardò intorno impotente.

«Be', come dire... è giovane. Elegante. Signorile, ha dita sottili come zolfanelli, fiammiferi, intendo. Così mi ha detto Karolina, perché io l'ho visto solo una volta, e dalla finestra, quando l'ha riaccompagnata, ma solo fino all'angolo della strada. Se lo vedessi lo riconoscerei, ma sì... be'... aveva i capelli, i baffi...»

«Va bene, basta così. Lo dirai alla polizia.»

«Alla polizia?»

«Certo. Non romperai le scatole al giudice Rozmarynowicz, domattina presto andrai dal commissario Jednoróg e gli racconterai tutto. Cos'altro?»

«Il giorno in cui Karolina ci ha lasciato...» La voce di Franciszka tremò e la Rombotyńska pensò per un attimo che sarebbe scoppiata in singhiozzi, che avrebbero pianto entrambe; invece no, la domestica controllò il tono e continuò: «Mi ha detto solo che era molto felice che l'ingegnere avesse trovato lavoro in America e che sarebbero andati là al più presto, si sarebbero sposati durante il viaggio, senza pubblicazioni, forse ad Amburgo, perché là conosceva un prete. Quell'ingegnere, non lei. Per questo ha preso con sé solo dei ricordi, qualche foto della sua mamma, voleva un'immagine santa ma io non gliel'ho data, perché il quadro di Maria è mio, della mia famiglia, e anche Jan Kanty è mio... niente, non ha preso con sé vestiti, né camicette, ha indossato i suoi abiti migliori e ha detto che lui le aveva promesso, comunque, di comprarle tutto. La prendeva senza dote!» le sfuggì all'improvviso con un tono diverso, come risentito. «Senza dote! Diceva che le avrebbe comprato gli abiti, i cappelli e i guanti migliori perché in America pare che sia tutto bello ed economico, e lui era ricco. "Prendi le mie cose" mi ha detto "e quello che non vuoi, dallo ai poveri, a me ormai non serve più." Era così felice. E ora... ora veramente non le serve più... e bisognerà...» La voce si spezzò di nuovo. «Bisognerà darlo ai poveri come aveva previsto!»

A questo punto Franciszka scoppiò a piangere e Zofia, imbarazzata, insieme a lei.

CAPITOLO III

Nel quale Ignacy si prepara a una spedizione di guerra nei villaggi di Alwernia e Regulice, un genitalologo parla di genitali e un annaffiatoio per poco non spezza un braccio. I Rombotyński partecipano insieme a un triste evento, dopodiché provano separatamente una delusione in campi diversi. Scopriamo inoltre chi non può rimanere disteso troppo a lungo, e chi ha portato via i cucchiai d'argento del conte Dzieduszycki.

Il professor Rombotyński, come si conviene a un uomo, cercò di non mostrare i propri sentimenti: la riservatezza era una delle virtù che onorava più coscienziosamente, lasciandosi trasportare solo di rado dall'allegria mondana, dall'entusiasmo patriottico o – come di recente – dal timore per lo stato di salute di Sua Maestà, sconvolto dagli echi lontani del terremoto di Lubiana. Al contrario, nascondeva con scrupolo i sentimenti di dolore, lutto e disperazione. Zofia sapeva però che sotto quella superficie imperturbabile ribollivano emozioni selvagge che trovavano sfogo nei momenti più inattesi.

Come lei cercava di occupare la mente leggendo il racconto sul «Tempo» o riordinando gli armadi – benché le pulizie di primavera fossero state fatte appena prima di Pasqua – così Ignacy si lanciò nel ciclismo con un impeto senza precedenti. A dire il vero se ne interessava già da tempo, avendo imparato, non senza difficoltà, a guidare il biciclo – o, come si diceva ora, la bicicletta – qualche stagione prima; anzi, in passato aveva addirittura fatto parte di un club. E quando questo chiuse i battenti a causa della totale apatia della maggior parte dei suoi membri (impossibilitati a pedalare per via delle piogge abbondanti, o di abbondanti cene), il professore entrò a far parte di un nuovo circolo, fondato da coloro che avevano deciso di affrontare le avversità del destino e diffondere l'amore per le due ruote nella città reale. Era ormai mezz'ora che correva per l'appartamento cercando di mettere insieme il suo equipaggiamento sportivo, così come i suoi antenati avevano raccolto scudi, selle e spade in vista di qualche necessità bellica. La Rombotyńska era certa che l'enfasi con la quale si dava da fare fosse in realtà il suo modo di esprimere la tristezza e la rabbia impotente per la morte di Karolina, per la quale nutriva un affetto sincero.

«Dove sono i calzini? Dove sono i miei calzini sportivi? Franciszka!» gridava di tanto in tanto; in quel momento sul letto stava crescendo un cumulo di vestiti: pantaloni alla zuava, un berretto, una giacca leggera. Ignacy tirò fuori con cura da un cassettino un distintivo smaltato appuntato l'ultima volta l'autunno precedente, lucidò con la manica le lettere intrecciate CCC, lo stemma della città e la scritta sul bordo – *Club Ciclistico di Cracovia 1892* – poi sporse la testa e chiamò di nuovo la domestica che era appena tornata dal commissario Jednoróg. Stava entrando di corsa nella stanza reggendo nella mano destra, come preziose ginocchiere di un cavaliere medievale, calzettoni di lana con disegni colorati.

«Domenica, tra soli due giorni, il club organizza una gita ad Alwernia e Regulice, e io sono del tutto impreparato! Nudo e crudo come il Signore mi ha creato» continuò, ignorando il chiaro fatto di essere completamente vestito, a iniziare dalle scarpe ai piedi, per finire con la cravatta annodata al collo.

«Eccoli... e inoltre...» disse Franciszka portandogli dal corridoio un vassoio placcato per i biglietti da visita, nuovo di zecca e in stile liberty, che sostituiva quello vecchio con i bordi molto rovinati. Su foglie e fiori di nenufaro argentati, adagiati su onde argentee, c'era un biglietto da visita color crema con la scritta: *Stanisław Teofil Kurkiewicz.*

«Kurkiewicz? In modo così formale? Fallo entrare in studio, fallo accomodare.»

Zofia si avvicinò al marito, gli diede una sistematina ai capelli, gli aggiustò la cravatta, poi con un sussurro da cospiratrice gli disse: «Ricordati: nessuna promessa di protezione». La Rombotyńska, in generale, era dell'idea che non bisognava essere troppo altruisti, se si aiutava bisognava farlo con qualcuno che in un modo o nell'altro avrebbe potuto ricambiare il favore; e Kurkiewicz avrebbe potuto fare ben poco. «L'hai detto tu stesso che si sta comportando in modo bizzarro. Fatti dire che cosa vuole ma non agire di pancia, rendendogli tutto facile e facendoti in quattro per lui.»

Kurkiewicz era uno degli studenti di Ignacy ma, a differenza di Tadeusz Żeleński, non era uno dei suoi preferiti; si diceva che fosse afflitto da una mania innocua, che trascorresse tutto il tempo in studi infiniti su argomenti imbarazzanti che lui chiamava curiosamente *genitalologia*. Tormentava gli studenti e i professori della facoltà di Medicina con le sue idee linguistiche, che stravolgevano la terminologia medica in uso. Ogni volta che ai futuri medici venivano presentati un paziente uomo o una paziente donna, non gli interessavano le malattie mostrate, che erano oggetto della lezione, ma chiedeva sempre se il paziente da bambino «si masturbava» e se continuava tuttora a farlo, anche se si trattava di un caso avanzato di scabbia, di *delirium tremens* o di tubercolosi. Non sembrava godere della simpatia di nessuno; trascorreva gran parte del tempo non come gli altri studenti, che conciliavano lo studio con i bagordi, bensì a casa a scrivere una lunghissima opera, uno «*studium*, un lavoro progettato per molti anni», come amava dire, nel quale intendeva collocare tutte le sue considerazioni di *genitalologo*, così sosteneva lui. Sicuramente aveva di nuovo problemi con uno dei suoi docenti e voleva chiedere al professore di intercedere per suo conto; Zofia lo vedeva a volte quando accompagnava il professore fuori dall'università o pranzava nell'osteria all'angolo di via Wolska, e, anche se bisognava riconoscere che era sempre gentile, premuroso e ben vestito, per qualche motivo non riusciva a provare simpatia per lui.

«L'annaffiatoio» bisbigliò a Franciszka.

«Come dice, signora?»

«L'an-naf-fia-to-io» sussurrò Zofia muovendo esageratamente le labbra in modo che la domestica potesse leggervi la parola.

E un attimo dopo stava davanti alla porta dello studio, accanto alla quale su un guéridon di mogano era posato da tempo immemorabile un grande geranio in vaso. Fingendo di annaffiarlo appoggiò l'orecchio al pannello della porta e cercò di cogliere ogni parola, in modo da poter intervenire se avesse udito il tentativo di strappare un qualche favore al marito.

«... non posso dire che questa notizia mi lasci indifferente... o che non mi colpisca...» sentiva dire a Ignacy. «Ma mi dica... ha sofferto molto?»

«... per quanto riguarda la morte, sembra essere sopraggiunta rapidamente per effetto di un'unica e precisa ferita da taglio inferta con un lungo arnese affilato, molto probabilmente un coltello usato in senso longitudinale e con l'estremità...» qui lo studente abbassò la voce e lei riuscì a cogliere solo qualche brandello «... testimonia... acqua nei polmoni... ritengo... in poche parole: deve essere morta quasi subito. E il cadavere gettato nella Vistola.»

Per un attimo ci fu silenzio. Poi si sentì di nuovo Ignacy.

«E... durante la visita avete analizzato anche gli organi riproduttivi?»

«Sì. Per questo ho esitato quando lei mi ha chiesto se aveva sofferto. Perché la morta ha sofferto nel senso che prima di morire è stata violentata.»

«Stiamo parlando di perdita della verginità?»

«Se lo consideriamo un caso di approccio sessuale, grazie alle tracce lasciate possiamo fare alcune affermazioni.» Kurkiewicz si animò visibilmente perché prese a parlare a voce più alta. «È certo che la persona che stava sotto prima dell'inizio dell'atto sessuale non solo era nullipara, ma aveva anche un imene perfettamente conservato, addirittura rigido.» La Rombotyńska maledisse fra sé Franciszka che aveva riempito l'annaffiatoio quasi fino all'orlo costringendola ora a passarselo da una mano all'altra, perché aveva l'impressione che le si staccasse il braccio. «Non è quindi possibile che, come da indagini della polizia, lavorasse nel mondo della prostituzione. E inoltre...»

A quel punto Ignacy chiese qualcosa che lei, però, non riuscì a sentire. Kurkiewicz rispose.

«... dalle abrasioni causate dalla secchezza di tutto l'apparato genitale, nonché dall'aderenza della vagina durante lo sfregamento... prolungato, da cui si può dedurre che la persona sovrastante non soffriva di eiaculazione precoce. Si tratta piuttosto di un tardivo, dal momento che per provocare tali danni il suo membro si deve essere mosso a lungo nei genitali con movimenti a stantuffo.»

«Caro studente, ammiro davvero la sua inventiva, ma...» Zofia non riuscì a sentire bene, «...alcuni... termini, e poi... al giorno d'oggi...»

«Professore, è da molto tempo che annoto le mie indagini sulla vita sessuale, è un lavoro che durerà molti anni, ma mi creda... è necessario, e inoltre... la situazione...» Qui ci furono da entrambe le parti rassicurazioni e scuse, parole e frasi si sovrapposero, impedendone la comprensione. Solo dopo un po' sentì di nuovo le parole di Kurkiewicz, inaspettatamente chiare, anche se non del tutto intelligibili: «Inoltre non ha usato nessuna protezione per evitare la fecondazione, dal momento che nella vagina, nonostante l'azione dell'acqua, abbiamo trovato resti di schizzi maschili».

«Intende: seme?»

«Sì, seme. Anch'io uso questo termine non scientifico.»

Il seguito della conversazione fu perlopiù incentrato su questioni poco interessanti: il futuro medico sfogò le sue rimostranze contro le persone che a suo parere ne ostacolavano il cammino senza curarsi del fatto che lui stava lavorando a un'opera significativa sulla *genitalologia* che, affermava, si sarebbe verosimilmente composta di più volumi. Tuttavia non si aspettava nessun favore, Zofia quindi annaffiò finalmente i gerani e tornò in salotto in punta dei piedi.

«Pensa che straordinaria coincidenza» disse Ignacy mezz'ora dopo, quando Franciszka aveva già accompagnato l'ospite alla porta. «Mercoledì mattina, quando Kurkiewicz doveva assistere il dottor Schwarz nel dipartimento di Medicina legale, era appena stato portato il cadavere di una ragazza sconosciuta...» Tirò fuori un fazzoletto dal taschino e si asciugò la fronte. «La mettono sul tavolo e lui dice: "Ma quale sconosciuta! Questa è la domestica del professor Rombotyński! Karolina!". D'altronde, mi ha accompagnato spesso a casa. E, ti dirò, quasi ogni volta ripeteva che era una ragazza straordinariamente bella. Cosa con cui, del resto» aggiunse con malinconia, «era facile essere d'accordo.»

«Quindi è stato lui a identificare per primo il corpo?»

«Sì, è grazie a lui che la polizia ha saputo che doveva venire da noi, e per merito nostro ha trovato il bandolo della matassa ed è risalita al suo nome, all'indirizzo e alla famiglia.»

«Incredibile. È molto triste, però» disse lei rabbrividendo, «che abbia dovuto incidere con il bisturi una persona per la quale provava una certa simpatia. Soprattutto dal momento che si trattava di un'autopsia e non, per esempio, di un'operazione per salvarle la vita.»

«Certo, certo» rispose Ignacy. «Ma d'altra parte la professione medica...»

«Sì?»

«Ti dà coraggio. Non vedi una persona, ma un corpo, simile ad altri corpi, generalmente privo di particolari anomalie, con una disposizione fissa. È confortante il fatto che quando apri il torace di solito trovi il fegato al posto del fegato, il pancreas al posto del pancreas... e così via.» Rombotyński si fermò a riflettere. «Ed è stato molto gentile a prendersi la briga di raccontarmi tutto.»

«Tutto cosa?»

«Segreto professionale» rispose lui alzando il dito in un gesto significativo che troncò ogni discussione. Del resto dovevano occuparsi dei preparativi per il funerale di Karolina.

* * *

La Rombotyńska aveva già un'età per cui aveva ascoltato l'Ave Maria a molti funerali, deposto fiori su molte tombe, seguito molte bare in processione. Quest'ultima cosa le capitava particolarmente spesso, ma che si poteva fare se i cracoviani, soprattutto quelli più importanti, morivano come mosche? Se non era Lenartowicz era Matejko, se non era Matejko era Hawełka, se non era Hawełka era un cardinale, e così a ruota morivano tutti. Ignacy, naturalmente, aveva la sua opinione in merito e, opportunamente provocato, era in grado di portare un intero arsenale di argomenti ad avvalorarla lanciando cannonate su cannonate di prove, a suo avviso, inconfutabili, secondo cui l'acqua velenosa di Cracovia era responsabile di questo stato di cose, e finché non avessero costruito l'acquedotto la situazione non sarebbe cambiata. Tuttavia la Rombotyńska in fondo in fondo non credeva alle teorie del marito, dubitando francamente che in merito alla morte si potesse arrivare a un cambiamento fondamentale. Si moriva a Vienna, dove l'imperatore aveva fatto costruire magnifici acquedotti che attingevano l'acqua da Kaiserbrunn – Zofia ricordava che un quarto di secolo prima Sua Maestà aveva personalmente conficcato una vanga nel terreno con il suo piede imperiale, dando così inizio all'opera di presa! Si moriva a Varsavia, dove gli inglesi Lindley avevano costruito stazioni di filtraggio, quindi anche a Cracovia un sistema fognario moderno non avrebbe strappato la falce dalla mano della morte. Era quello, pensava, l'ordine delle cose. "La gente muore facendo spazio ai più giovani in questa affollata valle di lacrime."

Tuttavia, guardando le zolle di terra cadere sulla semplice bara della diciassettenne Karolina Szulcówna, la Rombotyńska non riuscì a trattenere le lacrime. Le leggi della natura sono le leggi della natura, ma non c'era nulla di naturale in quella morte. Karolina, una ragazza un po' frivola ma di buon cuore, la *sua* Karolina, era caduta vittima di un criminale che prima l'aveva disonorata senza vergogna e poi aveva interrotto la sua giovane vita appena iniziata. Zofia era consapevole, chiaramente, che sarebbe potuto arrivare il giorno in cui Karolina avrebbe deciso di andarsene, o per occuparsi della madre, o per sposarsi e metter su famiglia, ma in quel modo no, per l'amor di Dio. In quel modo no.

«Guarda, Zofia cara, stanno ampliando il cimitero» disse Ignacy indicando con il mento gli operai che spianavano un'area in lontananza, mentre passavano sotto l'arco di pietra del cancello, «ma a Podgórze non si potrà comunque evitare di costruirne uno nuovo.»

Zofia non reagì. Sulla punta della lingua aveva un «Non ora!» o un biasimevole «Veramente, Ignacy!» ma alla fine decise di fingere di non aver sentito le parole del marito. Sapeva che, in realtà, con quell'osservazione lui stava solo cercando di mascherare il suo sincero dolore.

Fuori dal cimitero scoprirono che la carrozza con la quale si erano recati alla sepoltura se n'era andata, nonostante avessero chiesto di aspettarli. Ce n'era un'altra, ma la Rombotyńska commentò a voce alta lo stato di salute a suo avviso precario del «ronzino malconcio» attaccato alle stanghe, e poi dichiarò perentoriamente che non intendeva tornare a casa con un «cocchiere di Podgórze» qualsiasi, che probabilmente avrebbe calcolato un prezzo doppio per il solo fatto di dover viaggiare sulla riva *bene* della Vistola, cosa che, aggiunse, non gli avrebbe certo fatto male. Dopo quasi vent'anni di matrimonio, Ignacy sapeva che quando Zofia era in quello stato non bisognava protestare, e nemmeno accampare la scusa di una colica sarebbe servito a qualcosa, quindi offrì obbediente il braccio alla moglie.

Camminavano in un silenzio che, senza esagerare, poteva definirsi di tomba. I coniugi Rombotyński davanti, e dietro di loro Franciszka, con la testa bassa e gli occhi fissi a terra. Ancora più indietro, sorretta da due comari come Maria sotto la croce nei dipinti medievali, la madre di Karolina un po' camminava e un po' si lasciava trascinare; solo qualche minuto prima aveva guardato con sguardo assente i Rombotyński che le facevano le condoglianze. Aveva qualche anno in meno di Zofia, ma era talmente logorata dal lavoro e dalla disperazione che sul suo viso si potevano a malapena scorgere gli avanzi di quella bellezza trasmessa alla sua unica figlia. Nel recitare retoriche formule di cordoglio, la moglie del professore pensò alle parole talvolta abusate dagli scrittori, secondo cui per qualcuno la morte era «la fine del mondo»: con la morte di Karolina, per Marianna Szulcówna il mondo si era effettivamente spento come una lanterna a gas. E Zofia, nel profondo del suo cuore, avrebbe tanto voluto trovare un lampionaio.

Podgórze le faceva una grande impressione. Le palazzine, malandate e per lo più basse, le ricordavano Bochnia, dov'era dovuta andare un anno e mezzo prima – per la prima e ultima volta, sperava. Osservava un edificio dopo l'altro chiedendosi quale di quelle abitazioni fatiscenti ospitasse la casa di tolleranza dove donne senza morale accoglievano giovani inebriati... Come lo chiamava Ignacy? Ah sì, il «fattore di piacere». Aveva l'impressione che posti di quel tipo, in una città del genere, potessero trovarsi pressoché ovunque.

Percorrevano la via Lwowska lasciandosi alla sinistra la collina Lasota su cui troneggiava il forte d'artiglieria imperiale, tetro e imponente castello circondato da merli guelfi. Il silenzio era interrotto dalle grida soffocate dei soldati provenienti da dietro le caditoie del bastione. A Zofia vennero in mente gli ulani che avevano trovato Karolina, ragazzi viziati e dissoluti, e provò una rabbia pungente. Rabbia nei loro confronti, per quello che era successo, rabbia verso quel luogo e infine rabbia verso se stessa, per non essere stata in grado di proteggere la sfortunata ragazza.

Finalmente raggiunsero la piazza di Podgórze, pomposamente chiamata «piazza del mercato», anche se "ma fatemi il piacere" pensò Zofia, "come si può comparare l'incomparabile?". Al posto di alti alberi, cespugli secchi che spuntavano a malapena dal terreno; al posto dell'imponente basilica di Santa Maria, degna di quelle romaniche, una chiesetta che assomigliava a un fienile con il campanile; al posto di un'agorà paragonabile alle più famose sorelle europee, un semplice spiazzo. "Una vera e propria piazza del mercato, come no. Se fossi *io* il sindaco di questa cittadina, sarei senz'altro più modesta!" ragionò stizzita, quasi subito sorpresa dall'audacia e dall'assurdità di quel pensiero. Una donna sindaco! Bella, questa.

Attraversando il ponte Francesco Giuseppe tornarono sulla loro sponda del fiume, dove un tram stava già aspettando Zofia e Franciszka, mentre una carrozza attendeva Ignacy che aveva alcune cose da sbrigare all'ospedale Święty Ludwik. Il professore suggerì, naturalmente, di viaggiare tutti insieme in carrozza, ma Zofia fu irremovibile: «Vai da solo, per noi sarà *più comodo* prendere il tram fino a porta Floriańska».

«Zofia cara, ma non costa niente...» tentò di protestare Rombotyński.

«Ignacy» disse lei con fermezza, «in tre dovremmo viaggiare su una carrozza a due cavalli, che ci costerebbe come l'andata, cioè altri ottanta centesimi, e poiché faremmo il giro tutt'intorno per passare dall'ospedale, probabilmente il cocchiere ci chiederebbe un'intera corona... No, non interrompermi. Da qui arriverai all'ospedale in un quarto d'ora, con una semplice carrozza a un cavallo, ecco, come quella lì, per venti centesimi; e io e Franciszka pagheremo non più di otto centesimi a testa per l'intero tragitto. Lo vedi tu stesso che si tratta di un risparmio *importante*.»

Il professor Rombotyński sapeva che le questioni logistiche infervoravano sua moglie e che per organizzare bene un viaggio (naturalmente secondo lei), per risparmiare tempo, fatica e denaro, a volte era disposta a manipolare i fatti, così si arrese. Dopo essersi congedato salì in carrozza: dal finestrino vedeva la sua modesta corte di donne dirigersi verso la fermata del tram.

* * *

La Rombotyńska sapeva dai giornali che da tempo era in corso una disputa con i belgi che, nonostante le pressioni del magistrato, non si sbrigavano a costruire la nuova linea, ma per quanto la riguardava non aveva nulla da ridire sulle ferrovie a trazione equina della compagnia *Tramways Autrichiens-Cracovie et Extensions* che rappresentavano ancora una novità. Anzi, era perfino contenta di constatare che, sebbene sulle strade di Vienna circolassero treni a vapore, e a Leopoli addirittura treni elettrici, Cracovia non si lasciava coinvolgere da questa follia e non copiava insensatamente gli ultimi progressi tecnologici. Zofia aveva un pessimo ricordo del viaggio in tram elettrico che si era dovuta sorbire in occasione dell'Esposizione nazionale di Leopoli, che lei e il marito avevano visitato l'anno precedente. Sebbene i maligni avrebbero potuto tirare in ballo una qual certa gelosia per la capitale più grande, più ricca e soprattutto molto più importante del Regno di

Galizia e Lodomiria, la moglie del professore giustificava la sua avversione nei confronti dei tram elettrici adducendo ragioni puramente pratiche.

«L'amministrazione comunale di Leopoli dovrà costruire al più presto un nuovo ospedale e un nuovo istituto per malati mentali» chiariva, apparentemente con noncuranza, a chiunque volesse starla ad ascoltare. «Il primo per i feriti causati da quel mostro che sfreccia a rotta di collo per le strade della città, il secondo per i passeggeri tutti, colpiti come saranno dal malefico trillo dei suoi campanelli.»

Con sua grande gioia, i tram di Cracovia si spostavano ancora a una velocità non troppo diversa da quella dei precedenti omnibus trainati da cavalli, e che lei stessa definiva «ragionevoli».

Franciszka prese timidamente posto sul sedile rosso imbottito della carrozza di prima classe. La generosità della sua signora, che solo un attimo prima aveva tenuto un sermone sulle virtù della frugalità, era sorprendente ma comprensibile: la carrozza di seconda classe in realtà partiva per prima, ma non appena sulla banchina iniziò la vendita dei biglietti, gli israeliti di Kazimierz ci si riversarono sopra gridando nella loro lingua, o rivolgendosi al conducente in un polacco sghembo. Quasi tutte persone dall'aspetto normale, pensava Franciszka, però *altri*; in effetti potevano benissimo essere visitatori arrivati da qualche terra lontana, se non mitica: Arabia, Bucovina, o addirittura dalla regione della Kolyma.

In prima classe, invece, insieme alle residenti del Palazzo del Pavone viaggiava solo un'anziana coppia, che per di più sedeva al capo opposto della carrozza. "Probabilmente ebrei" pensò di primo acchito la Rombotyńska. "Anche se" rifletté rapidamente, "in realtà è difficile dirlo..."

La carrozza era confortevole: invece di dieci posti a sedere ce n'erano soltanto sei, ricoperti di stoffa, e i finestrini senza vetri (la direzione aveva dovuto prendere di recente la decisione di sostituire il convoglio invernale con quello estivo) erano schermati da una tenda bianco-grigiastra non proprio pulita, come notò subito l'occhio esperto della Rombotyńska. Il campanello suonò e il conducente partì incitando una coppia di bai imbrigliati al tram, per cui Franciszka scostò la tendina; le capitava raramente di passare per Kazimierz, e ora osservava il mondo che scorreva con la tristezza negli occhi.

La Rombotyńska fece un profondo sospiro.

«Sembra impossibile da credere, Franciszka, che il venerdì santo Karolina ci stava ancora aiutando a infornare torte, e oggi, a una sola settimana di distanza, l'abbiamo accompagnata al suo eterno riposo. Tra l'altro, il funerale della nostra Karolina è stato organizzato molto in fretta.»

«In che senso in fretta, signora?» chiese stupita Franciszka. «Un morto non può essere lasciato fuori troppo a lungo.»

«Lasciato fuori?»

«Bisogna seppellirlo entro la domenica. Altrimenti porterà con sé qualcuno e la morte si insedierà nella casa.»

«Il maestro Matejko è stato seppellito di martedì, ed era morto di mercoledì, e la moglie sta ancora benissimo» fece notare ragionevolmente Zofia, per quanto l'espressione «sta benissimo» non fosse esattamente appropriata per una megera che soffriva di demenza. Allo stesso tempo, però, pensò che a voler credere alle superstizioni la morte si sarebbe dovuta insediare non dalla madre di Karolina, a Podgórze, bensì nel palazzo di via Święty Jan. E malgrado la distanza che la separava dalle convinzioni popolari, un brivido freddo le percorse la schiena.

«Non lo so, signora, così mi ha detto mia madre. E così sta scritto nel *Soccorso angelico per difendersi e proteggersi in caso di grandi difficoltà*» aggiunse la domestica con buona volontà, pur sapendo che agli occhi della padrona non sarebbe suonato particolarmente rassicurante. In effetti, la Rombotyńska lasciò cadere l'osservazione nel vuoto.

«Dimmi, Franciszka» riprese invece cambiando argomento, «al funerale ho visto quel Felek di Karolina, il pescatore o zatt...»

«Renaiolo.»

«... quel renaiolo» convenne la Rombotyńska, «ma non ho notato nessuno che potesse essere il suo ingegnere.»

«Neanche io l'ho visto» disse la domestica scuotendo la testa, «e mi sono guardata intorno per cercarlo, signora, perché dopotutto, se erano fidanzati, ci sarebbe dovuto essere, giusto?»

«È vero, hai ragione, Franciszka. Ma dimmi...»

Zofia si interruppe perché alla fermata di via Józef salì in carrozza una donna affannata di proporzioni abbondanti, che si guardò in giro, evidentemente indecisa su dove sedersi, dilemma che si risolse da sé quando incrociò lo sguardo della Rombotyńska: la nuova arrivata si trascinò allora fino all'altro capo della carrozza, accomodandosi accanto alla coppia di anziani.

«Dimmi» riprese quindi la Rombotyńska. «Cos'altro sai di quest'uomo, a parte il fatto che la portava da Rehman a mangiare dolci? Sai quante volte è successo?»

«Forse due...» rifletté Franciszka. «Be'... so che sono andati insieme anche al circo Sidoli!» aggiunse animata. «Lo ricordo perché ci volevo andare anch'io.» (L'amore di Franciszka per gli spettacoli circensi era dunque più vivo che mai.) «Però Karolina insisteva a dire che non potevo andarci perché lei ci andava con l'ingegnere. "Andiamoci insieme" le ho detto, "sarà divertente, conoscerò questo tuo fidanzato e, tra l'altro, mi farò carico di badare alla decenza, che non gli passi per la testa nulla di immorale." Lei però mi ha risposto che non era necessario e che voleva andarci da sola con lui. La cosa mi ha rattristato un po', così le ho raccontato arrabbiata quello che mi ripeteva mia nonna dopo che mi ero trasferita a Cracovia: "Anche se cento cavalli cavalcherai, il velo non otterrai". E allora Karolina ha detto: "Non preoccuparti, Franula", perché a volte mi chiamava così, "l'ingegnere è un uomo molto rispettabile, ha voluto sapere apposta se sono onesta, non minaccerebbe mai la mia innocenza... Non come Felek, che voleva solamente palpeggiarmi..." Mi scusi, signora...» La cuoca si zittì di colpo, temendo di aver parlato troppo.

«Non preoccuparti, Franciszka» la rassicurò con un gesto la Rombotyńska.

«Io so bene cosa vogliono gli scapoli, anche quelli onesti. Vogliono la stessa cosa che vuole Felek, perché tutti i ragazzi hanno in testa una cosa sola. Ma lei era giovane. Giovane e stupida» sbuffò la cuoca dall'alto dei suoi ventisei anni.

A Stradom terminava il primo tratto e il tram rimase fermo un po' più a lungo, per sganciare uno dei due cavalli. La Rombotyńska insisteva nel tentare di scoprire qualcosa che potesse aiutarla a rintracciare, secondo lei, il misterioso ingegnere; che poi, chissà se si trattava davvero di un ingegnere... Tuttavia, sebbene Franciszka avesse molto da dire sugli abiti che il fidanzato aveva comprato a Karolina, e sulle paroline affettuose che le rivolgeva («*Perlina*, la chiamava, pensi un po'»), nonostante le sue sincere intenzioni e gli strenui sforzi, non fu possibile estorcerle nulla di utile per rivelarne l'identità. Non sapeva come si chiamava, né conosceva il suo indirizzo a Cracovia, e tanto meno altri dettagli come per esempio il nome della società mineraria d'oltremare per cui lavorava. Karolina, pensò, sarà stata anche giovane e stupida, ma si era dimostrata molto brava a mantenere i segreti del suo amato. E ora, presumibilmente, aveva portato quei segreti con sé nella tomba, quella stessa tomba in cui nemmeno un'ora prima l'avevano seppellita i becchini di Podgórze.

«Ragazza mia, perché sei stata zitta così a lungo?» alzò la voce la moglie del professore, irritata dalla propria impotenza, tanto che gli altri passeggeri della carrozza di prima classe la fissarono con muto rimprovero. Conosceva già, tuttavia, la risposta a quella domanda.

«Perché avevo fatto un voto, signora» disse Franciszka abbassando lo sguardo. «E se lo avessi infranto, cosa sarebbe successo? San Jan Kanty mi avrebbe tolto subito le sue grazie...»

«In realtà, dubito che funzioni così. A volte non c'è altro modo che commettere un piccolo peccato per evitare un peccato più grande, Franciszka. Sono certa che san Jan Kanty, in quanto uomo colto che ha trascorso tutta la sua vita a cercare di scoprire il vero, sarebbe senz'altro d'accordo con me» dichiarò Zofia in tono deciso, anche se in fondo non era sicura che la verità che stava proclamando fosse basata sui dogmi della Chiesa cattolica. «In ogni caso, che non accada più. D'ora in poi in casa mia... intendo dire in casa del professor Rombotyński» si corresse, «nessuno avrà più *alcun* segreto per nessuno.»

Nel frattempo il tram arrivava nella piazza del mercato, sbucando da via Sienna, proprio accanto al luogo in cui, da tempi immemorabili, sarebbe dovuto sorgere lo sfortunato monumento a Mickiewicz. Il basamento e le quattro statue ai suoi piedi erano ormai pronti: circondati da una costruzione in legno che dava tanto l'idea di un capanno per gli attrezzi o, come sostenevano altri, di un accampamento turco, stavano lì in attesa dell'arrivo del personaggio più importante, se non che il comitato per il monumento aveva discusso così tante volte con lo scultore, sottoponendolo a un autentico tormento, che Rygier alla fine aveva messo via i suoi scalpelli ed era fuggito a Roma. Poi una statua del bardo era infine stata spedita a Cracovia, ma il tronco del genio era talmente grosso, e le foglie d'alloro talmente irte intorno alla sua testa, che sembrava di guardare un cacicco indiano decisamente pasciuto, e con tanto di pennacchio. Erano piovute insistenti critiche; si era dunque provveduto a rispedire a Roma sia Mickiewicz sia due statue del basamento, su promessa dello scultore di rimetter mano al suo lavoro. Ma, per il momento, la struttura lignea al centro della piazza rimaneva lì come un pugno nell'occhio.

Il cocchiere suonò il campanello annunciando che il secondo tratto della corsa era giunto al termine.

«Dai, Franciszka, dobbiamo scendere, e alla svelta» disse la Rombotyńska alzandosi dal sedile; per raggiungere l'uscita bisognava sgomitare un po' dal momento che il tram, fermandosi più volte sulla Grodzka, si era riempito.

«Ma questa non è ancora la fermata di porta Floriańska, signora...» protestò timidamente la domestica, e poi scese obbediente.

«Mia cara» rispose la moglie del professore ormai sull'acciottolato della piazza del mercato, intenta a lisciarsi l'abito da lutto e a sistemarsi il cappello con la veletta nera, «non crederai mica che, dal momento che per motivi *indipendenti* dalla nostra volontà ci siamo dovuti accollare lussi da prima classe, io abbia intenzione di pagarli per tutto il tragitto! Ho acquistato biglietti per due tratte in posti di prima classe, e altri biglietti per tre tratte in seconda. Intendevo spendere otto centesimi a testa, e così ho fatto!» aggiunse infine tutta contenta.

Dalla via Floriańska stavano sopraggiungendo i coniugi Iwaniec. Zofia fece un inchino prima a lui e poi a lei; miope, per non dire mezza cieca, la Iwańcowa si inchinava ogni volta che il marito, tenendola sottobraccio, le dispensava un leggero colpetto. Un'abitudine che dava vita a scenette divertenti, per esempio quando lui la urtava involontariamente incespicando nell'acciottolato e lei rendeva omaggio a una colonna con gli annunci pubblicitari, o a un lampione; quella volta, per fortuna, aveva salutato nella direzione giusta.

«E ora» disse la Rombotyńska, che non amava quelle che definiva «le traversate inutili», e cercava sempre di pianificare con oculatezza il percorso delle passeggiate, «attraversiamo la

Galleria dei Tessuti per comprare da Beyer o Niesiołowski le calze da ciclismo al professore, e poi andremo da Maurizio a comprare i dolci per il tè. Vieni, Franciszka» disse in tono energico. E Franciszka si mosse, ma siccome la Rombotyńska non si avviò, anche lei si fermò e arretrò di due passi.

Fu uno di quei momenti che, probabilmente, tutti conoscono: un piano covato nel profondo da tempo, all'improvviso si presenta ai nostri occhi e annulla ogni altra azione, che va sacrificata a vantaggio di una causa più importante. Fu così che in Zofia Rombotyńska svanì definitivamente la convinzione che l'indagine sull'omicidio di Karolina potesse essere condotta dalla sola polizia di Cracovia – nella persona del commissario Jednoróg, per altro molto competente – e dal giudice istruttore Rozmarynowicz. Al di là delle questioni legate alle lunghe procedure, all'autopsia e alle indagini, bisognava anche considerare la questione dell'intuito femminile che – secondo lei – né Rozmarynowicz né Jednoróg né Kurkiewicz possedevano.

«Anzi no» disse allora sganciando l'orologio appuntato al petto, stavolta non dorato come al solito ma niellato, di grafite argentata, in obbedienza alle esigenze della moda funeraria, «per la prossima gita il professore ha tutto il necessario per le gambe, e ci sarà abbastanza tempo prima di quella successiva. Andrai da sola da Maurizio, e sceglierai un po' di frittelle di frutta, dei cioccolatini... o semplicemente dei cestini di zucchero. Ma con moderazione, mi raccomando» ribadì agitando il dito. «Tornerò a casa in fretta. Se il professore dovesse rientrare prima di me, digli che sono andata a pregare ancora un po' per l'anima di Karolina, ma che non sai in quale chiesa.»

E passando accanto alle torri svettanti della basilica di Santa Maria svoltò a destra per raggiungere velocemente – aveva il passo svelto – via Mikołajska, dove aveva sede il distretto di polizia di Cracovia.

* * *

Fronteggiato lo sgomento suscitato nel giovane poliziotto, al quale aveva chiesto di vedere il commissario, Zofia ebbe l'impressione che Jednoróg si stesse già preparando a uscire. Erano quasi le tre, e staccare per un'oretta da dedicare al pranzo prima di tornare al lavoro per un'altra ora di dolce far niente non era un'abitudine così rara, tra i funzionari di Cracovia di un certo livello, succedeva anche a Ignacy. Tuttavia, si scoprì che il problema era ben diverso. La porta dell'ufficio di Jednoróg era spalancata, o meglio, non c'era proprio: lì sulla soglia due falegnami, imprecando sottovoce, stavano cercando di incastrare negli stipiti due nuovi battenti di quercia, indubbiamente pesanti.

Il giovane poliziotto, confuso, non sapeva come comportarsi. Non stava bene mandare via la Rombotyńska a mani vuote – dopotutto era testimone di un'indagine in corso – ma la mancanza della porta sembrava, da un lato, piuttosto inopportuna in presenza di una signora, e dall'altro privava di riservatezza il suo superiore. Dopo un attimo di esitazione indicò alla moglie del professore una panca nel corridoio, a una distanza ragionevole dall'ufficio del commissario, e tornò ai suoi doveri.

La Rombotyńska osservò per un momento i falegnami alle prese con i cardini. Gli operai, probabilmente turbati dallo sguardo dell'elegante signora con il cappello, interruppero il lavoro, appoggiarono cautamente la porta al muro e scomparvero dietro un angolo del corridoio. Zofia si guardò intorno e, come se nulla fosse, si spostò a sedere su una panca che si trovava appena fuori dall'ingresso dell'ufficio del commissario. Era curiosa di sapere di quali altre faccende si stesse occupando Jednoróg, e come si comportava con le persone che si presentavano al suo cospetto.

«... cerchi di capire, signor commissario» furono le prime parole che le giunsero all'orecchio, «questo per me è un divieto micidiale!»

«La prego, signore, non se la prenda così» sentì rispondere a Jednoróg con fare impassibile, molto tranquillo.

«Come potrei non prendermela così, illustrissimo commissario, dal momento che tutta la mia vita, tutta quanta la mia esistenza, dipende da questo?» Il proprietario della voce alta e stridula passò dal tono arrabbiato al piagnucolio, mentre la Rombotyńska si spostava all'estremità della panca. «Mi trovo in una situazione disperata!»

«La capisco, ma io cosa ci posso fare?»

«Oh, perbacco, e che domanda sarebbe? Glielo dico io, cosa può fare! Dopotutto, è stato l'illustrissimo distretto della polizia imperiale a ordinarmi di sloggiare dal mio locale sito tra il parco su via Dietla e via Podbrzezie, locale che gestivo con grande soddisfazione dei clienti, grandissima... ormai da cinque anni. Eppure, era stata proprio la commissione sanitaria della polizia, incaricata a tale scopo, a ritenere il sito idoneo. Lei stesso era membro della commissione, ed è per questo che mi rivolgo a lei e a nessun altro, in quanto persona ben disposta!»

«Certo, certo» tossicchiò Jednoróg, «ma ora non credo di poterla aiutare, signor Brand.»

«Cos'è cambiato, da allora?» chiese l'uomo ignorando l'affermazione di Jednoróg. «Glielo dico io! È tutta colpa di quel nuovo prete della basilica del Corpus Domini! Con il vecchio parroco non avevamo nessun problema, ah no, invece questo qui arriva e inizia subito a inviare lettere contro di me. Scrive all'eccellente distretto di polizia che il mio locale disturba i frequentatori del parco su via Dietla, dove tutti gli esseri viventi passano più volte al giorno, compresi i bambini. E io mi chiedo, com'è possibile? Passano per via Podbrzezie? Per quella viuzza stretta e tranquilla? Prima non ci passavano e ora, all'improvviso, ci passano? Non si preoccupavano dei bambini, e ora all'improvviso se ne preoccupano? Me lo spieghi lei, illustre commissario.»

Zofia sentì Jednoróg tossicchiare ancora, con il chiaro intento di non rispondere, ma l'agitato postulante non si dava per vinto.

«Capisco, forse sono troppo vicino alle chiese, perché oltre a quella del Corpus Domini ci sono i missionari di via Stradom, e Santa Caterina non è lontano... Ma io mi chiedo: prima non c'erano, queste chiese? Mi perdoni la franchezza, ma sarà forse che l'illustre commissione, quando ha concesso il permesso qualche anno fa, non aveva notato il campanile del Corpus Domini? E inoltre, questo prete conosce forse un posto a Cracovia dove a portata d'occhi non ci sia una chiesa, un monastero o anche solo una statua? D'altronde qui, ovunque si guardi, c'è un luogo sacro. Mi toccherà trasferirmi nel quartiere Grzegórzki, signor commissario! A Grzegórzki! Abbia pietà di me, un povero uomo disperato! La imploro umilmente, egregio commissario...»

Prima che riuscisse a sentire la risposta di Jednoróg, però, da dietro l'angolo risbucarono i falegnami, così Zofia si allontanò alla svelta dallo stipite e scivolò di nuovo all'altra estremità della panca. Dopotutto, non voleva che la prendessero per una ficcanaso.

Non appena gli operai si rimisero all'opera, dall'ufficio del commissario uscì quel Brand bistrattato dal destino: un uomo corpulento, in abito marrone, dal viso triste e grigio come il quartiere Rakowice nel mese di gennaio. Lanciò alla Rombotyńska un'occhiata assai infelice e prese a trascinarsi lungo il corridoio. Subito dopo fece capolino Jednoróg: era visibilmente sorpreso di vedere la moglie del professore, ma la invitò immediatamente a entrare, e benché si stesse preparando ad andarsene dall'ufficio, non lasciò trapelare quanto poco gradisse quella visita che avrebbe ritardato il suo pranzo del venerdì. Al contrario, si scusò per la scomodità delle sedie e chiese perfino se doveva arieggiare la stanza per via del fumo di sigaretta. La Rombotyńska ringraziò educatamente – senza la porta si sarebbe creata una corrente micidiale! – e ancora una volta pensò che il giudice Klossowitz avrebbe avuto molto da imparare da Jednoróg in fatto di buone maniere. Tanto per cominciare.

«Mi rendo conto di essere probabilmente arrivata in un momento poco opportuno...» iniziò a dire.

«Una sua visita» la interruppe il commissario «non è mai inopportuna.»

«... ma la questione della tragica morte di Karolina non mi dà pace. Vede, torno ora dal suo funerale. Innanzitutto... quegli ulani. Vorrei saperne qualcosa in più. Cosa stavano facendo, quella notte?»

Jednoróg aggrottò la fronte. Con la punta delle dita sollevò il coperchio del calamaio d'ottone, per lasciarlo subito ricadere con un rumore stridulo.

«Signora Rombotyńska, lei sa che sono un funzionario di polizia, e in quanto tale chiamato a mantenere il massimo riserbo. Tuttavia, in virtù della posizione di suo marito, nonché dei successi da lei conseguiti, non posso pensare di attenermi strettamente alle regole. Se quindi le rivelerò alcuni dettagli, sarò costretto a obbligarla a una totale riservatezza. Rivelare i particolari di un'indagine a un estraneo non è solo un atto di negligenza, ma anche un reato, pur se commesso con le motivazioni più nobili e allo scopo di smascherare l'assassino.»

«Questo tipo di approccio non può che essere motivo di vanto per lei, commissario, e le assicuro volentieri la mia assoluta discrezione. Ma dovrà fidarsi della mia parola» continuò Zofia sorridendo, «perché per dimostrarle di quali e quanti segreti delle più svariate case di Cracovia io sia depositaria, glieli dovrei svelare. E ne avrei da raccontare! Non resta quindi che la fiducia reciproca.»

«Gliel'accordo, e le chiedo di ricambiarla.»

Così, a suggello di questo patto fra cacciatore professionista e cacciatrice per provocazione, Zofia chinò il capo in un atteggiamento che sembrò fin troppo solenne, forse per via delle dimensioni imponenti del suo cappello e dell'austerità della veletta a lutto.

«I tre ulani hanno… vorrei dire "una reputazione specchiata", in questo caso però non è possibile… hanno tuttavia un alibi comprovato. Hanno trascorso la notte in un certo locale, che hanno lasciato solo all'alba. Del resto, proprio come hanno fatto anche la notte successiva, per poi mettersi a girovagare all'alba e giungere sotto la villa dei Rożnowski, dove si sono imbattuti nel…»

«In che senso, scusi?» lo interruppe, confusa, la Rombotyńska. «Karolina non è forse morta la notte prima di quando hanno ritrovato il corpo?»

«No, l'autopsia ha evidenziato che il cadavere è rimasto in acqua per circa ventiquattro ore. A quanto pare, la corrente del fiume l'ha prima fatto impigliare da qualche parte, poi l'ha disincagliato e gettato sulla riva.»

Questa novità le era evidentemente sfuggita, mentre ascoltava la conversazione tra Ignacy e Kurkiewicz. Forse l'informazione era uscita fuori all'inizio, prima che Franciszka le portasse l'annaffiatoio.

«E…»

«La morte è stata praticamente istantanea, un colpo netto al cuore, emorragia. Mi spiace molto» aggiunse il commissario vedendo l'agitazione sul viso di Zofia.

«Grazie. Quindi il decesso è avvenuto nella notte tra il lunedì di Pasqua e il 16 aprile…» Zofia estrasse dalla tasca della giacca un taccuino, lo aprì e prese nota. «Tutti e tre sostengono la stessa versione dei fatti?»

«Non solo loro. Anche persone… estranee ai fatti.»

«Persone di cui gli ulani non si erano accorti?»

Jednoróg trattenne un sorriso ma il suo occhio fu attraversato da un brillio.

«Considerata... la vicinanza con queste persone, sarebbe stato piuttosto improbabile. Ci sarebbe voluto un miracolo. E non di tipo divino, ma piuttosto diabolico.»

Zofia sospirò.

«So che Franciszka le ha raccontato qualcosa, ma è ben poco. Ho provato a tirarle fuori dell'altro, perché si sa che la nostra memoria ha i suoi cassetti e scomparti segreti che a volte si inceppano, ma che opportunamente trattati con la domanda giusta, posta al momento giusto...»

«... si sbloccano, come improvvisamente illuminati, rivelando tesori nascosti.»

«Esatto. L'intera faccenda dell'ingegnere di cui le ha parlato Franciszka a me sembra molto sospetta. Anche se volessimo ipotizzare che Karolina aveva fatto innamorare un giovane di buona famiglia, cosa del resto possibile, dopotutto Tetmajer...» disse Zofia con una smorfia. «Certo, nel caso di Tetmajer non si tratta di un ingegnere ma di un artista, una testa calda, che però ha sposato una contadina... Comunque. Mi pare impensabile che quest'ingegnere le abbia proposto di sposarlo senza aver chiesto il consenso ai genitori, cioè alla madre, e senza informare noi, ovvero i suoi padroni. Sono cose assolutamente inammissibili...»

«Assolutamente!» concordò Jednoróg.

«... che dimostrano una totale mancanza di buone maniere. Non conosco nessun ingegnere» proseguì Zofia sollevando leggermente il mento «che, per quanto giovane, si comporterebbe in questo modo. E non credo vi sia alcuna università, nell'impero o all'estero, che conferirebbe una laurea a uno studente così screanzato.»

«Sicuramente, ma la polizia non può perseguire nessuno per mancanza di educazione.»

Il tempo passava e il commissario, bisogna ammetterlo,

continuava a essere cortese, e riuscì anche a divertirla con una battuta. La Rombotyńska sorrise.

«Questo è vero. Per me, però, questo signore resta il primo sospettato: un ingegnere spuntato dal nulla che sparisce nel nulla, proprio quando una ragazza perde la vita. E non chiede niente a nessuno? Nemmeno a noi, pur sapendo dove abitava?»

Jednoróg si arricciò un baffo.

«Bene, riflettiamoci. In base a quanto mi ha detto la sua domestica, l'ingegnere aveva ricevuto un messaggio urgente secondo il quale avrebbe dovuto prendere servizio al più presto. Mettiamola così: ha acquistato per la signorina Szulcówna e per sé i biglietti per Amburgo, ha inviato un telegramma all'amico prete che vive là affinché organizzasse il matrimonio prima di salpare per l'America... La promessa sposa non si presenta alla stazione. È un uomo giovane, perciò irruente, pieno di progetti audaci. Potrebbe anche cercare la ragazza che gli ha fatto perdere la testa, ma» e qui il commissario alzò le mani «... dopotutto la conosce a malapena. Da quando, esattamente?»

«Si erano incontrati qualche settimana prima» mormorò Zofia.

«Nel frattempo, lui ha davanti a sé una grande avventura, forse il primo lavoro serio dopo l'università... un continente da scoprire, tutta l'euforia della gioventù quando inizia un nuovo capitolo della vita. Può dire addio ai biglietti del treno e ai soldi che ha già speso per il viaggio intercontinentale. Ma può anche...»

«Dire addio alla ragazza?»

«Alla sua amata Dulcinea, nella quale d'un tratto il nostro sfortunato Don Chisciotte vede soltanto un bel viso e un carattere frivolo, dal momento che la ragazza pare non aver capito quanto sia importante per lui quell'opportunità. Solo che Dulcinea non l'ha affatto abbandonato...»

«... ma è stata uccisa.»

«*Voilà*. Da qualcuno a cui Karolina aveva precedentemente promesso il suo cuore, ma che aveva poi abbandonato per un partito migliore. Se così fosse, senza conoscere nome e cognome di quest'ingegnere, senza sapere nulla di nulla, non potremmo mai rintracciarlo nella vastità del mondo. Nemmeno per dirgli che la malcapitata non si è affatto presa gioco di lui» concluse il commissario.

La Rombotyńska giocherellava con la nappina nera dell'ombrello.

«Ammetterà, tuttavia, che un ingegnere che all'improvviso organizza un matrimonio con una cameriera sembra più un personaggio da vaudeville o da romanzetto, che non un uomo in carne e ossa.»

«Il cuore può molto...» osservò il commissario in tono sentenzioso. Lei annuì e lui riprese il filo del discorso. «Può non solo travalicare le convenzioni sociali, può addirittura uccidere. Io credo che il renaiolo abbia scoperto tutto. Ha capito che la sua amata gli stava sfuggendo dalle mani, e ha semplicemente seguito i suggerimenti del suo cuore geloso.»

«Troppo semplice, troppo semplice!» disse la moglie del professore storcendo il naso. «Ha forse confessato qualcosa, questo nostro Otello?»

«Lo abbiamo interrogato, ovviamente, due volte. Sappiamo che la signorina Szulcówna gli ha raccontato tutto, sappiamo che si è ubriacato per la disperazione.» Jednoróg afferrò un fermacarte in pietra con un'aquila d'ottone, abbinato al calamaio, e sfilò da sotto alcuni fogli scritti con calligrafia d'ufficio, poi, data un'occhiata al testo, continuò: «Per parte della notte è stato visto alla taverna... prima in una, poi in un'altra... ma queste sono testimonianze degli ubriaconi di turno che non distinguono la luna da una lanterna, e infatti non hanno saputo indicare l'ora esatta in cui è arrivato e se n'è andato... o se l'abbiano portato fuori, perché pare sia andata così. Lo teniamo d'occhio, è costantemente seguito da due giovani agenti di polizia, i cadetti Erychleb e Pidłypczak. Prima o poi si tradirà in qualche modo».

Ma la sua interlocutrice non si dava per vinta.

«Lei ora si arrabbierà, signor commissario, ma questo ingegnere fantasma mi sembra una pista molto più interessante.»

Jednoróg guardò la Rombotyńska, tossicchiò, poi intrecciò le mani: grandi mani solide di un vero ufficiale delle forze dell'ordine.

«Rispetto immensamente la sua opinione e so con quale perspicacia lei abbia contribuito a risolvere la questione di Casa Helcel» iniziò a dire, mentre Zofia aspettava un «ma» che, naturalmente, ottenne: «ma vorrei farle notare che raramente gli omicidi hanno a che fare con... come dire ... menti criminali eccezionali e piani intricati. Le persone di norma sono semplici e agiscono in maniera semplice. Lei sta cercando il complicato meccanismo di una trebbiatrice, dove noi abbiamo più spesso a che fare con un correggiato» aggiunse il commissario sorridendo sotto i baffi. «Del resto, un caso simile ha avuto luogo solo un mese fa, a Leopoli.»

Prese un'elegante cartellina appoggiata sulla scrivania: lucida, in pelle color ciliegia, con impressi fregi lussuosi e le iniziali SJ. "Sicuramente un regalo da parte dei subalterni in occasione dell'ultima promozione" pensò la Rombotyńska. Jednoróg girò la piccola chiave nella serratura e aprì le alette, rivelando l'interno di moire scarlatto, quindi estrasse un ritaglio di giornale.

«Naturalmente, in quanto persona estranea, non posso mostrarle i fascicoli della polizia» si scusò porgendole un foglio, «ma queste sono informazioni di dominio pubblico.»

Omicidio a Leopoli, lesse lei in silenzio, aggrottando le sopracciglia e strizzando gli occhi per non prendere la lorgnette. *In via Podlewski 10 viveva Marya Wajdówna, lavandaia ventiseienne di cui era innamorato Paweł Strzelecki, maggiordomo del conte Stanisław Dzieduszycki. Nonostante l'appassionato affetto che Strzelecki provava per lei e i numerosi regali che le faceva, la Wajdówna non lo ricambiava e restava fedele al suo fidanzato Szpaczyński, che svolgeva i tre anni di servizio militare a Vienna. L'altro ieri Szpaczyński è rientrato da Vienna e la Wajdówna ha annunciato a Strzelecki che presto si sarebbe sposata. Strzelecki, sconvolto dalla rivelazione, è corso a casa del suo padrone, gli ha rubato il fucile, si è precipitato all'appartamento della Wajdówna e le ha sparato alle spalle mentre lei sistemava la biancheria.* «Alle spalle» disse Zofia ad alta voce, «che vigliaccheria!» *Dopo aver sparato, ha gettato via il fucile ed è andato alla polizia per confessare il crimine commesso. È stata chiamata immediatamente un'ambulanza, che ha potuto soltanto constatare il decesso della Wajdówna. Il criminale è in carcere. Interrogato, ha affermato di avere ucciso per «disperazione e profondo amore».*

«Ma per favore» commentò ancora a voce alta la Rombotyńska, «*per disperazione e profondo amore!* Che faccia tosta!»

«Si può dire così. Del resto, più avanti c'è scritto che i regali che lui le faceva, come cucchiai e anelli d'argento, erano in realtà oggetti rubati ai suoi padroni, e in più pare che questo Strzelecki abbia un aspetto sgradevole... In poche parole: né io né lei vorremmo conoscerlo. Tuttavia» e qui il commissario si concesse una pausa, «anche le persone dall'aspetto sgradevole, o i comunissimi ladri, hanno dei sentimenti, no? Anche loro sono in grado di – la prego di non ridere – provare grandi sentimenti, elevati, perfino, come la "disperazione" e il "profondo amore", sbaglio?»

In questo caso, almeno in cuor suo, Zofia fu costretta a dargli ragione; a prescindere dalle opinioni che le erano state inculcate sulle persone di status inferiore o appartenenti a una classe sociale inferiore, come dicevano allora i socialisti, l'esperienza l'aveva portata a credere che la grandezza e la piccolezza d'animo fossero indipendenti dalla posizione dei genitori, dall'ammontare della dote e dai blasoni.

«E la questione è abbastanza chiara. Qui si tratta di gelosia» disse il commissario intrecciando di nuovo le dita, «il *mostro dagli occhi verdi*, come scrive Shakespeare. E non parlo solo di gelosia amorosa, c'è di più. Lui, un semplice operaio che in estate cava sabbia dal fondo della Vistola, in inverno taglia blocchi di ghiaccio, sgobba al caldo e al freddo, eppure sbarca a malapena il lunario, cosa mai potrà comprare alla sua benamata? Un anello dozzinale con una pietra di vetro alla fiera di Emmaus? E intanto arriva un signorotto ricco e colto, con tutto il mondo davanti a sé, e gli frega quella bellissima ragazza... zac!» esclamò, chiudendo la mano a pugno come se avesse appena catturato una mosca. «E gliela porta via da sotto il naso! In questo mondo rude fatto di sentimenti crudi e azioni inclementi, che obbedisce a una sorta di onore sociale, questo è un affronto che va pagato con il sangue.»

«Con il sangue? Benissimo» proruppe la Rombotyńska, «ma perché con il sangue di una ragazza indifesa? Perché non si è scagliato con il coltello contro quell'ingegnere? Sarebbe stato un avversario più degno.»

«Be', magari lo scopriremo. Ma ci sono momenti in cui la disperazione e la gelosia più disumane convivono nello stesso corpo con una vigliaccheria e un egoismo molto umani, invece.»

Rimasero entrambi in silenzio per un attimo, poi Zofia ringraziò il commissario e si preparò ad andarsene.

«Di una cosa può stare certa» le disse Jednoróg aprendole la porta che dava sul corridoio. «Lei sarà la prima a sapere chi è l'assassino.»

E così fu.

* * *

Zofia ripensò a quella conversazione mentre pranzava, mentre cenava, e poi il giorno seguente, e poi per tutta la domenica mattina durante la messa nella basilica di Santa Maria, e anche durante il caffè del pomeriggio che bevve, eccezionalmente, non da Maurizio ma nella Galleria dei Tessuti, per la precisione da Rehman, ingenuamente convinta che forse qualche dettaglio le avrebbe rivelato il nome del misterioso ingegnere che aveva portato lì Karolina per offrirle un dolce. Per un attimo accarezzò l'idea di andarci portandosi appresso la fotografia della sua domestica, e di chiedere ai camerieri se ricordavano di averla vista in compagnia di un uomo, ma rise fra sé al pensiero che l'avrebbero presa per una pazza.

Rassegnata, tornò a casa e attese il rientro di Ignacy, che arrivò la sera tardi. Il professore aveva un aspetto molto diverso da quello che aveva quando era uscito qualche ora prima. Il bell'uomo di un tempo che sprizzava salute da tutti i pori, con l'abito spazzolato, le scarpe marroni lucide e i calzini a tinte vivaci che ricordavano i colori dello stemma di un cavaliere, ora era sfinito, sudato, con i capelli in disordine, le basette arruffate, l'immagine stessa della miseria, della disperazione e del ciclismo su strada: schizzi di fango sulle scarpe e sui calzettoni, una ragnatela sulla manica della giacca fra l'altro strappata, probabilmente da un cespuglio costeggiato da troppo vicino... insomma, un vero e proprio marito selvaggio! Grazie all'aiuto di Franciszka riuscì a rimettersi in sesto e ricomparve rinfrescato, con le basette sistemate come si conviene a un gentiluomo. Zofia però sentiva che qualcosa non andava.

Solo dopo cena, sprofondato malinconicamente nella sua poltrona rivestita di velluto color ciliegia, Ignacy disse: «Come cambiano, i tempi. Una volta era impensabile che un giovane uomo vigoroso, vedendo una persona un po' più anziana procedere, a piedi o *con un mezzo*, a minor velocità, non rallentasse un pochino, per gentilezza pura. D'altronde, che senso ha tutta quella fretta quando ci sono i bei panorami primaverili, e sulle rive della Vistola sono visibili le antiche torri del monastero di Tyniec… quante cose da osservare e da ammirare. È una gita o una gara? Ma i giovani d'oggi…» e sospirò. «Eh, teste calde, sempre avanti, avanti… chissà come andrà a finire.»

Calò il silenzio. Zofia decise allora di tirargli su il morale con ciò che lui amava di più, vale a dire le curiosità riportate sul «Tempo». Prese in mano il giornale, gli diede una scrollata e iniziò a leggere.

«*Alle tre del mattino l'ambulanza della Compagnia di Soccorso è stata chiamata in via Szewska per Marya Bylica, di anni ventitré, che con l'intenzione di avvelenarsi ha ingerito parte di una pastiglia di sublimato corrosivo.*» "Una parte" pensò Zofia, "inconcepibile! Se devi fare una cosa, falla bene. Intendeva forse conservare il resto della pastiglia per utilizzarla in seguito? Anche lo spirito del risparmio deve avere i suoi limiti!" «*Dopo la somministrazione degli opportuni antidoti, l'ambulanza ha portato la paziente all'ospedale San Lazzaro.*» "Ora forse qualcosa di più interessante." «*Berlino. L'imperatore Guglielmo è partito ieri pomeriggio per Weimar.*»

«E?» si limitò a chiedere Ignacy.

«E niente. Ma c'è qualcosa da Le Havre. *Il presidente della Repubblica, Faure, ieri ha visitato ospedali, orfanotrofi… ha parlato con molti malati… ha regalato giocattoli ai bambini… è stato accolto con grida di gioia…* Niente di interessante.»

Ignacy sospirò.

«Oh, il terremoto!» si rianimò Zofia scorgendo la notizia con la coda dell'occhio. «*Roma. Come riportato dall'Agenzia Stefani, le notizie diffuse dai quotidiani su un nuovo terremoto che avrebbe colpito la Sicilia, e tutte le relative segnalazioni di crolli di case… sono false.*»

«Molto bene» osservò sobriamente Ignacy, per quanto il tono sembrasse voler dire «molto male».

Con ciò, terminò la lettura del quotidiano. Rimasero seduti ancora un po' ascoltando il ticchettio dell'orologio e gli schiamazzi lontani provenienti dalla strada. Poi andarono a dormire.

CAPITOLO IV

Nel quale Franciszka acquisisce abilità investigative, la moglie del professore consulta la Bibbia della borghesia cracoviana e viaggia in periferie lontane fin quasi a raggiungere Firenze o Venezia. Là incontra sulle scale un'amante delle Amazzoni, e poi diventa lei stessa un'Amazzone, accettando le condizioni di resa di un costruttore con le spalle al muro. Scopriamo inoltre quanto tempo ci vuole per spedire una breve lettera, chi ha bisogno di Franek e cosa ci faceva un polpaccio nudo su Berezyna.

Zofia aveva l'impressione che i giorni trascorressero e non trascorressero, come se si trovasse sospesa nello spazio e nel tempo. Tutt'intorno a lei proseguiva il tran tran quotidiano: la gestione dei pasti, la spesa, l'invito per un tè, due visite, tra cui una alla contessa Żeleńska a Casa Helcel... Con l'occasione si ricordò, naturalmente, di passare a trovare suor Aloyza che negli ultimi tempi non stava bene, e portarle una bottiglia di succo di lampone dell'anno precedente, sigillato con la lacca, ottimo per il raffreddore, e le famose pastiglie per la tosse del dottor Pareński; scambiò, inoltre, qualche parola con il giardiniere ed esaminò personalmente gli splendidi cespugli di rododendri colmi di boccioli con i quali aveva intenzione di distinguersi presto al concorso floreale... E tuttavia: non succedeva nulla, perché la notizia più importante, quella della cattura del malvivente, non arrivava. Da qualche parte là fuori l'assassino di Karolina se ne andava in giro tranquillo per Cracovia, indossando un'elegante uniforme da ulano o con una giacca da lavoro da renaiolo. O forse era in tutt'altro luogo? Magari, presa la valigia con i vestiti e la laurea in ingegneria, si stava imbarcando ad Amburgo su una nave della HAPAG o a Brema su una della Lloyd, oppure chissà, stava già navigando tranquillo attraverso l'Atlantico? Si muoveva sull'acqua, perché tutto è incerto, come *scritto nell'acqua*...

Anche quel giorno c'era molto da fare, eppure lei perdeva tempo. Dal momento che il solitario di Potocki, pur giocato con carte piccole, non ci stava sulla sua scrivania – di dimensioni ridotte perché da donna, e quindi pensata per scrivere brevi lettere, biglietti di ringraziamento per gli ospiti o inviti – dovette passare sul tavolo della sala da pranzo. Spostò sulla credenza una zuccheriera d'argento, regalo di nozze dei Dutkiewicz, ripiegò e appoggiò sullo schienale della sedia la tovaglia di velluto rosso ricamata a fiori dorati e dispose, per la ventunesima volta, quattro file di carte sul legno lucido. Non le riuscì per sei volte, e anche la terza e ultima disposizione del settimo solitario non ispirava molto ottimismo. L'otto di quadri proprio dopo il re...

«Signora?»

"... il dieci va dopo il nove, al suo posto un sette, e anche questo lascia un posto vuoto dopo il re, forse..."

«Signora?»

Franciszka stava sulla soglia della sala da pranzo reggendo in mano un oggettino bianco, indistinguibile da quella distanza, a meno che non si usasse una lorgnette. Un cofanetto? Una scatolina di cartone? L'oggettino era ben poco appariscente, ma qualcosa nella voce concitata della domestica, qualcosa nel suo gesto entusiasta, fece sì che Zofia immediatamente non si preoccupasse più del destino dell'otto di quadri.

«Cosa succede, Franciszka?»

«Visto che mi ha fatto tante domande su Karolina e su quell'ingegnere... ho pensato che dopotutto abbiamo abitato, mangiato, dormito insieme, ed era tutto ammassato, e, quando se n'è andata da qui, l'ha fatto in un battibaleno. Tra me e me ho pensato che doveva essere rimasto qualcosa, una qualche sciocchezza, una bagatella. E visto che ora so per certo che Karolina non tornerà, bisognerà in qualche modo sistemare questa confusione, mi sono detta. Così ho messo ordine.»

«E quindi?»

«Eh sì, mi sono data un bel daffare... Ho tirato fuori dal pagliaio fino all'ultimo filo d'erba e l'ho rimesso al suo posto» raccontava infervorata la domestica, «senza trascurare nulla. Ho tolto i kilìm appesi sopra i letti, li ho sbattuti, ho svuotato l'armadio, ho rivoltato tutte le camicie, le sottane, le giacchette di Karolina, ho frugato in ogni tasca...»

«E quindi?» ripeté Zofia; ma, visto che Franciszka continuava il monologo, capì che doveva essere recitato per intero a testimonianza dell'enorme lavoro svolto.

«... ho guardato nelle scarpe e in tutte le fessure del pavimento. Ho perlustrato anche le parti alte e ho deciso di dare una spolverata, e con l'occasione di spostare il quadro di san Jan Kanty, che il professore mi aveva regalato per Natale. Perché, quando è arrivata Karolina, io avevo sia la Vergine Maria sia il santo Jan, mentre lei non aveva nessuno, allora le ho detto: "Appendilo sul tuo letto, almeno avrai qualcuno da pregare". Lo prendo, lo spolvero, ma qualcosa mi diceva di voltarlo. Ed eccolo lì, incastrato sotto la cornice! Agli agenti di polizia dev'essere sfuggito.»

Si avvicinò al tavolo e porse alla Rombotyńska l'oggettino bianco, che da vicino risultò essere un biglietto da visita.

«È il biglietto da visita di quell'ingegnere. Lo so perché quando l'ha ricevuto me l'ha sventolato sotto gli occhi e poi l'ha subito nascosto da qualche parte.» Zofia prese nervosamente la lorgnette posata sul tavolo e l'avvicinò al viso. «Ne aveva una scatola piena, in argento, come i veri signori, e gliene ha dato uno per farle capire che lui non era uno qualunque. Non c'è scritto molto, solo nome e cognome, ma è già qualcosa.»

«*Marceli Bzowski*?» lesse Zofia e tacque un attimo, per poi continuare a voce più alta. «Ma cosa dici, l'ingegner Bzowski non avrebbe potuto chiedere la mano a Karolina, ha moglie e figli. Inoltre è un uomo serio, maturo, dell'età di mio marito. E che non si fingerebbe scapolo agli occhi di tutta la città e non porterebbe una domestica da Rehman a mangiare un gelato!»

«Erano *dolci*» precisò Franciszka, dimostrando che in fondo invidiava a Karolina ogni fetta di *pischinger* che aveva mangiato. «Ma quale serio! Io l'ho visto. Da lontano, certo, da lontano, ma non avrà avuto più di venticinque anni, nonostante i baffi! Abiti nuovi di zecca, elegante, con il bastone da passeggio, magro, un tipo agile.»

Si poteva descrivere l'ingegner Bzowski con diversi aggettivi, ma «magro» e «agile» non erano tra questi; era un uomo ben messo, solido, più simile a un'ampia e spartana caserma, che non a una svettante torre idrica – a voler fare paragoni di tipo architettonico.

«Siamo sicuri che questo sia il biglietto da visita di quell'ingegnere di Karolina? Potrebbe averlo ricevuto da chiunque, o averlo trovato per strada.»

«Altroché. Com'è sicura la morte. L'ha portato e se n'è vantata con me. Lo sventolava talmente forte che non lo vedevo neanche. Ma ora lo riconosco. È dell'ingegnere, è suo!»

Zofia sospirò. Voltò il biglietto ma sul retro non trovò nulla. Bianco. Carta comune, senza stranezze o ricercatezze esagerate. Solo l'abbreviazione *Ing.* seguita da nome e cognome. Le venne in mente che poteva essere uno dei biglietti di condoglianze inviati dopo la morte di Karolina, ma non aveva un angolo piegato all'indietro, né traccia di tale piega; del resto ne erano arrivati talmente pochi, che il pensiero inviato da uno sconosciuto se lo sarebbe certamente ricordata. A quanto pare, la morte di una domestica è per molti un qualcosa a metà strada tra la morte del padrone di casa e quella del cane o del gatto.

«Ben fatto, Franciszka. Riconosco che hai svolto un ottimo lavoro. Speriamo che questo indizio si tramuti in prova.»

Per un attimo le frullò qualcosa in mente, poi, ammucchiate tutte le carte con un gesto deciso, Zofia si rivolse di nuovo alla domestica.

«Per favore, vai in cucina a controllare se la crema alla vaniglia è venuta bene.»

* * *

La Rombotyńska amava ripetere che lei non dimenticava mai nulla. Ma questo elegante *bon mot* non corrispondeva necessariamente alla verità, e ora stava cercando di ricordare con insistenza dove si erano trasferiti gli Bzowski. Non poteva chiederlo a Ignacy, e non era affatto certa che lui lo sapesse; incombenze banali come l'invio di cartoline di buon onomastico e buon Natale erano di sua competenza, e tutto ciò che ricordava era che l'anno precedente si erano trasferiti dall'appartamento in cui abitavano in via Święta Anna.

Poiché tutti gli sforzi di Zofia per ricordare si rivelarono inutili, decise di cercare aiuto in ciò che sta a cuore a ogni donna borghese di Cracovia che si rispetti. Così come Franciszka aveva il suo *Soccorso angelico* – e sebbene la sua domestica si sarebbe senz'altro risentita di un paragone simile – anche lei aveva un suo libro che forse non trattava con devota riverenza, ma nel quale cercava risposte molto più spesso di quanto non facesse rivolgendosi alla Bibbia. Si avvicinò allo scaffale e da una lunga fila di libri spessi rilegati estrasse il primo sulla destra, *Il Calendario di Cracovia di Józef Czech dell'anno 1895*, che aprì alla sua voce preferita: *Rubrica di Cracovia*. Qui, come in un libro del bene e del male, erano elencati tutti gli abitanti più importanti della città: dai consiglieri e impiegati comunali, ai funzionari della fabbrica imperiale di tabacco, fino ai membri della Compagnia di canto «Il liuto». Non esisteva mappa più utile per navigare nel mare tempestoso della mondanità cittadina.

Ignacy era presente sulle pagine del *Calendario* ormai da anni, prima come medico ordinario, poi come assistente del professor Teichmann; e ora, finalmente, per il secondo anno – Zofia diede un'occhiata soddisfatta alla pagina 102 – nella sezione «Professori associati e ordinari dell'università». Iniziò subito a sfogliare le pagine alla ricerca di ingegneri e trovò l'«Elenco di costruttori, architetti e ingegneri» dove lesse: Bzowski Marceli, via Studencka 11. L'attendeva quindi un giro al di fuori del parco Planty.

Si fermò sulla soglia della cucina, diede un'occhiata compiaciuta alla crema alla vaniglia, poi si rivolse a Franciszka.

«Abbiamo ancora molto tempo prima che torni il professore... penserai tu alla cena, confido che ti venga in mente qualcosa. Se mio marito tornasse un po' prima e chiedesse di me, digli che non sai dove sono andata.»

Franciszka sorrise fra sé, ricordando come solo pochi giorni prima la signora avesse annunciato l'introduzione della regola secondo la quale in quella casa nessuno doveva più avere segreti per nessuno, ma fece un inchino accondiscendente, fregandosi le mani nel grembiule.

La moglie del professore, invece, entrò in camera da letto per sedersi qualche minuto alla toeletta. Come si addice a una guerriera, Zofia Rombotyńska non andava mai a combattere senza prima indossare i colori della battaglia.

* * *

Ignacy si lamentava continuamente dell'«espansione incontrollata di Cracovia, che oltrepassava tutti i limiti del buonsenso». Certo, gli piacevano i nuovi edifici pubblici come le caserme dei vigili del fuoco, che ricordavano un castello imponente, gli piaceva l'elegante Accademia di Belle arti, ma soprattutto – ovvio – amava i nuovi edifici dell'università. «Così imperiali!» esclamava con soddisfazione, che detto da lui era il massimo dell'elogio.

Invece, nei confronti dei nuovi palazzi a schiera che spuntavano come funghi dopo la pioggia in luoghi dove solo poco tempo prima soffiava libero il vento, Rombotyński reagiva con molto meno entusiasmo, se non con sdegno, assimilando tali zone, si sarebbe potuto pensare, a delle periferie. Costruivano in modo caotico, una casa appiccicata all'altra, si lamentava, violando di continuo i regolamenti; e in effetti, secondo i regolamenti governativi, le case non potevano essere più alte della larghezza della strada, eppure qualsiasi abitante della città sarebbe stato in grado, senza grandi difficoltà, di indicare strade simili a canyon dove la luce del sole appariva tanto di rado quanto i socialisti alle celebrazioni religiose di maggio.

Tuttavia, dopo due o tre visite di cortesia ad amici che avevano deciso di trasferirsi fuori dalla zona circondata dal parco Planty, la Rombotyńska, che all'inizio condivideva pienamente l'opinione del marito, iniziò a maturarne una propria. Camere più spaziose, cucine più comode, scale riservate al personale domestico: tutto questo fece su di lei un'ottima impressione e suscitò persino invidia. In merito al trasloco Ignacy rimaneva, tuttavia, irremovibile; ogni tentativo di affrontare l'argomento si risolveva in un pomeriggio teso nel Palazzo del Pavone.

Questo non significava assolutamente che Zofia avrebbe rinunciato a ulteriori tentativi; sapeva per esperienza che una goccia scava la roccia e suo marito, a dirla tutta, non era granito, ma piuttosto marmo: indubbiamente nobile e rispettabile, ma suscettibile all'effetto degli agenti esterni.

Mentre camminava di buon passo per i viali primaverili del Planty osservando la natura che si risvegliava – le giovani foglioline rugose dell'ippocastano, il bianco abbagliante dei ciliegi, le aiuole di primule multicolori – su una cosa era d'accordo con il marito: la scomparsa dei parchi le metteva tristezza. Erano già finiti sotto la scure i giardini Krzyżanowski in via Wesoła, i terreni degli Jabłonowski di fronte all'università, e ora era arrivato il momento dei giardini Wodzicki. Non c'era da stupirsi, questa terra produceva tanto oro quanto la terra di Borysław petrolio prezioso, così, dove solo dieci anni prima si estendevano frutteti, ora erano in corso lavori: il mecenate Rettinger aveva fatto costruire case a più piani, e tracciare una nuova strada che attraversava il giardino. "Almeno il tumulo di Kościuszko è rimasto al suo posto" pensò Zofia all'improvviso. Non osava neanche immaginare quanto si sarebbe infuriato Ignacy se «quell'inestimabile monumento delle epoche passate, che ospitava sotto il suo tetto il Comandante in persona» fosse caduto vittima di quegli «sfasciamuri» che lui detestava. Anche se Zofia riteneva che, in fondo, fosse una costruzione piuttosto brutta.

Aveva già raggiunto il palazzo in cui, secondo il *Calendario di Czech*, vivevano gli Bzowski e lo osservò con una certa invidia (alle sue spalle urlavano gli operai che stavano mettendo i vetri alle finestre dell'enorme edificio, se non ricordava male, della nuova Scuola Reale): il piano terra in bugnato, come rivestito di blocchi di pietra, su ogni finestra una testa – o di Ercole con la pelle del leone, o di qualche antica fanciulla; più sopra due piani rivestiti in mattoni, a ogni piano un balcone al centro, finestre con ampi serramenti rinascimentali e ai lati una panoplia con la data 1887. Un vero e proprio palazzo fiorentino! Entrò nel portone e stava per chiedere al custode – una delle comodità che le mancava nel Palazzo del Pavone – a quale piano avrebbe trovato l'ingegner Bzowski e consorte, quando dall'angolo delle scale spuntò una giovane donna corpulenta in un abito color tabacco di qualche stagione prima. Nascondeva i capelli scuri raccolti in uno chignon disordinato sotto un cappello di un grigio-marrone indefinito. Sul suo ampio viso (forte ed espressivo per alcuni, grezzo per la Rombotyńska) si notava un'espressione sorpresa. Anche Zofia era stupita, ma riuscì a non darlo a vedere.

«Signora Rombotyńska» la salutò la giovane.

«Signora Bujwidowa» rispose Zofia annuendo leggermente: quanto basta perché il movimento si noti, ma non un millimetro più in basso.

«Mi è giunta notizia della tragedia che ha colpito la vostra casa. Le faccio le mie condoglianze. È una storia così straziante.» Zofia ringraziò con un altro cenno del capo, questa volta più evidente. «È un'ulteriore prova» continuò la Bujwidowa «di quanto sia importante la questione dell'istruzione femminile nel mondo d'oggigiorno. Molto presto, tra qualche settimana, inaugureremo la Sala di lettura per le donne, siete la benvenuta... Ci sto andando proprio ora, ci sono ancora un po' di cose da organizzare.»

La Rombotyńska annuì per la terza volta, evitando di dare una risposta esplicita. Non aveva alcuna intenzione di accettare l'invito. Mancava solo che si occupasse di *quel genere di cose*! Se avesse visto la Bujwidowa per strada, sarebbe passata subito sul lato opposto per evitare l'incontro con quella disturbatrice dell'ordine pubblico, libera pensatrice, per non dire socialista... "O forse socialista a tutti gli effetti, perché con queste persone non si sa mai!" pensò con terrore. Tuttavia, una volta avuta la sfortuna di incontrare *quella donna*, non le rimaneva altro che fare buon viso a cattivo gioco. Ma *quella donna* non mollava.

«Cosa la porta qui da noi? Ha qualche affare in corso con Odon?»

"Da noi?" pensò Zofia. "Ma che iella, andare in periferia e imbattersi per caso proprio nel palazzo in cui vivono i Bujwidowie!" Alla sua attenzione non era sfuggita l'oltraggiosa schiettezza della sua interlocutrice; lei stessa non avrebbe mai osato riferirsi a Ignacy chiamandolo per nome in una conversazione con un estraneo, ma la donna che le stava di fronte era nota a Cracovia per la sua ostentata noncuranza delle buone maniere. "D'altronde, cosa ci si può aspettare da una che arriva dal Regno del Congresso?" pensò fra sé, quasi giustificando la sua interlocutrice. Quasi.

«No, no» disse con leggera noncuranza, «stavo venendo dagli Bzowski... L'ingegnere è un collega del club dei ciclisti del professor Rombotyński.»

«Ah, Bzowski, il nostro vicino del secondo piano...» continuò tra i denti la Bujwidowa, come se quel cognome per lei avesse una connotazione negativa. «Sì, quei trastulli a due ruote. Be', signora cara, quando i mariti perdono tempo a divertirsi, tocca per forza a noi prendere in mano la situazione, non è forse vero?»

La Rombotyńska lasciò cadere quell'osservazione nel vuoto. Non che in realtà non fosse d'accordo con quella disamina, ma non l'avrebbe mai ammesso ad alta voce. E in quel momento non avrebbe dato ragione alla Bujwidowa per nulla al mondo.

«Bene, è ora che io vada» disse la giovane congedandosi. Salutò con un inchino e scese svelta le scale. Sul gradino più basso si voltò e gridò in modo completamente contrario alle buone maniere: «Perché non viene alla conferenza che il dottor Trzaskowski terrà venerdì all'Associazione delle insegnanti? Le assicuro che sarà molto coinvolgente, sulle Amazzoni mitiche e storiche, l'aspetto!». Poi, senza attendere una risposta, scomparve oltre il portone.

"Amazzoni, bella questa" pensò la Rombotyńska. "Stare a sentire di donne sfacciate che si appropriano di professioni maschili, invece di occuparsi dei propri doveri."

* * *

Lo studio in cui la condusse la domestica si trovava nella zona dell'appartamento che dava sulla strada, circa a metà corridoio; sulle pareti si potevano vedere un paio di grandi progetti di Bzowski incorniciati: qui una chiesetta in stile gotico, là un palazzo con una buffa torretta o un austero edificio di qualche tribunale o ufficio provinciale, sormontato da un grande cartiglio con uno stemma. Più sotto si susseguivano gli armadi della biblioteca pieni di libri di architettura, e bassi canterani con cassetti profondi per i progetti. Al centro dell'ampia stanza c'era una grande scrivania, cosparsa di carte, e dietro di essa una poltrona delle dimensioni adatte a quella parte dell'ingegnere che di solito vi si sedeva sopra.

«I miei ossequi, signora Rombotyńska» udì dalla soglia dopo un attimo di attesa, quindi si girò di scatto sulla sedia lanciando uno sguardo da sotto la tesa del cappello con ala di corvo, poi ricambiò il saluto. «A cosa devo questo inaspettato piacere?»

Zofia aveva già stabilito in partenza che invece di girarci intorno e iniziare con i complimenti, avrebbe sferrato un attacco diretto guadagnando terreno grazie all'effetto sorpresa.

«Oh, è davvero una sciocchezza, ingegnere, ma non volevo coinvolgere in questa faccenda... istituzioni importanti. Come forse avrà sentito, la mia domestica è stata assassinata.» Bzowski fece una smorfia come se la donna avesse detto qualcosa di inopportuno, ma farfugliò le sue condoglianze. «E la polizia sta cercando di trovare una pista che conduca all'assassino. Si dà il caso che le girasse intorno un uomo che...»

«È tutto molto chiaro, ma continuo a non vedere il nesso con la mia umile persona» rispose l'ingegnere sedendosi sulla poltrona che, sotto quell'umile persona, scricchiolò rumorosamente.

«Ebbene, quell'uomo aveva illuso la mia domestica, le aveva offerto dei dolci da Rehman e in seguito, credo, potrebbe aver causato la sua morte. E per una strana coincidenza si è presentato a lei con il nome Bzowski. Ingegnere Marceli Bzowski.»

Nel vero proprietario di quel nome qualcosa ribollì come in una caldaia a vapore, poi, dopo avergli infiammato il viso, uscì sotto forma di respiro affannoso e parole che attraversavano quel respiro: «Con tutto il rispetto... ma... questa è una calunnia! Io non ho mai... io sono un buon marito... un buon padre di famiglia! Io... con tutto il rispetto... non lo accetto! Una domestica, per di più! Non lo accetto!».

«Ma non penso affatto che sia stato lei personalmente, signor ingegnere, a fare le avances alla mia Karolina» disse stizzita la Rombotyńska.

«Per l'appunto! Chiunque... chiunque avrebbe potuto utilizzare indegnamente il mio nome, mia cara signora. Chiunque!» esclamò Bzowski. «Quindi mi stupisce, mi stupisce davvero che, pur conoscendomi, lei venga da me come se mi riguardasse il fatto che una persona indegna...»

«... utilizzi il suo nome?» lo interruppe Zofia. «Penso proprio che la riguardi, dal momento che potrebbe gettare un'ombra sulla sua reputazione. E questo, dopotutto, è una cosa che vorremmo evitare entrambi. Del resto non si tratta soltanto del nome...»

«E di cos'altro?» ringhiò l'ingegnere.

«Di questo» disse lei tirando fuori dal piccolo portafoglio un biglietto da visita e mettendolo sulla scrivania.

L'ingegnere allungò il braccio e coprì con la grossa mano il cartoncino che sotto di essa all'improvviso sembrò minuscolo; fece scivolare il biglietto da visita sul piano fino alla propria pancia appoggiata al bordo della scrivania, e poi lo alzò davanti agli occhi.

«E questo cosa significa? Non significa nulla, mia cara signora» disse risentito. «In fin dei conti, un uomo d'affari come me distribuisce ogni giorno un certo numero di biglietti, frequento l'alta società, faccio visita ai commercianti nelle loro attività di materiali da costruzione, ai clienti presso le loro case... Qualsiasi maggiordomo, qualsiasi spazzacamino condotto alla stufa in un salotto, qualsiasi fattorino avrebbe potuto rubare un mio biglietto da visita e utilizzarlo per scopi ignobili. O avrebbe potuto anche trovarlo per strada! E lei vorrebbe accusarmi di qualcosa su questa base? Ma è ridicolo!»

La Rombotyńska assunse l'espressione del volto più affabile che aveva a disposizione e con voce soave rispose: «Accusare? Lei, signor ingegnere? Ma si figuri! Mi interessa soltanto scoprire chi ha ucciso Karolina, e non ho il minimo sospetto che sia stato lei. La questione è capire come abbia potuto il criminale procurarsi un suo biglietto».

«Gliel'ho già detto: da qualsiasi parte. Da chiunque. In qualsiasi luogo. Un biglietto... cosa sarà mai?»

«Ah, è vero» sorrise raggiante la moglie del professore, «mi ero in effetti dimenticata la cosa più importante. Aveva un astuccio pieno di suoi biglietti da visita.»

Bzowski si sgonfiò proprio come se sotto la caldaia il fuoco si fosse spento all'improvviso e gli avessero versato rapidamente addosso un secchio d'acqua gelata. Si alzò dalla poltrona, si avvicinò alla finestra, tornò alla scrivania e solo in quel momento disse: «Bene, il mistero è risolto. Ho effettivamente perso il portabiglietti. Durante la festa di Rękawka. Mi deve essere caduto dalla tasca quando mi sono chinato per lanciare qualche moneta e far rotolare l'uovo. E poi, chissà, magari mi è stato rubato da un abile borseggiatore. Avrà sicuramente sentito parlare della scuola di ladri di Leopoli con i più autentici *docenti accademici*, e gli *studenti* che si esercitano su un manichino a cui sono appesi dei campanelli, vero? Tutti, ovviamente, ebrei» aggiunse come fosse un dato scontato, e poi tacque per un attimo; taceva anche la moglie del professore, come in attesa, così l'ingegnere terminò il racconto: «Be', mi è difficile dire se la colpa sia stata del ladro o della mia disattenzione, so solo che sono tornato a casa e mi sono accorto che il portabiglietti era sparito nel nulla. Capirà da sé che non può trattarsi di un indizio. Chiunque avrebbe potuto raccoglierlo da terra o comprarlo da un borseggiatore».

La Rombotyńska gli lanciò da sotto l'ala di corvo uno di quegli sguardi che un cobra lancia a un uccello del paradiso prima di divorarlo.

«Certo... così le cose cambiano» disse. «Mi rendo conto che la questione è molto più grave e, tuttavia, non si può risolvere senza uno scandalo e l'intervento della polizia. Naturalmente dovrà essere informata e interrogata anche sua moglie, perché suppongo che il suo alibi per la notte dell'omicidio di Karolina sia quello di un marito fedele che l'ha trascorsa per intero in un letto matrimoniale dormendo il sonno del giusto...»

«Mia cara signora, spero di averla fraintesa...»

«Ma figuriamoci» ribatté Zofia con un sorriso. «Lei, ingegnere, è una persona dall'intelligenza vivida e mi capisce perfettamente. Lei ha appena mentito davanti ai miei occhi» e qui quegli stessi occhi si strinsero minacciosi «applicando la vecchia regola dei bugiardi intelligenti secondo i quali una bugia deve essere simile alla verità... La prego di non interrompermi!» disse poi alzando la mano. «È per questo che mi ha parlato della festa di Rękawka, della scuola di borseggiatori di Leopoli, e perfino del rotolamento dell'uovo: per circondare ermeticamente la menzogna di una varietà di dettagli reali intesi a rendere più difficile la visione delle falsità.»

«Signora mia!» ribollì nuovamente Bzowski.

«La prego di non interrompermi!» ripeté Zofia, poi si alzò dalla sedia e andò verso di lui come l'allegoria della Furia dai capelli di serpente di una certa tela di Rubens. «Io non sono altro che una debole donna, l'umile moglie di un professore universitario, ma la polizia ha i suoi metodi, mio caro ingegnere, per scoprire la verità! Naturalmente, se qualcuno me lo chiedesse, direi che una confessione da parte sua sarebbe per lei la via d'uscita più conveniente, dal momento che si può fidare di me; riferirò la faccenda al giudice istruttore Rozmarynowicz e al commissario Jednoróg nella maniera più discreta possibile. Se invece» continuò appoggiandosi con entrambe le mani sul piano della scrivania ritrovandosi all'improvviso faccia a faccia con Bzowski, che si era riseduto in poltrona «lei preferisce avere qui il giudice istruttore, il commissario di polizia, i cancellieri, una perquisizione, colloqui con tutti i residenti della casa, la verifica dettagliata di tutte le sue attività quotidiane dall'alba al tramonto, e anche dal tramonto all'alba» disse, in cuor suo terrorizzata dal fatto che se non lo avesse costretto così, non l'avrebbero costretto a confessare in nessun altro modo, perché Jednoróg non le avrebbe dato manforte, «in poche parole: se vuole andare in battaglia con quell'unica misera e pietosa menzogna della festa di Rękawka come arsenale, prego, faccia pure. Ma si dà il caso che le testimonianze che sono state depositate dimostrano che i suoi biglietti da visita erano in possesso del criminale ben prima di Pasqua. Quindi, o riuscirà a convincere la polizia che l'ingegner Bzowski ha organizzato una sua personale festa di Rękawka a febbraio, oppure l'attende un periodo difficile, chissà, magari l'accuseranno di omicidio... e infine l'aspetta una non minore vergogna al cospetto di sua moglie» e qui Zofia si giocò il tutto per tutto, «alla quale, sono certa, avrà nascosto parecchie cose, dal momento che è diventato un bugiardo così abile!»

Buttò fuori tutte quelle parole e improvvisamente sentì che le mancava il fiato, così, ancora appoggiata alla scrivania, fece un profondo respiro. Anche Bzowski taceva, a testa china, con solo una piccola calvizie tonda sulla sommità del capo che brillava come a inviare un timido segnale di sottomissione attraverso la nebbia.

«Posso quindi... contare... sulla sua discrezione?»

"Eccolo" pensò Zofia soddisfatta, "che negozia le condizioni di resa."

«Non parlo, ovviamente...» sospirò l'ingegnere «delle istituzioni ufficiali, sebbene anche lì...»

«... sebbene anche lì sia possibile trasmettere le informazioni in modo più o meno discreto. Prometto» continuò Zofia alzandosi «che lo farò con la massima delicatezza.»

«Il portabiglietti mi è stato rubato insieme a tutto il suo contenuto e anche al portafoglio a metà marzo, non vi dirò il giorno esatto... ma è stato sicuramente in una notte tra venerdì e sabato... ed è successo in un certo locale... nel quartiere Dębniki.»

«In quale locale?»

«In realtà preferirei...» sospirò di nuovo l'ingegnere.

«Devo, quindi, condurre qui il commissario?» chiese Zofia.

C'era un silenzio così pieno che si sentiva il ticchettio dell'orologio nella stanza accanto.

«Un locale per uomini.»

«Questo lo so fin da quando ha iniziato a rifiutarsi di dire la verità» ribatté in tono beffardo la Rombotyńska, «quindi la prego, sia più preciso: giorno, indirizzo, dettagli.»

«Quali dettagli? I dettagli non c'entrano, un qualche ladro mi ha spennato entrando dalla finestra. O forse dalla porta, se era in combutta con loro. O forse è stata la ragazza? Non sono il primo a essere derubato, e pare che sia già successo al signor...»

«Sì?»

«Non importano i nomi!» tagliò corto Bzowski coprendo qualche farmacista o consigliere comunale in un impeto di solidarietà maschile. «Basta sapere che mi sono addormentato e mi sono svegliato più leggero, senza portafoglio e portabiglietti. Piccolo, d'argento, con incise le iniziali. All'interno una dedica... di mia moglie...» si schiarì la voce «in occasione del nostro decimo anniversario di matrimonio.»

«Indirizzo?»

«Via Różana, ma chi lo sa il numero, ci vado sempre a memoria. Una casa bassa, a un piano, con una mansarda, arretrata rispetto alla strada, sul davanti il recinto e gelsomini, tanti gelsomini. Il tutto è proprietà della signora Olesia...»

«Cognome?»

«Si vede che lei non frequenta questi posti!» esclamò l'uomo.

«Purtroppo non posso ripagarla con lo stesso complimento.»

L'ingegnere fece un profondo respiro, poi spiegò: «Si dice sempre "la signora Olesia" e basta, senza troppe cerimonie. Il locale della signora Olesia in via Różana, qualsiasi cocchiere glielo saprà indicare».

Zofia sentì di nuovo il ticchettio, così distinto, come se l'orologio si trovasse nello studio dell'ingegner Bzowski. Per un attimo si domandò se dovesse chiedere qualcos'altro, ma lasciò perdere; tirò soltanto fuori il taccuino e annotò i fatti più importanti: *prima metà marzo, notte ve/sa, sig.ra Olesia, Różana, Dębn.*

«Se per puro caso le capitasse sotto mano il mio portabiglietti» disse riprendendosi all'improvviso Bzowski, «le chiederei...»

«Porga i miei saluti a sua moglie» si limitò a rispondere la Rombotyńska allontanandosi.

* * *

Tornata a casa, la Rombotyńska fece in fretta alcune delle cose più urgenti: ripose l'ombrello nel vaso di maiolica, si tolse dalle spalle la leggera mantella primaverile, si sfilò i guanti e li mise nel cofanetto laccato sotto lo specchio, infilò nel cuscinetto lì accanto due spille tolte dal cappello, una con una farfalla, l'altra con un gran cabochon rosso sangue, e infine si tolse dalla testa, porgendolo a Franciszka, il cappello stesso: notevole, color ciliegia, coronato da cinque belle rose di crespo di Cina e da un'ala di corvo che luccicava di tutte le tonalità del nero (un vero e proprio capolavoro della boutique di Marya Prauss, presumibilmente parigino, anche se chissà, sospettava Zofia, magari era stato realizzato da una modista in qualche scantinato ammuffito del quartiere Grzegórzki). Fu allora che, assicuratasi che il marito non fosse ancora rientrato, e che il pranzo fosse quasi pronto, corse al telefono. Alzò la cornetta, restò immobile per un attimo e la rimise giù. Sebbene fosse stata lei a convincere Ignacy a installare l'apparecchio, era ancora diffidente nei confronti delle conversazioni a distanza che le sembravano bizzarre e, sicuramente, meno garbate di un biglietto. Andò, quindi, alla sua scrivania.

Si intendeva non solo di galateo, ma anche di persone; se Jednoróg l'aveva ricevuta di recente con tanta gentilezza, non intendeva importunarlo nuovamente e posticipargli un altro pranzo. Allo stesso tempo, però, doveva comunicargli al più presto ciò che aveva scoperto quel giorno – inviargli un breve messaggio, soltanto qualche parola. Dal cassetto della cancelleria tirò fuori una busta e una carta da lettere con le iniziali ZR, poi avvicinò il calamaio, uno di quegli oggettini del periodo in cui andava di moda la *chinoiserie*: sotto un cespuglio arbustivo, sui cui rami simmetrici era appoggiato un portapennino in argento, sedeva un cinese panciuto. Con la punta del portapennino gli diede un colpetto alla testa che si piegò all'indietro mostrando il recipiente dell'inchiostro. Vi immerse il pennino, come se stesse trafiggendo il collo del cadavere di un condannato decapitato per ordine di un crudele imperatore cinese.

Stimatissimo Commissario! esordì, poi velocemente, cercando comunque di far sì che la scrittura fosse il più leggibile possibile, riferì i risultati ottenuti dall'indagine della giornata. Ancora solo un rapido passaggio della carta assorbente, perché non aveva intenzione di aspettare che l'inchiostro si asciugasse... poi la busta... Accese una sola candela sul candeliere: quando il bastoncino di lacca tenuto sulla fiamma iniziò a sfrigolare e alcune gocce rosso intenso caddero sulla busta, Zofia tirò fuori dal cassetto un grazioso timbro in agata e premette le sue iniziali nella ceralacca, poi scrisse sulla busta: *All'Illustrissimo Commissario Stanisław Jednoróg, in mani proprie*, e chiamò Franciszka con il campanello.

«Lo so che fra un po' devi servire il pranzo e non c'è tempo per correre alla Mikołajska. Manda Franek, non dovrà aspettare la risposta» le disse dandole la lettera e una moneta.

Franek lavorava come fattorino in un magazzino all'ingrosso dietro l'angolo, in via Pijarska, gestito dalla Società cooperativa agricola per i negozi cristiani, come non mancava di specificare. Vi si potevano acquistare prodotti coloniali, alimentari, sementi, concimi, nafta, strumenti per cucire e scrivere, aghi, bottoni, piretro contro le cimici, tinture per la biancheria, in poche parole: tutto ciò che poi sarebbe stato venduto con un notevole ricarico nei villaggi e nelle città della Galizia. Ma, cosa di maggiore importanza per la Rombotyńska, là c'era anche il suddetto Franek, un ragazzo sveglio, risoluto e soprattutto affidabile. Aveva poco da fare nel magazzino e non si capiva bene perché lo tenessero lì, probabilmente per dare prestigio all'azienda, dato che la maggior parte dei clienti arrivava dalla provincia e ordinava merci all'ingrosso che un quattordicenne mingherlino non sarebbe stato in grado di consegnare, neanche se dovevano essere trasportate in via Sławkowska, e non a Lanckorona, Biecz o Lesko. In compenso, già da un anno rendeva innumerevoli servizi ai Rombotyński e a diverse altre famiglie nelle vicinanze. E tutto a prezzi molto vantaggiosi.

Dopo cinque minuti Franciszka era già di ritorno, riuscendo a rientrare prima di Ignacy, che arrivò un attimo dopo. Nell'arco di un quarto d'ora i coniugi erano seduti uno di fronte all'altro, separati da un'enorme terrina contenente zuppa di cipolle con parmigiano nella quale, coperti da una nuvola di vapore, fluttuavano i cibi preferiti del professore: polpettine di vitello e crostini al burro di gamberetti.

Dalla morte di Karolina entrambi i coniugi avevano avuto momenti di malumore, ma lui, pur rappresentando il sesso forte, se la passava peggio. Ora, guardandolo seduto con le spalle alla finestra, in controluce, a Zofia sembrava che perfino le sue basette, oggetto di suo indubbio orgoglio, fossero per qualche ragione più flosce. Decise quindi di introdurre un apposito menu, per rinfrancargli lo spirito e nutrirlo sistematicamente con i suoi piatti preferiti.

«Cosa si dice in università?» gli chiese tra un cucchiaio di zuppa e l'altro.

«Si dice che...» iniziò lui in tono mesto, poi si fermò come se non avesse la forza di terminare la frase.

«Sì?»

«Si dice che sono sempre meno le possibilità che il professor Rydel sopravviva alla recidiva di polmonite. Rydygier, naturalmente, è da molto tempo che lo sostituisce, ma sarebbe una perdita irreparabile, irreparabile. Dopotutto è un uomo ancora giovane, abbiamo festeggiato da poco il suo sessantesimo compleanno. E proprio ora che sta per iniziare la costruzione della clinica! Suo figlio, che pare essere molto dotato, è il pupillo di Kostanecki...»

«Ah, Kostanecki» sbuffò la moglie del professore, che a differenza del marito non era riuscita a perdonargli di essersi aggiudicato lui la cattedra dopo Teichmann.

«Zofia cara...» disse il professore con un gesto impaziente della mano; era evidente che l'argomento più importante della sua vita in quel momento erano le polpettine che fluttuavano nel piatto. «Adaś ha davvero un gran talento e si dice che la neuroanatomia avrà un grande futuro. Con il fratello è andata peggio, dovrebbe essere laureato in legge, ma in testa ha solo opere teatrali e poesie, il povero Rydel rischia che il figlio di un medico prestigioso diventi una sorta di... imbrattacarte!»

«Non può essere! Io invece ho sentito che Pareński...»

«Sta male anche lui?»

«No, no, macché. Ma ormai che si sono trasferiti in quel...» nella voce di Zofia si sentiva chiaramente l'invidia, «*palazzo*, sì, Ignacy, non c'è altra definizione, palazzo, intende trasferire lì anche lo studio.»

Pareński, primario dell'ospedale San Lazzaro, era invidiato probabilmente da tutti i medici di Cracovia; non solo aveva fatto una rapida carriera, ma poteva vantare anche ottimi introiti. Suo padre, anch'egli piuttosto benestante, si era ammogliato in una famiglia che possedeva una palazzina sulla piazza del mercato, esattamente all'angolo con via Święty Jan, mentre lui aveva sposato la Mühleisenówna, un'evangelica, è vero, ma con una tenuta a Kobierzyn, nella periferia di Cracovia.

«Ma chi avrà voglia di spingersi oltre il parco Planty, dal momento che ha lo studio in piazza? Pura illusione!»

E iniziò ad analizzare nel dettaglio i vari casi di trasferimento di studi e le relative implicazioni finanziarie; era in realtà un argomento per niente interessante, ma come faceva servendosi del cibo, Zofia cercava argomenti di conversazione che risollevassero il morale del marito. In quell'esatto momento sul tavolo comparve un'altra portata invitante: un piatto con una bella fesa di manzo cotta all'inglese, quindi immersa nei suoi succhi, con contorno di verdure. Su ogni porzione c'era una fetta di limone, e su di essa un pezzetto di burro fuso alle acciughe.

«La fesa di manzo!» esclamò Ignacy arrossendo. «Eccellente! Hai sentito di Fałat?» Be', ne avevano sentito parlare tutti. Stava per arrivare a Cracovia il neoeletto preside dell'Accademia di Belle arti, che intendeva introdurre un ordine completamente nuovo. Si diceva che al posto degli stimati colleghi di Matejko volesse portare in cattedra artisti di dubbia fama, portabandiera di varie innovazioni: Axentowicz da Parigi, Wyczółkowski da Varsavia, e non si sa chi altro ancora. «Pensa che ha pure bisticciato con Kossak!»

«Veramente?» chiese Zofia inarcando le sopracciglia.

«Durante la realizzazione del nuovo quadro, *Berezyna*. Be', Kossak...» A quel punto Rombotyński si rese conto che aveva sentito raccontare l'aneddoto in compagnia esclusiva di uomini e che non era del tutto opportuno ripeterlo alla moglie.

«Kossak...?»

«La fesa di manzo è squisita! Squisita» disse il professore cercando di guadagnare tempo.

«Cos'è successo con quel *Berezyna*, Ignacy?»

Niente da fare, dovette cedere.

«Kossak aveva deciso di dipingere una cosa... immorale.»

«Devono averlo deciso insieme» rispose irritata la moglie. «È difficile dipingere migliaia di persone che si massacrano in modo morale.» La Rombotyńska aveva opinioni piuttosto categoriche sulla cosiddetta gloria delle armi.

«No, si tratta di qualcosa di molto peggio» disse Ignacy aggrottando la fronte. «Ecco, vedi, là non erano ritratti solo i soldati, ma anche le loro... compagne... vivandiere. E una certa attrice della Comédie Française, una certa Mademoiselle Mars. E Kossak ha insistito per dipingere la signorina Mars che scendeva dalla carrozza e...»

«E?»

«E mostrava un polpaccio nudo!» esclamò arrossendo il professore, non si sa se più per la vergogna o l'indignazione. «Fałat sarà anche un rivoluzionario artista e un mascalzone, ma ha detto chiaro e tondo a Kossak che lui lì l'imperatrice non ce l'avrebbe messa. A ogni modo non si tratta di un caso isolato. Sulla "Gazzetta di Leopoli" è apparsa di recente una lunga lettera di cattolici preoccupati per il fatto che nei teatri ci sono costantemente ballerine e attrici nei ruoli di... Signore delle camelie! Basta dire che Fałat e Kossak si sono scontrati ferocemente, tanto che è stato messo in discussione l'intero *Berezyna*!»

«È un peccato che il polpaccio di Madame Mars non abbia avuto questo potere cento anni fa» disse la Rombotyńska, «avrebbe potuto salvare cinquantamila vite.»

Richiamata dalla campanella, Franciszka raccolse i piatti e servì il dolce: coppette di crema alla vaniglia decorate con fragole sciroppate che sembravano rubini. Anche se la conversazione non era andata esattamente come avrebbe voluto il professore, la crema alla vaniglia dopo la fesa di manzo e la zuppa con le polpettine lo portò sull'orlo dell'estasi.

CAPITOLO V

Nel quale un ventaglio conferisce con un giornale e scopre di aver risolto un enigma, i socialisti si sparpagliano per Cracovia distruggendo ricordi del passato all'università, sparando contro l'élite della città e mettendo un fiammifero in un barile di polvere da sparo nel Palazzo del Pavone, mentre un antico avversario si rivela un inaspettato salvatore, ma solo per un attimo.

«No, troppo colorate, troppo sgargianti...» disse Zofia, guardando la dozzina di cravatte disposte sul bancone da un servile commesso impomatato. «Mio marito è una persona seria, un professore universitario, non può andare in giro come un fresco sposino o un qualche damerino.»

«Abbiamo anche eccellenti prodotti di gros-grain, in tinta unita, con tonalità molto eleganti.» L'uomo fece un cenno, si voltò e si avvicinò a uno scaffale per prendere altre scatole.

Benché la Rombotyńska fosse più propensa a comprare al marito cravatte importate da Vienna, Parigi o Londra, sapeva che *la prima fabbrica di cravatte polacca Janina*, come pubblicizzato dalla stampa, riforniva sempre più spesso uomini di società, o meglio, donne di società che acquistavano cravatte per i propri mariti. La differenza di prezzo era notevole, minore quella estetica; tra l'altro, assicuravano che si trattava di modelli francesi e inglesi, per cui all'angolo tra la piazza del mercato e via Wiślna si poteva incontrare sia la moglie del professore, sia gli ecclesiastici, dato che c'era una selezione di prodotti speciali anche per loro. La Rombotyńska conosceva molti prelati e canonici che curavano il loro aspetto come veri e propri figurini.

«Il gros-grain nero è sempre di moda, il blu marino si abbina splendidamente a una spilla di perle, il rosso ciliegia...»

Le scatole atterravano una dopo l'altra sul bancone e in ognuna di esse, su carta velina stropicciata, c'era una cravatta appuntata come una farfalla in una teca; o, dati i colori smorzati, una falena.

«Mentre lei decide, con permesso» disse una possente voce maschile alla destra di Zofia, «vorrei vedere quella là, ecco, nell'angolo, in alto...»

La Rombotyńska si voltò stizzita e vide il commissario Jednoróg che le sibilava a bassa voce: «Ho una notizia di estrema importanza per lei».

«Prego» disse il commesso mettendogli davanti la scatola.

«Da vicino sembra meno convincente» borbottò il commissario, dopodiché accennò un saluto con il cappello e uscì dal negozio. Quando, poco più tardi, Zofia lasciò il magazzino della manifattura Janina, dopo aver acquistato in fretta e furia due cravatte di gros-grain – peraltro brutte, ma le prime a portata di mano –, vide Jednoróg, nascosto dietro una copia sgualcita del «Tempo», ritto in piedi davanti al municipio, o meglio: sotto la torretta del nuovo corpo di guardia, decorata con piastrelle colorate. Capiva, ovviamente, quello stratagemma: non sarebbe stato opportuno per lui andare dai Rombotyński e chiedere alla moglie, e non al marito, di discutere dell'indagine; e sarebbe stato altrettanto difficile per il poliziotto convocare la moglie del professore in via Mikołajska, mentre un incontro casuale al negozio... "Ah, quindi mi deve aver seguito!" e questo pensiero la riempì di una gioia davvero infantile. Zofia avanzò e si piazzò a due passi dal commissario, guardandosi intorno con attenzione, come se stesse cercando qualcuno tra i passanti.

«Aveva ragione lei, tanto di cappello» disse lui da dietro il giornale. «Il renaiolo non ha nulla a che vedere con l'omicidio. Il colpevole è colui di cui avete sempre sospettato: un giovane che sostiene di essere l'ingegner Bzowski.»

«Ecco...» Zofia tirò fuori dalla borsetta un grazioso ventaglio con il quale intendeva coprirsi la bocca e proteggersi da sguardi estranei. «L'avete già catturato?»

«Sì e no» iniziò a dire Jednoróg, poi si interruppe mentre un grosso carro con ruote ferrate passava sull'acciottolato con un fracasso terribile, altrimenti la Rombotyńska non avrebbe sentito nulla. «Era un criminale esperto, con molte condanne nonostante la giovane età... durante la cattura ha iniziato a sparare. È morto sul colpo.»

«Quindi sapeva perché gli agenti di polizia lo inseguivano» disse il ventaglio al giornale.

«Sì. Non ho idea se sperasse di scappare o se si fosse reso conto che non c'era più nulla da fare» rispose il giornale alzando la voce, «ma be', giustizia è stata fatta. Le avevo promesso che sarebbe stata la prima a saperlo, e io mantengo sempre la parola...»

«Lo apprezzo molto» lo interruppe il ventaglio.

«... ma scoprirà tutti i dettagli dalla stampa, al più tardi dopodomani. Fino ad allora, le chiederei...»

«... di mantenere la massima discrezione. Naturalmente.»

Il commissario Jednoróg ripiegò «Il Tempo» del giorno prima, se lo infilò sotto il braccio e con passo lento si avviò verso la Galleria dei Tessuti, poi svoltò verso lo sbocco di via Mikołajska, mentre Zofia, ancora con il ventaglio aperto, si crogiolava nel suo trionfo. Tuttavia l'intuito di una donna è l'intuito di una donna, e nessun bottone luccicante né alto sciaccò può sostituirlo.

La sua curiosità non era ancora del tutto placata; bisognava scoprire perché quel delinquente avesse scelto proprio Karolina, si trattava solo di bassi istinti o c'era dell'altro? Ma queste cose si sarebbero chiarite da sé: avrebbe letto questo e quello sulla stampa, in parte direttamente, in parte tra le righe (era lunedì, quindi i giornali non uscivano, bisognava armarsi di pazienza), forse sarebbe andata a curiosare un po' nei luoghi frequentati dai criminali, forse avrebbe cavato qualcosa dalla signora Rozmarynowicz?

Bastava che la buona, allegra e coscienziosa Karolina potesse finalmente iniziare il suo eterno riposo. Zofia era infatti certa che, fintantoché l'assassino se ne andava a spasso per Cracovia, quell'anima infelice avrebbe continuato a vagare nel cimitero di Podgórze come il fantasma di un romanzo gotico, lamentandosi che il suo sangue non era stato vendicato.

Mentre pensava a tutte queste cose, la moglie del professore svoltò in via Święty Jan, all'ultimo momento riuscì a evitare la Bujwidowa che aveva intravisto con la coda dell'occhio attraversando la piazza del mercato a passo veramente caporalesco, e poi, superato il Palazzo del Pavone, raggiunse la chiesa dei Piaristi. Lì, accesa una candela di ringraziamento, recitò le sue preghiere per l'anima liberata.

* * *

La conversazione con il commissario Jednoróg, così inaspettata ed esaltante, aveva messo la Rombotyńska di ottimo umore, per la prima volta dopo due settimane. All'inizio pensava che mantenere il segreto sarebbe stato molto difficile, ma ben presto si rese conto che il fatto che Ignacy non ne fosse al corrente non la preoccupava affatto; che suo marito scoprisse un giorno prima o un giorno dopo che Karolina era stata vendicata e il male punito in fondo non aveva molta importanza. Era così di buon umore che quando il martedì incontrò la cugina Dutkiewiczowa nella piazza del Piccolo Mercato, intrattenne con lei una conversazione breve ma molto cordiale, evitando qualsiasi cattiveria o frecciatina. La lodò persino per aver raccolto fondi per la ristrutturazione della cattedrale del Wawel e ascoltò fino alla fine, anche se con un filo di impazienza, la relazione dettagliata su come il cardinale Puzyna avrebbe rinnovato la Torre delle Campane d'Argento. L'eccellente umore della moglie era, tuttavia, in contrasto con quello mesto del marito. Sabato, come previsto, era venuto a mancare il professor Rydel. Sebbene non fossero colleghi così stretti e sarebbe bastato un sentito «Che grande perdita» e un messaggio di condoglianze alla famiglia, le riflessioni sull'età relativamente giovane del defunto («Pensa, Zofia, eravamo quasi coetanei!») ebbero un effetto avvilente su Rombotyński. La moglie del professore poteva avvertire una certa inquietudine per l'approssimarsi a grandi passi della fine del suo quarantesimo anno, che si manifestava ad esempio con la comparsa sempre più frequente dei capelli bianchi, ma anche Ignacy stava vivendo, a modo suo naturalmente, il problema del passare del tempo. A questo non pose certo rimedio un'altra gita domenicale in bicicletta, questa volta a Kalwaria, passando per Skawina, che non rafforzò per niente il suo vigore maschile; al contrario, gli costò uno squarcio nei pantaloni, gli tolse le forze e scatenò in lui un'altra ondata di rimproveri contro certi «giovinastri senza principi», l'onnipresente dittatura della gioventù e il tracollo del rispetto per gli anziani. La serata del lunedì terminò con un diverbio. Quando Zofia cercò di affrontare il tema di un possibile trasferimento lodando, apparentemente *en passant*, gli eleganti palazzi di via Studencka, sentì un ritornello conosciuto: che solo il giorno prima un metro quadrato di appartamento nelle vie che partivano dalla piazza del mercato costava otto corone, mentre oggi i prezzi erano arrivati a settanta; che in via Studencka e dintorni una volta si pagavano due o tre corone nella valuta attuale, e ora dieci volte tanto; che era uno scandalo e una rapina in pieno giorno e che lui, Ignacy Rombotyński del casato di Wadwicz, professore associato all'Università Jagellonica e nativo di Cracovia, non intendeva partecipare a quella speculazione. Martedì tornò dal funerale di Rydel con l'espressione severa, poi andò a fare una passeggiata solitaria dalla quale rientrò tardi e andò a dormire senza dire una parola. La moglie del professore aveva l'impressione che l'intera casa si trovasse su una polveriera in attesa di un fiammifero lanciato incautamente.

Il primo maggio Rombotyński tornò a casa dall'università e disse furioso sulla soglia: «Diciotto!».

«Diciotto cosa, Ignacy?» chiese la moglie con calma, sulla porta del corridoio.

«Diciotto manifesti socialisti sulla strada di ritorno dalla facoltà! Lo giuro su Dio, diciotto!» gridò di nuovo, poi, questa volta in tono più calmo ed esplicativo, aggiunse alzando il dito: «Li ho contati».

I cartelloni rossi che annunciavano il raduno dei lavoratori nel giardino dell'Hotel Londyński nel quartiere Stradom si vedevano in città già da qualche tempo, ma quel giorno effettivamente erano affissi a ogni colonna di annunci pubblicitari.

«Oh sì, in effetti quando sono uscita di casa ha colpito anche me» disse con disinvoltura Zofia. «Ma ha poi così tanta importanza? Quando Sidoli dà spettacoli i manifesti sono appesi ovunque e la cosa non ti disturba. Franciszka servirà il pranzo a momenti. Non ti angustiare, Ignacy, ho invitato Żeleński per il tè del pomeriggio. È tanto che non lo vediamo, sono certa che ti solleverà il morale.»

Il marito le rispose con un borbottio indistinto che avrebbe potuto significare qualsiasi cosa.

Dopo il pranzo consumato in eloquente silenzio, Ignacy si sedette in poltrona e aprì il giornale. Non passò molto tempo che all'improvviso esclamò: «Per l'amor di Dio, Zofia! Hanno catturato quel criminale, l'assassino della nostra Karolina!».

La Rombotyńska finse di essere sorpresa.

«Santo cielo, e chi è?!»

«*Notizie dalla polizia*» iniziò a leggere Ignacy con la voce tremante per l'agitazione. «*Domenica, in tarda serata, nella nostra città si sono verificati eventi sensazionali di cui possiamo scrivere solo oggi. La polizia, guidata dall'ispettore Trzeciak, ha tentato di arrestare Maciej Czarnota, sospettato dello stupro e del brutale omicidio commesso ai danni di Karolina Szulcówna, una domestica. Czarnota, ventotto anni, operaio nella Fabbrica statale del tabacco, era ben noto alla polizia di Cracovia come sobillatore socialista e litigioso, non estraneo all'alcolismo per il quale era stato rinchiuso in più di un'occasione nelle carceri cittadine. Secondo gli informatori della polizia, Czarnota si vantava nelle bettole di Cracovia e di Podgórze del crimine commesso, raccontando di come aveva ingannato la Szulcówna fingendo di essere una persona importante, ma quando la ragazza non ha ceduto alle sue avances...»* qui Rombotyński si interruppe per un attimo e mormorò: «Questi sono dettagli irrilevanti... Ah, sì». Continuò: «*Quando alle nove di sera una squadra di poliziotti ha cercato di arrestare Czarnota nella sua stanza in subaffitto nel quartiere Grzegórzki, il criminale ha tentato di fuggire. Durante l'inseguimento ha afferrato la pistola. I colpi del delinquente sono andati a vuoto, ma non quelli delle forze dell'ordine. Il medico legale arrivato sul posto non ha potuto fare altro che constatarne la morte...* Zofia, giustizia è stata fatta! Grazie a Dio!».

"A Dio, si fa per dire" pensò in cuor suo la Rombotyńska, avendo una visione leggermente diversa in merito a chi bisognava ringraziare per aver trovato, o almeno contribuito a trovare, il colpevole. Tuttavia, non potendo dire, nonostante il suo fervido desiderio, che tutto ciò era stato possibile grazie all'unione delle forze del commissario Jednoróg alle sue, di Zofia Rombotyńska (con un piccolo, davvero esiguo, contributo di Franciszka), replicò soltanto con un brevissimo: «Amen».

* * *

Sembrava che la bella notizia della meritata sorte dell'assassino di Karolina avrebbe tranquillizzato Ignacy, invece – come ben presto si capì – era solo un'impressione. Alla fine la polveriera esplose e il fiammifero venne lanciato dai sobillatori socialisti, o più precisamente da uno di essi che si presentò a casa dei Rombotyński su loro invito.

Sulle prime, nulla faceva presagire il danno; Tadeusz Żeleński era stato accolto con la cordialità di sempre, gli erano stati offerti i cioccolatini di Maurizio, ci si informò sui suoi progressi all'università, così come sulla salute dei suoi genitori, e così via. L'atmosfera però cambiò bruscamente quando si scoprì che era appena tornato dai festeggiamenti, o meglio – come preferiva definirli il professore – dai «cosiddetti festeggiamenti».

«Non vorrà mica dirmi, mio caro studente» lo fulminò Rombotyński, mescolando energicamente il tè con il cucchiaino, «che lei, figlio di un professore del conservatorio, illustre compositore, ha partecipato alle manifestazioni di quella parata operaia!»

«Solo come spettatore, professore» annuì umilmente il giovane. «Per curiosità.»

«E cosa ci sarebbe di interessante? Tutta quella "festa" non è altro che un'invenzione straniera trapiantata sul nostro suolo! Ci mancano forse date importanti nella storia nazionale? Ne posso citare almeno due dozzine a memoria, all'istante. Ecco: l'anniversario dell'incoronazione di Stefan Batory e del suo matrimonio con Anna, l'ultima della dinastia degli Jagelloni. Cade proprio oggi. Ma qualcuno forse se lo ricorda? *Lei* se lo ricorda?» chiese il professore sollevando in modo eloquente un sopracciglio. «Un'imitazione insensata di modelli senza valore, ecco cos'è! E in più quasi alla vigilia della vera festa, quella dell'alba del 3 maggio, caro il mio studente, la nostra alba!»

Calò un silenzio imbarazzante.

«Bene» riprese Ignacy dopo essersi un po' calmato, «e cosa ha visto di così interessante? Sono state molte le persone che hanno interrotto il proprio lavoro per partecipare a questa sfilata?»

«Direi qualche migliaio, perché mancavano i ferrovieri.»

«Bravi ragazzi!» esclamò entusiasta Rombotyński, anche se di solito era il primo a puntare il dito contro gli impiegati delle ferrovie statali, che incolpava di ritardare i treni quasi di proposito.

La Rombotyńska ascoltava senza profferire parola: se ne stava seduta sull'ottomana e come la dea Estia ricamava sul tamburello lo stemma di Wadwicz del marito, con il quale intendeva decorare il nastro del campanello della servitù.

«Ammetterà, tuttavia, che queste richieste non sono così assurde...»

«Signor Żeleński» replicò Rombotyński con il tono che usava durante le sue lezioni, «le trasgressioni e la prepotenza del capitale, certo, accadono, è la natura umana. Ma nella nostra situazione, per così dire, nazionale, dobbiamo occuparci di cose più importanti: di risvegliare l'intraprendenza della nostra nazione sonnolenta, sull'esempio dell'Occidente costruire fabbriche, sviluppare l'industria e via dicendo. Soltanto quando questo avrà sortito i suoi effetti, quando le nostre terre saranno un vanto dell'impero e non il centro della peggiore miseria, verrà il momento di unire il capitale con il lavoro su una sana, per così dire, base economica, di occuparsi delle condizioni di vita del lavoratore e garantirgli un pezzo di pane per la vecchiaia. Ma oggi?»

«Lei stesso ha detto che non bisogna copiare incautamente i modelli occidentali» rispose Żeleński sorridendo, «inoltre otto ore al giorno in una fabbrica sono comunque più di quanto si lavori in università...»

«Non mi metta in bocca parole non mie, caro il mio studente, e non esageri!» lo minacciò con il dito Rombotyński versandosi del tè.

Żeleński, tuttavia, non si lasciò confondere.

«Per quanto riguarda la riforma elettorale, d'altronde, il governo di Vienna ci sta lavorando da tempo.»

«Sì, sì, sì, in effetti, in effetti» ripeté Ignacy a pappagallo. «Ma l'idea che uno sbarbatello qualsiasi, senza istruzione, possa esprimere il proprio voto alle elezioni alla pari del... che so... del conte Tarnowski?! Questa è veramente una sfida al buonsenso... Se verrà introdotto il suffragio universale, cosa succederà? Intendiamo forse concedere il diritto di voto alle donne? Te lo immagini, Zofia?» disse rivolgendosi alla moglie. «Voglio dire, tu naturalmente, mia cara, avresti tutte le competenze per farlo...» aggiunse in tono di scusa.

«Ma figuriamoci, non me lo immagino proprio, Ignacy. Sai bene che non me ne intendo di questioni politiche» disse la dea del focolare senza alzare gli occhi dal tamburello.

«... per non parlare dell'*insieme delle donne*» buttò lì il professore, soddisfatto dell'appoggio della moglie. «Una commessa del quartiere Kleparz? Una stiratrice? Cosa ne sa lei delle peculiarità della politica, della complessità delle questioni giuridiche, come può sapere se per l'impero nel suo complesso e per la Galizia e la Lodomiria in sé sia meglio questo o quel ministro? Qualsiasi cavolo o ferro da stiro o che ne so sceglierebbero i parlamentari meglio di lei!»

Zofia, sempre con lo sguardo basso, pensò tra sé e sé che d'altra parte la sua Franciszka avrebbe probabilmente espresso il proprio voto in modo più assennato di un qualsiasi collega rimbambito di Ignacy. Tenne, tuttavia, questa osservazione per sé. Gettando uno sguardo attento al di sopra del ricamo poteva vedere perfettamente che, se Tadeusz si era messo sulla difensiva, era solo perché voleva evitare una discussione seria con il suo insegnante, e nient'affatto per mancanza di argomenti; non bisognava, tuttavia, portare la questione sul filo del rasoio ed era proprio qui che stava per entrare in gioco Estia, la moderatrice delle controversie.

«Signori, quello che state dicendo è certamente di estremo

interesse, ma ricordatevi che non tutti si occupano di questioni relative ai governi e alle votazioni.» A questo punto prese l'alzatina sulla quale Franciszka aveva opportunamente disposto i cioccolatini di Maurizio: né troppo distanziati per non offendere l'ospite con l'avarizia, né troppo vicini per non sperperare denaro. «Nel frattempo si sono verificati eventi, oserei dire, straordinariamente drammatici.»

«Mi dispiace averla annoiata, signora Rombotyńska» disse Żeleński addossandosi la colpa, «e per quanto riguarda gli eventi drammatici, non ne sono al corrente.»

«Eventi drammatici che hanno travolto questa casa! Per mano della morte!» aggiunse Rombotyński nel tono che di solito assumono gli attori della vecchia scuola nelle scene volte a incutere terrore nel pubblico.

«Per mano della morte?» ripeté esitante Tadeusz.

«Ah, vedo che a causa di quelle pagliacciate all'Hotel Londyński oggi non le è capitato un giornale *decente* tra le mani.» Rombotyński si alzò dalla poltrona e diede all'ospite «Il Tempo» indicando l'articolo con il dito. «Prego, legga.»

Żeleński scorse in fretta il testo con lo sguardo ed esclamò: «Ah, è sorprendente!».

«Cosa ci trova di tanto sorprendente, signore?» chiese in tono animato Zofia, che finalmente smise di ricamare. «Abbiamo riposto la nostra fiducia nel lavoro della polizia, e questo ha sortito l'effetto desiderato...»

«Una coincidenza incredibile! Oggi sul palco sono state dette alcune parole sulla morte di quell'uomo, ma non pensavo che si trattasse di qualcuno collegato agli eventi tragici che hanno colpito la vostra casa!»

Zofia si ricordò che Żeleński era stato proprio uno dei pochi ad aver inviato un biglietto di condoglianze. Forse per via della sua giovane età, la bellezza di Karolina lo aveva colpito con la stessa forza con cui aveva colpito un altro studente di medicina, Kurkiewicz.

«Davvero? E cosa è stato detto su di lui?»

«Daszyński ne ha parlato nel suo discorso...»

«Daszyński!» esclamò il professor Rombotyński diventando tutto rosso e assumendo quasi lo stesso colore del manifesto socialista. «Ah sì, ricordo molto bene quel barbaro, istigatore di eventi sconvolgenti, anzi, eventi *terribilmente* sconvolgenti, all'università. È perfino imbarazzante parlarne... Lei ovviamente non se lo ricorda, a quei tempi non aveva ancora iniziato gli studi da noi; è una legge della gioventù vedere tutto in una prospettiva distorta. Quello che per me è un ricordo appena dell'altro ieri, per lei sarà preistoria. Sì, sì» continuò agitando la mano, «non lo neghi, voi studenti ci trattate come figure archeologiche, antichi mastodonti! Ma lasciate che vi dica cosa successe in quei tempi passati, cioè appena qualche anno fa. Quando il rettore Korczyński criticò una certa associazione studentesca, la Sala di lettura accademica... giustamente, dovremmo aggiungere, giustamente... una folla di studenti radicali irruppe nel Theatrum Anatomicum e quel giacobino di Daszyński...» a Rombotyński tremò la voce «fracassò con le proprie mani il busto commemorativo di Korczyński sul pavimento! Che era stato donato appena qualche anno prima da studenti riconoscenti! Che cosa ci si può aspettare da un tale iconoclasta?!»

«Mi è difficile pronunciarmi sull'iconoclastia del signor Daszyński, professore» rispose Żeleński nascondendo a fatica un sorriso. «So solo che ha menzionato il pestaggio a morte di un certo Rotter per mano di agenti di polizia qualche anno fa nel carcere del Telegrafo, e poi il processo a un attivista socialista che ha descritto l'intera vicenda sull'"Avanti"... è il nome di un settimanale socialista» spiegò. «E ora Daszyński sostiene che l'uccisione di questo Czarnecki...»

«Czarnota» lo corresse Zofia.

«... di questo Czarnota non è altro che l'ennesimo omicidio di un uomo innocente commesso dalla polizia.»

«Innocente?!» replicò indignata la Rombotyńska, che in un attimo perse tutta la calma olimpica che aveva mantenuto fino a quel momento con grande sforzo. «Signor Żeleński, quel criminale ha disonorato e poi pugnalato la mia Karolina! La nostra Karolina! Se fosse stato innocente avrebbe sparato ai poliziotti? Oh no, signore, la polizia sapeva esattamente cosa stava facendo.»

«Parole sante, mia cara» la sostenne il marito. «La verità, caro il mio studente, è che si trattava di un individuo privo di qualsiasi principio morale. Un socialista, ecco cos'era. E per di più ubriacone, perché tutti gli ubriaconi sono socialisti!»

Le opinioni devono rimanere tali, e l'ospite è sacro; forse Zofia un attimo prima aveva alzato un po' la voce, ma almeno una parvenza di ospitalità andava conservata.

«Ora mi dica meglio, come vede il suo futuro?» gli chiese la moglie del professore all'improvviso. «Abbiamo sentito dire che si sta cimentando come poeta, sull'esempio di suo cugino Tetmajer.»

Ignacy capì al volo e si adeguò.

«Esattamente! Mia moglie mi ha detto che sul "Mondo" sono stati pubblicati alcuni suoi sonetti...»

Żeleński, visibilmente imbarazzato, abbassò lo sguardo e borbottò che si trattava «soltanto di esercizi di gioventù».

«Per caso dopodomani parteciperà a una serata dedicata alla Costituzione? Verranno eseguite le polacche di Chopin» lo stuzzicò la Rombotyńska, pur sapendo che né lei né lo studente Tadeusz provavano grande entusiasmo per Chopin.

«Sarà certamente un evento splendido» rispose Żeleński in modo evasivo, poi allungò una mano come se volesse prendere un altro cioccolatino, ma si trattenne. Un giovane ben educato non sottopone i padroni di casa a spese inutili.

* * *

Lo aveva già visto sulla soglia del Celestat: in piedi sotto una delle colonne che sostenevano l'arcata che attraversava il centro della Sala del Sagittario, intratteneva sorridente una conversazione con un gruppo di signore in cerchio (una di loro era senza dubbio la moglie del dottor Pareński, facilmente riconoscibile anche da lontano per via della chioma bianca incipriata, che la faceva rassomigliare a una marchesa francese dell'*ancien régime*). Sebbene il giudice istruttore Rajmund Klossowitz, perché era lui il personaggio in questione, alla fine avesse accettato l'aiuto della moglie del professore per la risoluzione del mistero degli omicidi in Casa Helcel, un anno e mezzo prima, i loro primi incontri non erano stati dei più piacevoli, tanto che il cuore ferito della Rombotyńska non si era ancora cicatrizzato. Zofia non era incline a perdonare a occhi chiusi le offese subite e coltivava con cura i rancori come faceva con i rododendri che, per gentile concessione delle suore della Carità, aveva fatto crescere nel loro giardino. Forse perfino meglio.

La folla era più variopinta del solito in occasioni simili, e questo perché non solo le signore erano abbigliate con un'intera gamma di colori: anche tra gli uomini, oltre al nero dei frac e delle finanziere e al bianco delle loro camicie, si vedevano il cremisi, il blu zaffiro e il verde bottiglia dei *kontusz*, i soprabiti tradizionali da sotto i quali brillavano *zupan* chiari, a volte argentati, altre dorati. Nel giorno della Costituzione non solo i membri della Confraternita del Gallo d'Argento, come Jednoróg, si erano presentati nei loro abiti da festa, ma anche molti altri gentiluomini avevano deciso di indossare gli antichi abiti polacchi. Qualcuno aveva allacciato i bottoni che, almeno così dicevano le leggende familiari, un tempo erano stati strappati dagli abiti turchi, e tirato fuori dagli armadi le fasce di Sluck, che ricordavano ancora la Repubblica, altri avevano avvolto il ventre in nuove e lucenti fusciacche di Bučač, tessute nel negozio persiano dei Potocki, che avevano goduto di grande popolarità all'Esposizione di Leopoli.

Anche Ignacy indossava una fusciacca di Bučač appena portata da Leopoli. Probabilmente avrebbe preferito indossare qualcosa di più comodo, ma la solennità del momento richiedeva accorgimenti speciali e Zofia, pur preferendo vederlo in frac o in toga, pretese categoricamente che indossasse il *kontusz*, che era stato tirato fuori il giorno prima dall'armadio per fargli prendere aria ed eliminare l'odore dell'antitarme; Franciszka dovette aiutare il professore ad avvolgersi in cinque metri di stoffa intessuta d'oro, ripetendo l'operazione più volte perché il nodo non voleva venire come si deve; il *kontusz* blu scuro con il rovescio delle maniche in raso color lampone era stato confezionato vent'anni prima per il matrimonio dei Rombotyński – fortunatamente qualche chilo in più di qua o di là non cambiava di molto la vestibilità del capo – e lo *zupan* poteva sempre essere allargato sul retro, cosa che era già stata fatta qualche anno prima.

La Rombotyńska si guardò intorno, controllando che insieme avessero fatto la giusta impressione, fece un cenno con la testa rivolto ad alcune persone conosciute e dopo essersi accomodata su una sedia si aggiustò le balze dell'abito. Quando Ignacy aprì il programma decorato con gli stemmi della Corona e della Lituania, scoprì divertito che della realizzazione musicale della serata erano responsabili quasi esclusivamente delle donne.

«Canta la signorina Kohn...» iniziò a leggere a voce alta, «al pianoforte la signorina Stengel-Tabor... al violino la signorina Poselta...»

«E dov'è Hock?» scherzò qualcuno nella fila dietro di lui. «Non pensavo che nella nostra città ci potesse essere una rappresentazione musicale senza la sezione di ottoni del maestro Hock!»

«Non si preoccupi, signor consigliere» gli rispose un'altra voce, «domani accompagnerà la Strzelecka che canterà arie del *Guglielmo Tell* e delle *Nozze di Figaro* all'Hotel Saski. Sempre che, naturalmente, la sua voce non venga coperta dal suono di trombe e rullanti.»

Il concerto fu tanto patriottico quanto noioso: le polacche di Chopin eseguite dalla Compagnia di canto «Il liuto», ovvero, come annunciato, il fiore all'occhiello della serata, si rivelarono piuttosto monotone e Zofia per ben due volte dovette dare un discreto colpetto al fianco di Ignacy, a cui era iniziata a ciondolare la testa; lei stessa, d'altronde, fu sul punto di addormentarsi e dovette più volte coprirsi la bocca con la mano non riuscendo a trattenere gli sbadigli. Quel giorno l'aveva svegliata, insolitamente presto, un'alba di maggio – o, per essere più precisi, la mazurca *Buongiorno, alba di maggio* suonata proprio sotto le finestre dei Rombotyński dall'associazione Harmonia. Non si trattava, tuttavia, di un onore particolare: l'orchestra stava percorrendo le strade della città già dalle cinque del mattino, svegliando qualsiasi ceto, senza eccezioni. In realtà la moglie del professore aveva ascoltato già abbastanza musica per quel giorno, e non era particolarmente attratta dagli incontri di società in cui si conversava sempre con le stesse persone sugli stessi argomenti; in fondo vedeva sempre tutti sia alla messa nella basilica di Santa Maria, sia al parco Planty, sia nella piazza del mercato, dove non si poteva passare senza incontrare qualcuno. Per un attimo si era chiesta anche se non fosse il caso di trovare la classica scusa del mal di testa e restare a casa, ma alla fine era prevalso il *senso del dovere patriottico* e il desiderio di sfoggiare il suo nuovo abito, nonché di raccogliere qualche nuovo pettegolezzo che sarebbe potuto spuntare tra le frasi di circostanza durante lo scambio di convenevoli.

Niente di tutto questo, però. Durante il ricevimento si parlò principalmente di cose perfettamente note alla Rombotyńska: dei preparativi in corso per i festeggiamenti e la tombola a sostegno degli abitanti di Lubiana; dei giochi per bambini e ragazzi nel parco del dottor Jordan (organizzati, tra l'altro, dalla Bujwidowa); dell'imminente arrivo della Modrzejewska; della prossima crisi politica a Vienna, poiché sembrava che, contrariamente alle rassicurazioni di Ignacy, il gabinetto del principe di Windisch-Graetz non sarebbe durato a lungo.

La vera risonanza tra il pubblico riunito al parco Strzelecki non l'ebbe, tuttavia, la riunione dell'Accademia delle Arti e delle Scienze, che si era svolta poche ore prima, nel pomeriggio, ma il fallito attentato al giudice Dąbrowiecki, anche se le notizie al riguardo erano ancora frammentarie e incerte. Le assemblee solenni dell'Accademia, onorate dall'arrivo del governatore, si svolgevano soltanto una volta all'anno, ma le sparatorie nell'edificio del tribunale a Cracovia erano incomparabilmente meno frequenti, per cui l'evento provocò un comprensibile scalpore.

«Il colpevole è stato immediatamente arrestato» assicurò il commissario Jednoróg al gruppo di ascoltatori, «non abbiate paura.»

Ma c'era sempre qualcuno che si lamentava che un pazzo armato si aggirava per la città e forse sarebbe valsa la pena di coinvolgere l'intera Confraternita del Gallo d'Argento per catturarlo, e il commissario doveva ripetere le sue rassicurazioni. Particolare sorpresa suscitò la rivelazione che il colpevole non era un socialista, come si era ipotizzato in un primo momento, ma un cittadino locale proprietario di due macellerie. Questa notizia destò un certo sgomento tra i presenti: molti di loro avevano avuto occasione, nel corso della vita, di lamentarsi della lentezza burocratica o di una sentenza ingiusta che li riguardava, ma era il caso di sparare al giudice per questo motivo? Era una cosa al di là di ogni immaginazione. E come era possibile che fosse stato un imprenditore a commettere una simile azione? In più, un abitante del posto? Quasi uno di loro? Era una cosa non solo impensabile, ma soprattutto da non ripetere ad alta voce. L'attenzione si spostò quindi rapidamente su un argomento sicuro: un incidente ferroviario alla stazione di Bochnia, dove un treno si era scontrato con un altro treno fermo proveniente da Cracovia.

«Ah sì, certo, i ferrovieri!» sbuffò Rombotyński. «Non ci si può aspettare nulla di buono da loro, io lo dico sempre.»

«Per fortuna che non è morto nessuno!» ribatté una donna in abito rosso.

«Quante persone però sono rimaste gravemente ferite! Magari non fisicamente, ma chissà che paura si sono prese!» aggiunse un uomo corpulento.

«La spavalderia delle ferrovie va oltre la comprensione umana, signore e signori» commentò Rombotyński.

«Ma, infatti, non so se l'altro giorno avete letto sul giornale che la contessa Starzeńska stava viaggiando con i suoi tre figli sulla linea ferroviaria del Nord, quando è stata trattata in modo veramente barbaro dal capotreno.»

«Ma non mi dica! Le ha rivolto parole volgari?»

«Peggio ancora. Acquistati i biglietti e salita sul treno, il capotreno le ha annunciato che in prima classe non c'erano posti liberi a sedere per quattro persone e, nonostante le proteste, la contessa è stata costretta a separare la famiglia. Le due figlie hanno dovuto fare tutto il viaggio in un altro vagone! Con dei perfetti sconosciuti!»

«Spero che il conte abbia presentato un reclamo alla direzione generale...»

Il commissario, che prima aveva salutato molto calorosamente la Rombotyńska, ora, sfoggiando di tanto in tanto la sua croce al merito d'argento con corona, era intento ad ascoltare le elucubrazioni di un qualche appassionato di antichità che, tenendolo per un bottone in filigrana d'argento, ne lodava la scelta dei colori.

«... già nel 1788 i deputati si presentavano al Sejm con i colori decisi dai voivodati, e per il voivodato di Cracovia era proprio il *kontusz* blu scuro, senza risvolti, con il colletto, e lo *zupan* cremisi, quindi insisterei sul fatto che, essendo il giorno della nostra Costituzione, il giorno della festa del Sejm, e per così dire» Jednoróg cercava in qualche modo di divincolarsi ma il bottone era cucito saldamente «lei si presenta con l'abito nazionale, le consiglierei di sostituire il *kontusz* con uno senza risvolti, e di cambiare anche i colori dello *zupan*, dato che siamo a Cracovia, nel Granducato di Cracovia, certo, ma anche, per così dire, nel voivodato di Cracovia...»

Zofia si sentì improvvisamente soffocare e decise di uscire a prendere un po' d'aria fresca, quando d'un tratto le afferrò la mano una chiacchierona famosa in tutta la città, amica della moglie del dottor Zaremba e, incredibile a dirsi, ancora più noiosa di lei. La mecenate Jakubowska era nota per il fatto che, di tanto in tanto, si incollava a qualcuno riversando sulla sua vittima una serie di racconti su chi era malato e in quale giorno era stato colpito da un attacco particolarmente doloroso. È vero, la Rombotyńska spesso apprezzava queste notizie, ma aveva un limite di sopportazione. Come Jednoróg con l'appassionato di curiosità storiche, anche lei cercò di allontanarsi, ma era incappata in una degna avversaria; la Jakubowska non desisteva e dopo un po' la Rombotyńska, annuendo quasi meccanicamente e pregando che non le scappasse uno sbadiglio, ascoltò il racconto dell'emiplegia di una certa cugina della mecenate che aveva avuto forti dolori mercoledì. O giovedì.

«Che peccato, signora Rombotyńska, che il nostro ultimo legame con il passato non abbia raggiunto questo splendido giorno, vero?» La Jakubowska cambiò argomento agilmente, in modo quasi impercettibile, passando dalle malattie ai decessi.

«Legame?»

«La Kotarbina, non l'ha mai sentita nominare? È una vecchietta nata l'anno in cui è stata approvata la Costituzione del 3 maggio, se ne rende conto? Vorrei arrivarci io a quell'età!»

"Che Dio ce ne scampi" pensò la Rombotyńska in cuor suo. "E se Dio nella sua incomprensibile saggezza decide così, che almeno mi porti via da questo mondo prima di questa chiacchierona, in modo che non debba sopportarla."

«Sì, una perdita enorme» rispose con rassegnazione. «E a una bella età.»

«Viveva vicino a Tarnów, a Zakliczyn... Anzi no, non a Zakliczyn. Piuttosto a Czchów... Be', non proprio a Czchów ma non distante... Lei c'è mai stata? C'è un panorama molto bello, il Castello Tropsztyn sul fiume Dunajec, molto pittoresco... Non a Czchów, ma più a ovest, verso Nowy Sącz, quindi più a sud, Wi... Wy... Non Witowice... Wytrzyszczka!»

La Rombotyńska stava già pensando di fingere un leggero svenimento quando Klossowitz all'improvviso le spuntò davanti.

«Signora Rombotyńska, signora Jakubowska» disse con un profondo inchino.

«Signor giudice» disse Zofia chinando il capo. Non si aspettava di essere salvata da lui, ma in quella situazione avrebbe accettato l'aiuto di chiunque.

«Mi perdonerete, signore, se interrompo questa affascinante conversazione» disse Klossowitz rivolgendosi alla Jakubowska, «ma devo rubarle un attimo la moglie del professore per una questione urgente...»

La donna mormorò qualche parola di rassicurazione, ovvio che capiva perfettamente, si limitò a girare su se stessa e senza muoversi dal suo posto si rivolse alla sua prossima vittima, riprendendo a recitare la litania di malattie e morti, a partire dal punto esatto in cui era stata interrotta.

Uscirono nel parco Strzelecki, dove non c'era quasi nessuno tranne due giovani coppie e le loro *chaperon*, che le seguivano da lontano; dai cespugli aleggiava il profumo dei primi lillà in fiore. Con un certo rammarico la Rombotyńska dovette ammettere a se stessa che il giudice istruttore si presentava veramente bene nel suo *kontusz*. Alto ma non spilungone, snello ma non troppo magro, sebbene fosse nato soltanto qualche anno dopo Ignacy, sembrava molto più giovane di lui. Quando le prese la mano e gliela baciò, lei guardò il suo salvatore con occhi più benevoli.

«Qual è, quindi, la questione urgente?»

«Non crede, signora, che il *caso in questione*» rispose lui sottolineando in modo particolare queste ultime parole «si sia concluso in modo un po' troppo...» si interruppe un attimo per trovare il termine giusto «liscio?»

«Non vorrà dirmi che crede alla versione di quel sobillatore di Daszyński... Ho sentito cose molto inquietanti sul suo conto» disse Zofia alzando un dito. «Non so se lo sa, ma ai suoi tempi quest'uomo ha distrutto il busto del professor Korczyński.»

«Be', signora mia, ci sono più cose in terra e in cielo di quante ne abbiano sognate i filosofi, e tra queste si annoverano dei socialisti sinceri. O almeno» aggiunse Klossowitz alzando significativamente le sopracciglia, «socialisti che dicono la verità. Seppur involontariamente.»

«Non so proprio di cosa stia parlando» rispose la Rombotyńska in tono indignato, infastidita dal fatto che Klossowitz, certamente geloso dei suoi successi, perché era stata lei a condurre il commissario Jednoróg sulle tracce del falso Bzowski, cercasse ancora una volta di sminuire i suoi meriti nel campo delle indagini. E questo proprio nel momento in cui lei era pronta a perdonarlo per le sue passate malefatte.

«La prego di non lasciarsi trasportare dalla rabbia» disse il giudice istruttore, «siamo tutti interessati a trovare il colpevole.»

«Il colpevole non solo è stato trovato, ma anche ucciso con un colpo di pistola in un tentativo di fuga, dovuto sicuramente... Buonasera...» si ritrovò a dire con un inchino al professor Kostanecki, prima di continuare: «... dovuto alla coscienza sporca del criminale».

Klossowitz si arricciò i baffi. Le venne in mente che tutti gli uomini, una volta indossato il *kontusz*, come toccati da una bacchetta magica, emulavano la nobiltà del passato.

«Il fatto che il giudice Rozmarynowicz, che sarebbe dovuto andare in pensione molto tempo fa perché non distingue la realtà dal sogno, sia stato coinvolto in questa vicenda, non mi ha sorpreso. Non mi sorprende nemmeno il commissario Jednoróg, che ha in testa soltanto promozioni e medaglie, e quindi ogni caso risolto lo fa salire di grado. Ma che lei, così perspicace nelle indagini...»

"Ah, quindi è questo il ruolo che vuole assegnarmi" pensò Zofia accostando agli occhi la lorgnette. "Non può perdonare a Jednoróg un incarico o una carriera più veloce della sua, quindi con le lusinghe vuole indirizzarmi su una nuova indagine che servirà a mettere in dubbio le conclusioni del commissario... Indipendentemente da come si presenti in *kontusz*, non sa raggiungere reali vette di magnanimità. Ah, questi uomini, che hanno in testa soltanto le guerre!"

«E cosa potrei fare? Sono solo una donna. Ci siete voi uomini a identificare e catturare i criminali. E questo criminale è stato catturato e ha pagato per il suo crimine efferato come nel Vecchio Testamento: occhio per occhio, dente per dente, vita per vita.»

«Naturalmente se supponiamo che si sia trattato di un verdetto della giustizia divina e non di un processo farsa» rispose il giudice, «perché vorrei sottolineare che...»

«Ah, eccoti...» Zofia sentì alle sue spalle la voce affannata del marito. «Ti ho cercato ovunque... Buonasera... Sebald ha già messo in funzione i suoi macchinari.»

Zofia salutò Klossowitz, prese Ignacy sottobraccio e rientrò al Celestat. Di fatto, là dove poco prima la Compagnia «Il liuto» aveva eseguito un canto scritto su musica di Chopin, due assistenti del fotografo avevano appeso degli sfondi dipinti, alcuni dei quali rievocavano i tempi in cui il locale di via Kolejowa era gestito da Walery Rzewuski. Davanti a un bosco secolare, a un nebbioso paesaggio rurale e a un vecchio castello semidiroccato (forse il Tropsztyn di cui parlava la Jakubowska), donne e uomini assumevano pose di vario genere. E l'instancabile Fikalski, che era accorso lì in occasione della festa nazionale con una grande coccarda bianca e rossa appuntata al petto, allestì con straordinario fervore immagini vivide, prese principalmente – per via degli attraenti costumi – dai romanzi sarmatici di Sienkiewicz pubblicati qualche anno prima; ovviamente, evitava come la peste lo sguardo della Rombotyńska. Poi fu la volta delle fotografie più classiche, dove tutti gli Skrzetuski, i Wołodyjowski e i Zagłobi tornarono a essere docili mariti delle proprie mogli, appesantite da fronzoli e anni di matrimonio. Alla fine, i Rombotyński dovettero ritirare le foto in formato cabinet il giorno dopo; una ritraeva Ignacy da solo con il colbacco un po' troppo calcato sulla fronte, l'altra Zofia con lo sguardo annebbiato dal battito delle palpebre, e su una terza entrambi i coniugi con il commissario Jednoróg, perché avevano deciso di regalargli una stampa in segno di gratitudine per la rapida risoluzione del caso. Nel frattempo gli ospiti, soprattutto quelli già sbronzi, rientravano nelle case vicine o salivano sulle carrozze in attesa. Dal parco provenivano tonfi e grida e poi frammenti di canzoni cantate in maniera un po' impacciata:

La bottiglia è finita… ma noi non andremo via!
Salute… a tutta… la nostra compagnia!
Salute a Macius… e alla sua sincerità!
Salute all'amicizia, urrà, urrà!

E tutti in coro:

Salute all'amicizia, urrà, urrà!

"Come i bambini" pensò la Rombotyńska, "proprio come i bambini."

CAPITOLO VI

Un intermezzo fortunatamente breve, nel quale per tutto il mese di maggio e quasi tutto il mese di giugno non succede nulla, anche se succede molto; la Bujwidowa regna sovrana, la cugina elogia i vasi di Zofia, e una ragazza vede un fantasma al bagliore delle candele nella notte di san Giovanni.

Zofia Rombotyńska aveva le sue idee sulla saggezza di Salomone, e poche cose la irritavano quanto la massima ripetuta fino alla nausea a Cracovia, secondo la quale «la superbia precede la caduta»; in primo luogo perché – come la maggior parte dei detti biblici – funzionava e non funzionava, e in secondo luogo perché le malelingue, per una strana coincidenza, spesso la pronunciavano rivolgendosi a lei. Ma il fatto era che, avendo contribuito alla scoperta dell'assassino di Karolina, ora si prefigurava mesi gloriosi e splendenti di una primavera che le avrebbe portato tutta una serie di trionfi in società. Purtroppo la realtà si rivelò assai diversa.

Innanzitutto ci fu una sorta di profluvio della Bujwidowa: ovunque ci si girasse c'era la Bujwidowa, se non era una lettura era un'inaugurazione, se non era un'inaugurazione era una raccolta fondi. A sostegno della Società delle scuole popolari agiva con una tale spietatezza da guadagnarsi, insieme con altre due megere, l'appellativo di «inclementi spremisoldi»: avevano le loro tecniche per spillare denaro da ogni borsellino, da ogni portafogli, anche da un cassetto perfettamente chiuso... L'istruzione del popolo, certo, forse era anche utile, ma sembrava – d'altronde non solo alla Rombotyńska – che il dovere di coprire l'intera Galizia con una rete di scuole ora dovesse ricadere unicamente sulle spalle della borghesia di Cracovia. Durante le conversazioni nei salotti si era tutti d'accordo sul fatto che la cosa peggiore era quella mania di istruire le donne.

«Dopotutto Cracovia non si sta affatto difendendo dalla modernità» argomentava uno dei colleghi di Ignacy, «e se ci sono genitori morbosamente liberali che vogliono rovinare il cervello alle proprie figlie tramite la scienza, che si accomodino pure! È da quasi trent'anni che sono attivi quei corsi di istruzione superiore per donne in memoria di Baraniecki...» disse fra i denti.

«Il nostro *Baraneum*!»* aggiunse qualcuno alle sue spalle; la battuta si ripeteva da un quarto di secolo ma li divertiva ancora.

«Da qui prende il via la degenerazione della donna; in fondo tutti concordano sul fatto che nella società una madre onesta, una brava donna, vale ben di più di un medico mediocre.»

«Sempre che per lui ci sia ancora posto» intervenne uno dei medici.

«Parole sante. Invece di guardarsi intorno in cerca di lavoro, bisognerebbe che la donna osservasse i vasti campi incolti che la circondano, senza afferrare il pezzo di pane che tiene in mano l'uomo.»

«Sempre più denaro finisce all'estero per i loro ninnoli e gingilli, senza i quali non riescono proprio a vivere» dichiarò qualcuno sollevando il bicchiere. «Statuine di carta, ventagli, quadretti, figurine adesive! Gli stranieri ci tolgono di bocca il pane, il burro, la carne, e commerciano trattandoci da selvaggi, dandoci in cambio carabattole per le donne.»

«Appena una ragazza impara un po' a leggere e scrivere, avanza subito pretese» affermò Ignacy. «Proliferano talenti

* Gioco di parole tra Adrian Baraniecki, fondatore di scuole per l'educazione femminile, e *baran*, che può significare anche «sciocco, citrullo». Da qui *Baraneum*: crasi tra «Baran» e «Ateneum». (*N.d.T.*)

che scrivono racconti, ma a che serve? Se poi ci tocca andare a cercare all'estero sarte e tagliatrici abili e laboriose?»

«Alcuni nostri contemporanei lavorano indefessamente per cancellare le differenze naturali tra i sessi e renderli assolutamente uguali! Si può immaginare un'assurdità più grande? D'altronde, è dai nostri stessi corpi che si capisce a quali compiti siamo chiamati! Basta guardare questa barba» disse un qualche accademico accarezzandosi la propria «per capire che la natura stessa ha conferito all'uomo un'innata dignità. Le donne non ce l'hanno, la barba... non tutte, almeno.» E qui serpeggiò piano una risatina generale. «E ci credo! Loro non devono certo essere così dignitose. È una cosa risaputa, questa, lo scriveva già Aristotele.»

«Quello che Aristotele non poteva sapere» aggiunse a quel punto qualcun altro «era ciò che avrebbero scoperto gli scienziati della lontana America, e cioè che i peli del viso accumulano elementi elettrici al loro interno, e sono quindi un segno della forza vitale, dell'*élan vital*!»

Tra la folla si levò un mormorio d'approvazione.

«La figura maschile è eretta e slanciata» iniziò a spiegare uno degli anatomisti, «quella femminile invece è meno uniforme, ha fianchi larghi e curve a livello del petto, dell'addome e del bacino. Mentre la figura maschile sembra cercare... come dire... l'azione, l'azione istintiva, quella femminile entra facilmente in uno stato di quiete e pare trovare appagamento in una postura leggermente ripiegata in avanti» aggiunse curvandosi e spingendo contemporaneamente in fuori l'esile cassa toracica, «come in cerca di una posizione di sottomissione...»

«Ma comunque la postura generale del corpo» lo interruppe un giovane «dopotutto è irrilevante quando si tratta di istruzione...»

«Ciò che conta è il legame tra sessualità e sistema nervoso» spiegò l'anatomista, «e più precisamente: il legame tra il cervelletto e le ghiandole embrionali! Quando il cervello delle nostre ragazze viene potenziato unilateralmente, in modo tale che tutto il sangue viene diretto verso un solo polo, come purtroppo avviene ancora nell'educazione scolastica di oggi, allora le azioni del sistema simpatico spariscono, viene compromessa l'attività dello stomaco» disse piegando un dito, «dell'intestino» secondo dito, «del fegato» terzo dito, «della milza» quarto dito, «e allo stesso tempo ci sarà una degenerazione delle ghiandole embrionali, che porterà, miei cari signori, alla ste-ri-li-tà!»

Zofia, seduta in un gruppo vicino dove le signore discutevano di questioni proprie, captò queste parole dal brusio delle conversazioni; avrebbe preferito credere che l'anatomista si sbagliasse, ma il suo caso sembrava confermare la teoria scientifica. In gioventù, di fatto, avevano puntato molto sulla sua istruzione, soprattutto il padre farmacista, che si era sempre rammaricato di non aver lui stesso terminato gli studi di medicina; se avesse avuto un figlio l'avrebbe mandato all'università, ma in questo caso… e quindi? Difficile negare che il matrimonio dei Rombotyński non fosse stato benedetto dalla prole. Era forse dovuto al potenziamento unilaterale del cervello della piccola Zofia? Probabilmente no: la Bujwidowa, qualunque cosa si potesse pensare di lei, non era mica stupida, ma allo stesso tempo continuava a dare al marito un figlio dietro l'altro. Fonti attendibili dicevano che avesse in grembo un altro pargolo. In ogni caso, che fosse incinta o meno, agiva con grande astuzia. Non solo insisteva per fondare scuole femminili di istruzione superiore ma, addirittura, al congresso degli insegnanti di Leopoli aveva tirato fuori dalle norme universitarie un cavillo legale sul diritto di libero uditore e influenzato a tal punto l'intera sala, composta per lo più da uomini («E non si può dire che abbia usato l'arma della bellezza!» era stato il malizioso commento), che quelli avevano votato a favore dell'ammissione delle donne all'università, in veste di uditrici. Poi aveva messo in testa a diverse ragazze del Regno del Congresso di fare domanda a Cracovia e a Vienna per essere ammesse all'Università Jagellonica, convincendone oltre una cinquantina. E nemmeno a farlo apposta, dopo vari rifiuti, raggiri, tentativi, tre erano state accettate. «Una volta che infilano nella porta il bel piedino foderato da una bella scarpetta il più è fatto!» dicevano i professori scuri in volto. In realtà, la maggior parte delle domande era stata respinta e si trattava soltanto del dipartimento di Filosofia e di tre farmaciste, che di fatto non potevano partecipare ai colloqui né sostenere esami; inoltre, ognuna di loro doveva ottenere da ciascun professore un permesso individuale per frequentare le sue lezioni. Purtuttavia, una breccia era stata aperta. Ora si attendeva soltanto che crollassero altre ridotte e trincee.

Zofia non partecipava a tutte quelle «bujwidowate». Per protesta. Così come in precedenza, per protesta, non era andata alla conferenza sulle Amazzoni, e per protesta non era andata al parco Jordan a giocare con gli alunni e le alunne delle scuole popolari, dove la Bujwidowa era *ovviamente* membro del comitato; vi accorsero quasi in duemila, le ragazze in numero leggermente inferiore rispetto ai ragazzi, il che evidentemente era di cattivo auspicio per la futura fertilità delle donne cracoviane; in più, l'occasione si prestava anche a festeggiare lo stesso Jordan, che alla Rombotyńska non andava a genio da anni; quello stesso giorno Ignacy non si piazzò bene alla gara ciclistica, tornando a casa amareggiato, ed entrambi, ognuno nella propria stanza, cercarono di smaltire la rabbia. L'8 maggio, sempre per protesta, Zofia non si presentò in via Poselska, dove venne inaugurata la Sala di lettura per le donne, circostanza che vide accorrere tutte quelle pericolose femministe, un vero e proprio viperaio! Per non parlare della mancanza di rispetto per la vita spirituale: in fondo, solo di lì a tre giorni da quell'infamia il principe vescovo avrebbe guidato una processione per le vie di Cracovia, con le reliquie della testa di san Stanislao.

In cuor suo la Rombotyńska sapeva che nessuno aveva fatto caso alla sua protesta. Si consolava, tuttavia, pensando che ci sarebbero state altre occasioni per prendersi una rivincita e marcare il proprio posto nelle alte sfere di Cracovia, che, come noto, non era mai permanente ma richiedeva continue conferme. Purtroppo Ignacy, che negli ultimi tempi era molto arrabbiato – forse perché aveva perso l'ennesima gara –, non aveva fatto nulla per ottenere un invito al banchetto in onore della Modrzejewska, giustificandosi con il fatto che si trattava di una festa per i membri del Circolo artistico-letterario, ossia quasi esclusivamente per attori e letterati. Quindi Asynk era presente mentre i Rombotyński non c'erano. A che punto si era arrivati! Non rimaneva loro che ammirare l'attrice nel ruolo di Viola nella *Dodicesima notte*, ma non era la stessa cosa che star seduti con lei tutta la sera allo stesso tavolo, tanto più che, come Zofia aveva letto con invidia sul giornale, *le vivaci chiacchiere si erano protratte fino alle due del mattino*.

Ripose le sue speranze in un unico evento: l'esposizione di rododendri, rose e fragole al parco Strzelecki. Grazie alle macchinazioni di suor Alojza, si era assicurata l'aiuto del giardiniere di Casa Helcel e da tempo si prendeva cura di tre splendidi esemplari: uno bianco, uno rosa e uno viola, coltivati con maestria in una piccola aiuola addossata al muro, al riparo dal vento. Promettevano bene, i rametti erano cosparsi di turgide gemme; era stata presa ogni precauzione affinché i santi di ghiaccio non li facessero avvizzire per il freddo. Il sabato mattina presto Franciszka con due aiutanti andò a prelevare gli arbusti, collocati di fatto in vasi particolarmente belli, e li portò nell'area espositiva, badando che i ragazzi non rompessero inavvertitamente alcun rametto.

I Rombotyński arrivarono puntuali all'una, fecero una breve fila per entrare, pagarono venti centesimi a testa, salutarono alcune coppie di conoscenti e si affrettarono verso la zona dei rododendri. Le conversazioni in corso erano tutte incentrate sui fiori.

«Da uno dei giardini di provincia pare che sia stato inviato un intero vagone di rose...»

«Due vagoni. In fiore. Nei vasi.»

«Ho sentito dire che sono da parte della principessa Lubomirska, dei vivai dei Mieżyniecki.»

«Le rose sono le regine dei fiori!»

«Parlano molto bene delle "Kudasiewicz" di Prądnik» disse un signore con la barba brizzolata, che la Rombotyńska per un attimo scambiò per il giudice Rozmarynowicz.

«Vero, soprattutto la varietà "Polyantha".»

«Io preferisco "La France" e la "Viscountess Folkestone".»

«Io invece ho una maggiore stima per le rose del canonico Drohojowski. Esemplari pregiati.»

«E l'"Olsza"?»

«L'"Olsza" dei Potocki, della contessa Antoniowa? Nuove varietà, assolutamente da vedere.»

«Invece la Kossakowa presenta fragole bellissime.»

«Ma fuori concorso. In ogni caso ci sono solo tre espositori in concorso nella sezione fragole e fragole di bosco» sbuffò sdegnata una donna con un pappagallo sul cappello. «A Leopoli sarebbe stato impensabile.»

Infine raggiunsero i rododendri. Si presentavano magnificamente, la scritta *Zofia Rombotyńska* non era né troppo grande, né troppo piccola.

«Bellissimi vasi!» trillò la voce di Józefa Dutkiewiczowa alle spalle di Zofia.

Sua cugina, pur essendo perennemente in lutto, sorrideva radiosa. Non c'è da stupirsi: si scoprì che presentava anche lei ai cracoviani i suoi rododendri che, di fatto, non si sa dove coltivasse, ma di certo non nel palazzo di via Floriańska. Quando le venne chiesto, rispose solo in modo evasivo che ogni donna ha i suoi metodi per coltivare la bellezza.

Si incontrarono di nuovo la domenica, quando il pubblico votava in un sondaggio per gli esemplari più belli. Uomini e donne passeggiavano lungo i vialetti del giardino, tra il ristorante e il padiglione della musica accompagnati da tromboni, rullanti e clarinetti, poiché dalle tre del pomeriggio era in corso un concerto di musica militare e un basso maestro vivace dirigeva con entusiasmo una serie di marce che commemoravano i vari trionfi dell'esercito austroungarico, normalmente piuttosto antichi.

Vinsero quasi tutto i fratelli Freege, dunque dei professionisti; furono sempre loro a ricevere la medaglia d'oro per i rododendri. Quella d'argento venne assegnata ai Padri Giuseppini.

«Non c'è nulla da stupirsi» concluse la Rombotyńska, «d'altronde non fanno molto altro nella vita.» Tuttavia, la cosa più difficile da accettare fu la medaglia di bronzo che, neanche a farlo apposta, venne assegnata a Józefa Dutkiewiczowa.

Come se non bastasse, la Dutkiewiczowa e i coniugi Bujwid – soprattutto lei, quell'inclemente spremisoldi! – precedettero Zofia nell'avvio della raccolta fondi per il restauro della cattedrale. Come erano cambiate le cose a Cracovia: solo poco tempo prima le collette venivano fatte esclusivamente per gli orfani, gli zoppi, gli anziani, e per chi soffriva delle malattie più disparate. E ora? Per le scuole popolari, per la ristrutturazione di edifici vari, non c'era fine a questa carità. La cattedrale era una cosa, ma in fondo anche la chiesa dei francescani, bruciata quasi mezzo secolo prima nel grande incendio della città, ora era in restauro sotto la direzione dell'architetto Ekielski. Si era sparsa solo pochi giorni prima la voce che la moglie del dottor Pareński, che amava ficcare il naso dappertutto e in più si considerava una grande esperta d'arte, aveva convinto Ekielski a far dipingere l'intera chiesa a un suo pupillo, un giovinastro sui vent'anni, per cui c'era da aspettarsi che presto si sarebbero dovuti raccogliere fondi anche per il pennello di quel Wyspiański. Giorno dopo giorno i quotidiani pubblicavano informazioni sull'apertura delle cassette con le offerte, e arrivò anche il turno di quella di Zofia. Trentuno złoty e dodici centesimi. Una somma considerevole, raccolta faticosamente con tutto l'arsenale dei mezzi perfezionati nel corso degli anni – e cosa ci poteva fare se una settimana dopo si scoprì che sua cugina aveva raccolto quasi il doppio? Eh, tutto grazie a quelle amiche delle compagnie d'assicurazioni, ricevute in eredità dai mariti. Per non parlare del contenuto della cassetta della Bujwidowa.

I coniugi Rombotyński erano completamente d'accordo su una cosa: che quell'anno era stato un vero e proprio *annus horribilis*, quindi si sostenevano a vicenda nei momenti difficili. Lui le disse di non preoccuparsi dei piccoli contrattempi e di lasciar perdere le sciocchezze proclamate dalle femministe, e che i suoi rododendri erano i più belli di tutta l'esposizione; lei, a sua volta, diceva che avrebbe sicuramente dimostrato chi era l'ultimo giorno di giugno nella gara di dieci chilometri fino a Liszki, in cui si sarebbero cimentati gli anziani del Club ciclistico di Cracovia, cioè uomini dell'età di Cristo e oltre. E quando anche in quell'occasione arrivò penultimo, Zofia commentò: «Ignacy, di' quello che vuoi, io la vedo così: si sono iscritti quattordici partecipanti, ne sono partiti sette, quindi in termini di forza maschile, sei arrivato sesto su tutto il club. E all'università? Ignacy, di tutta l'università tu sei il primo!».

Ma prima di tutto questo, prima che il professor Rombotyński iniziasse la gara con cipiglio marziale, accadde qualcosa che sconvolse Zofia a tal punto da farla correre dal commissario Jednoróg.

* * *

«Solo al cancello mi sono ricordata» disse irrompendo nel suo ufficio «che sulla mia scrivania, nel portalettere, c'è ancora il nostro ritratto della serata al Celestat... lo manderò attraverso la domestica o per posta. In ogni caso, non sarei qui a farle perdere del tempo prezioso, se non fosse una questione urgente. Signor commissario, temo che la nostra indagine» e all'aggettivo «nostra» Jednoróg sorrise impercettibilmente «dovrà essere riesaminata, o forse addirittura ripetuta. Pensi» e qui, come sfinita, Zofia si lasciò andare sulla poltrona indicata dal poliziotto, «ieri la mia domestica, Franciszka, ha partecipato alla festa di san Giovanni.»

«Sì?»

«E chi ha visto tra la folla? Quell'uomo che si spacciava per l'ingegner Bzowski.»

«Mia cara signora» rispose ridendo Jednoróg, «potrà darmi dello scettico, ma dubito seriamente dell'apparizione del fantasma di un bandito fucilato. Anche nella notte di san Giovanni.»

«E se non fosse stato lui a morire?»

Il commissario sospirò, guardò fuori dalla finestra la facciata assolata dell'edificio di fronte, poi si rivolse di nuovo alla Rombotyńska.

«Non esiste nulla che una domestica non possa immaginare. Soprattutto se è giovane. Sono ragazze estremamente emotive che nella loro vita, giorno dopo giorno, non fanno altro che accendere il fuoco nella stufa, pulire, cucinare, sbattere i tappeti... Ogni domestica vive di sensazioni: pettegolezzi di vicinato, questioni di stato, vecchie favole popolari e, se riesce a mettere insieme le lettere dell'alfabeto, di sciocchezze lette in romanzetti da quattro soldi. Non c'è da stupirsi che inventino storie incredibili. Non me ne preoccuperei troppo. Laggiù ha visto qualcosa e si è spaventata, il segreto è tutto qui.»

«Dice di averlo visto perfettamente... di averlo riconosciuto subito.»

«Di notte? Alla festa di san Giovanni? Al bagliore delle candele?»

«Be', c'è anche il chiarore serale del sole che tramonta tardi...»

«... e che sarebbe tale da consentire alla signorina Franciszka di riconoscere un uomo che ha saputo descriverci soltanto dicendo che era giovane e aveva i baffi?»

La domanda aleggiò nell'aria piena di fumo di sigaretta e rimase lì sospesa per un po'.

«Una cosa di cui sono certa» prese lentamente a dire la Rombotyńska soppesando ogni parola «è che la mia Franciszka non è una personcina emotiva, al contrario, è inaspettatamente coscienziosa e con i piedi ben piantati a terra. Se è venuta a parlarmi di un caso del genere, va assolutamente presa in considerazione. Tremava tutta dal nervoso!»

«Tremava perché era agitata. Emotività, ecco cosa intendo. Magari anche rafforzata per aver bevuto un po', perché si sa che in posti simili qualcuno offre sempre un bicchiere di vino o una bottiglia di birra. Soprattutto a una bella ragazza.»

«Signor commissario, chiunque sarebbe agitato trovandosi faccia a faccia con l'assassino della propria collega, è la reazione più naturale al mondo.»

A quel punto Jednoróg intrecciò le mani sul piano della scrivania, spostò in avanti tutto il suo corpo massiccio e sodo, con le spalle che riempivano la stretta giacca dell'uniforme, dopodiché disse: «Devo dedurre che, secondo lei, i miei uomini hanno ucciso un innocente? Che l'ispettore Trzeciak, che era a capo dell'operazione, è un incompetente? È questa l'accusa che sta muovendo?».

Zofia, un po' turbata, ci mise un attimo a rispondergli, quindi si lamentò dell'afa.

«Vuole che le apra la finestra?»

«No, grazie... sto già meglio... Non intendo accusare nessuno. Forse quel Czarnota aveva comunque qualcosa sulla coscienza, magari perfino un crimine, e stava scappando per altri motivi? Lei stesso ha detto che era ben noto alla polizia.»

«Mia cara signora, ma io non mando un paio di uomini armati nel quartiere Grzegórzki a prendere il primo cittadino che capita su cui è caduta l'ombra del sospetto! In questo caso avrei mandato Erychleb o Pidłypczak, che lo avrebbero invitato gentilmente a un interrogatorio... No, mia cara signora Rombotyńska. Sapevamo che si era vantato nelle bettole del crimine commesso contro la signorina Szulcówna.»

«Cosa significa che "si era vantato?"» saltò su la Rombotyńska. «Si è messo in piedi al centro della stanza e ha detto: "Ho ucciso, ho violentato e trafitto un cuore con un coltello?". Ma su, è impossibile.»

«Ah, cara signora, cara signora...» prese a dire Jednoróg appoggiandosi allo schienale della sedia «non succede così. In quasi tutti i criminali, anche i più depravati, nasce il bisogno di confessare la propria colpa, o di vantarsi del proprio gesto. Non dice nulla in giro, ma si limita a sussurrare qualcosa a qualcuno, a suggerire... Quante volte ho visto casi simili! Conosce la favola dei fratelli Grimm delle macchie di luce sul muro? No? È un racconto breve. Un uomo, dopo aver ucciso il suo complice, o forse un viaggiatore sconosciuto, non ricordo, si era impossessato di una grande somma di denaro. Ma la vittima gli aveva lanciato una maledizione dicendo: "Delle macchie su un muro ti tradiranno!". Lui non aveva badato alla cosa, aveva comprato una grande casa, vissuto molti anni in pace, avuto figli e nipoti... e un bel giorno, ormai anziano, aveva guardato il muro e iniziato a ridere. A ridere. Gliene era stato chiesto il motivo e lui aveva risposto: “Una volta ho ucciso un uomo che mi aveva lanciato una maledizione. Diceva che delle macchie di luce sul muro mi avrebbero tradito. Ed ecco, ho vissuto fino alla vecchiaia, le guardo in santa pace e non mi fanno alcun male!”. Ma alcune persone oneste, udito ciò, lo avevano condotto davanti al giudice, che lo condannò alla decapitazione. Ma sa una cosa? C’è un errore in questa favola.»

«Ovvero?»

«Non aspettano affatto tutta la vita. Un giorno, due, cinque. Si sfogano, non del tutto sobri, con un compagno di bevute, quest’ultimo lo riporta, ovviamente con la massima fiducia, a un altro, e dopo due giorni tutta Podgórze lo sa. Noi abbiamo a nostra volta chi ci riporta queste voci.»

«E ve le hanno riportate?»

«Sì, sì, le hanno riportate. Si è trattato di un messaggio di un informatore segreto.»

«Potrei...?»

«Leggerlo? Purtroppo» disse il commissario allargando le braccia «sono documenti che non mostrerò a nessuno, un buon informatore vale oro. La reputazione è un tesoro in questo mestiere. Chi gode di questa reputazione, per cui qualsiasi cosa gli si dica rimarrà muto come un pesce, viene a sapere più cose. È difficile trovare un informatore simile, ma una volta che lo si è trovato... va custodito come un bene prezioso. E sì, abbiamo avuto questo tipo di soffiata, addirittura due, da fonti diverse. E dunque Czarnota si è tradito, senza aspettare di raggiungere la vecchiaia. E la sua fuga dimostra che...»

«... che sapeva perché erano andati a prenderlo.»

«Esatto. Mi dispiace, naturalmente mi dispiace» sospirò il commissario, «perché ho trovato coinvolgente tutta la questione della finzione, con i biglietti da visita, e chissà che quest’espediente non riveli qualche interessante risvolto misterioso dell'animo umano. Ma tale risvolto, sempre volendo concedere che non girasse tutto quanto solamente attorno allo sfrenato desiderio maschile, il defunto se l'è portato nella tomba. E sicuramente da lì non tornerà a guardare le domestiche che lanciano ghirlande di fiori nella Vistola la notte di san Giovanni.»

La Rombotyńska alzò lo sguardo e vide gli occhi blu di Sua Maestà che la osservavano da un grande ritratto appeso alla parete di fronte; l'imperatore la guardava con benevolenza, come a suggerire che tutta la sua calma e tutta la sua immobilità fossero garanzia della bontà delle sentenze dei tribunali, dell'efficienza della polizia, della saggezza dei funzionari a tutti i livelli.

«Tuttavia» disse il commissario sorridendo, «in considerazione dello straordinario contributo che lei ha dato a quest'indagine, prometto solennemente di riesaminare ancora una volta il caso. Rileggerò di nuovo i rapporti, magari chiamerò perfino gli informatori, interrogherò discretamente gli agenti di polizia coinvolti nell'azione a Grzegórzki per verificare se le loro testimonianze corrispondono... Se, Dio non voglia, qualcosa dovesse attirare la mia attenzione, glielo farò sapere all'istante, ma mi creda: tutti i segni in cielo e in terra indicano che si tratta solo delle fantasie di una ragazzetta annoiata dalla propria quotidianità.»

* * *

Due giorni dopo un commesso portò un cartoccio di praline di mandorle, che teoricamente era stato ordinato. Fatto entrare dalla porta della cucina, litigò talmente a lungo con Franciszka, dicendo che gli era stato imposto di consegnare la merce solo ed esclusivamente alla padrona di casa, che alla fine ebbe la meglio; venne condotto dalla Rombotyńska, che scoprì che la consegna era già stata pagata.

Aprì la carta grigia del cartoccio e all'interno trovò un biglietto, adagiato su alcune praline dall'aspetto appetitoso. Su di esso era disegnato un unicorno, e il messaggio recitava: *È tutto sotto controllo. O alla notte di san Giovanni era presente uno spiritista con un tavolino rotante che ha fatto comparire un fantasma, oppure si è trattato di semplice allucinazione.*

SECONDA PARTE

CAPITOLO VII

Nel quale su Cracovia si abbatte una piaga d'Egitto, Zofia dimostra la sua competenza e Franciszka la sua buona memoria e arguzia, grazie alla quale il brutto ceffo viene identificato come Bruttoceffo. Ma nonostante questo bisogna andare a Canossa sulla via Grodzka.

La fine dell'agosto 1896 si annunciava straordinaria, con teste coronate che avrebbero orbitato nelle vicinanze o si sarebbero addirittura fermate di passaggio a Cracovia. Il 29, esattamente alle ore venti e trentasette – come riportava la stampa – l'enorme treno della corte degli zar russi di ritorno da Vienna si fermò alla stazione di Szczakowa, dove sotto una tettoia di legno alla quale erano appese lanterne stava in attesa un'intera delegazione: il direttore della polizia di Cracovia nonché consigliere Korotkiewicz con alcuni subalterni, il sindaco di Chrzanów, Rogoyski, e il capostazione, un uomo non abituato a incontrare i grandi di questo mondo, che riuscì a malapena a restare in piedi per tutti i quattro minuti della sosta. Corse voce fino alla Galleria dei Tessuti che dopo la partenza di Sua Maestà il capostazione svenne e fu rianimato dal proprietario del buffet della stazione, con tanto di camicia imbevuta di sudore, anche se in realtà non ci fu molto da vedere: tutti i finestrini avevano le tendine chiuse, tranne quello della carrozza in cui sedeva la zarina intenta a scrivere. Soltanto quando il treno ripartì c'era al suo fianco anche lo zar che si accomiatò dalla delegazione con un saluto, dopodiché entrambi si diressero verso la stazione di confine intensamente illuminata e decorata con fiori, dove si sarebbero dovuti trasferire su una carrozza russa più ampia. Due giorni dopo, alle quattro del mattino, Sua Maestà passò da Cracovia per le esercitazioni nei pressi di Chłopy e Krysowice; di lì a quindici giorni si sarebbe presentato a Przemyśl per ricevere l'omaggio della nobiltà e del clero – uno di quei rari momenti in cui Zofia Rombotyńska ammetteva con orgoglio a se stessa di essere natia di Przemyśl – e poi, sulla via del ritorno, avrebbe fatto tappa a Cracovia, cosa che avrebbe richiesto innumerevoli preparativi a cui avrebbero partecipato quasi tutti i cittadini.

Ma come il passaggio di una cometa nella volta celeste sconvolge l'ordine consueto del mondo, così per l'improvvisa concentrazione di monarchi in Galizia, o di altri processi più misteriosi, cominciarono ad accadere cose insolite nella casa dei coniugi Rombotyński, e anche in tutta la città.

Il primo settembre, quando Franciszka, un aiuto sicuro in ogni disgrazia, aveva il suo giorno libero, sui tetti, sulle torri e sui sampietrini di Cracovia cadde una grandine che sicuramente nemmeno la defunta Kotarbina di Wytrzyszczki, coscritta della Costituzione del 3 maggio, aveva mai visto. Grosse palle di ghiaccio si frantumavano sulle pietre, andavano a sbattere contro le antiche sculture delle facciate, martellavano senza pietà i tetti in lamiera, sfondavano tegole e finestre. Coloro che vennero sorpresi dal cataclisma per strada si rifugiarono urlando nell'antro dei portoni, sotto le bancarelle, nelle chiese serrate in tutta fretta; nei ristoranti tutti abbandonarono i piatti e, allontanandosi leggermente dalle vetrine per sicurezza, osservavano la piaga in silenzioso terrore: i cocchieri che cercavano di domare i cavalli impauriti, una corpulenta signora che fuggiva in preda al panico dalla carrozza nella quale la grandine entrava attraverso un buco sulla cappotta, le venditrici che con quello che riuscivano a salvare dai banchi si precipitavano sotto i portici della Galleria dei Tessuti, come un esercito sotto il fuoco dell'artiglieria. Nel parco Planty molti rami di castagno carichi di foglie e frutti si spezzarono con fragore, e nel giro di poco si sarebbe venuto a sapere che a Tyniec, Bielany e Przegorzały la stessa tempesta aveva sradicato enormi alberi secolari; nel centro città la situazione era più tranquilla, ma anche qui il violento tintinnio dei vetri che di tanto in tanto cadevano dalle facciate dei palazzi si inframezzava al rombo assordante. E non appena le nuvole cariche di grandine si allontanarono, o forse si scaricarono completamente, regnò un improvviso silenzio, e da tutti i portoni e i locali la gente scese nelle strade e nella piazza del mercato, per trovare i chicchi di grandine più grandi. Il ghiaccio aveva ostruito gli scarichi dei canali e su tutta la parte occidentale della piazza si era formato un lago nel quale i cracoviani ora sguazzavano, setacciando cumuli di grandine: pezzi grossi come piselli e ciliegie, che normalmente costituirebbero un'eccezione, non venivano nemmeno presi in considerazione, ma ogni tanto qualcuno gridava: «Un uovo di colomba!», «Una noce!». Infine i vincitori mostrarono con orgoglio certi chicchi di ghiaccio grandi come uova di gallina, che si scioglievano rapidamente.

Ignacy in tutto questo conservò una calma stoica: prima osservò la grandine da dietro le finestre del caffè Hawełka che davano sul cortile, dove lui e i suoi colleghi stavano terminando la loro «colazione» nella pausa tra una lezione e l'altra, e in seguito, con la stessa calma ignorò la ricerca dei chicchi di grandine più grossi e le corse alle bilance del locale, su cui venivano posati i pezzi di ghiaccio e si sentiva gridare: «Due decagrammi», «Tre decagrammi!».

«Un caso eccezionale» si limitò a dire dopo aver finito di leggere ad alta voce un pezzo del «Tempo», e il collega rispose: «Certo, certo. E molto pericoloso! Pensiamo di poter venire uccisi da un colpo di rivoltella, da una bomba, e invece a volte... Mi ricorda il caso del duello del dottor Pasteur».

«Pasteur sfidato a duello? Incredibile!»

«Eppure! A quei tempi in Francia c'era, caro mio, un avventuriero, amante dei duelli, molto abile nell'uso delle armi bianche e da fuoco, che offendeva deliberatamente per poi sfidare a duello chi desiderava. Ma trovò pane per i suoi denti.»

«Pasteur era così abile a tirar di scherma?»

«No. Ma quando nel suo laboratorio arrivarono i padrini di quel... quello là, come si chiamava... Cassagnac! Di quel Cassagnac, Pasteur disse loro: "Signori, siete venuti a sfidarmi? In quanto sfidato posso scegliere l'arma". E offrì loro due salsicce.» Rombotyński su queste parole aggrottò la fronte. «Poi proseguì: "Una delle salsicce è di carne sana, l'altra contiene del veleno, dall'esterno non differiscono in nulla. Il signor Cassagnac ne sceglierà una e la mangerà, io mangerò l'altra".»

«E?»

«Comunicarono a Cassagnac la proposta e gli consegnarono le due salsicce, ma lui rinunciò al suo piano.»

«Eccellente, veramente, eccellente... E inoltre» rispose Ignacy, incurante del fatto che aveva ricominciato a piovere e la gente correva in massa verso il riparo più vicino, «mi ricorda...»

* * *

Nel frattempo in via Święty Jan imperversava il panico. Józia, la seconda sostituta di Karolina, uccisa più di un anno prima, che veniva costantemente paragonata a quest'ultima – inutile dirlo, a suo svantaggio –, era inginocchiata sul pavimento a raccogliere in un giornale aperto triangoli di vetri rotti, la terra dei vasi rovesciati e andati in frantumi e pezzi di ghiaccio che si scioglievano lentamente, mentre Zofia, per il timore di correnti d'aria, appendeva tessuti spessi alle finestre: un kilìm, una tovaglia di velluto e un plaid. Ma nonostante questo il caldo scappava in strada, e in cambio da fuori arrivavano grandi ondate di aria gelata.

«Signora, signora!» gridò Franciszka dalla soglia quando, inzuppata dall'acquazzone, giunse finalmente a casa.

«Aiutami!» gridò in risposta la Rombotyńska, che sembrava il marinaio di una nave in mezzo alla tempesta, intento a impedire, con tutte le sue forze, l'affondamento del galeone. «Sbrigati!»

Franciszka, con il cappellino sformato dall'acqua e ancora grondante di pioggia, si precipitò in salotto, e invece di correre in soccorso della moglie del professore o di Józia rimase bloccata al centro della stanza, come se una forza magica l'avesse immobilizzata in quel punto. E incarnava un'immagine di tale disperazione che la Rombotyńska, anche nel trambusto generale, tutta impegnata a difendersi dalle correnti d'aria, capì che la questione era seria; gridò soltanto: «Le finestre!» e, lanciato a Józia il plaid per coprire il vetro andato in frantumi, corse dalla cuoca, la prese per il gomito e la trascinò nella stanza della servitù.

«Togliti subito tutto di dosso altrimenti ti becchi l'influenza o qualcosa di peggio» borbottò tirando fuori dall'armadio di Franciszka dei vestiti asciutti, mentre la ragazza, in piedi in una pozza d'acqua, scoppiava a piangere rumorosamente.

«Per fa... fa... vore si... si... gnora, io... io... non ce la fa... fa... ccio più! Lui... di nuovo lui!»

«Chi?»

«Quello che... che... ha im... bambolato Karolina!»

Zofia si bloccò. Con le braccia tese con cui porgeva a Franciszka il vestito asciutto sembrava una delle statuine del presepe che recano con sé un qualche tipo di dono, un pastore, un re, fors'anche un angelo con l'arpa; negli occhi, un ingenuo stupore tipico da presepe.

«Come sarebbe a dire, di nuovo? L'hai visto di nuovo? Dove?»

«All'inaugurazione...» rispose la ragazza calmandosi un po'. «All'inaugurazione dei tram, là dove sono andata. Prima... prima che iniziasse a grandinare...»

E dopo aver aperto un piccolo paravento, si tolse obbediente i vestiti inzuppati, si asciugò con l'asciugamano che le aveva dato Zofia e indossò abiti asciutti, raccontando al contempo in modo sintetico chi aveva parlato all'inaugurazione della nuova linea tranviaria, cosa aveva detto, con quali ghirlande, corone di fiori e scritte avevano addobbato la fermata e così via, ma tornando sempre sulla stessa persona: il giovane con i baffi nerastri.

«E andava così, da una parte all'altra... dava un'occhiata di qua e di là, una a un cavallo e un'altra al tram, e poi a quei... funzionari... con aria indaffarata» diceva Franciszka mentre si infilava il vestito dalla testa, così che dal paravento spuntavano le sue mani alzate. «Ma non faceva nulla, si limitava a camminare tra la folla. E io ogni volta che lo vedo... le mie guance... arrossiscono... come se quello sguardo mi accendesse...»

«Si è accorto che lo stavi guardando?»

«Macché, lui era molto più nervoso, sembrava osservare tutti e non veder nessuno. Ma io l'ho visto bene. È lui, glielo giuro, glielo posso giurare sulla Vergine Maria, sulla mia stessa mamma!»

«Ti credo, Franciszka, ti credo» mormorò incerta la Rombotyńska. In un punto distante dell'appartamento si udì un sonoro fracasso: era Józia che gettava nella spazzatura frammenti di vetro, terra e steli di fiori spezzati; da lontano giungeva l'ultimo tuono tardivo del temporale. «Bene, è di nuovo ora di andare dal commissario.»

* * *

«Alla domestica saranno consegnati gli album con le fotografie degli arrestati che inseriamo nel nostro registro dei criminali da molti anni» spiegò il commissario Jednoróg, guardando Pidłypczak che portava fascicoli in scatole di cartone e li sistemava sul piano consumato di una scrivania al fondo della stanza. «Naturalmente non dovrà esaminarli tutti. Dal momento che la signorina Gawędówna ha visto un giovane, al massimo trentenne, non è necessario mostrarle le foto di persone arrestate quasi vent'anni fa. Se qualcuno di loro è stato nuovamente arrestato, la foto aggiornata è già finita nel fascicolo di pertinenza. Scattiamo le fotografie *en face* e di profilo, come fanno a Parigi, come raccomanda Bertillon nel suo libro *La photographie judiciaire*...»

«Bertillon? Quel Bertillon?» si rianimò Zofia.

«Ma cosa sento» disse sorridendo Jednoróg, «vuol dirmi che lei non si interessa al diritto penale solo a titolo amatoriale?»

«Mi perdoni, chi non ha mai sentito parlare del famoso caso Ravachol!» si stizzì la Rombotyńska, che da anni non si perdeva un solo articolo sui crimini, e cercava soprattutto informazioni spettacolari come quella sul famoso anarchico che piazzava bombe per tutta Parigi. «Avevo letto qualcosa in proposito sui giornali.»

«Quindi ricorderà senz'altro che in quel caso il metodo inventato da Bertillon, definito antropometria, si è rivelato uno strumento prezioso per identificare un criminale.»

«Sì, certo. È così che è stato possibile scoprire che il famigerato terrorista Ravachol e un certo recidivo Koënigstein, la iena dei cimiteri, erano la stessa persona.»

«La memoria non la inganna» annuì Jednoróg, «come sempre. In questo caso il *bertillonage*, come altri chiamano questo sistema, si è dimostrato un mezzo veramente rivoluzionario. Le misure del cranio, del braccio, delle dita della mano e di altre parti invariabili dello scheletro umano, così come la larghezza delle guance, la lunghezza dell'orecchio e diversi altri elementi, creano un *portrait parlé* unico per ogni individuo. Un "ritratto parlante"» aggiunse a mo' di chiarimento.

La Rombotyńska sollevò leggermente il mento.

«Capisco il francese, commissario.»

«Naturalmente, *madame*, la prego di perdonarmi» disse confuso Jednoróg, tirandosi nervosamente i baffi. «Saprà di sicuro che la polizia francese ottiene innegabili successi con questo metodo già da qualche anno, ma forse non è ancora al corrente del fatto che da diversi viene utilizzato anche in varie località dell'impero tedesco… Il consigliere Koettig di Dresda, per esempio, è molto attivo in questo campo, e anche ad Amburgo e Berlino stanno valutando di impiegarlo. Resta da sperare che Vienna decida presto di metterlo a disposizione delle forze di polizia imperiali. Anche se la nostra sezione Indagini ha ancora un ammirevole attaccamento ai… sistemi più tradizionali» concluse con calma, ma Zofia percepì una certa tristezza nella sua voce.

«Tuttavia il signor Gross è favorevole a questo metodo, vero?» disse la moglie del professore cercando di far colpo sul commissario. E ci riuscì.

«Signora Rombotyńska, lei non smette mai di stupirmi.» Sul viso di Jednoróg si leggeva una sincera espressione di sorpresa. «Devo dedurre che abbia letto il suo *Handbuch für Untersuchungsrichter*.»

A Zofia prese a battere più forte il cuore. Nemmeno a Ignacy, al quale dopotutto aveva giurato onestà coniugale davanti a Dio, aveva rivelato il suo segreto, ovvero di aver avuto la sua parte nella soluzione del mistero di Casa Helcel, nonché di avere contribuito a rintracciare l'assassino di Karolina, anche se stando alle circostanze attuali quest'ultima cosa non era più così certa. Tuttavia, da qualche tempo stava maturando in lei il bisogno di trovare un confidente. Al suo fianco c'era naturalmente Franciszka, senza dubbio preziosa nelle questioni che richiedevano astuzia femminile o contatti con… ehm…

con la sua classe; ma a Zofia mancava qualcuno che l'apprezzasse adeguatamente. Cosa le aveva detto Jednoróg, l'anno prima? Che ogni delinquente in realtà desidera vantarsi del proprio crimine? Ecco, Zofia Rombotyńska provava la stessa cosa: desiderava che qualcuno conoscesse il suo segreto, che nella giudiziosa moglie del Dottor Jekyll apprezzasse la Miss Hyde, un'intrepida investigatrice di crimini. Andava sempre più convincendosi che fosse proprio il commissario Stanisław Jednoróg la persona che meritava di diventare suo confidente.

«Certo» rispose infine lentamente, come se ammettesse di aver commesso lei stessa un terribile crimine, «il manuale per i giudici istruttori è arrivato nelle mie mani.»

«Sono molto colpito, e non solo dalla sua padronanza della lingua tedesca. Conosco alcuni agenti delle forze dell'ordine nella nostra città... non voglio fare nomi, ma non escludo che lei stessa ne conosca una buona parte» disse il commissario sollevando sensibilmente un sopracciglio, «che non si sono nemmeno avvicinati, mai, a questa pubblicazione.» Tossicchiò e proseguì: «Ma stavamo parlando delle foto. Noi non usiamo il metodo di identificazione antropometrica, ma ciò non significa che non possiamo applicare altre idee illuminate di Bertillon, come il metodo appena raccomandato per fotografare i criminali».

Jednoróg aprì un robusto schedario e con entrambe le mani estrasse un grosso e pesante libro rilegato in tela marrone. Era piuttosto logoro, segno che veniva usato spesso. Il commissario posò il tomo sul tavolo e lo aprì in un punto a caso. Sotto gli occhi della moglie del professore apparvero innumerevoli volti, un vero e proprio corteo di delinquenti cracoviani.

«Posso...?» chiese timidamente la Rombotyńska afferrando l'angolo della pagina con due dita, con un gesto che indicava che avrebbe voluto girare il libro verso di sé. «È davvero affascinante.»

Il commissario sorrise rispondendo con un cenno del capo. Gli occhi di decine di ladri, ubriaconi, facinorosi e probabilmente assassini guardavano Zofia. Erano vecchi e giovani, alcuni con anni di esperienza, altri appena approdati nel mondo del crimine, dall'aspetto ancora infantile, con grandi occhi spaventati e labbra gonfie; molti erano stanchi, alcuni visibilmente arrabbiati. Qualcuno aveva l'aria divertita, più per farsi notare che altro. Uno straccione ubriaco dalla faccia rugosa stava accanto a un damerino con la cravatta fantasia fermata da una spilla, che a sua volta stava accanto a un rispettabile israelita. E tra loro poteva esserci l'uomo collegato all'omicidio di Karolina.

«Ogni fotografia è contrassegnata solo con un numero di serie che corrisponde a una determinata voce nel registro, nel quale indichiamo, oltre a nome e cognome del criminale» continuò Jednoróg, divertito dall'evidente entusiasmo della Rombotyńska, «anche la sua occupazione e il luogo di lavoro, la sua religione, l'età e altri dati identificativi, sedici voci in tutto. E, naturalmente, il reato per cui è stato arrestato.»

«Non vedo molte donne» fece notare la Rombotyńska, continuando a sfogliare il librone.

«Mia cara signora, il sesso femminile, se Dio vuole, è meno incline ai misfatti.»

«Non oserei mai mettere in dubbio la sua esperienza, signor commissario, ma la *mia* esperienza in materia mi fa sorgere dei dubbi, in proposito» dichiarò fermamente Zofia. Forse, un po' troppo fermamente. Non voleva rovinare quel filo d'intesa che andava stabilendosi fra loro, così in tono più morbido aggiunse: «E cosa ne dice di quelle professioni criminali in cui le donne sono... ehm... avvantaggiate? Per non dire che ne detengono il monopolio».

Jednoróg per poco non arrossì.

«Veramente, signora Rombotyńska...»

«Commissario, immagino non ci sia nessuno, a Cracovia, che possa dire di non sapere dove si trovano certi tipi di edifici nella nostra città. Per esempio, vicino alla stazione ferroviaria. E una di queste donne scostumate la si trova perfino in via Kącik, dietro la chiesa di San Tommaso, dove abborda gli uomini nelle ore notturne. In un quartiere decoroso, aggiungerei! A proposito, non potrebbe intervenire in qualche modo?»

«Mi permetto di ricordarle, signora Rombotyńska» disse il commissario allargando le braccia, «che esercitare la professione più antica del mondo non costituisce reato, nel nostro impero. Cosa che, a dire il vero, mi duole. La libertà di costumi si addice forse a una Francia repubblicana erede della rivoluzione libertina, ma sono d'accordo con lei che nel nostro impero cattolico ci dovrebbe essere una maggiore moderazione, in questo senso. La prostituzione è, dopotutto, sottoposta a controlli medici e da parte della polizia, teniamo un registro delle donne dai facili costumi dal 1877, e devo dire che molte di loro esercitano ancora oggi questa professione. Se la cocotte di cui lei parla è una cocotte regolamentare, allora ha il libretto sanitario e si sottopone a controlli medici adeguati due volte alla settimana; purtroppo non posso farci nulla.»

La Rombotyńska pensò tra sé e sé che Jednoróg a volte riusciva a essere sorprendentemente ingenuo. L'esperienza – soprattutto i molti anni di matrimonio con Ignacy – le aveva insegnato che, sebbene la natura umana potesse essere in certi frangenti domata e inquadrata, era tuttavia impossibile cambiarla completamente. Come dimostrano la storia, e perfino le Sacre Scritture, le donne scostumate esistevano dalla notte dei tempi, basti pensare al racconto biblico di Raab di Gerico. La moglie del professore dubitava che un divieto per legge di gestire bordelli avrebbe cambiato qualcosa in questo senso; una prostituta pubblica, per evitare di essere perseguitata, avrebbe praticato la prostituzione clandestinamente.

«Non intendevo che bisognerebbe arrestare quella donna» spiegò con calma, «ma magari persuaderla a spostare la sua... attività un po' più in là. Preferibilmente fuori dal parco Planty, o almeno magari dall'altra parte della piazza del mercato?»

In risposta al suo sguardo interrogativo, Jednoróg allargò di nuovo le braccia in segno di impotenza.

«Possiamo fare qualche domanda alla signorina Franciszka?» chiese un attimo dopo.

* * *

Dopo quasi un'ora passata a sfogliare lo spesso volume di fotografie, Franciszka doveva essere stanca, ma non lo dava a vedere, e con espressione agguerrita girava una pagina dopo l'altra esaminando attentamente ogni foto. La Rombotyńska non poteva fare nulla, ora dipendeva tutto dalla domestica e dalla sua memoria. Il commissario sarebbe dovuto tornare al suo lavoro, ma la presenza della moglie del professore aveva trasformato l'atto ufficiale di presentazione del fascicolo in una visita di cortesia. Si aggirava quindi per l'ufficio, ricevendo di tanto in tanto dei documenti portati dai subalterni, o dando istruzioni a voce bassa; aveva perfino preso dall'armadio alcuni registri e li aveva disposti sullo stesso tavolo dov'era appoggiato il tomo con le fotografie; ma per tutto il tempo, da uomo di buone maniere, si sforzava di intrattenere una conversazione cordiale con la propria ospite.

«... è difficile trovare un metodo migliore per identificare i criminali. Eppure» continuò tossendo, «è comparso un nuovo sistema di identificazione, in realtà sperimentale... Chissà se sarà mai di qualche utilità. I primi risultati sono molto promettenti. Si tratta di prendere un'impronta del dito indice e del medio della mano destra, come dire: un timbro...»

«Un timbro?»

«Esatto, pare che i fasci di rughe che tutti abbiamo sul polpastrello...» e qui probabilmente notò che la parola «rughe» non era adatta, in presenza di una donna «o meglio, mettiamola così, le linee, i tratti... che abbiamo dalla nascita, non sono assolutamente correlati all'età... né cambiano con il passare degli anni... Ebbene, pare che il disegno di questi fasci sia unico e costituisca, per così dire, una sorta di firma. Questo metodo è stato introdotto, pensate, nel Nuovo Mondo, nella lontana Argentina.»

«Chi l'avrebbe mai detto che ci sarebbe potuto arrivare qualcosa dall'altra parte dell'oceano» commentò Zofia. «Finora la direzione è stata piuttosto contraria: tanti cittadini della nostra monarchia si stanno trasferendo nelle Americhe...»

«Sì, negli Stati Uniti, in Brasile, in Argentina, per l'appunto...»

«Trovato» sentirono esclamare da Franciszka. «Signora, signor commissario, l'ho trovato!» Si alzarono immediatamente dai loro posti e si precipitarono verso la finestra dove la ragazza stava sfogliando l'album. «È lui!» diceva battendo con il dito su una fotografia incollata su un cartoncino spesso. «È sicuramente lui!»

La foto mostrava un ragazzino in abiti da città, magro, mingherlino, che fissava l'obiettivo del fotografo della polizia con gli occhi socchiusi e lo sguardo beffardo; le labbra serrate mostravano, tuttavia, che non aveva accettato l'arresto di buon grado. La camicia, la cravatta e la giacca non avevano nulla di particolare: non erano né cenciose né esageratamente raffinate, era solo l'abbigliamento decoroso di uno studente, di un giovane commerciante o, appunto, di un ingegnere appena uscito dall'università.

«Sei sicura che sia lui, Franciszka?»

«Mia signora, ora ne sono ancora più sicura, perché il giorno in cui l'ho visto con Karolina indossava esattamente gli stessi vestiti! Poi anche altri, alla notte di san Giovanni e all'inaugurazione della linea del tram, ma questi erano proprio quelli che indossava la prima volta!»

Il commissario si chinò sui volumi che aveva accanto e cercò quello in cui erano descritti, secondo sedici categorie diverse, l'aspetto e i dettagli personali del giovane dalla carnagione scura.

La moglie del professore notò che Franciszka aveva improvvisamente perso ogni interesse per la questione; guardava dalla finestra – non troppo pulita a dire il vero – la via Mikołajska, nella quale era in corso una normale giornata cracoviana: gente che andava da un luogo all'altro, un commerciante emaciato con al collo una scatola legata a una corda, una bancarella mobile con merce scadente, forse quei gingilli delle indulgenze o lacci e cerniere per scarpe.

Nel frattempo, Jednoróg aveva trovato il fascicolo contrassegnato con l'etichetta 216-308, lo aprì e iniziò a sfogliare l'indice.

«Fortunatamente qui abbiamo... criminali... non solo di Cracovia...» diceva, interrompendosi di tanto in tanto «ma anche... dei villaggi nelle periferie... di Podgórze... e perfino... eccolo!» esclamò aggrottando le sopracciglia. «Eccolo qui. È stata bravissima, signorina» disse rivolto a Franciszka. «È lodevole che vi preoccupiate di trovare l'assassino della vostra collega, anche se abbiamo tutte le ragioni per credere che l'assassino sia morto da più di un anno. L'importante è che voi siate una brava ragazza, e abbiate buone intenzioni. Dio vi benedica... Erychleb» gridò, «accompagna la signorina in corridoio! Aspettate la moglie del professore, fuori dalla porta. Noi dobbiamo ancora dirci un paio di cose.»

Franciszka fece un inchino senza dire una parola, prese dall'appendiabiti il cappotto e si lasciò garbatamente accompagnare alla porta dallo sparuto cancelliere Erychleb.

Jednoróg si sedette alla scrivania, intrecciò le mani e parlò con voce bassa e cordiale, nella quale si percepiva però una nota di impazienza.

«Signora Rombotyńska, credo che nessuno, quanto me, sia così impressionato dalle sue vaste conoscenze e dal suo straordinario intuito investigativo. Vorrei che questo fosse chiaro. Purtroppo le mie possibilità non sono illimitate» disse con un gran sospiro «e devo essere onesto con lei. Non ho idea di come si possano mandare ora degli agenti della polizia all'inseguimento dell'uomo indicato dalla signorina Franciszka. È un criminale, non lo nego, ha dei precedenti penali ma, le assicuro, non per aver violentato o ucciso donne. Si tratta di reati di portata molto più lieve. E anche se la sua domestica lo avesse identificato correttamente, se avesse anche solo corteggiato una qualche cameriera, non abbiamo motivo di sospettarlo del crimine. Magari potrebbe trattarsi di una semplice somiglianza...»

«Se dice di riconoscerlo...»

«Le assicuro che se qualcuno mi avesse visto una volta sola in vita sua, di sfuggita, troverebbe facilmente in questo album qualcuno che gli sembrerebbe un mio sosia, o meglio: me, me senza alcun dubbio, senza la minima esitazione. La memoria umana è fallibile e spesso ci gioca brutti scherzi, il problema, tuttavia, è quando questi scherzi...»

«... finiscono con la condanna di un innocente» annuì sconfortata la Rombotyńska.

«Esatto.»

«Però, ci si può sicuramente informare in qualche modo su di lui, rintracciarlo, seguirlo... e magari interrogarlo?»

«Per cosa? Per un caso già chiuso, coronato da un successo strombazzato su tutti i giornali? Forse» continuò il commissario drizzandosi un po', visibilmente irritato, era chiaro che aveva la coscienza agitata, «dovrei ancora regalare a Daszyński la testa dell'ispettore Trzeciak su un vassoio d'argento? L'assassino della Szulcówna è morto in uno scontro a fuoco durante un tentativo d'arresto. E questo è quanto.»

Zofia rimase per un momento in silenzio, poi assunse un tono accorato pensando in questo modo di fare presa su Jednoróg, che a volte apprezzava le parole altisonanti: «E la giustizia? Lei non è soltanto un uomo di legge, ma anche un uomo d'integrità morale. Se ci fosse anche solo l'ombra del sospetto che il vero assassino possa essere in libertà...».

«Signora Rombotyńska» la interruppe il commissario, «con tutto il rispetto: le ricordo che il giudice istruttore di questo caso è il giudice Rozmarynowicz. Che da subito voleva arrestare il renaiolo e metterlo dietro le sbarre. È stata lei a richiamare la nostra attenzione sul presunto ingegner Bzowski, che siamo riusciti a identificare e acchiappare grazie alle indicazioni fornite dai nostri informatori. Ho già rischiato una volta in questo caso, senza dire che il giudice Rozmarynowicz, che Dio mi sia testimone, voleva risolvere la questione velocemente e senza rogne, e mi ha quindi fatto una lavata di capo accusandomi di credere a delle non ben specificate "isterie femminili", e adesso dovrei andare da lui e dirgli che ho messo a repentaglio la sua e la mia reputazione? Che queste isterie sono più di una e ora stiamo inseguendo qualcun altro perché una domestica con il suo bel ditino cicciottello ha indicato una fotografia in un album?»

Dopo questa domanda retorica fece una pausa, ma la Rombotyńska evidentemente non sapeva cosa rispondergli, così, passato qualche secondo ancora, riprese a gran fatica il filo del discorso, un po' come se stesse spiegando qualcosa a un bambino, e un po' come se si sforzasse di placare i rimorsi di coscienza.

«Non viviamo su un'isola deserta, cara signora. C'è Cracovia e ci sono le nostre relazioni, per non parlare degli intrighi, più in là c'è Leopoli, capitale della Galizia, e ancora più in là Vienna.» Si voltò e indicò il ritratto dell'imperatore.

«E ognuno di noi può fare quanto i limiti, imposti dall'alto, gli permettono di fare. Le questioni ufficiali sono regolate dalle norme della burocrazia, un intricato sistema interconnesso che ricorda un po' il delta di un fiume. Alla fonte del potere c'è Sua Maestà, e per raggiungerlo bisogna nuotare contro corrente. Più si risale il fiume, più si risalgono i torrenti montani, più è difficile nuotare e la corrente è impetuosa.» Sospirò. «Quindi, per quanto mi piacerebbe aiutarla, devo essere onesto sui miei limiti. So come destreggiarmi in questo fiume, basti dire che sono stato promosso molto presto, che sono stato insignito...»

«... sulla base di meriti reali» buttò lì la Rombotyńska disperata, auspicando di ottenere almeno qualcosa con l'adulazione.

«Molti sono meritevoli, mia cara signora, ma non tutti vengono promossi, non tutti ricevono onorificenze da Vienna. Si tratta di trovare abilmente un equilibrio tra l'essere attivi e passivi, ribelli e sottomessi... Non bisogna star seduti come un cagnolino nell'angolo, perché altrimenti nessuno ci presterà attenzione, ma non si può neanche essere troppo chiassosi. E io» disse infine il commissario allargando le braccia «sono solo un uomo. Un piccolo ingranaggio nella grande macchina della giustizia imperiale.»

L'imperatore, guardando bonariamente dal suo ritratto, confermò tacitamente ogni parola del commissario Stanisław Jednoróg.

* * *

Franciszka sedeva docilmente nel corridoio con le mani incrociate in grembo e fissava apatica la parete. Un vero e proprio modello di indifferenza. Solo quando arrivarono sulla piazza del mercato disse, guardandosi intorno con aria cospiratoria: «Signora, quando l'ho riconosciuto, invece di dire subito qualcosa, l'ho trovato io stessa nel registro e ho letto il suo nome».

La Rombotyńska la fissò sorpresa.

«Ma davvero? Dimmelo, prima che ti passi di mente!» Si fermò, infilò una mano nella borsetta e tirò subito fuori un taccuino foderato in marocchino viola.

«Mordka *aglias*...»

«... *alias*...»

«... *alies* Mordechaj Szyfryn...» disse Franciszka mordendosi le labbra. «... *alies* Sztycer.»

Zofia annotò: *Mordka/Mordecha*; *Szyfryn/Sztycer.*

«Bene. Indirizzo?»

«C'era scritto qualcosa, come per tutti, l'altezza, il colore degli occhi e così via, ma il commissario avrebbe potuto girarsi da un momento all'altro e beccarmi che stavo sbirciando i suoi registri, quindi non ho letto tutto, non è facile leggere velocemente...»

«Va bene così!»

«E poi penso che...»

«Sì?»

La ragazza le lanciò uno sguardo incerto.

«Che forse Kurkiewicz con quello Sztycer... stavano tramando qualcosa insieme? Dopotutto scambiava sempre due parole con Karolina, aveva sempre una parola per lei. E pare che una volta le abbia detto qualcosa di volgare, tanto che lei si è arrabbiata.»

La moglie del professore arrossì, poi guardò Franciszka con sincero rispetto.

«Ci penserò, ci penserò» disse. Poi, come se qualcosa fosse improvvisamente cambiato, assunse un'espressione più distaccata e aggiunse: «Il professore sta per finire l'allume da barba. Dobbiamo andare in farmacia. O meglio...» Fece un sorriso malizioso. «Andiamo direttamente a casa, abbiamo già lavorato abbastanza per oggi. Manderò Józia a prendere l'allume.»

* * *

Quando l'imperatore Enrico IV decise di chiedere perdono a papa Gregorio VII, si presentò davanti al grande castello di Canossa a piedi nudi, indossando un saio penitenziale e con i capelli cosparsi di cenere. Al posto della cenere Zofia Rombotyńska usò, come sempre, il *Latte Pompadour del Dr Rix sostituto della cipria*, e indossò un abito di raso color lavanda stampato con discreti bouquet di violette. L'imperatore Enrico poteva anche camminare a piedi nudi in montagna, lei scelse delle scarpette di pelle *glacée* viola; solo a metà della piazza del mercato si rese conto che il viola, dopotutto, era il colore della penitenza.

Il giudice Klossowitz non la fece attendere troppo. Lo studio, rivestito di legno scuro, era più piccolo della stanza in cui lavorava Jednoróg, ma incomparabilmente più elegante, mentre il ritratto con l'imperatore che li osservava, questa volta in uniforme color grigio chiaro, e non bianca, era di dimensioni più modeste e un po' meno appariscente.

«A cosa devo la sua visita in questo pericoloso edificio?»

«Pericoloso?» chiese Zofia stupita accomodandosi nella poltrona che le era stata indicata.

«L'ultima volta che abbiamo parlato, un anno fa, al concerto al Celestat, il caso della sparatoria era su tutte le bocche. Pensavo che fosse per questo motivo che lei non è mai più venuta a trovarmi. Per paura.»

«Finora non ho avuto motivi per farle visita, signor giudice» rispose la Rombotyńska leggermente stizzita.

«Mettiamola in un altro modo. Pensava che non ci fosse motivo di farmi visita. Se non mi sbaglio, la situazione è cambiata?»

«Ah, cioè...?»

«Sì, in fin dei conti me l'aspettavo una sua visita» disse

Klossowitz grattandosi una guancia. «Dopotutto ci conosciamo da un po' ed ero sicuro che prima o poi...»

«Piuttosto poi, temo.»

«Purché non sia troppo tardi» concluse lui, dopodiché aprì energicamente il suo taccuino. «Cosa sappiamo di nuovo?»

Zofia si era aspettata di vederlo infierire su di lei più a lungo; ma la considerava di sicuro una temibile rivale, e gli bastava che lei ammettesse di essersi sbagliata.

«Franciszka, la mia domestica, come lei signor giudice forse ricorderà, ha visto di sfuggita l'uomo che frequentava Karolina.»

«E che si spacciava per l'ingegnere...»

«... Bzowski.»

«E che sarebbe stato ucciso dall'ispettore Trzeciak. Alla signorina Franciszka è stato mostrato il cadavere?»

«No. Lo hanno indicato gli informatori della polizia. Be', stava scappando, si stava difendendo... Erano molte le prove che fosse lui l'assassino di Karolina. Inoltre il suo viso era stato gravemente sfigurato da uno dei colpi. Non aveva senso esporla a quel calvario, dal momento che lo aveva visto solo di sfuggita e lei stessa non era sicura del suo aspetto. In seguito, però...»

«Sì?»

«In seguito, però, lo ha rivisto tra la folla. Due volte. E inoltre lo ha identificato nel registro della polizia. Ma il commissario Jednoróg, che devo dire, mi ha aiutato molto, ora ha le mani legate.»

Klossowitz sorrise trionfante.

«Non vuole...» fece una pausa.

«Non vuole mettere a repentaglio la propria carriera, questo è chiaro. Può darsi che sia stato anche d'aiuto, ma fino a quando la cosa non lo ha ostacolato in alcun modo, e anzi, avrebbe potuto avvicinarsi di un altro po' alla promozione. Ci conosciamo da molto tempo.»

Si sentirono dei colpi alla porta ma Klossowitz li ignorò.

«È vero, però lei potrebbe costringerlo a fare pressione sul giudice Rozmarynowicz...»

«Ah, Rozmarynowicz» disse Klossowitz con un cenno della mano, «con lui non ci sono speranze. Il giudice vive nel suo mondo da molto tempo, cose del genere per lui sono solo noiose complicazioni. E poiché è il più anziano di noi... Cosa ha detto il commissario a proposito del riconoscimento di quell'uomo?»

«Non molto. Che si tratta di un comune borseggiatore...»

Quando sentì nuovamente bussare alla porta, il giudice gridò: «Non ora!».

«... mentre, credo, conosciamo il suo nome e cognome. È...» Zofia tirò fuori il taccuino dalla sua *pompadour* «un certo Mordka o Mordechaj Szyfryn, o ancora Sztycer.»

«Mordka Szyfryn...» mormorò sottovoce Klossowitz «mi dice qualcosa... non ho mai trattato un caso in cui fosse coinvolto... ma il nome mi ricorda qualcosa... un momento solo.»

Uscì, rimproverò qualcuno nel corridoio dicendo che non voleva visite perché era occupato, e poi scomparve per qualche istante. La Rombotyńska guardò la cupola della chiesa dei Santi Pietro e Paolo, illuminata dal caldo sole di settembre, come se fosse stata portata lì di sana pianta da Roma, ergersi oltre le mura cracoviane di mattoni completamente immerse nell'ombra.

«Mordka Sztycer» disse il giudice dalla soglia, «un comune sfaccendato, nessun pescecane del crimine, è vero. Un borseggiatore, il che spiega perché la sua domestica lo vedeva sempre in mezzo alle grandi folle. Andava semplicemente al lavoro. Non ha una fonte di sostentamento fissa, si sa che lavora in un...» stava per sedersi alla scrivania, ma una parola scomoda interruppe non solo il ritmo della frase che stava pronunciando, ma il suo stesso movimento, così rimase sospeso sulla poltrona.

«In un?»

«In un... bordello» disse infine il giudice con voce strozzata, sedendosi.

La Rombotyńska fece finta di non rimanere minimamente impressionata dalla parola, anche se le passò per la testa che, in effetti, con il tempo le faceva sempre meno effetto, e chiese: «In un bordello, facile a dirsi. Ma quale?».

Klossowitz la guardò con aria interrogativa, un po' sorpreso di tanta disinvoltura in una donna della buona società.

«A Dębniki, in via Różana, da una certa Smilzowa. In libertà da due anni, esclusi due brevi arresti, nella prima metà dello scorso ottobre e a fine dicembre. Queste date...»

«No, non corrispondono. Né all'omicidio di Karolina, né agli incontri. Il primo è avvenuto l'anno scorso nella notte di san Giovanni, il secondo all'inaugurazione della nuova linea del tram.»

«Be', bisognerà tenerlo d'occhio. Può darsi che...»

«In via Różana?» esclamò all'improvviso la Rombotyńska. «In via Różana? Dalla signora Olesia? Quella con i gelsomini in giardino?»

Klossowitz era un po' confuso. Possibile che la moglie di un professore universitario frequentasse la casa di tolleranza a Dębniki e fosse in rapporti con la mezzana Smilzowa?

«Sì... in merito ai gelsomini non sono sicuro, non sono mai stato un esperto di botanica, ma *quella persona* si chiama Aleksandra.»

«Devo confidarle delle informazioni riservate. Be', il biglietto da visita dell'ingegner Bzowski non è comparso dal nulla. È stato rubato insieme a tutto il portabiglietti, mentre l'ingegnere...»

«... trascorreva qualche momento di piacere in una casa circondata da gelsomini?»

L'imperatore, fortunatamente, non sentì tutte quelle oscenità e mantenne il suo sguardo sereno.

CAPITOLO VIII

Nel quale Franciszka subisce una tortura morale, la Rombotyńska si vergogna di chiedere un prezzo, Ignacy si mette in mostra del tutto inutilmente, mentre il parco Planty è il testimone muto di una conversazione tra una veletta e un ortaggio.

Il suono del campanello di richiamo della domestica riecheggiò nella stanza e si propagò in un'ampia onda; attraversò la porta per passare nel corridoio, girò attorno all'appendiabiti dove, a quell'ora, non c'erano né la bombetta, né il cappotto di Ignacy, appesi tranquillamente nel guardaroba dell'università, e infine irruppe nella cucina e richiamò la persona giusta.

«Józia non c'è?» chiese la Rombotyńska quando un momento dopo si trovò di fronte Franciszka in salotto.

«L'ho mandata a prendere le acciughe al negozio coloniale come da disposizioni.»

La moglie del professore la osservò attentamente per un attimo, ancora incerta se fosse veramente il caso di affrontare un argomento così spinoso.

«Franciszka, ho un compito per te» annunciò infine con tono afflitto. «Potrebbe sollevarti dubbi di carattere morale. Del tutto giustificati, aggiungerei, dal momento che infrange i comandamenti di Dio...»

«Eh, no» rispose la ragazza quasi alzando la voce, «non cucinerò la carne di venerdì, signora.»

«Temo, Franciszka, che la cosa che voglio chiederti sia decisamente più seria» disse Zofia con un profondo sospiro indicandole la sedia. «È meglio che tu ti sieda, mia cara.»

Ricevette in risposta uno sguardo esitante e leggermente spaventato.

«È una questione molto delicata che richiede un'assoluta, e ripeto, *assoluta* discrezione. Sono tuttavia convinta che una volta superata la resistenza spontanea in questa situazione, assolverai sicuramente il tuo compito in modo eccellente.»

Franciszka si morse le labbra per il nervoso, stringeva il grembiule tra le mani che aveva appena sporcato tagliando le barbabietole con le quali avrebbe preparato il *boršč*. Ma taceva vedendo che la moglie del professore si sentiva altrettanto a disagio.

«Devi andare in via Święty Tomasz. In tarda serata, anzi, di notte, quando non c'è gente, perché nessuno ti deve vedere, capisci? Nessuno» disse la Rombotyńska abbassando la voce, anche se in casa non c'era anima viva oltre loro due. «Quando uscirai di casa, dovrai percorrere la Sławkowska fino alla piazza del mercato, prendere la linea AB fino a via Floriańska e da lì entrare in via Kącik, in modo che nessuno veda che stai arrivando dal Palazzo del Pavone. Lì incontrerai una persona. Una volta finito dovrai andare in via Szpitalna fino al teatro e da lì attraverso il parco Planty e tornare a casa. Te lo ricordi?»

«Sì, signora» balbettò infine Franciszka. «Via Sławkowska, piazza del mercato, dalla Floriańska fino a via Kącik, poi via Szpitalna e il parco Planty. Ma da chi devo andare, signora? Perché là di notte non c'è nessuno tranne, mi scusi l'espressione, quella vecchia prostituta che tende agguati ai giovanotti, senza tanti giri di parole, come un vampiro...» Vide sul volto della Rombotyńska le sopracciglia significativamente alzate e uno sguardo triste ma penetrante. «Madre Santissima! Signora mia, ma come? Per quale motivo? Non è possibile!» esclamò la domestica facendosi il segno della croce.

«Franciszka, lo so che ti sto chiedendo di fare qualcosa che rasenta l'indecenza, ma credimi, lo faccio per una nobile causa. Si tratta di trovare l'uomo che hai visto, l'uomo complice della morte della nostra Karolina. Credo che converrai che questo giustifica... la nefandezza... che ti chiedo di compiere.»

La ragazza esitò, ma alla fine annuì, anche se fece capire con tutta se stessa che l'idea non le piaceva. La Rombotyńska giocherellava nervosamente con la catenella della lorgnette.

«Inoltre penso che, dal momento che Gesù ha permesso a una pubblica peccatrice di lavargli i piedi, neanche io mi coprirò di infamia scambiando qualche parola con lei per una giusta causa. Ma ho bisogno del tuo aiuto per organizzare l'incontro. Sono certa che accetterà di concedermi un quarto d'ora o mezz'ora se le offrirai una corona da parte mia.»

Franciszka aggrottò ancora di più le sopracciglia, ma annuì.

«E se dovesse opporre resistenza» aggiunse dopo un attimo la Rombotyńska, «ma *solo* in quel caso, allora ricorda, ripeto, solo allora potrai offrirle una corona e mezza. Ma non un centesimo in più!»

La sera precedente la moglie del professore aveva sofferto le pene dell'inferno per strappare a Ignacy informazioni in merito al costo del «servizio» di una cocotte. Naturalmente non si aspettava che lui potesse saperlo di prima mano, ma be'... alle colazioni da Hawełka, in un gruppo di soli uomini, alcuni colleghi dell'università magari avevano accennato qualcosa al riguardo. Ma come chiederlo al marito senza suscitare in lui un certo stupore? In teoria avrebbe potuto scoprirlo dall'ingegner Bzowski, probabilmente ancora in preda al panico per paura che si scoprissero le sue indiscrezioni coniugali, però non era una domanda che si poteva fare così, con un bigliettino, e lei non aveva nessuna intenzione di tornare in via Studencka rischiando di imbattersi nella Bujwidowa, e così via. Per un attimo pensò di chiedere a Tadeusz che, in quanto studente, avrebbe potuto avere anche lui informazioni di questo tipo; sebbene il giovane Żeleński le piacesse, in generale aveva una pessima opinione degli studenti di Cracovia, interessati a tutto, secondo lei, tranne che allo studio: all'alcol, alle risse, al gioco d'azzardo e, per l'appunto, ai bagordi con donne frivole. Ma come si fa a chiedere con disinvoltura, senza suscitare stupori, a uno studente del marito, una cosa della cui esistenza, in quanto donna, moglie, rappresentante della propria classe, non avrebbe nemmeno dovuto essere al corrente? Abbandonò quindi anche questa idea; tornò allora a Ignacy, al quale decise di avvicinarsi con il metodo della «filantropia».

«A volte ho l'impressione che Cracovia sia un vero e proprio pozzo senza fondo per quanto riguarda la beneficenza... Il principe Lubomirski ha appena costruito alle suore di Łagiewniki un ricovero per cento ragazze disonorate, e ne accoglie a volte centotrenta, altre centosessanta, non possono fare a meno di aiutarle...»

«Certo, certo» borbottò Rombotyński chinato sull'album sul quale stava incollando nuovi ritagli di giornale.

«Be', è una città sede di guarnigione. E universitaria. Soldati, studenti. Ovunque corruzione, ovunque quel... tanfo di depravazione.»

«Fin quando non sarà costruito l'acquedotto, il tanfo non sparirà!» rispose sottovoce il marito.

«Ignacy! Non parlo di impurità in senso... igienico, ma morale. Dimmi, non ti stupisce che ai giorni nostri tante donne decidano di seguire la via del peccato?»

«Sì, in effetti è sorprendente» rispose lui; questa volta posò la colla e le forbici e alzò lo sguardo su di lei.

«La mammona le attira a tal punto?»

«Zofia, davvero, non ne ho idea...»

La Rombotyńska, apparentemente con noncuranza, aprì un libro e iniziò a sfogliarlo. La luce proveniente dall'alta lampada a olio a colonna vicino a lei si posava delicatamente sulle pagine.

«Be', quanto si può guadagnare con un lavoro del genere?» buttò lì la Rombotyńska un minuto dopo. «Più o meno di una lavandaia, una stiratrice, una commerciante o qualsiasi altra donna onesta? Per quanto si disonorano?»

Le forbici sbatterono di nuovo sul ripiano del tavolo, dopodiché si udì un grugnito confuso. Lei aspettò, ma non ottenne altro.

«Mezza corona?»

«Non ne ho veramente idea, d'altronde... Zofia... come potrei...»

A quel punto Zofia chiuse il libro e assunse un tono il più possibile comprensivo.

«Oh, lo so che mi hai preso in moglie che ero ancora una ragazzina e a volte pensi che ancora lo sia, ma non sono una bambina e suppongo che, in quanto medico dell'università, a volte ti trovi di fronte a cose che né tu, né tantomeno io vorremmo mai sentire o vedere. Si tratta» e qui fece una pausa significativa per concludere con un profondo sospiro «di un servizio all'umanità. Nient'altro. Un servizio all'umanità. Quindi so che ti tocca avere a che fare con cose vergognose, dolorose e peccaminose... non negarlo! Ma questo non ti svilisce in alcun modo, anzi, ti fa onore!»

Rombotyński stava seduto al tavolo con un'espressione smarrita, poiché da anni si occupava principalmente dello studio e della preparazione di animali, soprattutto rettili e anfibi, i cui legami con la prostituzione erano molto dubbi, e anche in precedenza non si era particolarmente interessato alla venereologia, né alla medicina legale. Sapeva, tuttavia, che se la moglie lo lodava, non bisognava interromperla o entrare in polemica con lei.

«Mezza corona?» ripeté lei all'improvviso al termine di questo ragionamento.

«Almeno una corona» gli sfuggì, questa volta, automaticamente, perché qualcosa sapeva; poi aggiunse in tono incerto: «Almeno, così ho sentito... da... altri medici».

«Una corona. Per la perdita dell'anima» esclamò Zofia con fare teatrale, poi, ritenuta la questione risolta, aprì di nuovo il libro e aumentò la luminosità della lampada.

E quindi fu proprio quella somma, cioè una corona, al massimo una corona e mezza, che disse a Franciszka di offrire alla *pubblica peccatrice*, a condizione che sarebbe stata versata soltanto dopo l'incontro; poi verificò ancora una volta che la domestica ricordasse esattamente la strada di andata e ritorno dalla via Kącik vicino alla Święty Tomasz.

La sera, mentre Ignacy russava nel suo cupo talamo gotico come un cavaliere addormentato di Ladislao I, lei nel talamo gemello vegliava, ascoltando i mormorii più silenziosi provenienti sia dalla città sia dalla casa: di tanto in tanto una delle antiche travi del soffitto scricchiolava, di tanto in tanto echeggiava un breve schiamazzo di due gattacci che si azzuffavano; la torre della basilica di Santa Maria aveva suonato l'una, poi un qualche insolente attempato, un tenore eroico a riposo buttò fuori un goffo *Ladonnaèmmobile*. E solo allora l'orecchio sensibile della moglie del professore udì i passi silenziosi di Franciszka che, quasi senza farsi sentire, percorse furtivamente il corridoio fino alla porta, girò la chiave nella serratura e qui, con un unico scricchiolio, scese le scale. Un attimo dopo il rumore dei suoi passi giunse da dietro la finestra: si attenuò gradualmente man mano che si avvicinò alla via Pijarska poi, svoltato l'angolo in via Sławkoska, si perse completamente nella densa notte come in una balla di velluto nero.

* * *

Discussero di tutto sottovoce al mattino, durante l'acconciatura dei capelli. La buona notizia era che *quella donna* aveva accettato di incontrare la signora misteriosa. La cattiva notizia era che lo aveva fatto per una corona e mezza, e aveva anche brontolato. Luogo e ora erano stati decisi, adesso bisognava pensare a come mantenere l'*anonimato*. Zofia sedeva con il suo lavoro a maglia sul divano e mentalmente mise a punto un piano dettagliato per proteggersi dagli occhi indiscreti dei cracoviani.

Ignacy, nel frattempo, viveva situazioni completamente diverse. Ebbene, era il giorno del giudizio, il 4 settembre, il che significava che prima padre Chromecki celebrò in pompa magna la messa dai Piaristi, poi la compagnia percorse la via Święty Jan, sotto le finestre del Palazzo del Pavone, fino al palazzo dei Wodzicki al numero 11 dove, con altrettanto sfarzo, era appena stato inaugurato il primo ginnasio femminile a Cracovia, nato grazie agli sforzi dei Bujwid, di Napoleone Cybulski, del preside della facoltà di Medicina e del linguista Bronisław Trzaskowski, che avrebbe diretto la nuova scuola. Se almeno fosse stato realizzato da qualche femminista fuori di testa, o da eterne studentesse che invece di dare esami passavano da un locale all'altro fantasticando sull'istruzione delle donne. Ma ben tre professori universitari, persone dignitose che ricoprivano cariche e con un'ottima reputazione?

Ignacy Rombotyński era quindi seduto vicino alla finestra fingendo di leggere «Il Tempo» del giorno prima, ma in realtà di tanto in tanto dava un'occhiata al corteo sottostante, con la coda che stava ancora uscendo dalla chiesa e la testa che era già scomparsa all'interno del portone del palazzo. Leggeva addirittura a voce alta dei frammenti di articoli, interrompendo di tanto in tanto la lettura con una comunicazione.

«*Da St. Moritz, in Svizzera, informano che i curati del posto si intrattengono con lanci di palle di neve, discese con la slitta e altri passatempi invernali, perché la neve supera le caviglie*... Una messa! Come se non sapessero che questi insegnamenti si ripercuoteranno sui poveri corpicini delle ragazze! È come uccidere i bambini che potrebbero nascere da quei corpi. Si tratta, Zofia, di un omicidio su larga scala, e nel frattempo il clero ci mette su le mani… e anche Trzaskowski! Dopotutto è un ex gesuita che ha svestito i panni monastici. Ma d'altronde i *gesuiti…*» disse sottolineando eloquentemente quest'ultima parola «si sa come sono…»

Gli rispose il silenzio. Guardò fuori dalla finestra, vide dall'alto il cappello rotondetto della Bujwidowa e la chioma nera di Cybulski, poi riprese a leggere e all'improvviso esclamò con gioia: «Oh, la scienza! Senti qui la conferma scientifica delle mie parole. *Forbes Winslow ha presentato un'interessante relazione sui suicidi al congresso di medicina a Londra. Questo lavoro, che si basa su 7083 casi*, un lavoro non da poco, come puoi notare, *mostra le ragioni che istigano al suicidio, ovvero: la miseria ha spinto 905 uomini e 511 donne a togliersi la vita; le preoccupazioni domestiche 728 e 524; le perdite di denaro 322 e 233; l'alcolismo e i maltrattamenti 287 e 208; le perdite al gioco 155 e 141…* chi avrebbe mai sospettato che così tante donne possano cadere nella voragine del gioco d'azzardo… *ambizione delusa 122 e 410*, ben 410 donne, *preoccupazioni amorose 97 e 157; amor proprio esagerato 53 e 53*, stesso numero, *rimorsi di coscienza 49 e 57; fanatismo 16 e 1; misantropia 3 e 3; cause sconosciute 1381 e 667. Come si può notare da queste cifre, le varie cause hanno più o meno lo stesso effetto su entrambi i sessi…* Zofia, mi stai ascoltando?».

«Certo Ignacy» rispose lei, questa volta con sincerità.

«*… tranne che per l'amore e l'ambizione delusa, che spingono al suicidio molte più donne che uomini. Per quanto riguarda l'amore, è del tutto naturale, e sì, sappiamo tutto dell'isteria femminile, ma la seconda causa è una sorpresa e dimostra quanto le donne siano più ambiziose degli uomini.* Ma non per natura, non per natura, solo per quell'idea infausta dell'istruzione. Si risvegliano in loro desideri malsani e finiscono con il mettersi da sé il cappio al collo, buttarsi sotto un treno o avvelenarsi con il laudano! Non ti fa riflettere il fatto che...»

«Mi fa riflettere il fatto che, in primo luogo, se ho contato bene, è stato scelto un numero disuguale di suicidi femminili e maschili. E, in secondo luogo, che nessuno abbia prestato attenzione alla sproporzione maggiore: sedici uomini fanatici e una sola donna fanatica» rispose Zofia con freddezza.

Rombotyński cercò dapprima di riassumere i numeri nella propria mente e ne risultò che c'erano effettivamente più uomini che donne, poi senza dire una parola tornò a leggere, ma di tanto in tanto dava un'occhiata fuori dalla finestra.

«*L'imperatore ieri è tornato a Chłopy dalle esercitazioni alle tre del pomeriggio. Alla sera Komarno era nuovamente illuminata. Oggi bel tempo*... Sembra che fra loro ci siano delle donne ebree. Sì, hai sentito bene, non "una donna ebrea", ma "delle donne ebree". Una, potrei capirlo» disse scuotendo nervosamente il giornale, «una non ha disturbato nemmeno il nostro grande re. Ma tre Ester in una volta sola? A cosa servono?»

Di nuovo silenzio. Si udivano il ticchettio dell'orologio e le voci delle ultime persone che entravano dal portone del palazzo dei Wodzicki.

«Inconcepibile» disse Ignacy furioso, «e proprio sotto il nostro naso! Praticamente nella nostra sala da pranzo» continuò appoggiandosi pesantemente al davanzale e fissando gli occhi sulla folla inghiottita dal portale barocco. «Basta sporgersi dalla finestra per vedere chiaramente tutto.»

«E tu non sporgerti.»

«La signora ha chiamato?» chiese Franciszka entrando nella stanza.

La Rombotyńska alzò lo sguardo dal romanzo che ormai non stava più leggendo da un pezzo.

«No, devi aver sentito male. E, anche fosse, avresti dovuto mandare Józia.»

«Devo preparare il tè?»

Essendo una domestica ben educata, Franciszka non era solita fare simili proposte di sua spontanea volontà, quindi la moglie del professore capì che c'era sotto qualcosa e accettò.

«E magari per il signore un infuso di fiori di tiglio come calmante» aggiunse.

Ignacy non disse nulla ma, va detto, smise di scrutare fuori dalla finestra.

Dopo un attimo Franciszka portò un vassoio giapponese laccato con sopra una tazza di fine porcellana, sempre giapponese, per la signora, e una tazza in maiolica con la protezione per i baffi per Ignacy. Da sotto il piattino della tazza in porcellana spuntava un bigliettino piegato a forma di cornetto. Che Jednoróg avesse cambiato idea e le avesse inviato qualcosa tramite un messaggero?

Invece no, il messaggio arrivava da Klossowitz ed era, come suo solito, conciso:

Nessuna traccia di Mordka.
A Cracovia non c'è.
Verifico altre possibilità.
Anche dagli informatori.
R.K.

* * *

Bisogna ammettere che i copricapi a Cracovia riuscivano a suscitare grandi emozioni. Si ricorda ancora che la volta in cui la moglie del pittore Wojciech Kossak passeggiò lungo la linea AB indossando un cappello importato da Parigi dalla forma piuttosto originale, qualche giorno dopo «Il Tempo» tuonò che si trattava di un vero orrore, un cappello viola sul davanti, verde dietro, stravaganze parigine e così via. Voci dicevano che dopo questo articolo la moglie del pittore non osò uscire di casa per tre giorni, nemmeno per una passeggiata lungo la Rudawa. Vero o meno, di fatto non indossò mai più quel cappello in pubblico. "D'altra parte" pensò la Rombotyńska, "la vecchia contessa Potocka poteva presentarsi a teatro con un intero giardino tropicale in testa, a cui mancava solo un pappagallo, senza ricevere una sola parola di critica. Be', contesse e principesse sono da sempre soggette ad altre leggi rispetto al resto delle comuni mortali, così è stato stabilito l'ordine delle cose."

Con la convinzione incrollabile, anche se probabilmente sbagliata, che i suoi cappelli fossero conosciuti in tutta la città, la moglie del professore decise di prendere in prestito da Franciszka un cappellino in feltro poco appariscente color verde scuro (nonostante la ragazza non fosse d'accordo, non osò protestare). Così, dopo aver sistemato la spessa veletta funebre appuntata al cappellino con un semplice spillo, essersi assicurata di avere il viso coperto e che nessuno l'avrebbe riconosciuta, la Rombotyńska si accinse a uscire.

Aveva fissato l'incontro nella parte più «popolare» del parco Planty, all'altezza di piazza Szczepański, nota per essere frequentata principalmente da giovani, che fumano sigarette e importunano le signore di passaggio. È vero che i custodi del parco cacciavano via quella gioventù, ma in modo poco efficace: preferivano occuparsi di disturbatori della quiete pubblica meno impegnativi, come i ragazzi che giocavano a calcio in un luogo non autorizzato. Per una strana coincidenza in quel momento spuntava sempre uno dei dodici custodi, in uniforme completa, berretto da guardiano, e stringendo in mano un lungo bastone con un chiodo in punta per raccogliere le foglie cadute. Con un movimento improvviso e violento colpiva la palla del reo e se ne andava senza dire una parola, lasciandosi alle spalle i monelli disperati. I bambini lo sapevano che non dovevano giocare al di là del

Barbacane, ma i birbantelli stazionavano lungo la via Podwale. Al parco Planty, come in tutta Cracovia, ogni cosa aveva la sua precisa collocazione.

Nel frattempo la Rombotyńska si trovava in un luogo completamente inadatto a lei. Invece di passeggiare per un corso di Cracovia costeggiando gli edifici dell'università, salutare le signore dell'alta società, rispondere agli inchini dei gentiluomini, stupire con i suoi copricapi importati da Leopoli o Vienna, era seduta su una panchina con il misero cappellino della sua cuoca e un vestito di molte stagioni prima recuperato dal fondo dell'armadio (un po' stretto qua e là, inconveniente che Zofia mascherava con una giacchetta a sbuffo), in attesa dell'appuntamento fissato. L'abito svolgeva, a quanto pare, la funzione desiderata, dal momento che nessuno prestava la benché minima attenzione alla Rombotyńska.

Da lontano giungeva il suono dell'*hejnał*. Si guardò di nuovo intorno ma la persona che aspettava non arrivava. Sulla panchina di fronte era seduto un giovane che fumava una sigaretta e leggeva un giornale – se la vista non la ingannava era l'«Avanti», di orientamento socialista. Sotto la veletta la Rombotyńska roteò gli occhi. Dietro di lei, in piazza Szczepański, il mercato stava volgendo ormai al termine, i contadini della periferia di Cracovia stavano piegando le bancarelle, caricando sui carri i sacchi di cavoli, patate e carote invenduti. "E se *questa persona* avesse cambiato idea?" pensò la Rombotyńska.

Una donna in abito scuro, senza dubbio una delle venditrici stanca dopo un'intera giornata di lavoro, decise di riposare un po'. Si sedette accanto a lei e abbassò la testa. Respirava rumorosamente, tossendo di tanto in tanto. Rimasero sedute l'una accanto all'altra in silenzio per alcuni minuti. La moglie del professore era preoccupata. E se la persona con cui aveva appuntamento, arrivando da lontano e vedendo qualcun altro accanto a lei, ci avesse ripensato e non si fosse avvicinata? E se tutta quella macchinazione non fosse servita a nulla?

«Credo che stia aspettando me» disse a un certo punto la donna in abito scuro con voce bassa e roca.

«Non credo, signora» rispose a voce bassa la Rombotyńska, ma con fermezza.

La donna non ribatté nulla, puntò lo sguardo sul viale del parco ricoperto di ghiaia, sull'aiuola di dalie che grazie alle attente cure dei custodi fiorivano rigogliose anche nella parte peggiore dei giardini cittadini.

«Ma lei ha una veletta» riprese a dire la donna, «e io avevo un appuntamento con una signora con la veletta nera. Non è lei?»

La Rombotyńska strinse gli occhi e finalmente riuscì a vederla bene; tutta la sua conoscenza in materia di prostituzione derivava dalla letteratura, quindi si aspettava di vedere una Signora delle camelie; una dissoluta Gezabele, con un trucco provocante, una mise che mostrava decisamente troppo, dotata di una bellezza volgare ma indiscutibile. Del resto, non è forse questa la ragion d'essere di quella professione? Seduta accanto a lei, invece, c'era una persona del tutto simile a una qualsiasi sarta del quartiere Grzegórzki. Invero, tossiva come una tisica, ma le somiglianze con la cortigiana Violetta finivano lì. Sembrava molto più vecchia della Rombotyńska; da sotto il copricapo, notevolmente peggiore del cappellino di Franciszka, spuntavano capelli color topo rovinati dall'arricciatura, coperti da resti di tintura rossa. Il vestito, della più scadente qualità, rammendato qua e là, non era fresco di bucato. La cosa peggiore, tuttavia, era il suo viso: la cipria applicata maldestramente non riusciva a nascondere il suo terribile colore rosso, addirittura viola. Era talmente gonfio che ricordava un palloncino delle fiere.

«La ragazza mi ha promesso una corona e mezza» aggiunse la donna.

Zofia rimase senza parole. È questo, quindi, l'aspetto di una donna corrotta? Si aspettava di vedere un crollo morale, mentre davanti ai suoi occhi appariva un quadro di miseria e disperazione. Ma davvero gli uomini sono pronti a...?

«O mi pagherà in anticipo, o non se ne farà niente» sentì dire da una voce decisa.

La Rombotyńska, ancora stordita, infilò la mano nel borsellino senza proferir parola.

«Ho già detto a quella signorina che io non mi occupo di *queste* cose. Se le interessa c'è una certa Mela che abita a Grzegórzki, posso darle l'indirizzo. *Queste* cose non mi riguardano. Io lo faccio solo come Dio comanda.»

Pronunciò la parola «queste» in un modo che sorprese Zofia, anche se non aveva intenzione di chiedere *cosa* fossero e perché non rientrassero nel repertorio dei servizi della donna che le sedeva accanto. L'invocazione del Signore le sembrò fuori luogo, ma non aveva intenzione di fare polemiche. "Ci sono più cose in terra e in cielo di quante ne abbiano sognate i filosofi" pensò, "ma nemmeno io ho bisogno di scoprirle tutte."

«La questione di cui voglio discutere con lei non è di natura... professionale. O almeno non del tutto.»

«Allora cosa vuole?» chiese stupita la prostituta. «Perché da me nessuno vuole altro che quello che lei stessa sa.»

«Vorrei parlare.»

«Parlare?»

Nonostante la veletta, la Rombotyńska intravide gli occhi della prostituta spalancarsi sul viso gonfio. La donna era stupita, manco la moglie del professore le avesse appena dichiarato che si aspettava di vederla eseguire la danza dei sette veli durante una riunione formale dell'Arciconfraternita della Misericordia.

«Esattamente. E sono certa che il denaro che le ho dato sia del tutto sufficiente per poter scambiare con lei qualche parola» disse la Rombotyńska in tono deciso, finalmente tornata in sé. «Ha mai sentito il nome Smilzowa? Secondo le mie informazioni gestisce...»

«Un bordello a Dębniki! Certo che lo so!» rispose la donna con un'animosità che le provocò un attacco di tosse. La Rombotyńska rabbrividì ringraziando Dio (e se stessa) per la veletta. «Ma lei non mi ha mai voluto là, oh no! Ha le sue ragazze giovani, avvenenti, sane, magari con la gonorrea o la sifilide, ma non tisiche, senza nulla, con la faccia liscia e il palato altrettanto. Non una macelleria come tante, ma di lusso. A volte si può anche trovare qualche bella manza, sa?»

La Rombotyńska non lo sapeva ma fece un cenno affermativo con la testa.

«Vede, signora, eravamo noi tre: Fajga Blum, Olesia, quella che interessa a lei, e io. Ora mi chiamano Mariella Pomodoro, e può indovinare il perché...» disse tossendo la prostituta «ma ai tempi ero ancora conosciuta come Mariella la Rossa. Mi tingevo di rosso, avevo i capelli come Maria Maddalena, molto belli. Non per vantarmi, ma a Cracovia tutti dicevano: "Nessuno ha i capelli fiammeggianti come quella Mariella, andate da lei" dicevano...» Poi aggiunse triste: «Ero famosa».

La Rombotyńska attese in silenzio il seguito. E aspettò fino a quando Mariella ebbe finito di evocare i suoi giorni di gloria.

«Allora stavamo al parco Planty, sul lato della stazione. Ricevevamo i clienti in una baracca in via Pawia che una tipa ci affittava. Una stanza come tante altre, una sola brandina e una bacinella, ma bastava. Fajga non voleva restare a Kazimierz, diceva che a Cracovia pagavano meglio, e inoltre, così, se qualche signorino desiderava una ragazza ebrea, non si doveva trascinare fino a Kazimierz. La pensava così. Era sveglia, bisogna ammetterlo. Ma non abbastanza, evidentemente, perché alla fine s'è beccata il malfrancese, la sifilide, voglio dire. Si curava ma invano, e alla fine nessuno la voleva... Messa così non poteva comunque lavorare legalmente, perché il medico non le voleva timbrare il libretto quando andava al controllo dalla polizia. Alla fine è uscita di testa e la poverina è morta qualche anno fa. E io ho iniziato a bere.»

La Rombotyńska non la interrompeva. Voleva andarsene di lì il prima possibile, tornare a casa in modo che nessuno la vedesse e la riconoscesse, ma si rese conto che doveva lasciare che la donna raccontasse tutta la sua storia, con tutti i dettagli, le trame secondarie, con tutta la dolorosa verità. Venne a sapere della madre che la mandava per strada per portare soldi a casa; dei fratelli che morirono uno dopo l'altro di malattia; di poliziotti molesti che non esitavano a riscuotere una «tassa ufficiale» in natura; delle speranze svanite di abbandonare quella «professione», tutte cose che probabilmente non aveva mai avuto occasione di condividere con nessuno, che nessuno aveva mai ascoltato. La vita di Mariella Pomodoro apparve alla Rombotyńska come un abisso nero senza fondo nel quale la moglie del professore sprofondava sempre più.

«Ma lei voleva parlare di Olesia, non di me» si interruppe infine Mariella Pomodoro. «Ha conosciuto un tipo. Non gli importava che facesse quella professione, forse pensava che così avrebbe risparmiato, chissà. Anche lei non era una che faceva la schizzinosa... del resto poche ragazze lo sono. E quello Smilz, perché era stato lui, certificò alla polizia che potevano cancellarla...»

«Cancellarla?»

«Già, dal registro delle prostitute. Se il fidanzato si dichiara, la ragazza viene cancellata dal registro e non deve più presentarsi, fare esami medici e così via. È libera. Per un certo periodo smise di lavorare, si trasferì nel quartiere Dębniki...»

«In via Różana?»

«Eh, no» rispose Mariella negando con la testa, e il suo corpo venne di nuovo scosso da un attacco di tosse, «lì ci andò soltanto quando conobbe quel giudeo.»

«Un ebreo?»

«Non so molto di lui. Un pezzo grosso. Dovevano essersi messi d'accordo in qualche modo, divenne la sua amichetta, cioè la sua amante, perché Smilz fu messo da parte, poi del resto si beccò una pugnalata sotto il costato a Podgórze e fine, e quel giudeo rimase con lei come suo pappone.»

«Come chi?» chiese stupita la Rombotyńska.

«Oh, andiamo, come suo pappone. Il suo alfons. Le ha comprato un tugurio, ha aperto un bordello e ci ha messo dentro Olesia a gestirlo. Ora è una gran signora, una maîtresse, non si ricorda più delle sue vecchie colleghe, se ne frega, maledizione…»

«Si ricorda il cognome di questo Alfons?» chiese velocemente la Rombotyńska volendo evitare la litania di improperi che si aspettava di sentire.

«Mi è uscito di mente, non ne ricordo nemmeno il nome.»

«Ma come? L'ha detto lei stessa che si chiama Alfons…»

La donna scrollò il capo e sulle sue labbra comparve persino qualcosa di simile a un sorriso.

«Voi signore con il cappello non capite nulla. Così vengono chiamati i protettori. Alfons. Non so niente di quel giudeo.»

Rimasero sedute in silenzio per un po', e alla fine Mariella Pomodoro si ricordò qualcosa: «Oh, però può dirle qualcosa di più il dottore. Lui conosce il settore, sa chi e cosa, è un brav'uomo. Quando una ragazza è in difficoltà va da lui, non importa se ebrea o cristiana. Aveva provato a curare Fajga ma non ha funzionato, che dire» scrollò le spalle, «evidentemente era il suo destino».

«Il dottore? Mio marito…» qui la Rombotyńska si morse la lingua «intendo il mio defunto marito… sono vedova, come può vedere... in società frequentava medici, forse il suo nome mi dirà qualcosa...»

«Il dottor Brodzki.» Nella voce della prostituta risuonava un sentito tono di rispetto. «In via Skawińska, all'ospedale israelita.»

«Israelita? No, mio marito questo medico non lo conosceva di sicuro!» disse la Rombotyńska un po' sdegnata. Ma memorizzò quel cognome. Dopodiché si congedò da Mariella Pomodoro in tutta fretta, forse un po' troppo, e percorrendo una strada tortuosa, controllando di continuo che nessuno la seguisse, giunse finalmente a casa.

Franciszka era alla finestra, apparentemente per lavare il vetro appena piazzato, pieno di impronte del vetraio, in realtà per segnalare alla moglie del professore che né Józia, né Ignacy erano in casa. Fece un cenno solenne con la testa e allora la figura vestita in modo un po' bizzarro varcò il portone del Palazzo del Pavone, per correre al più presto nell'appartamento, rintanarsi in camera da letto e riacquisire finalmente il suo aspetto dignitoso.

CAPITOLO IX

Nel quale Zofia Rombotyńska viaggia in terre orientali in compagnia di un prode scudiero, scopre la differenza tra uno scrigno in madreperla e un sacco di patate e subisce la persecuzione di un'anatra.

Dal portone del Palazzo Dębno, che si trova proprio sotto i bastioni del Wawel, era appena uscita un'anziana donna vestita a lutto, coronata da un copricapo all'antica che ricordava un nido di corvo; la sorreggeva un domestico altrettanto anziano con una finanziera un po' scolorita e logora. A giudicare dal libretto delle funzioni rilegato in marocchino che la donna stringeva fra le dita artritiche, stavano andando a messa in una delle chiese vicine. La Rombotyńska li superò subito dopo aver oltrepassato due suore lente, un giovane ufficiale chino sulla pipa carica, e molte altre persone. Andava di fretta. Sulla destra passò velocemente l'ampia facciata dei Bernardini, sulla sinistra quella dei Missionari, e infine l'ex chiesa di Santa Jadwiga, che un secolo prima gli austriaci avevano trasformato in un qualche locale amministrativo e poi in un ufficio postale. Quando negli anni precedenti venne costruito un nuovo edificio delle poste a Wielopole, «degno di Leopoli e di Vienna», come si diceva esagerando un po', a Stradom si trasferì una delle numerose istituzioni militari, il comando della guarnigione, e ora dietro le finestre si muovevano con indolenza le figure degli impiegatucci dell'esercito seduti alle loro scrivanie.

In lontananza inverdiva una cinta di giovani alberelli sulla via Dietla, e all'angolo con la facciata dello splendido palazzo dei Jacobsohn, con il suo enorme terrazzo e il chiosco in legno, si intravedeva una figura minuscola che a poco a poco cresceva: quella del giovane magro, leggermente curvo, nero capelluto Tadeusz Kamil Marcjan Żeleński, studente di medicina.

«Oh, signora Rombotyńska» disse facendo un inchino, «ma che sorpresa!»

«Piacere di vederla, signor Żeleński.»

«In quale direzione sta andando?»

La donna si guardò intorno.

«All'ospedale... ebraico. In via Skawińska.»

Le porse il braccio.

Nella tasca della giacca teneva al sicuro un laconico bigliettino che gli era stato inviato da Frank, prezioso messaggero del magazzino della Società cooperativa agricola:

Egregio signore! Le sarei grata se potessi incontrarLa per una questione importante domani a mezzogiorno all'angolo tra via Dietla e Stradom e se potesse dedicarmi una o due ore. Che gli estranei considerino questo nostro come un incontro fortuito.

«Non ho telefonato per non dare adito a pettegolezzi. Non sempre la servitù è discreta. Le cose di cui verrà a conoscenza devono rimanere fra noi» disse Zofia a voce bassa mentre camminavano lungo l'affollata via Krakowska. «Sembra che l'assassino di Karolina non sia stato affatto punito. Ma possiamo individuarlo con l'aiuto di un certo medico che tuttavia... non conosco personalmente... e dal quale non vorrei nemmeno andare da sola. Soprattutto perché ci si arriva... attraversando quel quartiere.»

Proprio accanto a loro, con un forte sferragliamento, passò un carretto con cestini pieni di mele, attaccato a un giovane e vigoroso percheron. Dato che stavano *passeggiando*, era opportuno fare un po' di conversazione.

«Come stanno i suoi genitori?»

«Oh, sono molto impegnati... A Cracovia, come forse lei sa, c'è...»

«Paderewski, naturalmente.»

«Sì, la sua allieva, la signorina Szumowska, ha appena sposato il signor Adamowski, violoncellista e buon amico di Paderewski, e il maestro è venuto appositamente per il loro matrimonio. Così come, del resto, il signor Górski, primo violino dell'Opéra di Parigi. Mercoledì i miei genitori organizzeranno per loro da noi, in via Święty Sebastian, una festa d'addio.»

«Sarà sicuramente un evento meraviglioso!» disse entusiasta la Rombotyńska, sperando di essere invitata; non c'era riuscita con la Modrzejewska, magari ce l'avrebbe fatta almeno con Paderewski?

«Ci saranno solo musicisti» disse Żeleński mandando in fumo le sue illusioni «o comunque persone in un modo o nell'altro legate alla musica, anche solo, ehm, per parentela, come la sorella del maestro... o come la Stojowska, che dirige un salotto musicale. D'altronde è anche la madre del pianista e compositore, Zygmunt...» Il giovane fece una leggera schivata, evitando una donna dalle forme abbondanti. «In ogni caso può facilmente immaginare che l'intera casa è in fase di preparativi. Mia madre sta ancora pianificando cosa servire e come prepararlo, mio padre invece sta mettendo insieme un altro menu: che cosa dovrà suonare, perché si sa che quando si riuniranno tutti, ognuno sfoggerà... Ultimamente si è concentrato su un paio di nuove canzoni e brani della *Goplana*, ma è difficile dire se questa sia la versione definitiva.»

«Sarà un vero e proprio banchetto musicale» ribatté Zofia, questa volta senza entusiasmo, ormai conscia che si sarebbe persa anche questo evento.

«Fortunatamente per un tempo limitato» aggiunse lui in tono sarcastico, «perché Paderewski e la famiglia Górski dovranno prendere il treno, quindi bisognerà riaccompagnarli alla stazione.»

Nel frattempo lo scenario era cambiato: via Krakowska, affollata e squallida, non assomigliava affatto alla vivace via Dietla. Si vedevano ovunque gruppetti di uomini in cappotti lunghi quasi fino a terra, che discutevano a voce alta su questioni che alla Rombotyńska sembravano misteriose, perché immerse in un gergo strano, a lei sconosciuto, che assomigliava solo leggermente al tedesco. Ma pensò divertita che in realtà, probabilmente, erano questioni altrettanto banali quanto quelle discusse in piazza Szczepański o a qualche bancarella del mercato di Kleparz. Qui e là si vedeva un vecchio con una lunga barba bianca, che a volte indossava uno *shtreimel* di pelo, altrove una vecchia con una cuffietta ricamata e un grembiule fantasia. Accanto alle insegne polacche e tedesche, come *Anna Rubinstein* – OSTETRICA, si agitavano strane lettere fiammeggianti che sembravano proclamare le cose più sacre e dignitose anche se poi – se si deve credere ai loro equivalenti polacchi – indicavano cose come: FABBRICA DI INSACCATI KOSHER *salsicce fresche tutti i giorni* o *Alimentari*.

Si addentrarono in un mondo di altre parole, altre fisionomie, altri odori; perfino quelli della cucina, che provenivano da portoni bassi e scuri, qui erano diversi rispetto ai loro simili dei quartieri poveri cristiani. Percorrevano strade costeggiate da basse casette sporche, forse antiche come il Palazzo del Pavone, ma senza dubbio molto più povere. I muri umidi ricoperti di licheni, che davano l'impressione di dover essere loro stessi portati in una clinica dermatologica, all'improvviso si interruppero, lasciando il posto a una recinzione bassa fatta di semplici pali e graticolati attraverso i quali si potevano vedere alberi rachitici, e più lontano un edificio a un piano che sorgeva su un vasto appezzamento di terreno vuoto, a poca distanza da via Skawińska. Era l'ospedale israelitico. Come appariva misero in confronto all'imponente edificio del Collegium Medicum, terminato da poco, un vero e proprio palazzo con zoccolo a bugnato e snelli capitelli corinzi!

«Sembra una stazioncina di provincia» disse la Rombotyńska.

«O la caserma di una piccola città» rispose annuendo Tadeusz.

«Meno male che almeno c'è qualche decorazione alle finestre, altrimenti si avrebbe paura a entrare» aggiunse lei passando attraverso il cancello leggermente socchiuso, «e si penserebbe di essere finiti in qualche macello e non in un ospedale...»

Il dottor Brodzki, avvisato in anticipo della visita, li stava aspettando nel suo studio; aprì loro personalmente la porta, poi indicò due sgabelli di legno scrostati, mentre lui si sedette su una poltrona che aveva sicuramente vissuto tempi migliori. L'interno era alto ma molto stretto, sul soffitto alcune macchie scure formavano la mappa di un paese in cui nessuno sarebbe voluto andare. Tutto l'arredamento, semplice e spaiato, era stato forse acquistato da ospedali o studi medici più facoltosi. C'era puzza di stracci bagnati e malattia.

«Esercitiamo in condizioni, purtroppo, molto modeste» disse il medico in tono di scusa.

«L'ho notato. L'edificio stesso è... sobrio. Mi aspettavo qualcosa di più raffinato, più alla moda...»

Brodzki sorrise.

«Ah, signora Rombotyńska, lei è probabilmente una di quelle persone che pensa che agli ebrei piaccia esagerare.»

«È un tratto orientale...» disse lei tentando di cavarsi dall'impiccio.

«Il nostro ospedale è stato costruito trent'anni fa, quando i gusti erano diversi. Inoltre il comune né allora né oggi dispone di molte ricchezze. E venne costruito da Stacherski, un cattolico; progettava anche chiese, purtroppo morì giovane. Non so se abbia raggiunto i trent'anni.»

«Oh, questo è interessante. Il fatto che un cattolico stesse costruendo un ospedale ebraico mentre il signor Sare, che ha appena terminato i lavori del Collegium Medicum, invece... viene da... una famiglia israelita.»

«Sì, è ebreo» precisò il medico.

Calò un silenzio imbarazzante. E qui Żeleński se la cavò bene, in quanto studente alla facoltà di Medicina ebbe più facilità a utilizzare il gergo professionale per togliere un po' di *odium* da una situazione antipatica.

«Ci permettiamo di disturbarla, dottore, perché la moglie del professore, nota filantropa, vorrebbe conoscere gli aspetti medici e sociali della prostituzione. Si dice che, in virtù della sua attività in questo ospedale tra le... classi meno abbienti... lei abbia acquisito una grande esperienza e potrebbe aiutarci con le sue conoscenze...» Qui il giovane si interruppe, poi concluse bruscamente come se avesse pensato che bastasse dire: «... in questo ambito».

«Ah, la filantropia... una cosa bellissima» rispose il medico, non si capì bene se con gentilezza o ironia. «Raccogliere fondi per cause meritevoli... Bello. Bello. Ma in merito a questo, temo che le belle idee, le belle imprese, non bastino, qui è necessario ricostruire... l'intera società. Non solo la nostra, ma quella mondiale, direi. E questo è un lavoro per cui ci vorranno anni, decenni, forse secoli.»

Per un attimo fissò in silenzio il piano rovinato della scrivania, come se si aspettasse di trovarvi un qualche consiglio o aiuto.

«Chi vi ha suggerito di venire da me?» chiese all'improvviso. «Non sapevo che tra i medici fuori da Kazimierz qualcuno fosse al corrente della mia esistenza. Conduco una vita modesta, come potete vedere, tutta casa e ospedale, non partecipo a incontri istituzionali importanti, non frequento messe o salotti, difficilmente mi spingo oltre la cintura verde del Planty su via Dietla. È bello che qualcuno...»

«In realtà non è stato un medico» esordì cautamente la Rombotyńska, «ma una delle donne che hanno a cuore il bene delle donne.»

Brodzki annuì.

«Va bene anche questo» disse. «È bello incontrare un'anima affine, e sono contento di vedere che sempre più signore dell'alta società, come lei, sostengono il popolo e si interessano dei diritti delle donne. Intendo proprio questo» proseguì con entusiasmo, «senza una trasformazione radicale del ruolo delle donne, senza il rifiuto del corsetto che imprigiona la donna moderna, senza l'emancipazione delle donne, e la concessione del diritto al voto equiparandole all'uomo, non debelleremo mai questa vergogna del nostro secolo che è l'amore a pagamento. Ah, l'amore! L'accostamento stesso di questa parola a "pagamento" la insudicia! Ma non credo ci sia bisogno di spiegarglielo.»

La Rombotyńska fece buon viso a cattivo gioco e non disse una parola sul fatto di non essere una sostenitrice dell'uguaglianza di genere, mentre lo studente Żeleński stava seduto con il viso impietrito visibilmente scosso da una risata soffocata per il fatto che la sua conoscente, *nolens volens*, fosse diventata una femminista militante. Brodzki nel frattempo si era ammutolito e sembrava riflettere su qualcosa: basso, infilato in una giacca logora, assomigliava a un qualche animale da tiro con un'enorme testa pesante dai tratti marcati e la fronte solcata di rughe.

«Non vorrei essere frainteso» disse infine, «ma quello che lei mi chiede non si può esporre in modo tale da poterlo poi ripetere davanti a un tè o... a una cena di beneficenza. Si tratta di scendere nelle tenebre dantesche, nei gironi dell'inferno. So che per i principi in vigore oggigiorno è vietato parlare di queste cose in presenza delle signore. Tuttavia, so anche che ci sono donne che si sono liberate dai falsi vincoli di genere, con le quali è possibile discutere alla pari. Un attivista...» e qui la sua fronte si aggrottò ancora di più «in quanto attivista non ha sesso. È al di sopra di ogni genere. Prende la vita e il mondo come sono e cerca di cambiarli, di plasmarli con il proprio potere, cerca di...»

Tadeusz Żeleński tirò fuori dalla tasca un portasigarette e vi concentrò lo sguardo. La Rombotyńska, invece, fissò il medico con attenzione e poi lo interruppe.

«Dottore, si tratta di problemi che si spiegano da soli. Ne parli tranquillamente. Ci sono questioni più importanti in gioco.»

Negli occhi del medico brillò un lampo di identificazione: aveva trovato una sua pari.

«Sbaglio o ha letto *La povertà della Galizia in cifre* dell'ingegner Szczepanowski?»

Si sbagliava. Zofia ricordava che Ignacy lo leggeva e inveiva contro la diffamazione del Regno di Galizia e Lodomiria («basta girare per Cracovia per vedere chiaramente che qui nessuno muore di fame»).

«... ah, capisco. Bene» disse Brodzki sbuffando, «cominciamo dall'inizio. Il nostro Paese è uno dei più densamente popolati d'Europa, con tre quarti, se non quattro quinti, della popolazione impegnati nell'agricoltura, e ogni chilometro quadrato deve sfamare molte più persone che altrove, tranne forse che in Cina e alcune parti dell'India. L'agricoltura è arretrata: ogni inglese produce sei volte più carne e latte e oltre tre volte più prodotti agricoli dei nostri contadini. Tutte le nostre industrie, miniere, il nostro artigianato producono un reddito pro capite inferiore anche a quello del Regno del Congresso, e gran parte di questo denaro va inoltre a ripagare il capitale straniero. Di tutti i Paesi del mondo, il lavoro in Galizia è quello meno produttivo. Nel mentre, però, se lo stesso lavoratore viene trasferito, ad esempio, in America o in Vestfalia, dove trova condizioni migliori e viene trattato come un essere umano, là lavora in modo più produttivo e viene apprezzato per la sua coscienziosità. Perché?»

«È tutto dovuto alla malnutrizione» intervenne Żeleński. «Il galiziano si nutre male, anzi, muore di fame, e quindi non ha la forza di lavorare. Lavora miseramente e così ottiene raccolti miseri. E la maggior parte di essi li deve comunque vendere per pagare le tasse, comprare le scarpe o il grembiule alla sua donna. Inoltre deve provvedere alle classi improduttive in continua crescita: l'esercito e l'apparato burocratico.»

«Ecco, appunto. Tutto il nostro popolo mangia molto meno dei poveri inglesi, sostenuti dai fondi pubblici; il cibo è insufficiente a mantenerlo in vita. È per questo che la nazione si sta rimpicciolendo, abbiamo» sbatté il palmo della mano sul tavolo «la più alta percentuale di non idonei al servizio militare di tutta Europa. L'aspettativa di vita media per gli uomini è di ventisette anni. In Inghilterra di quaranta. Anno dopo anno perdiamo più di cinquantamila persone che muoiono di fame, altre centomila per malattie comuni che colpiscono organismi indeboliti. Centomila in due anni solo per il colera!»

«Ma è più degli abitanti di Cracovia!» disse sorpresa la Rombotyńska.

«Infatti, infatti. Tutto questo può sembrare apparentemente irrilevante. Ma glielo dico perché i moralisti di ogni sorta, i preti che predicano dai loro pulpiti... Lei sorride. Be', forse trova divertente che un ebreo si lamenti dei preti, ma i moralisti sono uguali ovunque, i rabbini non sono molto diversi da loro... In ogni caso: tutte queste persone ritengono che la prostituzione sia una questione di moralità» e in quel momento Zofia ebbe voglia di chiedere "Non è forse così?" ma si morse la lingua, «mentre invece è una questione economica. Esclusivamente economica. Possiamo parlare di scelta etica quando abbiamo a che fare con una reale scelta. Mi perdoni l'esempio, ma una donna resa schiava da un uomo che le punta una pistola alla testa, si comporta forse in modo immorale?»

«Ma quella donna non è minacciata da una pistola alla testa» concluse Żeleński, «bensì dalla morte per fame, che è incomparabilmente più lunga e dolorosa.»

«Peggio ancora se è la propria, perché la propria vita» aggiunse Brodzki in tono beffardo e patetico «può essere sacrificata sull'altare della virtù, come si suol dire. Anche se questo è un eroismo che non possiamo pretendere da nessuno. Ma quando è la vita di un bambino che si spegne lentamente, giorno dopo giorno, sotto gli occhi della madre? Chi di questi moralisti avrà il coraggio di condannare la totalità delle nostre relazioni sociali invece di sbraitare contro la "dissolutezza delle donne"?»

La Rombotyńska e Żeleński annuirono in silenzio.

«Nella campagna galiziana si vede più chiaramente che la prostituzione sembra essere l'unica strada per queste ragazze che non hanno nemmeno una minima istruzione, che soffrono la povertà, trattate in casa come animali da tiro, a volte persino come schiave, che devono soddisfare gli infimi bisogni dei vicini, dei padri, degli zii, dei cugini, perché in quei bui tuguri avvengono le perversioni peggiori... e basta che una rimanga incinta e gli stessi che avevano abusato di lei diventano severi moralisti: o le ordinano di sbarazzarsi del feto da qualche "mammana" o da una "fabbricante di angioletti", che spesso, in quell'occasione, la manderà all'altro mondo, oppure la cacciano dal suo paese. E questa ragazza che non ha visto nulla al di fuori della sua parrocchia, di un fazzoletto di terra con una chiesa, una sinagoga o una chiesa ortodossa, all'improvviso deve darsi a una vita raminga. Conosce sicuramente un'istituzione chiamata il "mercato della servitù", vero? Ogni giovedì, nella piazza del mercato, sul lato occidentale della Galleria dei Tessuti?»

«Assumo sempre le ragazze dall'ufficio di collocamento della Mikulska in via Gołębia. Un ufficio autorizzato» dichiarò con orgoglio la Rombotyńska. «Ma naturalmente so di quel mercato, lo conoscono tutti.»

«Ma tutti sanno cosa vi succede realmente? Le garantisco che non sono soltanto i rispettabili abitanti di Cracovia a interessarsi alle ragazze che stanno davanti alla Galleria dei Tessuti. Una ragazza così, appena arrivata in una grande città, piena di luci, edifici imponenti, folle di persone» nel racconto di Brodzki Cracovia aveva improvvisamente assunto il ruolo di una metropoli come poteva essere Parigi, o Londra, o New York, «come vi dicevo, è ingenua. Si lascia avvicinare da una "signora gentile" incontrata sul posto che si "prenderà cura" di lei, le presterà dei soldi per un vestito, per un posto letto, e così, furbescamente, le farà contrarre presunti debiti che la ragazza potrà ripagare soltanto in un modo. Oppure si lascerà persuadere da un simpatico gentiluomo che le offrirà un lavoro ben retribuito come domestica o bambinaia, che poi si rivelerà essere mera prostituzione. Non è altro che schiavitù moderna» disse Brodzki diventando tutto rosso. «Il contadino è stato liberato dalla servitù della gleba, mentre la donna è stata spinta in una condizione di servitù ancora più terribile.»

«Eppure capita» disse Żeleński «che intraprendano questa... professione per conto proprio, senza essere costrette da nessuno, assolutamente senza alcun inganno. Ricordo un articolo di giornale di qualche anno fa su una ragazza di campagna che finì, credo, a Rio de Janeiro, vi fece una fortuna straordinaria, morì precocemente e lasciò il suo patrimonio al padre. E quando si venne a sapere nel suo villaggio, o città, le giovani donne si precipitarono a comprare i biglietti per andare a...»

«Dunque, caro collega» lo interruppe Brodzki, «so di cosa sta parlando. È la storia di Jelena... non ricordo il cognome… di Śniatyn, è un caso molto famoso. Non si sa come si sia riscattata da questa, chiamiamola, attività. Basti dire che morì a L'Avana, a Cuba, non a Rio, perché era a L'Avana che viveva da ricca proprietaria di una casa di tolleranza, e lasciò la sua intera fortuna al vecchio padre che, tra l'altro, sperperò tutto velocemente e morì in una povertà ancora maggiore di quella in cui versava prima. Ma qualcuno ha mai visto le sue migliaia di fiorini? Certo, la stampa riportava la notizia, e gli adescatori non aspettavano altro che alle giovani signorine venisse improvvisamente il desiderio di portare casse piene d'oro nei propri tuguri… Non mi stupirei se tutta questa storia fosse stata inventata in una di quelle taverne, durante un incontro di vecchi mezzani, e poi data ai giornali. Be', la colpa è, come sempre, della miseria e della mancanza d'istruzione» disse annuendo tristemente. «Mi sembra di capire» continuò rivolgendosi alla Rombotyńska «che il suo interesse per questo caso derivi proprio dal suo lavoro alla Società delle scuole popolari, giusto?»

La moglie del professore fino a quel momento aveva ascoltato pazientemente le argomentazioni del medico, anche se a un certo punto le era sembrato di trovarsi all'improvviso nel bel mezzo di un comizio socialista tenuto da quell'affabulatore di Ignacy Daszyński. In altre parole, poteva accettare tutto, ma non di essere associata alla Bujwidowa!

«Oh, no!» protestò con veemenza la Rombotyńska. «È frutto di un evento tragico. La mia domestica» disse prendendo fiato «è stata uccisa. Rapita e uccisa.»

Il medico si sistemò meglio sulla sedia.

«Dai mezzani? Dai trafficanti di esseri umani?»

«Non ci avevo pensato» balbettò sorpresa la Rombotyńska, «neanche la polizia ha pensato a questa pista… So però che un giovane, spacciandosi per ingegnere, l'aveva abbindolata e le aveva fatto una proposta di matrimonio. So anche che il tale lavorava in una delle case di tolleranza. La ragazza aveva dato le dimissioni da casa mia, lo avrebbe sposato e sarebbe andata in America.»

«Si tratta di un *modus operandi* molto comune, soprattutto per i criminali ebrei.» A quel punto Brodzki si interruppe un attimo, come soprappensiero. «Immagino che ormai abbia capito, abbiate capito...» continuò rivolgendosi anche a Żeleński «che vado dritto al sodo, e non intendo ammorbidire il tono solo per non offendere l'amor proprio di qualcuno. Ed è per questo che in molti ambienti sono un vero e proprio paria, un intoccabile che si incrocia malvolentieri sia negli incontri di società, sia in quelli accademici. Per una strana coincidenza gli inviti dell'Associazione dei medici non mi arrivano... ma è la cosa che mi stupisce meno, in fondo i pregiudizi nazionali sono molto radicati a Cracovia. Lo stesso vale, tuttavia, per le organizzazioni filantropiche ebraiche. Perché? Ve lo dico senza mezzi termini: la tratta di esseri umani è la più grande vergogna del nostro gruppo sociale.»

«Solo che questa è, ovviamente, acqua per il mulino di tutti gli antisemiti alla Lueger» aggiunse Żeleński.

«Purtroppo devo ammettere che lei ha ragione. Ci sono persone che raccontano volentieri la stupidaggine secondo cui "nella prostituzione c'è il fattore maschile, l'elemento femminile e il coefficiente ebraico". Nel frattempo gli ebrei sono sia carnefici sia vittime. Perché sono ebrei non solo la maggior parte dei trafficanti... c'è un'altra questione, quella degli ebrei che pagano lautamente gli starosta polacchi e austriaci, i poliziotti e i funzionari di ogni livello... ma lo sono anche la maggior parte delle vittime. Nelle case di tolleranza di Istanbul, degli Stati Uniti e dell'Argentina ci vanno molto più spesso le ragazze ebree di quelle polacche o rutene. È, per così dire, un crimine commesso in seno alla famiglia. E, naturalmente, si può dire molto sulle ragioni di questo stato di cose, sul posto occupato dagli ebrei nella società polacca, in tutto l'impero, sulla trascuratezza e le superstizioni plurisecolari, ma nondimeno...»

«Diceva del *modus operandi...*» gli ricordò Żeleński.

Nel frattempo le nuvole pomeridiane avevano formato uno spesso strato in tutto il cielo e lo studio divenne ancora più cupo di prima. Il ripiano della scrivania era completamente nero nei punti in cui lo smalto era screpolato, e dove il legno grezzo era rispuntato fuori luccicava e mandava un bagliore bluastro come la pelle di un cadavere.

«Sì, è così che va. Di solito si presenta qualche buon partito: un ingegnere, un banchiere, un commerciante arrivato per un breve periodo dall'America, dove era emigrato qualche anno prima e, naturalmente, aveva fatto una brillante carriera. È giovane, bello, ben vestito e non bada a spese per regali costosi. È tornato nel vecchio continente perché vuole una ragazza di una rispettabile casa ebraica, pia e pura. L'imene di una vergine» tossicchiò Brodzki, Zofia abbassò lo sguardo «ha una rilevanza puramente economica, è un bene concreto, prezioso, per il quale si può chiedere una tariffa adeguata, soprattutto nel caso di una ragazza particolarmente bella. Il o la sensale insistono: lo sposo deve tornare al più presto a tener d'occhio gli affari fiorenti, il matrimonio viene organizzato in fretta e furia da un falso rabbino. La coppia parte in un battibaleno e dopo qualche tempo lo stesso giovane torna, di nuovo in veste di scapolo, a cercare una moglie, questa volta non più a Borysław, ma a Równe o nei dintorni di Drohobycz.»

«Corrisponde quasi tutto...» disse la Rombotyńska «tranne il dettaglio fondamentale che la mia domestica era cattolica. Si sarebbe dovuta sposare ad Amburgo, da un prete del posto, amico dell'ingegnere.»

«Be', è la ragazza che conta, non la religione» ribatté Brodzki facendo spallucce. «Contrariamente alla credenza diffusa tra il volgo, un'ebrea non è anatomicamente diversa da una polacca o da una rutena. Mi scusi se glielo chiedo, ma la sua domestica era vergine?»

«Questo è certo. È stata eseguita l'autopsia, la morte è stata causata da un unico colpo al cuore inflitto con un arnese affilato, ma il dottor Kurkiewicz ha dimostrato che prima di morire la vittima» alla Rombotyńska sembrava strano parlare di Karolina in modo così impersonale «era stata violentata.»

«Il dottor Kurkiewicz» disse il medico, animato «è un personaggio strano. Ho avuto a che fare con lui diverse volte. Non posso dire di provare nei suoi confronti particolare simpatia.»

«Come forse ogni dottore e ogni studente di medicina di questa città» disse ridendo Żeleński.

«Perché l'autopsia non l'ha fatta Schwarz?»

«Kurkiewicz» spiegò Zofia «proprio quel giorno doveva fargli da assistente. Ed è stato lui a riconoscere il cadavere, perché a volte passava da casa nostra riaccompagnando mio marito dall'università. Una coincidenza straordinaria.»

«A lei, dottore, suggerisce qualcosa?» chiese Tadeusz che, evidentemente, aveva preso a cuore l'indagine.

«No, nient'affatto. Voi stessi ammettete che si tratta di una singolare coincidenza. Soprattutto perché Kurkiewicz è da tempo che si interessa particolarmente ai temi della sessualità, e in modo quasi morboso, direi.»

"E se fosse lui?" pensò febbrilmente la Rombotyńska. "Ma è assurdo, se avesse voluto conquistarla non avrebbe dovuto fingere di essere Bzowski, né tantomeno avrebbe assunto qualcuno che si fingesse un ingegnere… D'altra parte, però, il suo atteggiamento nei confronti di Karolina è sempre stato più che cordiale, le rivolgeva sempre complimenti…"

«Ma non importa, c'è qualcos'altro che mi tormenta» mormorò Brodzki. «Se l'avevano già rapita, violentarla sul posto era assolutamente controproducente per loro. Era bella?»

«Sì, posso garantirlo» disse Żeleński, «era molto bella.»

«I trafficanti hanno un loro linguaggio criminale, definiscono le ragazze brutte "sacchi di patate". Quelle belle, soprattutto le vergini, vengono vendute come "tappeti di Smirne" o "balle di seta", e le più belle come "croci di diamanti" e "scrigni di madreperla". E in effetti sul mercato nero raggiungono talvolta prezzi da capogiro. Avrebbero potuto picchiarla se avesse opposto resistenza, senza storpiarla per non lasciare segni permanenti... durante il viaggio verso Istanbul o l'Argentina i lividi sarebbero scomparsi. Perché ucciderla?»

«E se avesse tentato di fuggire? Qualcuno avrebbe potuto spararle...» pensò la Rombotyńska a voce alta «ma visto che l'avevano pugnalata, tanto valeva afferrarla e ritrascinarla in un qualche nascondiglio in cui magari era stata rinchiusa prima di essere spedita via.»

«Le ragazze imprigionate litigano fra loro, mi sono imbattuto in un caso del genere» aggiunse Brodzki, «ma la morte inferta con un singolo colpo è opera di un professionista e non di una diciassettenne o ventenne disperata, che al massimo può graffiare un'amica o strapparle una ciocca di capelli. Non ne vedo il senso, non c'è nulla che faccia pensare agli affari e il commercio di esseri umani è soprattutto incentrato sugli affari. Terribili ma ben calcolati, dove conta ogni singolo centesimo. Chi avrebbe fatto un lavoro così alla carlona? Si sa in quale stabilimento lavorava questo presunto ingegnere?»

«Si sa anche come si chiama. Mordka Sztycer. Noto anche come Mordechaj Szyfryn.»

«Mai avuto a che fare» disse il medico allargando le braccia, «ma è anche vero che mi occupo principalmente dei malati e dei sofferenti, e non dei loro persecutori.»

«E lavorava in via Różana. La proprietaria è una certa Smilzowa.»

«Oh, quel posto lo conosco. Una piccola precisazione: la Smilzowa non è la proprietaria, ma solo una prestanome, quel posto appartiene a Lewicki, ovvero Loewenstein. Ne avrete sicuramente sentito parlare.»

«Di fatto non conosciamo nessuno di quell'ambiente» ribatté Zofia stizzita.

«Il processo di Leopoli? Ricorderete sicuramente qualcosa. Tre o quattro anni fa, a Leopoli, è stato processato un nutrito gruppo di trafficanti, tra cui questo Loewenstein. Anche a lui, come agli altri, era stata inflitta una piccola pena, al momento non ricordo più esattamente quale, ma tutti erano stati condannati a tre, sei mesi, un anno al massimo. Ha scontato il dovuto, e da quando è stato rilasciato ha messo naturalmente in circolo i capitali rimasti. Durante il processo la casa di tolleranza non era andata persa perché l'aveva affidata, come altre sue attività sospette, a persone di fiducia. Tra cui quella Smilzowa, che sarebbe subito caduta vittima della concorrenza se non fosse stato per il suo discreto protettore. Ha cambiato ufficialmente nome e ora come Szymon Lewicki gestisce diversi affari: qui commercia legname, là ha una taverna, da qualche altra parte un negozio coloniale, da un'altra ancora è un rispettabile mercante di Podgórze. E arrotonda con i profitti del locale di Dębniki. Ed è così che va.»

«È quindi un protettore di questa donna... un suo... *alfons*...?»

A queste parole gli occhi di Żeleński si spalancarono.

«E nessuno pone limite a tutto questo?» disse indignata la moglie del professore, perché all'improvviso la prostituzione si era rivelata qualcosa di più serio della sgradevole compagnia di una cocotte sciupata in vicolo Święty Tomasz. «Una tale smisurata ingiustizia umana, quasi del tutto impunita?»

Il medico la guardò di sotto in su, sorreggendo la fronte solcata di rughe con le lunghe dita ceree.

«Ma chi se ne interessa? Di ragazze di paese qualsiasi, di fanciulle smagrite che arrivano dai seminterrati? Erano lì e ora non ci sono più, potrebbero essere morte di tubercolosi, di rachitismo, così almeno ce le siamo tolte da sotto gli occhi. Solo per farle, solo per farvi sapere quante volte sono stato accusato di occuparmi di qualche cocotte, di una *donnaccia*, invece di prendermi cura esclusivamente di rispettabili matrone con la parrucca e di giovani mogli partorienti con una prole legittima, santificata dal matrimonio sotto la *chuppa*... Come se le une fossero in contraddizione con le altre! Se solo aveste visto certi casi, certi casi...» Brodzki fissò lo sguardo sul ripiano scuro della scrivania e si ebbe la sensazione che stesse guardando dentro se stesso, che quelle ulcere, quelle piaghe, quei corpi emaciati e lividi che non davano più piacere a nessuno e venivano scartati come vecchi stracci, quelle donne ventenni e trentenni che sembravano le loro madri, piegate in due, devastate fino al midollo, fossero di nuovo davanti ai suoi occhi. «Ma, naturalmente, i medici progressisti come me sono sempre i nemici giurati dei medici religiosi, che ritengono che il medico debba essere la mano punitrice del Creatore... Molto cristiano, vero? Figuratevi che è un'idea molto diffusa anche tra gli ebrei. Io, intanto, ho fatto voto di salvare la vita umana incondizionatamente, e non di fornire medicine solo a coloro a cui qualche ente ha rilasciato un certificato di moralità. Eh» sorrise rassegnato, «noi in questo angolo dimenticato della città siamo oltremodo più arretrati dei cracoviani dall'altra parte del Planty, su via Dietla!»

«Lei è troppo severo» intervenne Żeleński, «oggi che il medico dell'emiro dell'Afghanistan è una donna...»

«La signorina Hamilton» intervenne la Rombotyńska alla quale, per qualche motivo, si era impresso nella mente il nome.

«... la signorina Hamilton, grazie, che sta introducendo in quel Paese semiselvaggio le vaccinazioni contro il vaiolo, e sta fondando insieme a un'amica una vera farmacia europea... in poche parole: oggi, quando anche in un Paese musulmano la salute di un'intera nazione è affidata a una donna, la nostra facoltà di Medicina fa di tutto per impedire alle donne di accedere agli studi universitari. E sul professor Bujwid ne vengono dette di tutti i colori solo perché vuole aumentare il numero di medici in una società nella quale se ne avverte un'acuta carenza!»

Il dottor Brodzki guardò fuori dalla finestra e poi disse: «E cosa mi interessa se negli altri ospedali, se anche all'università è tutto vecchio, marcio, senz'anima...». Qui la Rombotyńska si risentì un po' ma non profferì parola. «Un attivista...» fece una pausa «un attivista ha davanti a sé il mondo intero e non è affatto una consolazione che da qualche altra parte le cose vadano male o addirittura peggio. Dovrebbe sempre fare del suo meglio per migliorare un po' le cose da qualche parte. A questo deve dedicarsi per tutta la sua vita. Dopodiché si corica nella tomba con la sensazione di aver svolto il suo instancabile ma alla fine incompiuto dovere, morto, solo, logoro e pieno di amarezza» concluse in tono sorprendentemente allegro, e Zofia pensò che nonostante tutta quella miseria era un uomo non privo di un particolare senso dell'umorismo.

* * *

Quando uscirono, le nuvole continuavano a essere basse su Kazimierz, come se volessero schiacciare ancora più a terra le palazzine sbilenche; non era in arrivo un temporale, era soltanto buio e cupo. Anche se in quel momento avessero visitato la chiesa del Corpus Domini, la sua navata slanciata in quella grigia oscurità avrebbe perso tutta la sua dolcezza, derivante dalle antiche dorature e dalle calde tonalità del legno.

La Rombotyńska era grata a Tadeusz per l'aiuto che le aveva dato e avrebbe volentieri ripreso una conversazione informale per spettegolare di Paderewski e della serata musicale, ma entrambi erano sopraffatti dalle parole del dottor Brodzki, così camminavano in quasi totale silenzio, pronunciando solo di tanto in tanto qualche parola per mantenere una parvenza di civiltà, fin quando si separarono nel punto in cui si erano incontrati, all'angolo di Stradom, sotto il terrazzo del palazzo dei Jacobsohn. Żeleński, naturalmente, si offrì di accompagnarla fino in via Święty Jan, però lei lo ringraziò gentile ma decisa; voleva restare sola.

Da quel momento rallentò il passo riflettendo su tutto ciò che aveva sentito quel giorno. Era possibile che a Cracovia, città di dignitosi professori, splendide fondazioni, innumerevoli chiese e monasteri, pie processioni con le reliquie del santo patrono, si potesse nascondere tanto sudiciume? La città le stava rivelando un volto completamente diverso: scuro, brutale, incomprensibile. Padri di famiglia ipocriti, catapecchie in periferia, mezzani spietati, giovani ragazze di campagna che, dopo pochi anni, si deterioravano fino al midollo, consumate da innumerevoli malattie. Veramente Mariella Pomodoro poteva essere stata bella, in passato? Zofia cercava ora di ricordare il suo viso tondo e rosso e di trovarvi un riflesso della bellezza di un tempo. A Karolina sarebbe toccato lo stesso destino? Se sì, forse era meglio che fosse morta sul colpo, con una sola coltellata. O comunque uccisa con un arnese affilato.

"E se..." pensava freneticamente, così concentrata da non accorgersi nemmeno del commesso di Maurizio che la salutava sorridendole, mentre andava a consegnare numerose scatole di cioccolatini in una delle case facoltose. "... e se non fosse stato affatto un rapimento, se già prima... d'altronde aveva portato a casa quei vestiti, quei gingilli, li nascondeva ai suoi padroni... Però la verginità, la verginità è un segno evidente, si può dire che la verginità sia l'alibi morale di Karolina, certificato dal medico."

Tirò un profondo sospiro. Ma all'improvviso le mancò nuovamente l'aria quando, sbucando in via Grodzka, si bloccò su un pensiero del tutto nuovo: "E se, com'era già successo in passato, ci fosse stato un errore medico? No, è impossibile, Kurkiewicz avrebbe dovuto mentire deliberatamente. Inoltre assisteva Schwarz, il medico legale. E chi può provare che hanno controllato tutto insieme? Magari Schwarz è uscito un attimo, o addirittura gli ha affidato l'intera autopsia? Ipotizziamo, però... queste sono solo mie supposizioni, ma ci sta... ipotizziamo che non abbia trovato tracce di lesioni. Che cosa significherebbe? Quale sospetto e chi starebbe cercando di allontanare dall'accusa con questa dichiarazione falsa? Forse quel *genitalologo* invasato che si è complimentato tante volte della bellezza di Karolina, forse lui era il suo amante segreto che si spacciava per Bzowski? Ma no, Franciszka l'avrebbe riconosciuto...".

Infine si incamminò, ma percorreva lentamente la piazza del mercato, come se guadasse nel catrame denso e appiccicoso, come se una corrente contraria la spingesse continuamente all'indietro, senza darle un attimo di tregua; sentiva le gocce di sudore affiorare sulla fronte, raccogliersi, nonostante la cipria, e scenderle lungo le guance. Qualcosa le diceva che quel giovane antipatico sapeva fin troppo. La sua istintiva avversione nei confronti dello studente era ormai chiara e comprensibile: aveva semplicemente individuato l'oscurità che si nascondeva in lui già da tempo. Al solo pensiero di doverlo incontrare per qualche motivo, un brivido gelido le scese lungo la schiena, dalle pieghe del colletto fino al bordo della crinolina.

Durante la notte la tormentarono gli incubi che al mattino attribuì alla cena troppo abbondante, ma sapeva che era stata la sua immaginazione onirica ad aver creato immagini orribili derivate da qualche brandello di conoscenza, scene e presentimenti: Kurkiewicz si trovava in una sorta di antico teatro anatomico e raccontava che il suo lavoro sarebbe stato di ampio respiro, e quindi comprendeva anche esperimenti e ricerche su organismi viventi. Su un tavolo in pietra c'era distesa Karolina, con una macchia di sangue rosso sul petto, apparentemente morta, con il corpo livido, ma completamente cosciente, con gli occhi spalancati che sbatteva di continuo. Nelle gallerie c'erano uomini nudi in piedi; uno di loro si era buttato un mantello sulle spalle, un altro indossava soltanto il cilindro, un altro ancora un paio di guanti di pelle. Osservavano Kurkiewicz che stava preparando i bisturi per la dissezione, ma impiegava molto tempo a scegliere con attenzione lo strumento. Si decise per un costoso cangiaro tempestato di pietre preziose. Gli uomini scesero dalle gallerie superiori a quelle inferiori, e da quelle inferiori fin giù, a stringersi intorno al ripiano in pietra e al cadavere, o meglio noncadavere, disteso su di esso, che suscitava in loro un desiderio irrefrenabile...

"Mai più anatra ripiena a cena" si disse al mattino tirando fuori dalla cuffia le ciocche di capelli intrise di sudore, "mai più!"

CAPITOLO X

Nel quale una settimana bollente inizia con l'incontro con un ratto tintinnante, un bibliotecario barbuto ostenta la conoscenza di un gergo e la stampa strappa il velo delle apparenze. Incontriamo nuovamente Giobbe che sostiene che i bambini non dovrebbero passare il loro tempo nei parchi di Cracovia, scopriamo anche che un certo studente di medicina sta trascurando le proprie abitudini, mentre Zofia Rombotyńska si inoltra avventatamente da sola nella grotta del leone rosso contrassegnata dall'emblema dell'agnello.

Lunedì 7 settembre 1896 la Rombotyńska andò all'università. No, non andò a trovare Ignacy nel dipartimento di Anatomia, come aveva l'abitudine di fare qualche volta quando, con la scusa di una passeggiata da quella o quell'altra signora per un tè o una gita al parco Strzelecki o alla serra delle palme, eseguiva una spietata ispezione del suo studio, risistemando («riordinando», come diceva lei) le sue carte sparse sulla scrivania e stroncando ogni tentativo di opposizione con un categorico: «Lo faccio per il tuo bene, Ignacy». Ebbene no, questa volta la moglie del professore andò all'università per attingere conoscenza alla fonte della Biblioteca Jagellonica e cercare informazioni sul processo di Leopoli citato dal dottor Brodzki, e allo stesso tempo sul misterioso Loewenstein-Lewicki, protettore della Smilzowa per la quale lavorava, a sua volta, Mordka Sztycer.

Dopo le piogge e i temporali del giorno precedente la piazza del mercato era pulita come non mai; l'indomani sarebbe stata la festa della Madonna della Semina, comprensibilmente meno celebrata in città, ma importante per i contadini, per cui quasi tutti erano nei propri villaggi, a parte qualche ritardatario arrivato all'ultimo momento per comprare qualcosa non disponibile fuori città, ma indispensabile in un giorno di festa. Tutt'intorno si vedevano quindi quasi esclusivamente persone dell'alta società, qualche lavoratore, fattorini e alcuni fiorai. Zofia uscì sull'ampio spazio della piazza centrale e vi fluttuò come una nave ammiraglia della borghesia di Cracovia, ornata di fronzoli, ricami e bottoncini, e coronata, a mo' di bandiera, da un grande asprì color lampone sul cappello.

Camminava riflettendo sul misterioso caso di Leopoli. Naturalmente aveva sentito parlare del processo di Wadowice: non c'era a Cracovia, e sicuramente neanche in tutto il Regno di Galizia e Lodomiria, una sola persona che circa sette anni prima non avesse seguito da vicino le notizie provenienti da quella piccola città sonnacchiosa, dimenticata da Dio e dalla gente; era chiaro che a Wadowice non sarebbe mai successo nulla di interessante, ed ecco che all'improvviso era al centro degli interessi del mondo intero. Tutti ricordavano le frotte di giornalisti stranieri che arrivavano a Cracovia e prenotavano camere in quasi tutti i migliori alberghi; nei caffè e nei ristoranti, oltre al consueto polacco e tedesco, si sentiva parlare anche francese e inglese: la città d'un tratto aveva acquisito un lustro veramente internazionale. La maggior parte degli abitanti aveva cercato di ignorare il triste fatto che i reporter stranieri non erano stati attratti dalla bellezza dell'*urbis Cracoviae* o dai magnifici monumenti reali del passato, ma da una vicenda criminale di proporzioni mai viste prima in un luogo desolato come Wadowice.

I rappresentanti della filiale di Oświęcim dell'agenzia per l'emigrazione di Amburgo controllavano praticamente l'intero flusso di persone che andavano a Ovest. I loro *Winkelagenten* reclutavano gli emigranti con la corruzione, il ricatto e persino la violenza, costringendo addirittura con la forza i contadini a comprare i biglietti della nave per l'America. Inoltre decine di persone avevano violato la legge per quasi un decennio, mentre i funzionari statali non solo non li avevano disturbati, ma anzi, avevano collaborato con loro: in tutta la questione era stato coinvolto l'ispettore doganale e perfino lo starosta. In realtà, sua cugina, la Dutkiewiczowa, diceva – perché sui giornali non venne scritta una sola parola – che l'albergo in cui si svolgeva l'intera attività doveva appartenere al conte Potocki, ma per qualche motivo la Rombotyńska, e con lei quasi tutta Cracovia, non riusciva a crederci. La città aveva preferito distogliere lo sguardo dallo scandalo che gettava un'ombra sull'amministrazione imperiale, così erano stati pubblicamente denunciati gli «avidi ebrei», cioè i principali imputati, Klausner ed Herz, i cui nomi erano sulle bocche di tutti in ogni casa di Cracovia: davanti a un caffè, a un tè, a una fetta di *pischinger* o al bollito di manzo.

Il processo di Leopoli, tuttavia, era qualcosa di diverso. Sebbene al giovane Żeleński la questione fosse in qualche modo nota, la Rombotyńska non ne aveva mai sentito parlare, eppure leggeva «Il Tempo», forse non con la stessa attenzione di Ignacy, ma comunque con una certa regolarità, saltando solo la rubrica «Rassegna politica», cioè le interminabili speculazioni sui rimpasti di governo, le analisi delle elezioni del consiglio comunale di Praga o i resoconti delle visite di un ambasciatore ottomano allo zar russo. La notizia del processo doveva essere sfuggita alla sua attenzione ed era necessaria una rilettura dei giornali.

Ignacy aveva l'abitudine di conservare in casa i vecchi numeri, ma le pile crescenti di «cartaccia» esasperavano Zofia e da tempo faceva loro la guerra. Spostava la pila da un posto all'altro o faceva finta di inciamparvi; ma soprattutto, con spietata regolarità, roteava gli occhi con fare un po' teatrale e pronunciava le immortali parole: «Ignacy, per l'amor di Dio, quando sistemerai *finalmente* questa roba? Non si può vivere così». E alla fine era successo: qualche mese prima, dopo aver finito di raccogliere i ritagli su ogni evento interessante d'Europa e del mondo (con particolare attenzione ai lunghi viaggi dei membri delle case regnanti), Ignacy aveva capitolato.

Una parte dei giornali era finita in cucina per accendere il fuoco, mentre il resto era stato consegnato a un raccoglitore ambulante di rifiuti che aveva bussato alla porta dell'appartamento dei coniugi Rombotyński chiedendo se avevano da dargli «qualsiasi tipo di spazzatura». Aveva recuperato alcune pentole che non potevano più essere date a un conciabrocche, una trappola per topi rotta e il resto dei numeri del «Tempo» stipati in un cesto di vimini ammuffito. Se Zofia Rombotyńska avesse frenato un po' la sua tendenza a disfarsi il più rapidamente possibile di ciò che considerava «superfluo», avrebbe potuto condurre quella ricerca nella calma della propria casa, e invece l'aspettava una spedizione all'unica vera biblioteca della città aperta al grande pubblico. Continuava a ripetersi che era una forza maggiore a costringerla a farlo, ma – cosa che non riusciva ad ammettere nemmeno a se stessa – in realtà la responsabilità era soltanto sua e della sua ossessione per l'ordine.

Non solo l'edificio del Collegium Maius era medievale, non solo le volte che coprivano la sala della biblioteca ricordavano ancora gli Jagelloni, ma tutto l'interno era decorato in modo tale da testimoniare l'antichità del luogo: le poltrone per i lettori sembravano troni vescovili, da ogni armadio svettavano pinnacoli e merli come su un castello slanciato, e al centro delle sale c'erano lunghi tavoli di quercia scura su cui brillavano tomi voluminosi con rilievi dorati; ognuno di quei mobili sembrava il monumento sepolcrale di una cattedrale, all'interno del quale al posto del corpo di un qualche grande potente era stato depositato il sapere di innumerevoli generazioni di umanità. A Zofia venne in mente cos'era solito dire Ignacy: che sebbene l'università fosse vecchia di secoli, le sale gotiche come quella erano state costruite soltanto nell'anno in cui Colombo scoprì l'America, quando la Casa dei

Signori del Consiglio di Cracovia, cioè il Palazzo del Pavone, esisteva già da tempo. Eppure anche la loro camera da letto era arredata con un gusto simile, quindi poteva sentirsi come a casa sua se non fosse stato per un particolare: l'odore, lì più antico, quell'odore pesante di vecchie carte, di pergamene che si sbriciolavano, di polvere; non sacro come il profumo di incenso diffuso in una chiesa, ma altrettanto dignitoso.

Quando prese posto a uno dei tavoli nella sala lettura, l'assistente della biblioteca la guardò sorpreso, non abituato alla presenza di una donna tra le mura del Collegium Maius, e un attimo dopo, senza dire una parola, pose davanti a lei la pila degli annuari più recenti del «Tempo», rilegati in tela grigia, che lei aveva richiesto.

Pensava di riuscire a sbrigarsela abbastanza velocemente, ma passò quasi due ore sui quotidiani senza trovare nulla, assolutamente nulla. Era già pronta a rinunciare quando, a un certo punto, sentì uno strano suono provenire da lontano, come il tintinnio di un campanellino. Alzò la testa dal leggio; il suono si avvicinava, ma con sua grande sorpresa nessuna delle altre persone nella sala lettura vi prestò attenzione. All'improvviso da dietro uno scaffale uscì di corsa qualcosa di piccolo e bianco che continuava a tintinnare implacabile.

«Un ratto!» gridò la Rombotyńska portandosi le mani al petto, inorridita sia dalla vista dell'animale, sia dal fatto di aver turbato il silenzio dell'insigne tempio del sapere. Diversi studenti seduti ai tavoli alzarono gli occhi; alcuni indignati, altri visibilmente divertiti.

«Ma cara signora» disse una voce profonda e benevola, «non abbia paura, è solo Gim.»

«Gim?» chiese sorpresa la Rombotyńska, che non si era ancora ripresa.

«Il mio piccolo levriero» rispose sorridendo un anziano uomo uscendo da dietro lo scaffale. Di media altezza, leggermente curvo, i suoi occhi scuri e vivaci spiccavano allegramente tra una zazzera disordinata di capelli bianchi e una barba incolta. «Una volta avevo una coppia di pappagalli, erano uccelli svegli, devo ammetterlo. Purtroppo sono stato io la causa della loro morte: quando abbiamo installato l'illuminazione a gas, sono andati incontro a una fine tragica...» Dopodiché, in risposta allo sguardo interrogativo della Rombotyńska, aggiunse in tono triste: «Sono bruciati, poverini. Chi si sarebbe mai aspettato che sarebbero volati come falene verso la fiamma! Per consolarmi mi è stato regalato Gim».

Il cagnolino, come se avesse capito che si stava parlando di lui, si accucciò ai piedi del padrone e scodinzolò allegro, guardando con diffidenza l'ammiraglia della borghesia cracoviana, ormeggiata in un porto per lei insolito.

Il direttore Estreicher ricopriva il suo ruolo da ancor prima che i Rombotyński si sposassero. Regnava nell'Università Jagellonica come Sua Maestà nella monarchia asburgica: con mano gentile ma decisa guidava i suoi subalterni cercando con tutte le forze di ampliare l'*imperium* che gli era stato concesso. Per via delle scarse risorse finanziarie concesse alla biblioteca dall'Università Jagellonica e dal ministero della Religione e dell'Istruzione, il direttore si affidava principalmente alla generosità delle persone. Otteneva da editori, autori, redazioni o collezionisti numerosi volumi, a volte intere collezioni; si diceva che riuscisse a scucire collezioni complete non meno efficacemente di quanto le più agguerrite contesse impegnate nella beneficenza riuscissero a scucire dalle tasche dell'alta società di Cracovia.

«Cosa la conduce nella nostra umile dimora?» chiese con un sorriso il «patriarca jagellonico», poi, prima che Zofia potesse pronunciare una sola parola, si diede lui stesso la risposta: «Mi fa sempre piacere quando ci vengono a trovare persone esterne all'università, soprattutto signore che hanno sete di conoscenza e alle quali non basta l'istruzione che la società vuole offrire loro...».

La Rombotyńska deglutì cercando di contraccambiare il sorriso di Estreicher. Nonostante la punta di rammarico per il fatto che il direttore non l'avesse riconosciuta – in realtà non si erano mai presentati formalmente ma si erano incrociati molte volte a teatro o alle cerimonie universitarie, quindi avrebbe dovuto ricordarsi di lei – decise che sarebbe stato meglio non presentarsi. Le questioni di cui intendeva occuparsi in biblioteca non erano adatte alla moglie di un professore universitario. In altre circostanze sarebbe stata la prima a dire la sua sul fatto che una donna rispettabile poteva cercare in biblioteca soltanto *informazioni dignitose*, ma si trovava in una situazione fuori dall'ordinario.

«Vede, signora» proseguì Estreicher, «mia nipote, per esempio, si diplomerà quest'anno in un seminario per insegnanti e, se l'Alto Senato prenderà i provvedimenti del caso, tra qualche anno inizierà i suoi studi presso la nostra università.»

Non sapeva a quale nipote si riferisse. Il direttore si preoccupava di espandere la dinastia con lo stesso impegno con cui ampliava le collezioni della biblioteca: la signora Estreicherowa, a sua volta figlia della grande famiglia Grabowski di Cracovia, aveva dato alla luce sette figli, ormai adulti. Da quando l'imperatore aveva conferito a Estreicher il titolo di «Ritter», cavaliere, i suoi discendenti, come gli arciduchi, potevano scegliere tra le migliori famiglie di Cracovia. Perché la nipote del direttore avrebbe dovuto compromettere la possibilità di sposarsi compiendo un atto così scandaloso? *Questa cosa* la Rombotyńska non riusciva a capirla. A maggior ragione non comprendeva l'entusiasmo in tal senso dello stesso direttore, ma decise di non condividere questo suo pensiero con lui.

«Allora, come posso aiutarla?» chiese il direttore. «Come può vedere, nella sezione riviste c'è l'imbarazzo della scelta. Quando ho assunto la gestione dell'acquisto dei libri, le riviste occupavano a malapena un armadio, ci crede? E oggi?» Indicò tutt'intorno con la mano. «"Il settimanale illustrato"? O preferisce "Bluszcz"? Ce lo inviano regolarmente da Varsavia. O magari qualche rivista parigina?»

«Volentieri un'altra volta, direttore.» La moglie del professore riuscì finalmente a riprendersi. «Sto cercando notizie su un processo penale che si è svolto a Leopoli alcuni anni fa...»

«Molto interessante! Ah, le confesso che anch'io un tempo ero affascinato dai casi criminali! Quando ero giovane, molti e molti anni fa, al tramonto della Repubblica di Cracovia, ero praticante presso il tribunale, e dato che questo impiego non mi sovraccaricava di lavoro, avevo deciso di sfruttare l'occasione per raccogliere e trascrivere il linguaggio carcerario, cioè il gergo dei prigionieri, le filastrocche e le canzoni dei ladri. Ho pubblicato questo glossario su diversi giornali, ma sto valutando di completarlo e darlo alle stampe. Eh, già, come faceva...?» disse grattandosi il mento, e in tono provocatorio recitò:

Il vagabondo, il tanghero o il delinquente
È denunciato dalla brava gente
Se la situazione si fa complicata
Gli tocca stagnare dietro la grata

«Ah, chissà, sarei anche potuto diventare un giudice istruttore se la mia attività letteraria non avesse danneggiato la mia carriera.... Ma il destino ha voluto diversamente.»

«Sarebbe stata una perdita irreparabile per Cracovia, signor direttore» disse la Rombotyńska sorridendo il più dolcemente possibile, «tutta la città sa che non c'è nessuno che possa eguagliare le sue conoscenze e sostituirla in biblioteca.»

«Lei è molto gentile» ringraziò Estreicher con un inchino, «ma basta parlare di me. A quale processo è interessata? Di quali birbanti si tratta?»

Sebbene stessero parlando a bassa voce, come si conviene in una biblioteca, la Rombotyńska la abbassò ulteriormente: «Il processo di Leopoli ai trafficanti di donne» sussurrò. Estreicher inarcò le sopracciglia e lei aggiunse: «È una questione della massima importanza e della massima discrezione, non posso dirle altro, ma le garantisco che è così. Ho guardato nelle edizioni d'archivio del "Tempo"...».

«Temo che sul "Tempo" non troverà molto sull'argomento» la interruppe Estreicher. «Se la memoria non mi inganna, la redazione considerò la questione troppo... spiacevole per i lettori, e decise di non pubblicare notizie sull'argomento. Le consiglierei di dare un'occhiata ai periodici di Leopoli: la "Gazzetta Nazionale" o il "Corriere di Leopoli". Nella nostra zona, se non mi sbaglio, ne aveva scritto "La Nuova Riforma" di Asnyk. Le porto subito gli annuari utili» disse, e scomparve dietro uno scaffale. Gim trotterellò dietro di lui, facendo un ampio giro intorno a uno dei bassi mappamondi sistemati per la sala, probabilmente al solo scopo di fare inciampare la gente.

La Rombotyńska rabbrividì al pensiero del compito che l'attendeva ma, pensava, il fine giustifica i mezzi. O almeno il fine che si era prefissata.

Sui giornali portati da Estreicher trovò subito ciò che non era stato riferito dal «Tempo». *Il pubblico scoprirà cose terribili,* informava in tono patetico la «Gazzetta Nazionale». *Osserverà la propria vivisezione, incideranno davanti ai suoi occhi un'ulcera disgustosamente maleodorante. Se potrà, piangerà per le povere vittime, gigli bianchi gettati su escrementi, per le ragazze strappate subdolamente alle madri e abbandonate nella dissolutezza in terre straniere.*

Leggeva e si annotava i nomi: Blima Zinader di Leopoli, Itta Seif di Drohobycz, Betta Kiesler di Żółkiew... Sembrava trattarsi solo di donne ebree, invece no, tra loro vide anche rutene e polacche: Antonina Peczeniuk di Złoczów, Julia Buczakówna di Przemyśl... di Przemyśl! Tremò.

Finì sull'elenco degli imputati «per il reato di violenza pubblica». Ventisette persone. Più leggeva, più si rivelava lo schema d'azione della banda. I mezzani si suddividevano in *Gebers* o «datori», che seducevano e persuadevano le ragazze illudendole con prospettive di lavori ben pagati come quelli di balia o cuoca; *Fahrers* o «conducenti», che le portavano nelle case di tolleranza di Istanbul, e infine *Herren* o «padroni», che risiedevano a Costantinopoli e formavano un *Bund*, una «lega» che si occupava di controllare i prezzi e di corrompere i funzionari ottomani, affinché si tenessero alla larga dal «commercio». Tutto faceva pensare che Mordka Sztycer fosse uno dei *Gebers* e che in quel ruolo fosse riuscito a sedurre la povera Karolina. Questo significava che il protettore della sua capa, Loewenstein-Lewicki, era tornato a commerciare «tappeti di Smirne»?

Il tribunale aveva assolto soltanto cinque imputati, alcuni erano riusciti a fuggire all'estero: Jankiel Herschdorfer di Leopoli, Ruchla Weissowa di Kolomyja, Józef Silberberg di Cracovia. La Rombotyńska, tuttavia, non riusciva a capire com'era stato possibile che gli altri imputati avessero ricevuto condanne così lievi. Nonostante i grandi sforzi della polizia – in cui lavorava, come aveva letto, Jednoróg, che lei conosceva bene – e dei giudici istruttori, il capo della banda, Izaak Schaefferstein, un commerciante di gioielli di Leopoli, era stato condannato ad appena un anno di carcere duro. È pur vero che la pena era stata inasprita costringendolo al digiuno e all'oscurità, ma per un anno soltanto? A Zofia sembrò francamente assurdo. Leggeva incredula che gli altri imputati avevano ricevuto condanne ancora più miti: Chaja Ehrensdorf tre mesi di reclusione con digiuno, Isla Bucholzowa sei mesi di reclusione ordinaria. Rispetto a tutte le altre, a eccezione di quella del capobanda, la condanna di Salomon Loewenstein di Cracovia, l'intermediario nei contatti tra la banda e la Galizia occidentale, era stata la più severa: dieci mesi di carcere duro con digiuno.

Estreicher, che chiaramente apprezzava molto le donne e, per ovvie ragioni, all'università le incontrava di rado, si avvicinò più volte a Zofia, carico di grandi libri con rilegature marroni, chiacchierò con lei, si assicurava che non le mancasse nulla e poi si allontanava con i suoi tesori che con grande fatica era riuscito a recuperare da immensi scaffali di palazzi o monasteri, sempre accompagnato dal tintinnio di Gim. Lei lo ringraziava e tornava alle riviste.

Jack lo Squartatore, i cui crimini hanno ripugnato tutti, si era limitato a togliere la vita alle proprie vittime, mentre questi degenerati le hanno costrette a una vergognosa e dura schiavitù, peggio della morte e di qualsiasi altra tortura. Hanno venduto una donna per una manciata d'oro, tuonava «Il Corriere di Leopoli». Tuttavia la Rombotyńska non riusciva a pensare né solo alle vittime, né ai criminali; la posta in gioco era tutt'altra. Il male non la sorprendeva: dai tempi in cui Eva colse la mela, dai tempi del crimine di Caino, gli uni fanno del male ad altri, infrangendo le leggi divine e umane. Nell'impero, però, non avevano contro solo il Decalogo e il Codice delle leggi, ma anche l'intero apparato statale, ammassato in gradi gerarchici consecutivi fino ai piedi del trono, da dove Sua Maestà osservava con il suo sguardo blu porcellana la miriade di terre del suo impero e inviava occhiate gentili ai buoni, e severe ai cattivi. Queste occhiate scendevano gli scalini gerarchici, di funzionario in funzionario, e raggiungevano i sudditi sotto forma di punizione o ricompensa.

Zofia non era una bambina e inoltre non era ingenuamente convinta che tutti i funzionari di governo fossero persone stimabili, rispettose della legge; ma il livello di corruzione raggiunto in quel processo era impressionante. Leggeva con crescente incredulità che nella tratta delle ragazze erano coinvolti rappresentanti di ogni tipo di professione: medici che visitavano le giovani prima che i *Fahrers* le portassero via, ispettori doganali che rilasciavano i documenti necessari, poliziotti che chiudevano un occhio sull'intera operazione... e c'era da aspettarsi che i tentacoli dei delinquenti arrivassero ancora più in alto... E a proposito di medici... Forse il dottor Kurkiewicz – le venne in mente – aveva due personalità, quella di giovane scienziato un po' stravagante, da Dottor Jekyll, e quella da aiutante spietato dei trafficanti, un novello Mr Hyde cracoviano? Questo avrebbe potuto fare la differenza. Quando Jednoróg l'aveva interrogata, Zofia aveva respinto come ridicola la sua supposizione che Karolina potesse essere una giovane di facili costumi, e l'autopsia del resto aveva confermato che era vergine. D'altra parte, però, l'esperienza le aveva insegnato a non fidarsi di nessun pezzo di carta, perché dietro a un pezzo di carta c'è un essere umano. Era possibile che Kurkiewicz avesse falsificato la documentazione nel protocollo dell'autopsia? E se l'aveva fatto, perché? Qual era il suo ruolo nella faccenda?

Non sapeva se fosse per l'afa che regnava in biblioteca, o per il nervosismo, ma sentiva un peso sul petto; alla mente continuava ad affacciarsi sempre la stessa frase di un articolo: *attraverso il velo strappato delle apparenze veniamo colpiti agli occhi da una pozza di melma*. Quando si accorse di essersi annerita le dita per aver sfogliato a lungo i giornali, le venne da pensare che non si trattava di polvere e inchiostro, ma della sporcizia che aveva messo radici nella monarchia imperiale e reale austroungarica.

Un fragore improvviso la distolse dalle sue riflessioni: a pochi metri di distanza un vivace vecchietto corpulento si era addormentato sull'annuario di una qualche rivista scientifica e per poco non era cascato lungo disteso a terra; si era ridestato abbastanza in fretta per aggrapparsi al piano del tavolo, ma nel farlo aveva fatto cadere diversi volumi sul pavimento;

il tonfo era rimbombato sulle alte volte gotiche, dalla stanza accanto si udirono imprecazioni indistinte borbottate da Estreicher, e Gim, che fino a quel momento era rimasto in silenzio, abbaiò due o tre volte come a dire che certe cose in biblioteca non si fanno. Zofia guardò l'orologio: si erano fatte le undici e mezzo; se voleva portare a termine tutto quello che aveva in programma per la giornata, doveva salutare in fretta il gentile bibliotecario e correre in tribunale.

* * *

«Se non ha un appuntamento» disse con voce monotona e annoiata un funzionario di basso grado, «il giudice purtroppo non la riceverà...»

«Se chiede al giudice...»

«Nessuno chiederà niente, al giudice» la interruppe il funzionario, poi continuò con la stessa voce monotona senza neanche alzare gli occhi dalle carte che stava consultando, «mentre il giudice è occupato.»

«Allora, forse...»

«No.»

«Signore, io...»

«No» rispose l'uomo, sempre con lo sguardo abbassato; Zofia vedeva soltanto le ciocche rade di capelli pettinate da destra a sinistra per nascondere la crescente calvizie, nonostante l'età relativamente giovane.

Si sedette, quindi, su una panca. Mancava ancora un'ora e un quarto all'una; se Klossowitz era in tribunale, sicuramente... E infatti, proprio in quel momento uscì da uno degli uffici, le lanciò un'occhiata d'intesa e si allontanò in fretta. Passarono dieci minuti, poi quindici. Nel corridoio, di solito più rumoroso, non c'era quasi nessuno escluso un vecchio seduto incupito vicino alla finestra, e avvocati e giudici che di tanto in tanto le sfrecciavano davanti a passo svelto.

Tirò fuori il suo taccuino e ripassò per l'ennesima volta tutto ciò che aveva appreso fino a quel momento sul caso; ma il suo sguardo continuava a scivolare oltre il bordo superiore delle pagine alla ricerca di Klossowitz. Invece del giudice, però, intravide un'altra figura che saliva le scale con un certo sforzo. Alla Rombotyńska sembrò di aver già visto quell'uomo basso, corpulento, con la fronte sudata, ma non le venne in mente dove. Dava l'impressione di cercare qualcuno; le lanciò un'occhiata fugace, aggrottò le sopracciglia, poi all'improvviso si precipitò verso di lei con veemenza.

«In città si dice che lei si occupa di prostituzione!»

La moglie del professore si alzò di scatto e per un attimo ebbe la vista offuscata. Riuscì a coprirsi la bocca con la mano e a gemere: «Madre santissima...».

«Io so tutto, signora!» gridò l'uomo, lanciando quella scioccante accusa nel bel mezzo del corridoio del tribunale.

«Mi scusi, signore, probabilmente mi sta confondendo con qualcuno...» mormorò Zofia «ma cosa sta dicendo? Io non la conosco... Come osa...»

«Ho i miei ganci, so di cosa sto parlando!» disse lui agitando la mano impaziente, poi attaccò in tono supplichevole: «Mi aiuti lei, lei che si occupa di soccorrere le ragazze finite sulla cattiva strada, e per queste cose va dal dottor Brodzki, io so tutto! Solo lei può salvarmi! Contessa della filantropia, mi aiuti!».

Sentirsi chiamare «contessa» aiutò in un certo senso Zofia a riprendersi. Si guardò intorno per assicurarsi che nessuno avesse sentito le parole scandalose che le erano state rivolte, ma solo per trovare lo stesso vuoto di prima, e il vecchio seduto accanto alla finestra nel frattempo si era appisolato. Calmatasi un pochino, ebbe di nuovo la sensazione che il volto profondamente triste di quell'uomo le fosse famigliare, ma non riusciva ancora ad associarlo a una figura concreta. I baffetti si muovevano nervosamente ai lati e gli occhi scuri, offuscati dalla disperazione più nera, fissavano con insistenza la Rombotyńska.

«Di cosa sta parlando, signor...? Esigo una spiegazione!» dichiarò in tono perentorio.

«Mi inginocchio ai piedi di Sua Maestà la contessa e chiedo pietà. Mi chiamo Brand, Leon Brand, al suo servizio» disse l'uomo con un profondo inchino, perfino esagerato, «mi rivolgo a lei in forma così inaspettata, probabilmente inopportuna, eppure mi trovo in una situazione talmente tragica che non so più dove cercare aiuto e salvezza, e lei è una persona con ottime conoscenze... ha contatti eccellenti non solo con il dottor Brodzki, ma anche con il giudice Klossowitz, da cui vengo oggi, e con il commissario Jednoróg. Imploro la sua intercessione!»

La Rombotyńska appoggiò l'ombrello alla panca di legno scuro, si sedette, si aggiustò le balze del vestito, posò la borsetta accanto a sé e poi prese a parlare con il tono più obiettivo possibile.

«Se solo fosse così gentile da delineare un po' meglio la situazione. Lei evidentemente mi conosce, ma io, devo confessare, non conosco né lei né il motivo della sua preoccupazione...»

«Ma certo, naturalmente, ora le spiego... perdoni la goffaggine del discorso, le troppe parole e la mancanza di chiarezza del mio ragionamento... È per via del nervoso, sì, per il nervoso sono sprofondato in un abisso. Mi sono ritrovato sulle spalle un cumulo di disgrazie...» Brand stava in piedi di fronte a lei, ma si muoveva di continuo, facendo un sacco di gesti che non servivano a nulla. «Nella primavera dello scorso anno, il rispettabilissimo distretto di polizia mi ha ordinato di sgombrare lo stabile, nel quale gestivo un lupanare...»

«Lei è proprietario di una casa di tolleranza?!» disse con voce strozzata la Rombotyńska; negli ultimi giorni erano poche le cose che riuscivano a sconvolgerla, tuttavia, trovarsi faccia a faccia con il proprietario di un bordello rientrava tra gli eventi che avrebbero elettrizzato qualsiasi moglie di un professore universitario, perfino Zofia Rombotyńska. Brand allargò le braccia e assunse un'espressione ancora più triste.

«Lo ammetto, comunemente case simili vengono chiamate case del malaffare, ma le assicuro che il mio stabile è un posto tranquillo, anzi, la clientela appartiene alle più alte sfere, le più alte! Arrivano a tarda sera, silenziosi, in carrozza, e allo stesso modo se ne vanno. Di notte davanti alla mia casa regna il silenzio, perché le ragazze dormono; nel pomeriggio escono a fare una passeggiata in carrozze chiuse. Mi dica» e a Zofia sembrò che Brand, nella sua apologia, stesse per esaurire le argomentazioni e da un momento all'altro sarebbe scoppiato in singhiozzi, «in questo stato di cose, come si può chiamare casa del malaffare il mio modesto lupanare? Di che tipo di malaffare possiamo parlare qui?»

Improvvisamente, si ricordò: era la conversazione tra quell'uomo e il commissario Jednoróg che aveva origliato attraverso la porta più di un anno prima! All'epoca non pensava che si trattasse di una casa chiusa. Aveva creduto che parlassero di una qualche istituzione israelita che infastidiva il parroco della chiesa del Corpus Domini. Riguardava lo sfratto di un edificio da... quale via?

«Sulla... Podbrzezie?» disse. Si ricordò anche questo.

«Ah, vedo che conosce il mio caso!» Sul volto di Brand comparve un qualcosa che bisognava prendere per un sorriso. «Cacciato via di lì ho trovato un nuovo posto in una traversa di via Starowiślna, in via Berek Joselewicz, in una zona isolata che la commissione sanitaria della polizia, dopo un'ispezione, ha ritenuto idonea. Da una parte del terreno la ferrovia statale e un binario, dall'altra appezzamenti non edificati, una via silenziosa, tranquilla, be', bisogna ammettere che il posto era proprio adatto allo scopo!»

«Le credo sulla parola» disse la Rombotyńska a denti stretti, ma Brand non se ne accorse. O preferì non farci caso. Tornò in tutta fretta al tono lamentoso.

«Ho comprato la casa a un prezzo esorbitante, perché la venditrice, sapendo a cosa mi serviva, me l'ha fatta pagare un occhio della testa e io ho sborsato diecimila corone in più del valore reale, e ci ho investito più di seimila corone. E, nemmeno un anno dopo, l'invidia umana mi sfratta anche da lì! Vede, la mia vicina, che un tempo gestiva anche lei un lupanare, all'improvviso si dice indignata di avermi come vicino! Voglio far notare, ripeto» continuò alzando il dito, «che gestiva lei stessa un lupanare! Il regolamento emanato dal grande governatorato stabilisce che le prostitute possono vivere in tutti i quartieri della città tranne che nelle vicinanze di grandi istituti scientifici, chiese e monasteri. Lei si chiederà: perché protestare, dal momento che nelle vicinanze di via Berek Joselewicz non ci sono luoghi di culto?»

La Rombotyńska in realtà non se lo chiedeva e, a dire il vero, non sapeva bene che piega stesse prendendo il tutto, ma decise di ascoltare la storia di Brand fino alla fine. Quella storia, in effetti, trattava questioni delle quali negli ultimi tempi, come aveva detto goffamente il protettore, lei «si occupava», quindi pensò che forse da una conversazione simile avrebbe potuto imparare qualcosa di utile.

«Si immagini che la mia vicina di casa ha convinto il preside della scuola in via Starowiślna a mettere il proprio veto! Ma io mi chiedo: in questo stato di cose, che pericolo può esserci per i giovani?» disse l'uomo allargando le braccia impotente. «Primo, si tratta di ragazzi che non sanno nemmeno cosa sia una casa chiusa! Secondo, il fatto che percorrano a piedi via Starowiślna per andare a scuola non può corromperli, se non vedono nulla che offenda la pubblica decenza, e l'ho già detto che le ragazze non attendono i clienti davanti alla casa. Concorderà, signora, che la sola esistenza di un lupanare non può fuorviare i bambini, altrimenti bisognerebbe forse vietare ai giovani l'accesso alle zone pubbliche di passeggio e ai parchi, che nelle calde sere e notti d'estate pullulano di incontri amorosi che potrebbero avere un effetto eccitante sulle menti più sensibili?» Alla moglie del professore vennero in mente le risatine indecenti tra i cespugli del parco Strzelecki. «Del resto, anche in altri quartieri della nostra città i giovani passano a piedi davanti ai lupanari... Le faccio un esempio. Da diversi anni la signora Korkuczkowa gestisce un bordello in via Święty Wawrzyniec, non lontano dalla centrale del gas e dalla chiesa del Corpus Domini. E allora? Niente! Per uno strano decreto del destino quel bordello non disturba il parroco, anche se si trova quasi davanti alla porta della chiesa, mentre il mio, in una viuzza tranquilla e pure lontana, gli dava fastidio. Bell'arcano. Per un insolito decreto del destino, la commissione ha dato anche una referenza positiva alla Korkuczkowa. Un mistero, un vero mistero... Ma non oserei mai accusare l'eccellente distretto di polizia di corruzione!» aggiunse alzando le mani. «Lungi da me!»

«Perché mai dovrei intercedere a suo favore, signor Brand?» chiese infine la Rombotyńska. «Mi perdoni, ma i suoi debiti non mi riguardano, e devo dirle che il suo modo di guadagnare lo trovo alquanto esecrabile...»

Brand trasse un respiro profondo, si concentrò, rifletté sulla tattica, poi attaccò da un altro fianco.

«Capisco la sua indignazione per il tipo di attività che svolgo, ma la prego, gentile signora, di prendere in considerazione il fatto che ho a carico una moglie, una madre anziana e sei figli, già, sei!» Dinanzi all'espressione impassibile della Rombotyńska, aggiunse: «Sto anche cercando di servire la scienza! Sì, sì, non si sorprenda, mia cara signora, la *scienza*. E non mi riferisco solo al fatto che tra i clienti della nostra casa ci sono anche studenti della facoltà di Medicina, o addirittura gli stessi professori!». Zofia aggrottò le sopracciglia in parte per la rabbia e in parte per il nervoso, cosa che Brand interpretò come un'espressione di sospetto nei confronti delle sue parole. «Proprio così, mi creda! Anche professori! Certo, in base alle disposizioni della polizia non posso fare nomi, ma le assicuro che alcuni sono celebrità a livello internazionale. Desidero servire la scienza, quindi permetto agli studenti di medicina di acquisire le conoscenze necessarie alla loro professione. Per esempio, viene da me un certo allievo, anzi, ormai dottore, che con grande fervore esplora i segreti di una cosa che lui chiama *genitalologia*. È un ragazzo un po' strano, ma sempre molto educato, nei giorni meno movimentati lo lascio parlare con le ragazze durante l'orario di lavoro, naturalmente quando non sono impegnate. E per questo non gli chiedo neanche un centesimo! E potrei!»

«È forse il signor Kurkiewicz?» chiese la Rombotyńska con prudenza.

«Sì! Proprio lui! Vede che conosce tutti? Che relazioni, e che conoscenze che ha!»

«Mi perdonerà» lo interruppe Zofia, «ma in quanto attivista sociale» e per la seconda volta negli ultimi giorni interpretò in modo convincente il ruolo della Bujwidowa, «mi interessa innanzitutto il destino di queste ragazze sfortunate, e non dei loro aguzzini, il destino delle donne traviate, e non dei loro... dei loro... *alfons*!» gli disse dritto in faccia.

A questo proposito, Brand decise di giocare la sua carta più forte.

«Be', a quanto vedo non le interessa che in caso di sfratto la fame e la povertà minacceranno non soltanto me, ma anche i miei bambini...» le disse annuendo con tristezza. «Questa casa che, come ho già detto, ho strapagato, non la venderò in fretta, perché tutti, conoscendo la mia situazione, mi offrono molto meno del valore reale. Ma capisco che la sorte dei *miei* figli, dei miei *poveri* figli possa non toccare il suo cuore, lo capisco» continuò senza cedere. «Non la tocca nemmeno la sorte di una vedova con quattro figli, anche lei alle prese con lo spettro della bancarotta?»

«Cosa intende?» chiese la Rombotyńska sorpresa.

«Eh sì, signora. La vedova di cui parlo, una persona di gran cuore, mi ha prestato diecimila corone per l'acquisto dello stabile, ed essendo in rovina non potrei ripagare il debito, così la mia creditrice e i suoi figli innocenti, sì, anche i figli, sarebbero minacciati da un disastro finanziario. Quindi, signora, nelle sue gentili mani è riposto il destino di due famiglie! Se però le sta innanzitutto a cuore il destino delle ragazze che lavorano per me, prego, legga qui!»

Tirò fuori dalla tasca interna della giacca un foglio, ma non lo diede affatto alla moglie del professore, iniziò a leggerlo lui stesso.

«*Quando parliamo di rovina, non stiamo gettando parole al vento, ma intendiamo la più triste verità. Abbiamo tutte dei debiti, perché è la nostra vita che se li tira dietro. Se fossimo cacciate via oggi stesso, senza preavviso, dovremmo andarcene esclusivamente con quello che abbiamo addosso, perché le nostre cose sono date in pegno.* Le sente le suppliche di queste figlie di Corinto?» disse allora con fare angosciato, poi tornò alla lettura. «*Ci disperiamo al pensiero di quel che sarà di noi. Pur vivendo nel disprezzo del mondo e della gente, non abbiamo tuttavia perso il senso della vergogna al punto da vendere i nostri corpi per strada...* È vero, non l'hanno perso, sono ragazze per bene! *Allora perché la gente ci rifiuta e il mondo ci rigetta?* Mia signora, se il destino dei miei figli innocenti non la impietosisce, riusciranno forse a farlo queste richieste? Da sole, di propria spontanea volontà, senza essere state costrette da nessuno, hanno scritto questa lettera e mi hanno chiesto di consegnarla alla polizia e al tribunale! Da sole! Lei capisce bene che da me le ragazze hanno un posto sicuro dove esercitare la professione, che nella loro situazione, disabituate come sono a fare dell'altro, svolgerebbero comunque. Sarebbe meglio se vendessero i loro corpi per strada? Non ho un altro posto per loro. Se il distretto di polizia mi fa di nuovo sloggiare, d'ora in poi sarà la strada il loro rifugio, sarà la strada a sfamarle. Abbia pietà e preghi il commissario, il giudice, anche il governatore stesso a Leopoli, affinché per motivi umanitari – sì, certo, non dobbiamo temere questa parola, *umanitari* – esaudiscano le umili richieste di un povero Giobbe, innocentemente portato alla disperazione, e accettino di nominare un'altra commissione che prenda in considerazione le mie ragioni e blocchi lo sfratto...»

Per fortuna nel corridoio si udirono, inizialmente attutiti dalle spesse mura, poi sempre più vigorosi, i passi del giudice Klossowitz. Brand, che stava continuando il suo monologo in veste di Giobbe mezzano di Cracovia, si interruppe a metà frase, fece mezzo giro e cominciò: «Illustrissimo signor giudice...».

Tentativo di saluto a cui però si sentì rispondere bruscamente: «Non ora, signor Brand».

«... mi permetto di...»

«Per favore, si permetta in orari d'ufficio. Arrivederci, signor Brand.»

Il proprietario dello sfortunato lupanare di prima classe ora se ne stava in mezzo al corridoio come un cane bastonato. Strinse istintivamente un paio di volte la mano sul cappello, poi fece un inchino con umiltà e iniziò a scendere uno scalino dietro l'altro come se stesse andando alla decapitazione, e al piano terra lo attendesse la ghigliottina. La moglie del professore, nel frattempo, liberatasi dell'ometto molesto, lanciò a Klossowitz uno sguardo pieno di gratitudine che sembrava dire *oh, mio cavaliere sul cavallo bianco!*, dopodiché si alzò dalla panca e si avviò verso il suo ufficio.

«Sono costretto a scusarmi con lei» disse il giudice abbassando la voce; non le indicò una sedia, né lui si sedette alla scrivania, rimasero semplicemente in piedi al centro della stanza, «ma sono nel bel mezzo di un caso, per cui ho poco tempo... ho staccato solo per un attimo. E le dico subito che la ricerca di questo Sztycer non ha portato a niente. Come sparito nel nulla, nessuno dei nostri informatori...»

«Una parola sola» lo interruppe lei, «un cognome: Loewenstein.»

«Mi ricorda qualcosa...»

«Il processo di Leopoli.»

«Ma certo, condannato nel processo di Leopoli. Ora Lewicki, un ex protettore...»

«Ora protettore.»

Klossowitz sollevò un sopracciglio.

«Be', la prostituzione non è il mio campo di interesse principale. Cioè, volevo dire...»

«Oh, lo so bene.»

«Nondimeno, posso chiedere informazioni su Loewenstein al commissario Swolkień, che ha smascherato la banda di trafficanti nel processo di Leopoli. Nessun altro, a Cracovia, e forse nemmeno nell'intero corpo di polizia della Galizia, ha altrettanta familiarità con questi problemi. Ma perché dovrebbe interessarci?» Qui, con un movimento il più discreto possibile, Klossowitz estrasse un orologio dal taschino del panciotto e diede un'occhiata al quadrante.

«È lui il vero proprietario dello stabile in via Różana. La Smilzowa è soltanto l'amministratrice, d'altronde sono legati, se così si può dire» esitò la moglie del professore, «da *alleanze di lunga data.*»

«Oh, in questo caso vale la pena dare uno sguardo a Lewicki... La prego di scusarmi, ma ora devo proprio...»

«Certo.»

Uscirono insieme nel corridoio, Klossowitz le fece un inchino e si diresse a passo svelto verso l'aula, dove stava per emettere una sentenza su un ricettatore; tuttavia si fermò a metà strada, si voltò, corse verso la Rombotyńska che stava già appoggiando la mano sulla ringhiera delle scale, e le sussurrò: «Mi è venuta in mente una cosa. Daszyński. Loewenstein ha condiviso a lungo la stessa cella con Daszyński. Forse lui sa qualcosa».

Lei annuì e poi iniziò a scendere i gradini – non proprio puliti, notò disgustata – con il passo maestoso con il quale deve scendere la moglie di un professore di Cracovia. Un quarto d'ora dopo l'attendeva un incontro apparentemente casuale. Alla luce di quanto aveva letto sui giornali ed era venuta a sapere da Brand, bisognava aspettarselo molto interessante.

* * *

Da un po' la Rombotyńska aveva notato che la sua mente, con l'avanzare dell'età, iniziava a comportarsi in modo completamente diverso dalla mente degli altri, ma per molto tempo non ci aveva dato peso; le sembrava una stranezza personale e quindi una questione piuttosto imbarazzante che non andava confidata a nessuno. Orbene: non riusciva a non pensare; il suo cervello era come un fuoco che aveva continuamente bisogno di essere alimentato. Se non lo teneva occupato con la lettura di un libro, a riflettere su relazioni sociali complesse, a scomporre in fattori primi i pettegolezzi e a indagare quali contenessero un fondo di verità e quali fossero completamente inventati, se non gli affidava la complicata operazione di pianificare tutti i pasti della settimana a venire, be', ecco, in qualche altro modo doveva pur alimentarlo. Durante l'attesa in un negozio leggeva istintivamente tutte le etichette; durante una conversazione noiosa contava qualsiasi cosa: i bottoni di un cappotto, le plissettature di un colletto, le gemme su una spilla, le finestre del palazzo sul lato opposto della piazza del mercato. Anche passeggiando con

Ignacy, che a volte davvero non offriva spunti interessanti, aveva l'abitudine di contare, e per la precisione: i passi. Così, negli ultimi anni, aveva scoperto esattamente quanti passi le occorrevano per raggiungere i diversi punti della città. Magari se le veniva chiesto non lo sapeva con precisione, ma la sua mente registrava e memorizzava questi numeri, dotandola di un certo senso di percezione delle distanze.

Grazie a questa particolare caratteristica della sua mente, sapeva che per parlare con Stanisław Teofil Kurkiewicz doveva trovarsi nei pressi del Collegium Novum all'una e due minuti in punto. Negli ultimi anni aveva contraccambiato il suo saluto diverse volte, incontrandolo per caso proprio a quell'ora; la sua mente aveva colto questa regolarità e l'aveva memorizzata, così come aveva memorizzato centinaia di dati altrettanto inutili. Il motivo di questa regolarità era semplice: come tutti i grandi scienziati, o meglio, come tutti coloro che desiderano ossessivamente diventare grandi scienziati, Kurkiewicz si era imposto un assurdo regime monastico con particolari *orari liturgici*. Aveva già conseguito il dottorato in medicina sei mesi prima – non senza discussioni, come ricordava dal racconto di Ignacy – ma nonostante questo aveva conservato le sue abitudini di studente. Poiché terminava di lavorare all'una, all'una e cinque occupava sempre lo stesso tavolino sotto la finestra della bettola all'angolo di via Włoska, in uno squallido edificio a un piano.

Si sedette su una panchina e, apparentemente immersa nelle sue riflessioni, lanciò attenti sguardi di traverso. Kurkiewicz, tuttavia, non arrivò né all'una e due, né all'una e cinque e nemmeno all'una e dieci; così Zofia si alzò e attraversò la strada fino alla taverna a passo lento, passò accanto alla porta come se niente fosse, ma appena girato l'angolo si fermò e infilò la mano nella sua *pompadour* fingendo di cercare qualcosa al suo interno, e lanciando allo stesso tempo un'occhiata attenta attraverso il vetro sporco. Al tavolino di

Kurkiewicz sedeva un uomo vecchio e trasandato che, chino sulla scodella, sorseggiava rumorosamente una zuppa. "Sembrerebbe che la vita dello studente non sia poi così regolare." Possibile che la natura caotica di Hyde si fosse insinuata in quella ordinata di Jekyll?

Era il primo pomeriggio, il sole settembrino era ancora alto e illuminava l'elegante facciata del Collegium Novum riflettendosi sulle finestre slanciate. Poteva tornare a casa e dedicarsi a *qualcosa di utile*, ma le indagini previste per quel giorno non erano ancora finite; dal momento che non era riuscita a incastrare Kurkiewicz, Zofia Rombotyńska poteva tentare la fortuna altrove.

* * *

Mezz'ora dopo uscì agitata dal portone dell'edificio della polizia in via Mikołajska; ora il galeone della borghesia di Cracovia scivolava sui ciottoli lisci come l'Olandese Volante, spinto non dal vento ma dalla rabbia, per quella sua indagine che presentava sempre nuovi guai.

Adesso che disponeva di nuove informazioni, sia sulle relazioni tra Sztycer e Loewenstein, sia sul fatto che Daszyński aveva condiviso la cella con Loewenstein, aveva deciso di andare a sondare il terreno da Jednoróg. Ma era stato come parlare a un muro. Certo, le aveva fatto i convenevoli del caso, l'aveva ricevuta con educazione, persino calorosamente, ma sembrava essersi liberato del tutto del senso di colpa per aver contribuito alla morte dell'innocente Czarnota. Alla prima domanda aveva risposto con fermezza: «Mia cara signora, mi creda, ho cercato di sollevare l'argomento con il giudice Rozmarynowicz, ma mi è stato risposto che non intende assolutamente discutere di un caso chiuso. E se anche volessi indagare in prima persona sulle allucinazioni della sua domestica, il punto è che spetta al giudice l'ultima parola sulla questione. Quanto a me, non intendo mettere ulteriormente a rischio la mia posizione per via di allucinazioni altrui». Si erano congedati velocemente, con i convenevoli di sempre, ma questa volta senza cordialità. Lei lo aveva creduto un confidente e un alleato, e invece si era rivelato un funzionario timoroso concentrato soltanto sulla carriera. Che delusione.

Tuttavia, questi insuccessi non scoraggiarono Zofia Rombotyńska, al contrario, la convinsero a impegnarsi ancora di più. Si fermò sul marciapiede, appoggiò la mano guantata alla cornice di legno della vetrina di un negozio, fece qualche respiro, poi si rassegnò al fatto che ora l'aspettava un compito immensamente più difficile. Si incamminò lungo via Mikołajska, fece il giro intorno alla basilica di Santa Maria, tagliò attraverso la piazza del mercato e raggiunse in fretta il numero 7 di via Szewska, che sopra l'arco d'ingresso recava un emblema antico come quello del Palazzo del Pavone.

* * *

Il Palazzo dell'Agnello, oggetto, del resto, di molte barzellette raccontate dai lettori conservatori del «Tempo», ospitava la redazione dell'«Avanti». E lì officiava uno dei peggiori sovversivi di Cracovia, forse ancor peggiore della stessa Bujwidowa: Ignacy Daszyński. Che fosse una canaglia la Rombotyńska ne era più che convinta, e non tanto per quel busto di gesso mandato in frantumi di cui si lamentava Ignacy, ma per tutto il resto! Il resto era più che sufficiente! Si trattava di un uomo che non solo stava costituendo il Partito socialista, sobillava il popolo alle manifestazioni, rinnegava tutte le ricorrenze nazionali e accusava i pubblicisti del «Tempo» di stare davanti a mangiatoie piene, ma che faceva dentro e fuori dalle carceri russe, tedesche o austriache per qualcuna delle sue beghe politiche come se fosse la cosa più naturale al mondo! Un vero criminale, anche se – e questo in fondo Zofia riusciva ad ammetterlo – probabilmente un po' diverso da quello che stava tallonando.

Ma, proprio per questo motivo, convinta com'era di star per mettere direttamente piede nella tana del leone, o peggio, nelle sue fauci, si comportò diversamente da come avrebbe fatto se avesse dovuto incontrarlo da qualche parte in società. Decise di mentire spudoratamente, dall'inizio alla fine, e un pensiero simile la elettrizzava, quasi come se avesse dovuto partecipare a un ballo in maschera. Al pari di ogni persona intelligente, Zofia Rombotyńska in realtà amava mentire, ma gli scrupoli morali le rovinavano quel piacere; ora, con la scusa di uno scopo lodevole, si concesse di mentire in modo spensierato, sollevata dal fatto che uno come Daszyński, redattore di orientamento socialista, era separato dalla sua vita da un muro spesso come quello che la separava da un conciabrocche del quartiere Krowodrza; avrebbe scribacchiato per tutta la vita i suoi articoletti sovversivi e inveito alle manifestazioni dei lavoratori, d'altronde nessuno lo avrebbe mai ammesso nei salotti dove si sarebbero potuti nuovamente incontrare. Si giocò quindi il tutto per tutto.

Nella prima stanza della redazione, dietro una piccola scrivania, sedeva un ragazzo magro con il viso gonfio avvolto in un fazzoletto a quadri. Come succede a chiunque abbia un ascesso, spiccicava le parole fra i denti, con evidente sforzo.

«In coscia poscio autarla?»

«Oa Omboyńska» mormorò la moglie del professore in modo altrettanto indistinto. «Posso parlare con il redattore Daszyński?»

«Per uali uestioni?»

«Di estrema importanza politica» disse Zofia in tono inoppugnabile.

«Il companio è nel suo uffiscio. Un atimo.» Il giovane la guardò in modo torvo, ma si alzò dal suo posto e scomparve dietro la porta, per poi tornare un attimo dopo e indicare in silenzio quella stessa porta da cui era appena uscito.

Le finestre dell'ufficio di Daszyński, che si affacciavano sulla strada, erano attraversate da una luce dorata che faceva risaltare tutta la miseria dell'interno; sebbene Zofia non fosse mai stata nella redazione di un giornale, aveva sempre immaginato quella del «Tempo», nel Palazzo Kirchmajer, come una serie di stanze eleganti in cui uomini brizzolati, seduti dietro scrivanie di quercia intagliate, annerivano fogli di carta con una scrittura elegante, e dove gli articoli e le rubriche così creati venivano poi affidati a messaggeri affinché li recapitassero alle tipografie su vassoi d'argento. Pensava che la redazione dell'«Avanti» sarebbe stata uguale, solo meno sfarzosa e un po' più sporca. Non si aspettava, pertanto, che il luogo di lavoro di una persona così importante, fino a poco tempo prima caporedattore di una rivista, fosse modesto quanto la stanza di un comune cancelliere: sul pavimento neanche il più piccolo tappeto, a far da mobilio solamente una minuscola scrivania su gambe tornite ricoperta di carte, due armadi pieni di documenti, uno scaffale usurato con sopra qualche libro. E dietro la scrivania Ignacy Daszyński, l'incarnazione del diavolo, che si stava alzando per salutarla.

«Sono venuta da lei, signor redattore» iniziò a dire Zofia dalla soglia, «con la speranza di non rubarle troppo tempo prezioso. Sono stata incoraggiata dalla mia cara amica, la moglie del professore Bujwid, con la quale un giorno ci siamo incontrate...» per un attimo le mancarono le parole, ma le ritrovò subito nei recessi della memoria «a un'interessantissima conferenza sulle Amazzoni. È grazie alla mia amica che so che lei, in virtù della sua eroica lotta politica costellata di eventi drammatici, si intende di...»

«Cara signora, faccio solo il mio dovere» disse Daszyński con un piccolo inchino, arricciandosi un baffo.

«Non deve scusarsi, noi tutti, *tutti*» ripeté Zofia, perché il primo «tutti» non era suonato abbastanza convinto alle sue orecchie, «le siamo immensamente grati per… il suo lavoro… sincero… della massima importanza.»

Daszyński la guardò da sotto le sopracciglia scure e sporgenti; si era aspettata qualsiasi cosa, entrando in quella grotta del diavolo, ma non che il diavolo si rivelasse diabolicamente bello. Appena trentenne, alto, slanciato, con lineamenti affilati che sarebbero potuti uscire dallo scalpello di Wit Stwosz, era uno dei cosiddetti bruni focosi di cui le donne si innamorano a dozzine. Aveva i capelli nerissimi, pettinati verso l'alto in modo da creare una sorta di criniera leonina alla Paderewski, occhi incavati, scuri, ma che da sotto le folte sopracciglia, doveva ammettere Zofia a malincuore, brillavano d'intelligenza; inoltre aveva anche dei baffi notevoli, forse non monumentali come quelli del presidente del Parlamento, il deputato Smolka, ma che testimoniavano il suo vigore maschile.

«Come le ho già accennato, sono venuta a sapere che lei è a conoscenza di vari affari loschi della Galizia» e qui Daszyński assunse l'espressione di una persona che di fatto è a conoscenza di molti affari loschi, anche se non è detto che ne parli apertamente, «io invece mi occupo di una questione particolare: una grande vergogna che sta devastando la nostra classe operaia, cioè la tratta delle donne.»

«Una questione davvero scottante. Nel prossimo numero…» Iniziò a cercare qualcosa sulla scrivania. «Oh, appunto, guardi… nel prossimo numero ne scriveremo di nuovo. Soprattutto a Costantinopoli, là, a Pera, Galata, si ritrovano le ragazze tentate da una proposta di matrimonio o da un lavoro da governante. A casa di un certo… oh, ecco» lesse da un foglio: «*Scharfman, Abraham Scharfman, ricercato dal governo bulgaro per omicidio, ai "tempi d'oro" c'erano una quarantina di ragazze!*».

«So che in passato lei è stato tratto in arresto con un pretesto qualsiasi e che condivideva la cella con un personaggio disgustoso…»

«Ah, signora mia» disse Daszyński con un gesto della mano, «cosa non fanno per rendermi odioso… Stare in cella con una canaglia non è ancora nulla. Immagini che un giorno viene qui in redazione un giovane tirocinante del tribunale, si siede lì dove è seduta lei e mi dice che nell'ufficio del procuratore del Regno sono al settimo cielo, i poliziotti stanno festeggiando, il commissario Wolaniecki sta raccontando che potrò essere finalmente accusato di un crimine particolarmente efferato, vale a dire: per adescamento di bambini…» Zofia rabbrividì leggermente; non soltanto al pensiero dell'adescamento dei bambini, ma per il fatto che il redattore non si era punto preoccupato di esprimersi in modo più elegante. «All'inizio non sapevo come cavarmela da questo impiccio, ma all'improvviso mi è venuto in mente che, d'altronde, il mio appartamento era continuamente spiato!»

«Ah, sì?» commentò lei, tanto per dire qualcosa.

«E ho capito cosa stava succedendo. Qualche tempo prima dei conoscenti stavano per partire per Bielany e mi avevano mandato a chiamare dalla loro figlioletta tredicenne, affinché andassi con loro. Ma io avevo mal di testa.»

«L'emicrania. Un incubo» disse Zofia in automatico, neanche stesse conversando tranquillamente con un'amica.

«Sarà stata emicrania» rispose Daszyński con un abbozzo di sorriso, «basta dire che avevo promesso di andare e non l'ho fatto, e la povera Stacha, così si chiamava la ragazzina, è scoppiata a piangere disperata. Be', mi voleva molto bene. L'agente di polizia che stava sulle scale deve averla notata scendere piangendo, e ha informato il commissario che cercavo di adescare le ragazzine.»

«E lei come l'ha risolta?»

«Mi sono subito precipitato dal direttore della polizia, Korotkiewicz, gli ho spiegato cosa stava succedendo e gli ho detto che se non avessi ottenuto soddisfazione per l'offesa subita, allora per prima cosa avrei scritto tutto al ministro degli Affari Interni; in secondo luogo, al primo incontro pubblico in cui il commissario Wolaniecki sarebbe apparso come rappresentante delle autorità, lo avrei schiaffeggiato, e avrei spiegato a tutti quelli che mi stavano attorno il motivo di quel gesto!» Qui Zofia immaginò un fatto simile, ad esempio, al noioso concerto del 3 maggio al Celestat, e per poco non arrossì al pensiero di come un tale scandalo avrebbe meravigliosamente animato la serata. «Quel Korotkiewicz si contorceva come se fosse sui carboni ardenti, mi creda» continuò Daszyński, chiaramente nel suo elemento, si vedeva che gli piaceva raccontare aneddoti, «e ha promesso di chiamare e interrogare Wolaniecki...»

«Dopodiché, naturalmente, lei ha detto che non era successo nulla di nulla e che si trattava solo di un pettegolezzo?»

«Esattamente così! Ma gli ho dato a intendere che le mie informazioni sulle spacconate del commissario arrivavano comunque da fonti solide. In ogni caso, se non è uno a denunciare, è un altro, se non sono *quelle* menzogne, sono altre. Un'altra volta, un giovane operaio mi ha svegliato all'alba... All'inizio non capivo di cosa stesse parlando, ma poi mi sveglio del tutto e sento che un qualche gesuita nella redazione di una piccola rivista religiosa aveva assunto per una quarantina di fiorini un delatore affinché testimoniasse pubblicamente che durante una conferenza all'associazione dei sarti avevo oltraggiato la Vergine Maria.»

«Un gesuita» sibilò la Rombotyńska in modo convincente, sentendosi ancora una volta come la Modrzejewska. Poi ascoltò pazientemente l'intricata storia.

«Furbi di tre cotte!» commentò a voce alta Zofia, chiedendosi se non stesse esagerando.

«Veramente furbi! È così che la vecchia Cracovia si difende da me, anche se dovrebbe difendersi da uno come, per esempio, il conte Starzeński... Eh, quello è un uomo senza alcuna dignità!» La moglie del professore, udendo tali parole su un conte qualsiasi, sentì una leggera scossa. «Immagino lei sappia chi è costui... Un furfante senza pari che si guadagna da vivere fornendo fieno all'esercito e facendo speculazioni, e che fa girare i suoi capitali dandoli in prestito con interessi scandalosamente alti. Si tratta, cara signora, del più grande usuraio di Podgórze. No, non un ebreuccio qualsiasi come vorrebbero alcuni, ma un conte polacco, con il suo stemma dipinto sullo sportello della carrozza... E invece no, è contro *di me* che la gente che non mi conosce» continuò Daszyński arrossendo e infervorandosi nel parlare, «che magari non mi ha mai visto prima, funzionari, poliziotti, il principe vescovo Puzyna con la sua guardia di preti, che commettono innumerevoli meschinità...» e intanto la Rombotyńska manteneva un'espressione del viso impietrita, sforzandosi inoltre, con tutto il corpo, di annuire leggermente «per umiliare e uccidere, sì, è proprio me che vorrebbero eliminare dalla faccia della terra, il "socialista" che si è ribellato e ha demolito tutta quella vecchia Cracovia di cinquanta chiese e monasteri, la Cracovia fortezza, la Cracovia dei devoti e dei burocrati, che... che...»

Qui Daszyński interruppe il suo sproloquio perché gli prudeva il naso e gli veniva da starnutire; ripeté ancora una volta «che» frugando nelle tasche alla ricerca di un fazzoletto, poi finalmente starnutì, starnutì alla grande, fragorosamente, con forza, alla faccia dei burocrati, dei devoti e dello stesso vescovo Puzyna.

«La cosa peggiore dev'essere stata la prigione» si intromise la Rombotyńska approfittando di quella pausa quasi mandata dal cielo. «Ho sentito dire che era in cella con un protettore...»

«Eh, sì.» Il socialista infilò il fazzoletto in tasca, poi aggrottò le sopracciglia per riprendere un'espressione seria dopo lo starnuto. «Ero in cella con un protettore, un certo Loewenstein. Ma d'altronde, con chi non ho condiviso la cella?» disse con un ampio sorriso. «Per esempio, con padre Stojałowski!»

La Rombotyńska inveiva fra sé e sé per quel torrente di aneddoti superflui; aveva naturalmente sentito parlare di quel prete sovversivo, a cui i superiori avevano inizialmente sequestrato le entrate, prima di sospenderlo e poi bandirlo da tutti i pulpiti. Soltanto l'anno precedente, appena prima o dopo la morte di Karolina, era stata resa pubblica la lettera di ben tre vescovi – di Przemyśl, di Tarnów e di Cracovia – che vietavano la lettura non solo dell'«Avanti», ma anche delle riviste di Stojałowski, «Wieniec» e «Pszczółka».

«E ci siamo conosciuti nella prigione di San Michele, tre anni fa, quando abbiamo pubblicato un articolo sull'omicidio della polizia...»

«... il caso Rotter, ucciso dai poliziotti durante l'arresto nel carcere del Telegrafo!» esclamò Zofia con il tono di una persona ben informata, essendo improvvisamente incappata in qualcosa di interessante in tutto quel profluvio di parole.

«Proprio così!» rispose Daszyński, compiaciuto. «La procura ha intentato una causa di diffamazione nei confronti del redattore Englisch, e i testimoni del redattore sono stati incarcerati con l'accusa di falsa testimonianza, erano in preda al panico... È così che si combatte il socialismo a Cracovia. E poiché mi avevano multato di venticinque fiorini convertibili in cinque giorni di gattabuia, ho convinto il giudice a incarcerarmi, e in fretta» aggiunse con un sorriso malizioso e un guizzo nello sguardo, «per poter incontrare i testimoni. Sebbene il giudice fosse obbligato a esigere la riscossione della multa, gli ho spiegato con fermezza che tutta la mia attrezzatura non valeva un quinto dell'importo dovuto.» La moglie del professore calcolò quali attrezzature bisognasse avere in casa per arrivare a un ammontare di cinque fiorini, e rabbrividì. «Proprio in quel momento, in prigione era rinchiuso anche padre Stojałowski, peraltro circondato dal rispetto delle guardie carcerarie. Mi hanno portato da lui, che mi ha abbracciato e mi ha baciato, mi ha offerto un ottimo cognac e ha iniziato a raccontarmi i dettagli della sua vita politica... Ha già avuto il piacere di conoscerlo?»

«Purtroppo no» disse di getto Zofia, «ma forse un giorno ce ne sarà l'occasione, ho sentito dire che è una persona notevole. So che lei è stato in cella anche con il protett...»

«... certo, notevole! Penso a lui soprattutto in questi ultimi giorni, che è finito di nuovo in prigione e per protesta fa lo sciopero della fame. Ma avrebbe dovuto vederlo! Di corporatura robusta, pallido, naso aquilino, fronte alta... con una caratteristica, quando parla usa due toni principali: uno beffardo, quasi da buffone, mentre l'altro è sublime e potente. Raccontava di come Badeni lo avesse privato della sua ricca canonica vicino a Leopoli, di come lo avesse tirato in ballo in un processo per presunta appropriazione indebita di contributi raccolti per una lampada da mettere davanti alla tomba di Cristo a Gerusalemme...»

«Da non crederci!» esclamò la Rombotyńska, che in effetti non voleva crederci.

«... di come il tribunale l'avesse condannato alla perdita di tutti i suoi diritti civili, in modo che non potesse essere eletto deputato... Ha sentito le maledizioni dei vescovi?»

«E chi non le ha sentite?!»

«Tutta la Galizia le ha sentite! Ne abbiamo riso, con il prete benefattore! *Vi scongiuriamo, per la misericordia divina, di non leggere queste riviste e di non sostenerle a parole o con denaro gravemente peccaminoso*, scrivevano così! Ci siamo divertiti a ripetercelo talmente tante volte, fin quando non mi si è impresso nella memoria. Ho fatto inviare gratis per un anno l'"Avanti" all'arcivescovo Puzyna, per ringraziarlo della pubblicità.»

Zofia inscenò una risata fragorosa con la quale contagiò il redattore, e poi passò al contrattacco.

«E quel Loewenstein? Perché la questione per la quale vengo...»

«Loewenstein? Ma certo» rispose Daszyński intrecciando le dita, «un personaggio famoso, in gioventù uno dei borseggiatori più abili, poi commerciante di "carne fresca". Mi ha intrattenuto piacevolmente in cella, proprio piacevolmente! Eravamo entrambi nel IV corridoio, già noto ai compagni dai tempi di Waryński, fino alla più recente incarcerazione dei socialisti in Galizia... Abbiamo parlato molto, mi ha esposto tutta la teoria, l'etica e la pratica della tratta delle ragazze, che ai suoi occhi faceva di lui un benefattore dell'umanità.»

«In che modo?» chiese con voce indignata, questa volta autentica, la Rombotyńska, al che Daszyński aggrottò le sopracciglia, incerto se entrare o meno nei dettagli. Zofia stava ormai lentamente perdendo la pazienza, a furia di spiegare agli uomini che, pur essendo lei una donna, era in grado di sopportare le storie scostumate del mondo dissoluto, se questo sacrificio l'avrebbe portata a risolvere un mistero. «Signor redattore, non vada troppo per il sottile. Sulle pagine del giornale lei scrive in modo diretto, senza mezzi termini, la prego di comportarsi allo stesso modo con me. Se fossi una fanciulla timorosa, non mi occuperei di questioni così tragiche...»

«Be', certo, la sua amicizia con la Bujwidowa dimostra che lei è pronta» disse Daszyński ridendo «a dichiarare una vera e propria guerra all'oscurantismo di Cracovia. Bene, allora senza mezzi termini. "Valuti lei stesso" mi ha detto Loewenstein, "spesso una sciocca sgualdrina da noi non ha nemmeno un pezzo di pane nero e va in giro vestita di stracci sporchi. E una volta che la lavo, le faccio un bagno, la vesto di diamanti e seta, e la porto a Buenos Aires, lei, la briccona, là si ubriaca, non di champagne, ma di vapori di champagne!"»

«Di vapori? Non capisco» disse la moglie del professore inclinando la testa come una faraona.

«Ho chiesto la stessa cosa! E lui mi ha risposto: "Oh sì, perché quando vengono gli inglesi che stanno costruendo la ferrovia in montagna, ordinano di versare lo champagne nelle vasche e vogliono vedere la ragazza che si fa il bagno. Nello champagne!".»

«Vorrei sottolineare che la maggior parte di queste ragazze non finisce a fare il bagno nello champagne, ma agonizzante nei corridoi delle cliniche» disse risentita la Rombotyńska.

«Non mi deve convincere» ribatté Daszyński alzando le mani in segno di difesa, «lo so benissimo che è un uomo corrotto fino al midollo e spietato. Ma questa spietatezza ha anche delle sfumature. È in grado di infliggere al suo nemico la bassezza più efferata, pur di salvare un compagno dalla sventura. Anche uno a caso, come me. Si immagini» continuò abbassando la voce «che era talmente arrabbiato con il procuratore Tarłowski, che si diceva disposto a vendere sua figlia a un bordello di Buenos Aires!»

«Povera ragazza!»

«Sempre che esista, perché non sono sicuro che Tarłowski abbia una figlia, ma naturalmente provavo a tranquillizzarlo il più possibile, e lui di tanto in tanto faceva progetti su come rapirla o almeno mandare qualcuno a... disonorarla. Si vantava del fatto che non era la prima vendetta del genere.»

«Inaudito! E ora finge di essere un normale imprenditore di Podgórze.»

«Sì, l'ho sentito... Basta dire che tratta i suoi lavoratori, e soprattutto le sue lavoratrici, come fa un qualsiasi altro capitalista.»

«Già che ci siamo... sa per caso qualcosa di Mordka Sztycer?»

«Sztycer? Non me lo ricordo. È per caso uno dei suoi compagni?»

«Un suo dipendente. Di basso livello. E mi sento in diritto di credere... che potrebbe interessarle... che possa aver avuto qualche legame con l'uccisione da parte della polizia di un certo Czarnota...»

«Del compagno Maciej Czarnota! Della fabbrica di tabacco!» disse rianimandosi Daszyński. «Certo, conosco il caso!»

«Lo so, ho sentito il suo discorso durante le celebrazioni di maggio.»

«Avrà sicuramente sentito parlare degli ultimi avvenimenti di questo tipo. Quattro poliziotti e un sergente hanno fatto irruzione nel ristorante da Majerek, a Podgórze, e hanno scaraventato giù dalle scale due lavoratori innocenti fino a farli capitombolare sul selciato. E quando uno di loro ha fatto notare che non avevano il diritto di mettergli le mani addosso, l'hanno colpito alla testa con una sciabola facendogli perdere i sensi...»

A Zofia stava per scappar detto che forse non erano così innocenti, visto che la polizia si era occupata di loro, ma riuscì a trattenersi. Provò addirittura una sensazione simile a quella avuta in biblioteca mentre leggeva del velo strappato delle apparenze, ma respinse subito quel pensiero nel profondo della mente.

«... ma questo è ancora niente rispetto al caso dell'operaio Stolarczyk di solo poche settimane fa. Ha fatto notare ai poliziotti che stavano portando via un ragazzino alto un soldo di cacio come se si trattasse di un avanzo di galera, e così hanno arrestato anche lui. È sfuggito, è stato di nuovo catturato e portato in cella. È stato rilasciato il mattino seguente, è tornato a casa, e dopo poche ore è spirato. Aveva grandi lividi neri sulla schiena e sui fianchi. Ventisette anni. Ha lasciato una moglie e un figlio, ovviamente in miseria. E invece, quel Czarnota?»

«Lo conosceva?»

«Me ne hanno parlato un paio di volte, un compagno in gamba. Ma non credo di avergli mai parlato di persona.»

«E potrebbe aver collaborato con i trafficanti di esseri umani?»

«Czarnota?» chiese stizzito il redattore. «No, è fuori questione. Ci sono tra noi, non lo nego, persone che stringono… vari patti, diciamo così. Ma lui no, in nessun caso. Come si chiamava quell'uomo che mi ha nominato? Sztucer?»

«Sztycer…»

E così chiacchierarono per un altro quarto d'ora, forse mezz'ora, come due socialisti infervorati che inveivano contro le autorità cialtrone, i gesuiti avidi e il principe vescovo, contro gli spietati trafficanti di esseri umani e le sofferenze della classe operaia, fin quando il ragazzo con l'ascesso non portò un qualche lavoro urgente e Daszyński, scusandosi molto con la Rombotyńska, le disse che doveva salutarla.

«Mi perdoni tanto» aggiunse infine, «mi può dire il suo nome, che non l'ho sentito?»

«Oa Omboyńska» mormorò lei ancora una volta, gli rivolse un sorriso raggiante, girò i tacchi e se ne andò.

CAPITOLO XI

Lungo e sostanzioso, nel quale la moglie del professore porta avanti due conversazioni, anche se solo una di esse si rivela importante, mentre Franciszka ne intavola soltanto una, ma forse più importante ancora, e un corno di rinoceronte squarcia il morbido ventre di un elefante.

Il professor Ignacy Rombotyński era appena uscito dal portone del palazzo, e si dirigeva a passo lento verso l'università, quando dallo stesso portone sbucarono due donne: una un po' più anziana, più elegante, con un abito color zaffiro dalle ampie maniche a sbuffo e un cappello con un'ala, questa volta di gazza, l'altra più giovane, in un completo semplice ma non privo di gusto, con grandi bottoni d'avorio. Un osservatore distratto – per esempio la pallida ragazza lentigginosa che le guardava dalla finestra del nuovo ginnasio femminile e che smise subito di farlo perché chiamata a rispondere alla domanda «In che anno il principe polacco Miecislao sposò la principessa boema Dubrawka?» – avrebbe potuto pensare che la moglie del professore, come spesso era sua abitudine, fosse uscita con la domestica a fare spese e sicuramente ora avrebbe subito svoltato verso piazza Szczepański o il Piccolo Mercato. Niente di più sbagliato; in quel caso Franciszka avrebbe indossato la sua divisa da lavoro. Era forse il suo giorno libero? Nient'affatto. Franciszka stava andando in missione.

Raggiunsero insieme la piazza del mercato dove, dopo un breve saluto, infine si separarono: la domestica rimase alla fermata del tram, mentre la Rombotyńska proseguì seguendo il marito verso lo stabile della facoltà di Medicina in via

Kopernik. Non voleva che lui la vedesse, quindi si teneva a debita distanza: abbastanza vicina da scorgere la sua figura, il movimento del bastone nella sua mano destra, il sollevarsi regolare della bombetta, ma al contempo abbastanza lontana affinché lui, guardandosi intorno, non potesse riconoscerla.

Per un attimo le sembrò alquanto divertente il fatto di seguire Ignacy, come una moglie gelosa qualsiasi sospettosa che il marito, con la scusa del lavoro, sgattaioli fuori casa per incontri clandestini. In realtà, se c'era qualcuno che nascondeva qualcosa a qualcun altro, se c'era qualcuno che sgattaiolava e mentiva sulle proprie azioni – o almeno non rivelava tutta la verità – quella era proprio lei. Si rattristò. Questo faceva di lei una donna sleale? Dopotutto aveva giurato a Ignacy non solo fedeltà – una fedeltà che non aveva mai tradito nemmeno con il pensiero ("per lo meno coscientemente" precisò nella sua mente, "perché chi è responsabile dei propri sogni?") – ma anche onestà. E questa, negli ultimi tempi, diciamo che scarseggiava un po'.

Si sentiva in colpa perché stava conducendo una seconda vita non solo fuori dal loro matrimonio, ma proprio al posto del matrimonio. Le cose che, in quanto donna, le sarebbero dovute bastare – un buon marito, una vita famigliare agiata, le opere di beneficenza, il supporto spirituale della Chiesa – erano decisamente relegate in secondo piano. L'euforia per le avventurose ricerche dell'assassino superava di gran lunga la gioia della costante cura del focolare domestico; sfogliare riviste in biblioteca le piaceva molto più che studiare un libretto delle devozioni, e raccogliere donazioni per il restauro della cattedrale non era comparabile alla raccolta degli indizi e al tentativo di comporre con essi un mosaico che avrebbe rivelato il mistero dell'omicidio di Karolina. Be', di recente aveva provato più entusiasmo a parlare con un altro Ignacy, Daszyński e non Rombotyński. Non osava pensare a cosa avrebbe detto quest'ultimo se avesse scoperto che sua moglie, così seria e precisa, frequentava la sede dei socialisti disturbatori dell'ordine pubblico.

Il professore, ignaro di essere oggetto delle riflessioni della moglie, accelerò il passo e sparì dietro una carrozza di passaggio. Gli occhi di Zofia videro sfrecciare soltanto la sua bombetta, per poi scomparire del tutto.

Si fermò, fece un profondo respiro e poi si riavviò con passo energico. Avrebbe trasformato in azione i suoi sensi di colpa nei confronti del marito, raggiungendo il suo scopo e dimostrando a se stessa che ciò a cui si stava dedicando negli ultimi giorni aveva un senso. Sentiva di essere alle calcagna dell'assassino.

Superato l'ufficio postale accelerò l'andatura, volendo oltrepassare velocemente l'enorme e imponente edificio sulla sinistra che infastidiva quasi tutti i medici di Cracovia. La medicina non era sicuramente un'occupazione poco redditizia in quella città, ma nessun altro lì poteva permettersi un palazzo come quello che si erano comprati i Pareński. La Rombotyńska non si trattenne dallo sbirciare oltre la recinzione. Le foglie ingiallite degli alberi coprivano la facciata della villa, ma in lontananza, dietro i cespugli, scorse una balia che cercava di tenere a bada il vivace gruppetto di figli dei coniugi Pareński. "Siamo già a metà settembre e guarda lì: i rododendri non sono avvolti nella paglia, né coperti di corteccia" ridacchiò fra sé. "Dilettanti. Gli si congelerà tutto" pensò con soddisfazione.

Si fermò a poche abitazioni di distanza. Proprio accanto a quel palazzo dell'aristocrazia medica di Cracovia, in uno stabile poco appariscente, in un appartamento in affitto viveva un medico completamente diverso. Non era un professore, non era un primario, era medico da appena sei mesi, ma una conversazione con lui avrebbe potuto dare alla Rombotyńska delle risposte alla maggior parte delle domande che la tormentavano: era possibile che avesse agito di concerto con Loewenstein, fornendogli le ragazze? Se Karolina conduceva una vita completamente diversa, perché nella relazione dell'autopsia ne aveva dichiarato la verginità come se volesse sviare i sospetti? Questa volta non aveva intenzione di andare per il sottile e fingere un incontro casuale, ma voleva giocare a carte scoperte.

* * *

«Signora Rombotyńska, sono veramente onorato della sua visita!» disse Kurkiewicz con un profondo inchino mentre apriva la porta del suo appartamento.

«Dottore» disse la moglie del professore con voce decisa, «dobbiamo fare un discorso serio.»

«Ma certo, entri pure, entri pure» e con un gesto indicò la porta della sua stanzetta subaffittata. «Non mi aspettavo che proprio lei mi chiedesse un aiuto medico, ma non posso dire di esserne sorpreso. Di fatto sono un medico giovane, lo ammetto, ma sono certo che in tutta la nostra città non esiste uno specialista di pari esperienza a me...»

«Devo avvertirla» disse Zofia sedendosi sulla sedia traballante che le aveva indicato Kurkiewicz «che non userò mezzi termini, Dio mi è testimone.»

«Ma possiamo parlare liberamente, signora Rombotyńska!» disse ad alta voce Kurkiewicz cercando disperatamente di sistemare il disordine che regnava in quell'interno piuttosto modesto e mantenendo al contempo uno sguardo interrogativo fisso sulla moglie del professore. «Cosa la porta qui? Confesso che mi occupo più volentieri dei problemi di persone... se mi permette... più giovani, ma non sono nemmeno del tutto estraneo alle questioni di coppie di lunga data. Negli uomini di una certa età il sovrappeso, che le confesso aver notato in suo marito, è talvolta associato all'esaurimento... Compaiono difficoltà nel raggiungere il piacere... Il professore arrivava a fatica al culmine della soddisfazione?»

«No!» esclamò la Rombotyńska. «No! Ma cosa dice, per Dio!»

«Mia cara signora» si rattristò Kurkiewicz, dopo aver abilmente infilato due libri sotto il letto, «non capisco la sua indignazione. Gli attuali principi di moralità ci dicono di non affrontare argomenti della sfera sessuale, definendoli se non peccaminosi, in ogni caso indecenti, e intanto la vita quotidiana, osservata perfino nella via affollata di una città, porta con sé la forza di fenomeni sessuali inevitabili, che incuriosiscono tutti e richiedono spiegazioni... Il mio sogno, signora, è introdurre il tema della sessualità nell'ordine quotidiano dei nostri discorsi e pensieri, ma sempre» continuò alzando il dito, «sempre con modalità scientifiche...»

La Rombotyńska venne sopraffatta dall'indignazione. Quando si rese conto dell'impertinenza di Kurkiewicz, perse completamente la voce. Cercando di riprendere fiato iniziò a soffocare.

«Dell'acqua...» balbettò infine, al che Kurkiewicz scattò dalla sedia e si lanciò verso una credenza scrostata poi, senza interrompere nemmeno un attimo il suo ragionamento, le versò un bicchiere di acqua gassata dal sifone.

«... tutto questo perché anche in società si possa avere una conversazione dignitosa in merito al sesso senza offendere l'orecchio con espressioni scurrili, e allora tanto meglio se se ne parla con un *genitalologo*, una persona assolutamente competente.» Si batté sul petto come se qualcuno potesse dubitare che stesse parlando di se stesso.

«Basta! Ne ho abbastanza! La scongiuro!» esclamò infine la Rombotyńska con voce roca, contenta in cuor suo che Ignacy avesse altri interessi scientifici e che la loro vita fosse piena di *doveri coniugali* e non di quella *genitalologia*. «Le domande che voglio farle riguardano questioni, non temiamo questa parola, fondamentali...»

«Ma certo, proprio così, signora Rombotyńska!» disse raggiante Kurkiewicz. «Mi fa piacere che lo capiate, che comprendiate quanto sia importante la lotta contro l'ignoranza sessuale, contro la mancanza di vere conoscenze nell'ambito della idoneità e delle comorbosità che interessano l'apparato e la vita sessuale. Vorrei posare almeno un mattone, creato a gran fatica, per il bene comune, ed è questo, signora Rombotyńska, a cui aspiro!»

«Invece io, dottore, aspiro alla verità. Alla verità in merito alla morte di Karolina Szulcówna, la mia giovane domestica che lei conosce bene, e che lo scorso aprile è stata uccisa e gettata nella Vistola. E la cui autopsia è stata eseguita proprio da lei.»

«In effetti è andata così» disse con un pizzico di vergogna il medico. «Ma il professore conosce i risultati dell'autopsia della signorina Karolina, e, da quanto so dai giornali, la polizia ha trovato il colpevole molto rapidamente... Non so davvero come potrei aiutarla.»

«Potrebbe dirmi tutta la verità sui rapporti tra lei e la defunta.»

«Rapporti? Non capisco...»

«Al contrario, lei capisce molto bene. Nega di averle fatto segretamente delle avances? Ogni volta che è venuto a farci visita è stato sempre accolto come... un amico, anzi, si può dire, come un membro della famiglia! È così che ci ha ripagato la gentilezza dimostrata, le attenzioni che mio marito, il professor Rombotyński, le ha prestato senza un attimo di esitazione in ogni momento di bisogno?»

«Non le nego che la bellezza di Karolina abbia potuto, talvolta, suscitare in me un fattore di piacere» sul viso di Kurkiewicz apparve un'espressione di imbarazzo, «ma non sono una persona dalla vita sessuale sfrenata e non mi è passato per la testa nemmeno per un attimo di sedurre la signorina Karoli...»

«Davvero? Nell'ambiente medico lei ha una certa notorietà, per non dire piuttosto una cattiva fama. Il suo interesse per le questioni sessuali è definito mor-bo-so» mormorò la Rombotyńska fra i denti.

«L'invidia umana non conosce limiti!» esclamò il medico affranto, ma cambiò subito tono. «Pensare che credevo fosse venuta qui per una questione scientifica, per migliorare il benessere di coppia, e invece vuole deprimere anche me! Già all'università mi hanno fatto patire molte pene, senza però distruggermi! Ora che, con uno sforzo sovrumano, sono riuscito a discutere la tesi, la città invita di nuovo i malati a starmi alla larga, diffonde brutte voci sul mio conto, formula accuse non solo indecenti, ma che offendono proprio il buonsenso!»

La Rombotyńska pensò che ne aveva già abbastanza di quegli uomini che si autocommiseravano, attribuendo la colpa dei loro problemi a tutti, tranne che a loro stessi. Generalmente si dice che siano le donne a diventare isteriche – argomento che suscitava sempre grande ilarità fra i colleghi di Ignacy – ma a Zofia sembrava che fossero soprattutto gli uomini intorno a lei a essere affetti da questo disturbo. Non si trattenne e disse in faccia a Kurkiewicz: «Basta con questi giochetti, la prego, so tutto. I suoi contatti con il mondo della prostituzione mi sono ben noti. Lei frequenta la casa di tolleranza di un certo Brand, apparentemente per scopi "scientifici"...».

«Non "apparentemente", signora!» ribatté Kurkiewicz indignato. «Studio i fattori dell'eccitazione sessuale sia nelle donne sia negli uomini, quindi è naturale che io cerchi di acquisire conoscenze su questo tema anche in un luogo così ovvio come un bordello, e il signor Brand è così gentile da permettermi di condurre le mie ricerche. Parlo con le ragazze che ci lavorano, le interrogo sull'argomento in questione... mantenendo naturalmente la massima discrezione, senza chiedere informazioni sull'identità dei clienti. Inoltre, come forse saprà, le regole di condotta delle prostitute vietano loro di rivelarlo, pena il carcere. Può constatare lei stessa che il mio interesse per il locale di via Joselewicz è di natura puramente scientifica.»

«Devo dedurre, dottore, che anche i suoi contatti con la signora Smilzowa siano esclusivamente di questo tipo?»

«Smil...? Smilzowa?» ripeté stupito Kurkiewicz.

«Per favore, non finga. Il suo, come lo chiama lei... "bordello" si trova in via Różana, a Dębniki. Una casetta con un gelsomino nel giardino, lo conosce bene quel posto.»

«Non capisco, veramente... Non ci sono mai stato, non conosco quel luogo, mi creda!»

La Rombotyńska, fino a quel momento certa di aver identificato il sospettato, cominciò a essere assalita dai dubbi. Lo sconcerto sul viso di Kurkiewicz le sembrava sincero. Possibile che il giovane medico fosse un attore così abile? O forse, come il protagonista del romanzo di Stevenson, era inorridito dalle sue stesse azioni e cercava la redenzione nel lavoro assistenziale – o almeno che lui riteneva tale? Decise di giocarsi il tutto per tutto e, incurante delle conseguenze, di provare a evocare Mr Hyde dal Dottor Jekyll. Nel peggiore dei casi si sarebbe difesa con l'ombrello.

«Sta cercando di convincermi che non fa parte di una vigliacca organizzazione di trafficanti di ragazze? Che non sta aiutando Loewenstein *alias* Lewicki a vendere vergini innocenti alle case di tolleranza di Istanbul e Buenos Aires? Che non sta usando le sue conoscenze mediche a scopi ignobili, infrangendo il giuramento di Ippocrate?» L'ultima frase la pronunciò quasi con un grido alzandosi dalla sedia scricchiolante. Svettava su Kurkiewicz sprofondato nella poltrona, e si chinava su di lui come una dea della vendetta in abito color zaffiro. L'ala di gazza sul suo cappello tremò minacciosa come l'ala di una delle Erinni furibonda.

«Signora Rombotyńska, non so di cosa stia parlando!» Vide autentico terrore negli occhi di Kurkiewicz. «Non conosco nessun Loewenstein, e neanche Lewicki, io... io non potrei mai... Io... io aborrisco i bordelli, quei tabernacoli di disonore femminile... è un'ignoranza sessuale che... non condivido, che combatterei volentieri... Per l'amor di Dio! Lo giuro sulla vita della mia carissima madre!»

Al posto del terribile Mr Hyde, di un delinquente al servizio di Loewenstein privo di qualsiasi freno morale, da Jekyll-Kurkiewicz aveva piuttosto tirato fuori uno Stenterello della medicina.

«Allora» disse lei ricadendo sulla sedia rassegnata, «dal momento che non agiva di concerto con Loewenstein e non voleva sedurre la mia Karolina, perché la corteggiava?»

«Non la corteggiavo! Stavo cercando di convincere la signorina Karolina a collaborare!»

«Che tipo di collaborazione voleva, per l'amor di Dio?»

«Scientifica, ovviamente!»

«Senta, dottore, da quel che capisco, la sua area di interessi... scientifici» Zofia proseguì schiarendosi la voce «riguarda le sfere intime, mentre la mia povera Karolina non aveva la minima esperienza *in materia*. L'ha confermato lei stesso dopo aver eseguito l'autopsia sul suo sventurato cadavere. Di quale utilità poteva esserle, quindi? A meno che» aggiunse sollevando un sopracciglio «lei non abbia mentito nel suo rapporto di polizia.»

«Ma cosa dice, signora Rombotyńska, ho scritto la verità. La signorina Karolina è rimasta illibata fin quasi alle ultime ore di vita.»

«Perché allora era così interessato a lei? Di che tipo di collaborazione sta parlando?»

«Mi perdonerà se le dico che sbaglia a pensare che la mancanza di esperienza fisica in ambito sessuale equivalga all'ignoranza sessuale. Si può essere una persona sfacciata e non sapere molto di questioni sessuali, e viceversa essere la persona più modesta al mondo e capire tutto. Una vergine modesta, prudente, che conduce una vita tranquilla, non è per forza una persona sessualmente immacolata.»

«Non si vergogna a insinuare certe cose?»

«Nessuna vergogna, signora» rispose Kurkiewicz con vivacità, «perché la vergogna nella vita quotidiana è un presupposto dell'ignoranza, la vergogna al solo pensiero delle parti "indecenti" del corpo e delle loro funzioni. Certo, è difficile per uno come me fare simili conversazioni, soprattutto con le donne che non sono abituate a parlare apertamente di relazioni sessuali con un uomo e lo considerano indecente. Nel contempo la vita quotidiana offre molteplici e inevitabili fenomeni sessuali. Cresciamo e subiamo i cambiamenti evolutivi della maturazione sessuale che scuote tutto il nostro sistema, osserviamo la vita sessuale di cani, polli e altri animali domestici.» Kurkiewicz parlava sempre più spedito, con un'eccitazione sempre più evidente. «L'acuirsi della curiosità e il ridestarsi dell'immaginazione spingono i nostri pensieri su binari lascivi. Le domestiche giovani, ma che continuano a restare nubili, sono un materiale d'osservazione particolarmente prezioso. Provano eccitazione sessuale sia cucendo su una macchina a pedale sia guidando un biciclo, o durante certi balli... direi piuttosto tutti, perché essenzialmente provano un gran piacere quando i corpi si avvicinano l'uno all'altro in movimenti coreografici, soprattutto se eseguiti sotto l'effetto di un bicchierino d'acquavite...»

«Dottore, arrivi al punto.»

«Glielo sto dicendo. Mi interessava, signora Rombotyńska, l'esperienza di Karolina, ho provato... invano... purtroppo... a chiederle di parlarmi delle sue esperienze in merito all'autoerotismo.»

«All'autoerotismo?» La Rombotyńska aggrottò le sopracciglia, non capendo cosa aveva in mente l'uomo che le stava seduto di fronte. Anche se non era sicura di volerlo sapere. In quanto moglie di un professore di anatomia, non era una persona in una posizione di – come diceva Kurkiewicz? – ignoranza sessuale, ma continuava a rimanere convinta che certi argomenti erano semplicemente indecenti, anche in bocca a un medico.

«Eh sì, signora. Dalle ricerche che ho condotto finora, molto incomplete per altro, ma che possono già fornire una base per affermazioni più generali, l'autoerotismo è un fenomeno molto diffuso. Un certo allievo mi ha confessato di aver praticato autoerotismo insieme ad altri allievi mentre se ne stavano adagiati comodamente su alcune panchine del Planty...»

La Rombotyńska era sempre meno interessata a quel discorso, così iniziò a guardarsi intorno in quella stanza modesta; se aleggiava un odore, non era certamente quello del denaro. L'arredamento era scadente e malandato, le poltrone con il rivestimento logoro dovevano essere state usate da più di un affittuario, sulla credenza c'era una sfilza di piatti sbeccati, insomma: ogni dettaglio di quell'ambiente ne mostrava la sua povertà, per non parlare della trascuratezza generale; qualcuno, lì, senz'altro non spendeva soldi per una domestica.

Kurkiewicz proseguì.

«Solo pochi giorni fa, in piazza Szczepański, un garzone che vendeva cetrioli su un carretto era steso su di essi con il pendolo di fuori! Nella Galleria dei Tessuti, un giovane ginnasiale intento a guardare una vetrina che esponeva cartoline con immagini di donne nude si stava masturbando nei pantaloni!»

«Basta con queste storie! Non le voglio sentire!» Zofia era ormai certa che quel medico non avesse nulla a che fare con il rapimento e l'omicidio di Karolina. Era completamente pazzo, nessun delinquente sano di mente avrebbe ingaggiato una persona del genere come suo subalterno. Quell'uomo non aveva freni, diceva tutto ciò che gli veniva in mente, e alla prima occasione avrebbe rivelato tutti i segreti della banda criminale. Senza tener conto del fatto che, se ci fossero state entrate clandestine derivanti da un'attività delittuosa, in qualche modo si sarebbero notate in quell'ambiente misero. «Sta raccontando fatti scandalosi! Non mi sorprende che Karolina non volesse parlare con lei di queste cose! Era poco più che una bambina!»

«Scandalose sì! Cracovia è una Babilonia, mia cara signora! La prostituzione pullula, le sale d'attesa dei sessuologi sono sempre affollate, vi si possono trovare perfino divise di alunni, e intanto nessuno si degna nemmeno di accennare all'introduzione dell'educazione sessuale nelle scuole! Si parla ovunque di questo scandalo, ma tra i giovani circolano incisioni oscene, riviste indecenti giacciono tranquillamente accanto al cuscino, le fanciulle si scambiano romanzi scritti "dalle ragazze per le ragazze". E allora? Niente! Non ci dovrebbe essere posto per questo banchetto dell'immaginazione, per una chiacchierata tra compagni, ma solo per i fatti, per il sapere affidabile. Si dovrebbe divulgare una vera e completa educazione sessuale, soprattutto tra le donne… allora sarebbero più serie, più pronte ad affrontare i pericoli in agguato. Bisogna dissipare le tenebre che provocano un approccio vizioso alla sessualità! Ed è proprio questo il compito che io, Stanisław Teofil Kurkiewicz, mi sono dato! Le garantisco, signora, che il mio nome diventerà molto famoso! Non solo in questa città, non solo nell'impero, ma in tutta Europa. Questo accadrà quando pubblicherò la mia opera, il mio *magnum opus*, che non solo riassume lo stato delle attuali conoscenze sul sesso, le conoscenze "sessuologiche", ma anche, diciamolo chiaramente, le amplia in modo notevole!»

La Rombotyńska, tuttavia, non aveva più voglia di ascoltare quell'uomo, quel medico così fissato con la «sessualità», che sembrava lui stesso aver bisogno di essere curato. Si alzò, si aggiustò il cappello con l'ala di gazza e mormorò qualche parola di congedo. Solo raggiunta la soglia si girò sui tacchi: «Per quale motivo ultimamente non la si vede all'osteria di via Wolska?».

Kurkiewicz le rivolse uno sguardo mesto e pronunciò due sole parole: «Le cotolette».

«Le cotolette?»

«Vera e propria cicuta. Tre giorni di intossicazione alimentare, il lavoro scientifico abbandonato. Non posso rischiare una seconda volta una pausa così lunga dal mio lavoro. Ora ceno vicino alla facoltà di Medicina. In realtà pago un pochino di più, ma... lei può capire.»

* * *

Mentre la sua padrona girava per le strade attorno alla piazza del mercato, la domestica si spingeva in zone molto più lontane.

Se fosse stata la Rombotyńska ora a scendere dal tram, a passare davanti alla bizzarra facciata ondulata della chiesa dei Fratelli Ospitalieri, avrebbe avuto sicuramente la sensazione che la città finisse lì, che solo un ponte la separasse dall'aperta campagna di Podgórze. In queste situazioni Franciszka aveva un metro di misura diverso: se tutt'intorno si vedevano più carrozze che bestiame vagante, allora si aveva a che fare con una città, e questo è quanto.

Dal penultimo palazzo prima del fiume stava uscendo una lavandaia con un grande cesto di vimini con il quale aveva appena consegnato della biancheria pulita; posò il cesto ora leggero, o almeno *più leggero*, sul marciapiede, e infilò una mano in tasca per contare, sicuramente per la seconda volta, il pagamento ricevuto: qualche spicciolo. Franciszka la scrutò per assicurarsi che non fosse la madre di Karolina, poi svoltò nella via di Podgórze che costeggiava la Vistola, superò un pittore con una rastrelliera appesa alla spalla (facendo attenzione a non impigliarsi con lo sbuffo della manica!), poi due ragazzi cenciosi che discutevano animatamente per qualche inezia, e infine imboccò il solido ponte di pietra intitolato all'imperatore Francesco Giuseppe I che la condusse alla piazza triangolare del mercato di Podgórze.

Il corso Izdebnik, la via più antica di quella città, non reggeva il confronto con alcune delle vie più importanti di Cracovia; qui le case non erano state costruite per abbellimento, per pavoneggiarsi con torrette e gingilli, ma per avere un tetto sopra la testa e sotto quel tetto tenere al riparo le innumerevoli stanzette in cui lavoravano pellettieri, spazzolai, cordai, sarte, aiutanti modiste, guantai e così via, le api operaie dell'alveare di Cracovia che rifornivano la città sull'altra sponda della Vistola di merci di prima qualità e, di rado, di terza categoria, cioè con volti emaciati.

Franciszka conosceva bene quei luoghi e quelle persone; anche lei era cresciuta in campagna, vicino a Bielsko, per trasferirsi poi a Cracovia direttamente dai coniugi Dutkiewicz, pace all'anima del suo padrone, ma a differenza della Rombotyńska aveva conosciuto i lati più oscuri – fortunatamente, non i più oscuri in assoluto – della città. Quindi non si stupì affatto del fetore denso e dolciastro, un misto di odore di cavolo bollito, piscio di gatto, muffa, pozzi neri nascosti nei cortili; non fu sorpresa dai portoni bassi e scuri, dai corridoi tetri, dagli scantinati umidi, dalle scale di legno scricchiolanti che sembravano sul punto di cedere sotto i suoi piedi come in un incubo.

In una di queste case viveva la madre di Karolina – non certo sul davanti, perché neanche a Podgórze le lavandaie e le stiratrici avrebbero potuto permettersi stanze affacciate sulla strada. Finalmente venne a sapere da una vecchietta ossuta, arroccata a una delle finestre delle palazzine a due piani con i gomiti appoggiati su un cuscino, che la Szulcówna abitava a due portoni di distanza, in un'ala laterale. Ringraziò e, affrettando il passo, si avviò.

Il cortile non sembrava né più bello, né più brutto degli altri: cupo, sporco, qui e là brillava una pozzanghera, più distante la fogliolina misera di una qualche erbaccia. In fondo, al primo piano, si vedeva la porta dell'ala laterale ombreggiata dal portico: i vetri color zaffiro e rosso incastonati su di essa erano le uniche macchie di colore in quell'immenso grigiume. Come indicazione aveva una finestra a destra dell'ingresso, l'unica socchiusa, dalla quale fuoriusciva un soffocante e umido odore di sapone. Spinse la porta con i vetri colorati ed entrò nel corridoio.

Bussò una volta, attese, poi una seconda. Infine si sentì un fruscio e lo scricchiolio della maniglia.

«Sia lodato Gesù Cristo.»

«Nei secoli dei secoli, amen» rispose la donna sciupata che Franciszka ricordava dal funerale dell'anno prima; era chiaro che anche lei l'aveva riconosciuta, perché le salirono subito le lacrime agli occhi; con la mano rossa come un pezzo di carne afferrò il grembiule e si asciugò il viso. «Entrate signorina, entrate.»

La stanza, nonostante la finestra aperta, era talmente annebbiata dal vapore che era difficile vederci qualcosa: sulla parete la sagoma di un'immagine sacra circondata da macchie nere di muffa, negli angoli alcune misere suppellettili, ma soprattutto grandi mastelli fumanti.

«Mammina, togliete quella bacinella dal fuoco. Non val la pena scaldarla, dobbiamo parlare.»

La Szulcówna rimase in silenzio per un momento, guardandola con esitazione, ma dopo un attimo si asciugò le mani e disse: «Ma che bacinella. È un mastello. Dovevo proprio fare una pausa, ora mi levo 'sta palandrana e ci riposiamo un poco».

Franciszka si sedette sullo sgabello che le era stato indicato, la lavandaia ne prese un secondo da dietro una tinozza, lo mise al centro della stanza e si sedette allargando ampiamente le gambe. Appoggiò i gomiti sulle ginocchia, e con le mani che le sorreggevano la testa chiese: «Cosa c'è da dire? Mi ha ucciso la figlia, niente può riportarmela indietro».

«L'ha uccisa.»

«Ma i poliziotti l'hanno trovato e ucciso a loro volta. È la mia vendetta per quello che mi ha fatto.»

«Non hanno ucciso il tizio che l'ha ammazzata.»

La Szulcówna si fece il segno della croce, poi disse con tono di rimprovero: «Ma che storie mi raccontate? C'era scritto sui giornali, me l'ha letto il sagrestano in persona».

«Che un fulmine mi colpisca in questo momento se non vi dico la verità» si stizzì Franciszka.

«Stupidate. Come può esserci un fulmine in casa» disse la Szulcówna agitando la mano, poi fissò lo sguardo sul pavimento. «Oh, il pavimento è tutto bagnato, ho inzuppato tutto con 'ste scarpe...»

«Vi dico» ripeté con enfasi la domestica «che chi l'ha uccisa se ne va in giro libero. E bisogna scoprire chi è. E inoltre» continuò con un profondo sospiro «mi dovete dire di chi era vostra figlia.»

La lavandaia la guardò con diffidenza, poi scosse la testa.

«Ormai non mi interessa più niente. Presto mi verrà un colpo, ve lo dico io, e non aspetto altro. Non aspetto altro, che mi venga un colpo per rivedere la mia Karolina. E dal cielo guarderemo insieme come il diavolo gliela farà pagare all'inferno.»

«E se fosse vivo? Se vivesse ancora a lungo?»

La lavandaia le rivolse uno sguardo stanco, sbatté le palpebre e tirò su con il naso.

«Ho tutta l'eternità per aspettare, potrò aspettare ancora qualche anno.»

«Ditemi di chi era Karolina, e farò in modo che...»

La lavandaia si mise le mani sui fianchi: «Di chi, di chi? Era mia! Solo mia!».

«E non mi dite di chi?»

«No!»

«Non me lo dite?»

«No!»

«Neanche se così riuscissero a catturarlo?»

La Szulcówna esitò un attimo, ma per la terza volta disse a denti stretti: «No!».

«Che razza di madre siete» sibilò Franciszka, «se non vi importa nulla che quello che le ha tolto la vita se ne va in giro libero?»

«Che razza di madre sono? Che razza di madre sono?» La lavandaia si alzò in piedi di scatto. «Vita! Che vita era quella? Che vita facevo io, che vita avrebbe fatto? Lavare o stirare, stirare o lavare. Tossire fin quasi a sputar fuori le budella... caldo o freddo andare in città a piedi, trasportando pesi, trascinando quel cesto con la biancheria... ascoltare le idiozie delle signore, questo non è stirato abbastanza bene, lì la macchia non è venuta via... aver paura di non aver niente da mettere sotto i denti, o di dover mangiare solo gli scarti, come gli animali?» disse quasi urlando. «Stare ammassati in 'sta stanza, dove scorrazzano topi e vermi? Quando era piccola così, oh» la donna alzò la mano a meno di un metro da terra, «una bambinetta, mi si aggrappava all'orlo del grembiule e voleva aiutarmi. Una bambina d'oro... d'oro...» E qui scoppiò definitivamente a piangere. Franciszka aspettava, ma nel mentre attraverso i singhiozzi uscivano soltanto sillabe disordinate, dalle quali non si capiva nulla.

«Madre santissima, cercate di capirlo: dipende solo da voi

se lo troveranno o meno! E perché lo trovino dovete dirmi di chi era Karolina...»

«No... non... è... un uomo... catt...»

«Che è cattivo lo vedo da me, visto che vi ha abbandonato» disse Franciszka guardandosi intorno alla ricerca di un pezzo di straccio, infine prese il grembiule che la lavandaia si era tolta e iniziò ad asciugarle le lacrime. «Va bene, basta così, piangete pure.»

E la Szulcówna piangeva e piangeva, ma sempre più silenziosamente, finché tacque del tutto e si sdraiò tra le braccia della ragazza, all'improvviso ancora più piccola e minuta di prima.

«Cosa vi devo dire, non c'è niente da dire. Karolina era figlia di una ragazza madre.»

«Questo lo so.»

Si scrollò dalle braccia di Franciszka come un cane si scrolla di dosso l'acqua, si mise a sedere direttamente sul suo sgabello e si lisciò la gonna.

«Era un ciarlatano, mi diceva sempre cose dolci. E io ero giovane e stupida. Prima mi ha conquistato con il miele, si comportava da gentiluomo, era carino... Ma anche un rissoso, non ci pensava su a dare un pugno in faccia a qualcuno. Qui era rispettoso, nulla da dire.»

«Era forte? Forse un renaiolo? O un facchino?» chiese la domestica, ma invano.

«Ma perché siete così curiosa? Stavamo bene. Quel che faceva, faceva. L'importante era che tornava a casa e mi abbracciava. Ma quando ha cominciato a crescermi la pancia... ha iniziato a diventare aggressivo... a parlarmi in modo completamente diverso da prima. È cambiato velocemente. Urlava tutti i giorni, a volte mi picchiava sulla testa. Una volta mi è rimasto un bernoccolo per due settimane.»

«Ma lui come si chiama?»

«Non ve lo dirò» rispose la lavandaia a labbra serrate. «Andate a chiedere a qualche vecchia pettegola contaballe, vi racconterà tutto lei. Ecco. Ho partorito Karolina e sono rimasta sola con lei, perché anche mia madre mi ha maledetto. Ed era bellissima! Ma del resto lo sapete che era bella. E io... io ho visto subito... che anche lei cominciava ad avere mal di gola, a tossire negli angoli, a volte tossiva per tutto l'inverno, perché chi non soffre di mal di gola con quei saponi... Avrebbe presto smesso di crescere in quella povertà... Una bambina d'oro...» E riprese a piangere, ma questa volta per poco. «Quando l'aria era irrespirabile, andavo perfino da lui, sapevo cosa faceva, chi frequentava... sapevo che a lui tirare fuori cinque fiorini dal portafoglio non costava nulla... ma figuriamoci.»

«Non vi dava niente?»

«Niente. Neanche mezzo centesimo.» La lavandaia sputò sul pavimento. «Non valevamo niente, né io, né Karolina.»

«Giovinastro o meno, per me era solo un imbecille.»

«Una carogna e basta!» annuì la lavandaia.

«Madre cara, a che serve nasconderlo? Credete che racconterò questa storia in giro?»

La lavandaia scrollò le spalle.

«E che ne so io? Ora è un gran signore, pare che viaggi in Paesi lontani. Non lo vedo da anni. Ma è un uomo cattivo, cattivo. Se scopre che ho parlato, mi schiaccia come una cimice.»

«Eppure i poliziotti...»

«I poliziotti sono i peggiori» disse la Szulcówna sputando di nuovo, «li tiene come cani alla corda.»

Franciszka la osservava da un po' con attenzione; qui non era questione di paura, o almeno, non solo di paura.

«Vi vergognate?»

«Dovrei forse vantarmi di essere una ragazza madre?»

«No... no, non perché siete una ragazza madre.»

La lavandaia si alzò dallo sgabello, le diede le spalle, immerse le mani nel mastello e iniziò a lavare. Ma la domestica aveva già subodorato una pista e non intendeva mollare.

«È un prete? È figlia di un prete?»

Ricevette in risposta soltanto una risatina e uno sputo nell'acqua.

«È un uomo sposato?»

Silenzio.

«È un ebreo?»

La Szulcówna arrossì ancor di più, fino alla punta delle orecchie. Smise di lavare e si voltò verso Franciszka.

«Un ebreo come me o te. Mangiava prosciutto e non andava in sinagoga. Non era vestito come gli altri ebrei, ma come un cittadino...»

«Oh, madre cara... mi avete già detto tutto. Ora ditemi anche come si chiama.»

La lavandaia fissò di nuovo lo sguardo sul pavimento e rimase in silenzio. Sollevò le grandi mani bagnate, si strinse nelle spalle e infine balbettò: «Józio, Józef. Silberberg. Ma adesso andatevene. Che Dio vi benedica».

Poi si girò velocemente, immerse le mani nell'acqua e iniziò a lavare con vigore la camicia o la tovaglia di qualcuno. Tra gli spruzzi si sentivano rochi singhiozzi spezzati.

* * *

Franciszka servì a tavola al posto di Józia, che proprio quel giorno era di riposo – e se Ignacy Rombotyński avesse consumato il pranzo con meno foga, forse si sarebbe accorto che tra sua moglie e la cuoca correvano continui sguardi eloquenti. Venne servita, tuttavia, zuppa ai funghi con panna, seguita da cotolette di vitello à la Maintenon, accompagnate da pâté di fegato d'oca e condite con glassa di Madeira, infine crêpes spalmate di confettura di ciliegie, piatti che non solo erano tra i suoi preferiti, ma anche pesanti, che lo avrebbero costretto ad appisolarsi profondamente. Nel momento in cui dall'ottomana provenne il primo, timido russare, la moglie del professore era già a metà delle scale che conducevano al piano terra, poi subito dopo sulla soglia che dava su via Święty Jan verso la piazza del mercato, e un attimo più tardi in via Grodzka.

In tribunale la maggior parte delle cause si era conclusa, i corridoi si erano svuotati di difensori e imputati, querelanti e testimoni, avvocati e pubblico; quel giorno, di fatto, non era stato messo a ruolo nessun caso particolarmente interessante, e c'erano stati soltanto pochi avventori abituali che, in preda alla noia, erano disposti ad assistere perfino a una lite per una capezzagna. A quell'ora, attraverso le spesse mura – in passato dei gesuiti – del rispettabile edificio, filtrava lentamente la rilassatezza pomeridiana.

Quando Zofia entrò nell'ingresso, Klossowitz stava giusto appoggiando la sua scarpa tirata a lucido sul gradino più basso delle scale; aveva terminato il suo lavoro e, con l'aria un po' indaffarata e il giornale del pomeriggio sottobraccio – evidentemente consegnato dall'usciere del tribunale – si stava volgendo in una direzione nota solo a lui, che in un'altra situazione probabilmente le sarebbe interessata molto. Quel giorno invece, euforica per la scoperta di Franciszka, non le importava se il giudice istruttore stesse tornando a casa per il pranzo, o andando da un amico per una partita a scacchi o forse dall'amante, e nemmeno se ne avesse una.

«Buongiorno, signor giudice!» esclamò con un po' troppa cordialità, lanciando uno sguardo con la coda dell'occhio all'usciere che si era trascinato fuori dal suo bugigattolo in legno e se ne stava immobile, come un burattino. «Stavo giusto passando per via Grodzka e ho pensato di fare un salto da lei con un piccolo invito. Stiamo organizzando un tè pomeridiano...» Notò con soddisfazione che l'usciere aveva perso interesse per lei e ora con occhi acquosi e cerchiati di rosso fissava la parete di fronte a sé.

«Oh, signora Rombotyńska» rispose Klossowitz, «accetto

volentieri l'invito per un tè da voi! In ogni caso, non restiamo qui nell'ingresso, posso invitarla per un momento a venire nel mio ufficio?»

E senza nemmeno attendere una risposta, girò sui tacchi e con il rapido e violento scalpiccio delle sue scarpe lucide salì le scale del primo piano, senza curarsi che la Rombotyńska riuscisse a tenere il suo passo, poi si fermò davanti alla porta dipinta di marrone scuro, tirò fuori dalla tasca la chiave e la girò nella serratura che forse ricordava ancora i tempi della Repubblica di Cracovia.

«Di cosa si tratta?» le chiese indicandole la sedia e facendo un giro attorno all'enorme scrivania. «È incappata in qualcosa di interessante?»

«In un paio di cosette» rispose Zofia stringendosi nelle spalle, dissimulando per il momento il suo piccolo trionfo. «Ho fatto domande qua e là, ho preso informazioni da veramente ogni sorta di persone, da contatti che lei non può neanche immaginare...»

Il giudice non disse una parola, si limitò a mormorare qualcosa sottovoce.

«E così» iniziò lei, «oggi ho mandato la mia domestica a Podgórze, e grazie ai suoi enormi sforzi le porto ora una notizia da lì. Una notizia sorprendente. Ebbene, Karolina ha un padre.»

«Tutti hanno un padre.»

Tra i due vetri di una finestra ronzava una mosca.

«Certo. Ma non tutti i padri sono noti.»

«Signora Rombotyńska, le assicuro che non è una novità per me, so addirittura per esperienza di casi in cui perfino la *madre*, non che non volesse dirlo, ma proprio non sapeva dire chi l'avesse messa in quello stato... difficile definirlo... di benedizione, diciamolo pure, di benedizione.»

«Della signorina Szulcówna, della madre, questo non lo si può dire. Ha avuto a che fare con il padre di Karolina per qualche tempo, poi lui l'ha abbandonata senza aver mai riconosciuto la figlia. Non ha mai provveduto economicamente a lei, non se n'è mai preso cura in nessun modo né si è mai preoccupato per lei. Se n'è pure andato in Paesi lontani a fare affari.»

«E sicuramente non l'ha mai più vista, vero?»

L'ala di gazza ondeggiò leggermente con tutto il cappello.

«Questo non lo so. Ma mi piacerebbe scoprirlo. Perché, a quanto pare, ci sono state delle conseguenze. Be', Karolina in realtà avrebbe dovuto chiamarsi Silberberg.»

Il giudice sollevò le sopracciglia.

«Quel Silberberg?»

«Józef Silberberg, quello che trafficava ragazze insieme a Loewenstein, poi è sfuggito alla polizia prima del processo di Leopoli ed è come sparito dalla faccia della terra.»

La donna osservò Klossowitz infilarsi con un gesto inconsapevole l'indice nel colletto abbottonato e grattarsi pensieroso; tuttavia si rese presto conto che di fronte a lui stava seduta una signora e, imbarazzato, nascose entrambe le mani sotto il tavolo, come un ragazzino sorpreso a comportarsi in modo scorretto.

«È scomparso e poi riapparso.»

«Già, signor giudice, vedo che lei sa qualcosa in più su di lui.»

Calò il silenzio. Sua Maestà osservava con il suo tranquillo sguardo blu porcellana la strana coppia seduta sui due lati della scrivania e pensava ai problemi del suo vasto impero. Il ronzio della mosca intrappolata diventava sempre più intenso in quel silenzio, sempre più disperato.

«Be'» sospirò Klossowitz, «so un paio di cose dal commissario Swolkień. Anche se non è stato processato abbiamo raccolto una certa quantità di prove, indizi, testimonianze... L'intera struttura della tratta di ragazze, come saprà, è molto intricata...»

«Ma certo: i *Gebers*, i *Fahrers*, gli *Herren*.» Zofia non poteva negare di conoscerla.

«Anche questo, ma non intendo tanto la suddivisione del lavoro quanto le relazioni tra i singoli criminali...» Il giudice prese un foglio di carta intestata e un enorme calamaio, intinse una penna e poi iniziò a disegnare una sorta di diagramma complicato: «Qui abbiamo Loewenstein, detto anche Lewicki... la Smilzowa e più sotto Sztycer. E molti altri. Loewenstein è a un livello medio. Ha sotto di sé dei veri lupanari, a volte, come sappiamo, sono di sua proprietà e qualcuno li gestisce per lui, altre volte un determinato stabile appartiene a qualcuno che sta più in alto, e quella sanguisuga riceve soltanto una percentuale... Ci sono molti Loewenstein a questo livello. E non necessariamente sanno l'uno dell'altro; probabilmente si considerano concorrenti, ignorando che raccolgono denaro per la stessa cassa. Più in alto, sopra ognuno di loro, ci sono altri, ma non sappiamo né quanti né chi siano. Silberberg faceva sicuramente parte di uno di questi vertici, operava a livello internazionale, e Loewenstein era un suo subalterno, così come alcuni altri. Il che non significa affatto che conoscesse tutti i suoi...».

«Mi sembra di capire che si tratta di una cospirazione? Come quella dei carbonari?»

«Si potrebbe metterla così» sorrise il giudice. «Basta dire che meno si conoscono, più sono al sicuro, e minori sono le possibilità che a qualcuno scappi detto qualcosa e che salti l'intera rete. Conoscono solo i collaboratori più stretti, i superiori e i loro subalterni diretti.»

«Per certe ragioni sono propensa a pensare che...» La Rombotyńska si interruppe bruscamente, si alzò dalla sedia, si avvicinò alla finestra e fece volare fuori la mosca ronzante, dopodiché, come se niente fosse, tornò al suo posto. «Per certe ragioni sono propensa a pensare che Loewenstein non fosse in buoni rapporti con Silberberg. Al contrario, che volesse vendicarsi di lui con estrema cattiveria. Ma in quello che ho letto sul processo di Leopoli, non ho trovato alcuna spiegazione. Certo, Silberberg è fuggito perché, a quanto ho capito, si trovava in una posizione superiore, quindi aveva più denaro, più possibilità, era stato avvertito... mentre Loewenstein è finito in prigione. Lei pensa che si sia vendicato proprio per questo? Perché il superiore non lo aveva avvertito?»

Klossowitz si appoggiò allo schienale della poltrona e guardò fuori dalla finestra la cupola della chiesa.

«Ma no, non credo. Troppo poco. Spesso succede che un criminale che si trova più in basso nella gerarchia si addossi la colpa di quello che sta più in alto. Quello più in alto, naturalmente, si prende cura di lui e della sua famiglia fin quando il subalterno non ha scontato la pena. È una pratica comune e non costituirebbe motivo di vendetta. Sospetto che sia piuttosto una questione di soldi.»

«Di soldi?» chiese stupita Zofia. «Eppure Loewenstein, uscito di prigione ormai con il nome Lewicki, aveva acquistato diverse società e fabbriche...»

«Bazzecole» disse il giudice agitando la mano, «quelli sono spiccioli. Sto parlando di soldi veri. Nel commercio si guadagnano enormi somme di denaro che vengono depositate in una sorta di... banca criminale. Spenderle subito sarebbe sospetto. E qualcuno che le sperperasse ostentatamente potrebbe farsi beccare. Per questo motivo persone come Loewenstein conservano i propri guadagni presso banchieri criminali, di solito loro superiori o loro persone di fiducia, che moltiplicano quei capitali nel modo più legale possibile, fosse anche alla Borsa di Vienna. Silberberg portò con sé tutto il suo denaro, compreso quello messo insieme negli anni da Loewenstein.»

«Per andare dove?»

«Be', come può immaginare, in Brasile. E iniziò subito a fare affari su larga scala. Aveva dei lupanari a Rio de Janeiro, non uno o due... pare che avesse sotto il suo controllo un intero quartiere. O forse addirittura due. E tutto grazie al denaro esportato da qui. Continuo a non capire perché sia tornato.»

«È tornato? A Cracovia?»

«Ma certo. Ah, perché lei... ed è interessante, perché questo conferma perfettamente la sua idea di vendetta. Dovrei... un momento, per favore.» Klossowitz si alzò dalla scrivania, poi si fermò esitante al centro della stanza. Infine si riprese e disse: «Signora Rombotyńska, la prego di perdonarmi, ma per regolamento del tribunale non posso lasciare una persona estranea, per quanto mi sia particolarmente simpatica e abbia tutta la mia stima, da sola con i fascicoli. Sono costretto a...».

«Non si faccia problemi» disse Zofia alzandosi e avviandosi verso l'uscita, «l'aspetterò nel corridoio.»

«In questo caso» disse il giudice uscendo dietro di lei, chiudendo con cura la porta come il guardiano di un monastero e tirando due volte la maniglia per sicurezza, «correrò al più presto all'archivio e le mostrerò una cosa!»

Una volta tornato la fece rientrare nel suo ufficio; il sole era già così basso che il giardino era immerso in un'umida oscurità; solo la cupola della chiesa dei Santi Pietro e Paolo ardeva di un riflesso rossastro, come se qualcuno vi avesse acceso sotto un fuoco, che ora si spostava insieme al vento sui montanti dorati della finestra.

«Prego.» Klossowitz pose sulla scrivania un plico di documenti che dovevano essere arrivati negli archivi di recente, dato che sulla prima pagina era scritta con una grafia piuttosto bella la data 1895, e più sotto: *Atto di decesso per suicidio di Józef Silberberg alias José Silva.*

«Suicidio!» esclamò la Rombotyńska e iniziò a sfogliare freneticamente le pagine. Poi, all'improvviso, le venne in mente che aveva già sentito quel nome da qualche parte. Ma certo, José Silva, arrivato da Leopoli e ancora prima dal Brasile! Il 16 mattina, dopo la terribile notte in cui era morta Karolina. «Mi dica, è possibile che qualcuno...»

«No, si è trattato sicuramente di suicidio, è stato visto casualmente da una finestra sul lato opposto di via Floriańska... un attimo solo.» Il giudice cercò tra le carte e tirò fuori una delle deposizioni.

«Prego: *Aloizy Pogaczewski, pensionato, 68 anni, vedovo...* non ci interessa... *dalla finestra... alle ore...* sì, ecco: ... *in quel momento trovandosi in forte stato di agitazione, come si notava dal suo abbigliamento trasandato e dal trambusto generale nella stanza d'albergo, ha tirato fuori dal cassetto una rivoltella, si è infilato la canna in bocca e dopo aver sparato è caduto senza vita. Il personale dell'albergo si è precipitato nella stanza...* e qui abbiamo una seconda deposizione, se posso...» Cercò tra le pagine senza riuscire a trovare quella giusta, alla fine ne estrasse una, la allontanò dagli occhi di un intero braccio e lesse: «*Maria Zawadil, cameriera di 26 anni, nubile, depone davanti... avendo sentito uno sparo, ha lasciato cadere la pila di lenzuola che stava portando a... ha bussato alla porta, e sentendo la maniglia abbassarsi è entrata di corsa nella camera, e là ha trovato a terra il cadavere senza vita...* Non c'era nessun altro nella stanza, nessuno gli aveva puntato la pistola contro. Si è sparato alla testa di sua spontanea volontà».

La Rombotyńska abbracciò con lo sguardo i documenti: le deposizioni di un paio di dipendenti dell'albergo, l'autopsia del corpo eseguita dal dottor Albin Schwarz che il giorno dopo incaricava lo studente Kurkiewicz di eseguirne un'altra, il rapporto sull'identificazione del cadavere firmato dal cugino di Silberberg, Jojn Apfelbaum, in poche parole: un'intera massa di atti/dichiarazioni, annotati con varie grafie, tra cui sicuramente anche quella del cancelliere Erychleb che lei conosceva o di Pidłypczak, un profluvio di carte munite di timbri, firme e numeri. E per un attimo cercò di mettere insieme tutti i pezzi. Klossowitz era in piedi dietro la scrivania con i polpastrelli allargati appoggiati su di essa a mo' di stella.

«Quindi la vendetta ha avuto successo» disse infine lentamente la moglie del professore, «e Loewenstein è riuscito a punire Silberberg per aver portato il denaro oltreoceano. E Karolina è stata solo lo strumento di questa vendetta.»

«In che senso?»

«Un presunto sensale, poi Mordka Sztycer, il corteggiamento, le torte nelle caffetterie... tanta fatica...» diceva Zofia, più a se stessa che a lui. «Be', si dà il caso che gli uomini d'affari amino il denaro sopra ogni cosa... e ne siano gelosi, come non lo sarebbero di nessuna donna al mondo. E, quando qualcuno glielo porta via, sono pronti a sacrifici davvero straordinari, per vendicarsi, vendicarsi in modo terribile...» e qui la voce prese a tremarle, quindi si interruppe.

Klossowitz le lasciò un attimo per calmarsi, poi le chiese: «Lei aveva già parlato di vendetta. Come faceva a sapere...».

«Oh» rispose Zofia tirando fuori dalla borsetta un piccolo ventaglio e mettendolo in moto; quel gesto cadenzato la tranquillizzava sempre un po'. «Sono andata direttamente nella grotta del leone. Ho parlato con il redattore Daszyński, che...»

«Con Daszyński!» la interruppe il giudice. «Lei non smette mai di stupirmi!»

«... che mi ha raccontato in modo dettagliato, forse anche troppo dettagliato, le sue peripezie politiche, e la sua condivisione della cella con Loewenstein...» E qui, lasciando alcune questioni all'immaginazione del giudice, la Rombotyńska riferì abbastanza abilmente in cosa consisteva la vendetta adottata nella comunità dei protettori.

Klossowitz si sedette alla scrivania, tirò fuori un grosso taccuino e iniziò a scrivere nomi, a disegnare frecce, a cancellare qualcuno e ad aggiungere qualcun altro.

«E quindi...»

«E quindi» continuò la Rombotyńska «ha attirato Silberberg con un pretesto qualsiasi nel locale della Smilzowa, e lì probabilmente gli ha mostrato che sua figlia, che lui anni prima aveva abbandonato, aveva incontrato il più crudele dei destini. Era stata disonorata, forse addirittura sotto i suoi occhi, forse da Loewenstein, forse da Sztycer, questo non ha importanza... e da lì sarebbe finita nei bordelli di Costantinopoli o di Rio de Janeiro.»

«E quindi, quale sarebbe stato il motivo per ucciderla? D'altronde Loewenstein era riuscito a vendicarsi di Silberberg e a trarne anche profitto.»

«Questo non lo so. A meno che...»

«... a meno che?»

«A meno che il colpo non sia stato inferto da Loewenstein... ma da suo padre che voleva salvarla da una vita del genere, perché lui stesso sapeva bene che non sarebbe stata altro che un'agonia trascinata negli anni.»

«E, tra l'altro» aggiunse Klossowitz sollevando le sopracciglia, «ha comunque rovinato gli affari del suo nemico non permettendogli di guadagnare su sua figlia. Per uno che ama così tanto il denaro...»

«Può essere, può essere» disse Zofia scrollando le spalle, «in ogni caso siamo in presenza di un crimine. Anche se l'assassino di Karolina è morto, perché si è ucciso con le sue stesse mani, è Loewenstein il responsabile del suo rapimento e, sicuramente, della sua schiavitù. Credo che lei abbia motivi abbastanza seri per aprire un caso e...»

Klossowitz fissò intensamente il suo taccuino come se gli fosse venuta un'illuminazione. Appoggiò il portapennino sul supporto di ottone accanto al calamaio, poi si passò una mano fra i capelli.

«No, signora Rombotyńska. Nessuna riapertura ufficiale del caso. Farò a modo mio. Con discrezione. E la prego di una cosa: non ne faccia parola con nessuno. Con nes-su-no.»

* * *

Quando uscì sulla Grodzka, tutt'intorno regnava quel bellissimo momento in cui il sole è già calato e l'intero cielo riluce di una varietà di colori che vanno dal rosa al dorato a occidente, passando per il giallo limone e il celeste, fino a un blu intenso che annuncia ormai l'arrivo della notte. Le nere vette dei palazzi e delle torri campanarie si stagliavano su quello sfondo incantevole come ritagli di carta in un teatro delle ombre cinesi.

Mentre camminava – in fretta per arrivare in tempo per la cena – Zofia Rombotyńska pensava a Silberberg, un uomo, a suo parere, completamente privo di coscienza, dalla pelle spessa come quella di un elefante, che viveva di inganni, un giocatore cinico che cadeva sempre in piedi, che si era lasciato avvicinare da una direzione del tutto inaspettata. Quindi perfino nella terribile morte di Karolina c'era una certa morale – rifletteva percorrendo la lunga facciata del Palazzo dell'Elefante, decorata con bassorilievi di un elefante e un rinoceronte dalla pelle spessa – e consisteva nel fatto che una persona che in vita sua aveva fatto tanto male era morta per una pallottola sparata da quel male; se non avesse abbandonato la povera Szulcówna con la piccola Karolina attaccata al seno, anni dopo non si sarebbe infilato la canna di una pistola in bocca... Anche nell'anima dell'ultimo furfante, quindi, c'era una coscienza nascosta, sepolta nel profondo, che gli aveva detto di... e comunque quei due uomini che si combattevano con la massima spietatezza erano una sorta di versione nera dei cavalieri medievali che lottavano senza scrupoli! O come quel rinoceronte e quell'elefante corazzati dei bassorilievi rinascimentali: non erano bestie disposte a cedere l'una all'altra, si sarebbero scontrate fino all'ultima goccia di sangue, e, se per un attimo avessero ceduto, sarebbe stato solo per leccarsi le ferite e pianificare una vendetta ancora più crudele e dolorosa. Non la convinceva il fatto che Silberberg non avesse affrontato la morte della figlia sull'esempio di Macduff, che non avesse raccolto il guanto di sfida ma si fosse sparato nella stanza d'albergo, dopotutto avrebbe potuto...

E poi, entrando in piazza Wszyscy Święci, inaspettatamente si fermò e barcollò – se non cadde fu solo perché appoggiò la punta dell'ombrello a terra. La vendetta di Loewenstein, si rese conto all'improvviso, era talmente crudele che nulla poteva ripagarla; anche se Silberberg l'avesse ucciso, se come un sovrano persiano avesse ucciso anche la Smilzowa, Sztycer, tutti i subalterni, se avesse dato fuoco al locale sulla Różana con i corpi ancora caldi, non avrebbe mai eliminato lo stigma. Infatti non si era sparato perché Karolina era stata disonorata o venduta a un lupanare di Costantinopoli; si era sparato perché era stato lui, inconsapevolmente, a disonorarla. Il corno del rinoceronte aveva squarciato il ventre molle dell'elefante e nella casetta di Dębniki si era consumato un dramma degno delle più brutali opere di Shakespeare o dei tragediografi greci.

CAPITOLO XII

Nel quale la Rombotyńska prende una nobile decisione, Ignacy dipinge un ritratto dettagliato del sultano e descrive gli ultimi istanti di una vecchietta sorda e della vedova di un capufficio, Franciszka calcola la quantità di prugne a secchi e un destino crudele si fa beffe di tutti i piani, e grazie a questo Zofia finisce nel più strano dei confessionali.

Ignacy era ancora immerso in un sonno profondo quando Zofia aprì gli occhi e, fissando il soffitto della camera da letto, rifletté sul proprio comportamento degli ultimi giorni. Il giorno prima, presa dalle indagini, non solo aveva trovato a malapena il tempo di occuparsi delle faccende di casa, ma aveva distolto da esse anche Franciszka, mandandola a Podgórze. A cena aveva risposto al marito a monosillabi rimuginando continuamente sulle varie versioni dei fatti di quella terribile notte di primavera; una volta o due le era capitato perfino di rispondere in modo brusco a Ignacy, che era sinceramente preoccupato per la sua distrazione.

Il pizzo della cuffia le scese sugli occhi; lo sollevò con un violento sbuffo e poi prese una decisione: quel giorno lo avrebbe dedicato interamente alla casa, e in particolare alla marmellata di susine; era già settembre inoltrato, le prugne non erano troppo succose e quindi perfette per essere cotte.

A Cracovia ogni signora dell'alta società era famosa per un certo tipo di conserva di frutta; la contessa Potocka per la confettura di rose, la moglie del professor Rydel per quella di albicocche – a quanto pare la sua ricetta era diversa da tutte le ricette conosciute, a partire da quelle della Ćwierczakiewiczowa, fino ad arrivare a quelle locali di Cracovia. La fama del succo di more della signora Longchamps de Bérier arrivava fin da Leopoli, era il suo segreto gelosamente custodito che avrebbe raggiunto la Vistola il giorno del matrimonio della figlia con il figlio di Karol Estreicher… eccetera, eccetera. Si vociferava di condimenti segreti a base di spezie, di esaltazione del colore con succo scuro di mirtilli o di sambuco, delle proporzioni tra zucchero e frutta, di additivi particolari; scoppiavano vere e proprie guerre tra fazioni di signore che versavano lo sciroppo sulla frutta e quelle che preparavano il succo con lo zucchero che, in realtà, era più costoso ma secondo alcuni conservava meglio l'aroma. Zofia Rombotyńska era invece famosa per la sua marmellata di susine, di cui aveva ricevuto la ricetta dalla madre, Antonina Glodtowa, come parte della sua dote di Przemyśl.

Se poi doveva essere giorno di cottura, bisognava alzarsi il più presto possibile e arruolare Józia e Franciszka per lavori straordinari. Nel Palazzo del Pavone per la preparazione della marmellata di susine ci si metteva al lavoro come per una campagna militare, iniziando dalla pulizia e sterilizzazione con acqua bollente degli utensili (dei setacci per l'asciugatura, dei mestoli per mescolare, che dovevano essere in legno perché quelli di metallo facevano diventare la frutta nera e le davano un retrogusto sgradevole), proseguendo poi con il trasporto della frutta, dei barattoli in grès e delle scorte di legna, e infine con la selezione, il lavaggio e la snocciolatura delle susine, prima che ci si potesse mettere veramente al lavoro.

«E mi raccomando, Franciszka» urlò la Rombotyńska dalla cucina dove stava ispezionando i setacci e i mestoli con la stessa autorevolezza con cui Napoleone esaminava le truppe prima di una battaglia, «non dimenticare di…»

«… comprare le noci! Dieci fresche, con il guscio…»

«… e trenta già sgusciate, certo.»

Il segreto di Zofia era, infatti, quello di mettere nella marmellata di susine le noci fresche intere che aggiungevano un sapore deciso; naturalmente venivano poi tolte prima di passare la frutta al setaccio, mentre venivano lasciate le noci sgusciate, che con la loro morbida croccantezza era poi un piacere trovare e masticare.

Ignacy stava finendo la sua colazione in sala da pranzo. Gli era stato ordinato di cenare in città e di non tornare a casa prima di sera, cosa che aveva prontamente accettato perché amava la marmellata di susine, così come tutti i tipi di dolci; mentre la sera prima la moglie del professore non si era fatta leggere nessuna curiosità, quel giorno andò di proposito in sala da pranzo e chiese quali cose interessanti stavano accadendo a Cracovia, in Galizia, nell'impero, nel mondo intero.

«Un tram ha investito un'anziana sorda sulla via Wolnica, *un'ebrea di nome Dietel Forsche, di 80 anni.* La poverina non ha sentito il segnale e la carrozza le ha schiacciato una gamba. Era accompagnata da due bambini piccoli...»

«Mio Dio!»

«... che si sono salvati scappando. *L'ambulanza della Compagnia di soccorso ha arrestato l'emorragia*... l'hanno portata all'ospedale San Lazzaro, è stata operata da Obaliński. Un'amputazione.»

«Per fortuna da Obaliński, dici sempre che è un chirurgo eccellente.»

«Dopo l'operazione è morta» concluse in tono asciutto Ignacy.

«E cos'altro?»

«A Costantinopoli si festeggia il ventesimo anniversario dell'ascesa al trono del sultano Abdul Hamid II. *Di media statura, gentile, raffigura con precisione i tratti armeno-azeri. Dal suo volto traspare una malinconica tristezza, la fronte ampia, occhio del pensatore sospettoso con lampi di energia, naso lungo, dritto, ossuto, bocca larga, denti sporgenti, più gialli che bianchi...*»

«... denti sporgenti...» annuiva la moglie con la testa.

«... *capelli tagliati corti, barba nera ormai grigia, orecchie lunghe, carnagione pallida, stanca, mani delicate, con un tremolio nervoso...*»

«Nessun dubbio: oppio!» concluse Zofia.

«Può essere, può essere, scrivono che in gioventù era tenuto lontano dal trono e che abbia condotto una vita sfrenata... *voce simpatica, postura leggermente ingobbita.* Scrivono anche che spende tre milioni di franchi all'anno per scuderie e bardature, per il palazzo sette milioni, per la cucina trenta, altrettanto per capricci vari, per regali e stipendi trentacinque, per l'harem quaranta milioni di franchi...»

«Dovresti essere contento, Ignacy, di avere una sola moglie che non comporta spese del genere» disse Zofia sorridendo.

Rombotyński ridacchiò, inghiottì l'ultimo boccone di panino poi aggiunse: «Strano suicidio a Leopoli».

«Sospetto?»

«No, ma che richiede una fermezza straordinaria. Maria Koitschim, vedova di un ispettore delle ferrovie, cinquant'anni. Soffriva di esaurimento nervoso. *Dopo aver mandato la domestica in città a fare acquisti, ha chiuso a chiave la porta del suo appartamento e poi, con una forza inconcepibile, si è sferrata un colpo mortale con il dorso di un'ascia sul cranio, che al momento dell'impatto si è spaccato e da cui è sgorgato un fiotto di sangue...*» Zofia rabbrividì. «*In quel momento, una delle vicine ha bussato alla porta. La Koitschimova aveva ancora abbastanza forza per girare la chiave nella serratura e aprirla. Poi ha gridato: "Schauen Sie, ich bin verrückt".*»

«Difficile non essere d'accordo con lei, quando si dà della pazza.»

«*E ancora: "Das hab' ich mir selber gethan!", e si è accasciata a terra senza vita.* Continuano a dire che si era preparata al suicidio: una stanza era perfettamente in ordine, mentre nell'altra aveva coperto le finestre con dei cuscini, *e sul letto era appoggiato un orologio tolto dalla parete...*»

«Quindi inizialmente aveva intenzione di impiccarsi?»

«Come fai a saperlo?» chiese Ignacy alzando lo sguardo sopra il giornale. «L'hai già letto?»

Zofia era imbarazzata.

«No, ma dato che stava pianificando un suicidio e aveva tolto l'orologio dalla parete, si può facilmente dedurre che con tutta probabilità voleva impiccarsi al gancio a cui era appeso l'orologio. In molte case si tratta del gancio più robusto.»

Ignacy fece un cenno di approvazione con la testa e alla moglie del professore passò subito per la mente che questo genere di suicidio, in effetti, era molto sospetto. "Uccidersi con un colpo d'ascia in testa? Ma chi ha mai visto una cosa del genere? E in più un testimone che si presenta al momento giusto e conferma tranquillamente tutto? Davvero molto sospetto. Ma che sia a Budapest o a Bucarest, a Cracovia o a Craiova, non è che tutte le morti misteriose richiedano le attenzioni di Zofia Rombotyńska" pensò. "Ma se..."

Le sue riflessioni furono interrotte da Franciszka, che si affacciò alla soglia accompagnando due venditori che trasportavano casse di susine. Bisognava calcolarne nove secchi, perché quella era la capacità del grande calderone di rame, di solito utilizzato per il bucato, che Józia aveva appena lavato. Nel frattempo Zofia prese da un alto ripiano della dispensa della carta dalla quale avrebbe ritagliato dei cerchi, che avrebbe spennellato con la vodka e con i quali avrebbe coperto la marmellata pronta nei barattoli, prima di chiuderli ermeticamente, per evitare che si guastasse. Poi tirò fuori da un fagotto le pietre focaie, le scottò con acqua bollente e le mise nel calderone: durante il rimescolamento, evitavano che la marmellata si attaccasse sul fondo.

I venditori incassarono il pagamento, ringraziarono, salutarono e sparirono oltre la porta, così come Ignacy, che stava uscendo per andare al lavoro. Iniziò il grande lavaggio dei frutti, l'eliminazione delle parti guaste accompagnata da lamentele perché quell'anno le prugne erano particolarmente brutte e costose, lo spezzettamento dei blocchi di zucchero e il loro pestaggio fino a ridurli in polvere, lo strofinamento dei barattoli di grès. Si preannunciava una lunga giornata.

* * *

Tuttavia, com'è noto, il destino è crudele; ogni proposito incontra una tentazione, e più il proposito è nobile, più la tentazione è forte. Ed ecco che nel bel mezzo dei lavori, mentre finivano di passare al setaccio le susine cotte e i noccioli, naturalmente, erano stati messi da parte ad asciugare per utilizzarli in seguito per accendere le stufe – in una casa così rispettabile a nessuno verrebbe in mente di sprecare i noccioli di nove secchi di susine – suonò il campanello. Zofia e Józia continuarono a passare la polpa della frutta aiutandosi con un cucchiaio di legno e una scopetta di ramoscelli spessi, mentre Franciszka andò a vedere chi era a disturbarle.

All'inizio non riconobbe quel giovane emaciato che le chiese con voce incerta: «È qui che si affitta una stanza a uno studente dalle maniere impeccabili?».

Lei rispose che doveva trattarsi di un errore e lui le infilò in mano un bigliettino sussurrandole: «Lo consegni alla moglie del professore» poi corse giù per le scale.

In quel momento le venne in mente chi era. Il cadetto Erychleb, solo che indossava abiti civili.

* * *

Gentilissima Signora Rombotyńska,
abbiamo effettuato degli arresti e mandato a chiamare dei testimoni. Se possibile, la prego di recarsi in tribunale, l'usciere la condurrà all'apposito ufficio.
Cordiali saluti,
Rajmund Klossowitz

diceva il bigliettino. E così diceva il destino che si era fatto così tante beffe di Zofia Rombotyńska. Per un breve momento finse con se stessa di esitare, che il suo dovere di assicurarsi che la marmellata avesse un buon sapore aveva la precedenza sull'indagine. Ma in cuor suo sapeva fin da subito che di lì a pochi minuti sarebbe uscita quasi di corsa dal Palazzo del Pavone per raggiungere a passo svelto il tribunale.

Si asciugò il viso, arrossato e umido per la permanenza nella cucina calda e fumante, poi per un attimo raccolse i pensieri.

«Franciszka, ve la...»

«Sì, signora, ce la caveremo» rispose la ragazza capendo perfettamente che si trattava di Karolina.

«Ricordatevi...»

«... di mescolare tracciando un otto, me lo ricordo, signora.»

Zofia corse in camera da letto per lavarsi il viso, cambiarsi d'abito, imbellettarsi almeno un po' con la pomata Pompadour, in poche parole: trasformarsi da padrona di casa in signora.

«E ricordatevi» gridò dal corridoio mentre si metteva il cappello, «cuocetela fino a quando...»

«Lo so, signora» esclamò questa volta Józia, «fino a quando il mestolo non lascia dei buchi visibili.»

«E la marmellata è uniforme su entrambi i lati!»

Questo Zofia lo gridò che stava ormai abbassando la maniglia.

* * *

L'usciere era stato effettivamente informato di tutto; l'aspettava con impazienza, saltò fuori dal suo bugigattolo non appena lei varcò la soglia, fece un profondo inchino, l'accompagnò al primo piano, poi lungo il corridoio fino a una saletta, e dalla saletta a un ufficio laterale dove si poteva udire chiaramente una conversazione in corso.

«Questa è una stanza speciale» le spiegò con un bisbiglio, «prego, da questa parte.»

Le consegnò una busta e le indicò una scaletta che conduceva a una pedana piuttosto alta. Stando in piedi lì aveva accesso a una grata di ventilazione in ottone, attraverso la quale si vedeva un'altra grata, e dietro di essa una stanza attigua nella quale Rajmund Klossowitz stava interrogando un signore magro.

«... è veramente tanto tempo fa, signor giudice. Non so niente. Chi si ricorda dopo un anno cosa stava facendo una certa sera?»

«In un giorno di festa, il lunedì di Pasqua? Se lo ricordano tutti.»

«Ero sicuramente con la mia famiglia.»

«Con la famiglia?» disse fra i denti Klossowitz.

«Se era festa ero con la mia famiglia» ripeté l'uomo appoggiandosi una mano sul petto con gesto solenne.

Poteva avere trent'anni, e poteva averne cinquanta, una persona completamente inespressiva, un volto privo di segni particolari, poco appariscente, facile da confondere nella folla. Carnagione grigiastra, occhi grigiastri, capelli e baffi grigiastri. Indossava abiti né eleganti né poco eleganti; anche da lì, attraverso due grate per la ventilazione, la Rombotyńska poteva vedere che l'intero corpo dello sconosciuto era un camuffamento.

«E non ricorda che era stata portata una nuova ragazza nel locale della Smilzowa?»

«Non lo ricordo, è un locale grande, spesso se ne presenta qualcuna...»

«Ma alcuni se ne ricordano. D'altronde non penso che voglia passare per uno che nasconde qualcosa all'amministrazione della giustizia.»

«Nient'affatto, signor giudice, nient'affatto» giurò accorato l'altro, ma allo stesso tempo nulla nel suo tono e nell'espressione del viso mostravano accoratezza; al contrario, manteneva una voce e un'espressione del tutto indifferenti. «Se qualcuno se ne ricorda» aggiunse con la stessa calma, «allora bisogna chiederlo a lui, evidentemente ha una memoria migliore.»

Durante quello scambio di osservazioni, la Rombotyńska si ricordò di avere ancora la busta in mano; tirò fuori la lettera e la lesse:

Gentilissima Signora Rombotyńska,
La prego di prestare attenzione a tutti i dettagli, forse qualcosa non corrisponderà con quanto Lei sa degli eventi e delle abitudini della signorina Karolina. Se desidera fare qualsiasi domanda la invii tramite l'usciere – sollevò lo sguardo dal foglio e vide l'usciere in piedi in un angolo della stanza che fissava la parete con perfetta indifferenza – *e lui me la porterà immediatamente.*
R.K.

P.S. *Mi scusi se non è stata messa una sedia sulla pedana, ma sedendosi non avrebbe potuto vedere il volto degli interrogati.*

Era colpita non solo dal fatto che Klossowitz, nell'averla mandata a chiamare, dimostrasse di apprezzare il suo contributo all'indagine e la sua perspicacia, ma anche dalla sua preoccupazione per il fatto che durante l'interrogatorio sarebbe dovuta rimanere tutto il tempo in piedi.

«... lo ammetto, forse c'era una ragazza, o forse no. Si dice che al cuor non si comanda, ma forse neanche alla memoria si comanda.»

Klossowitz sbatté la mano sul tavolo talmente forte da far saltare l'interrogato sulla sedia.

«Ci mancava l'aforista di Podgórze!» gridò innervosito. «Perché non mi fa anche un balletto? Ne ho abbastanza. Signor Stoczkowski» disse rivolgendosi a un praticante, non visibile da dietro la grata, «porti il testimone in un'altra stanza e che aspetti lì, magari si ricorderà qualcosa. E faccia entrare la testimone Majer.»

Dopo qualche istante prese posto sulla sedia una donna apparentemente di dubbia moralità.

«Signor giudice» esordì ancor prima che Klossowitz dicesse qualcosa, «io non so nulla, lo giuro, non so chi l'abbia derubato. Be', era... è arrivato, si è servito, ma chi l'abbia...»

«Oh, non scocciatemi con storie di furti!» le rispose Klossowitz spazientito. «Nome e cognome?»

«Anna Majer.»

«Età?»

«Ventotto anni.»

«Cosa facevate la notte tra il 15 e il 16 aprile dell'anno scorso? Tra il lunedì di Pasqua e il martedì?»

«Ero a Chrzanów da mia madre, sua eccellenza.»

«E le altre?»

«Le altre da mia madre non c'erano» rispose stupita la giovane.

«Dov'erano le altre?»

«Dal momento che io ero da mia madre, e le altre da mia madre non c'erano, a Chrzanów, come faccio a saperlo?» rispose la donna guardandolo con i suoi dolci occhi da giovenca.

Klossowitz tamburellò con le dita sul tavolo.

«Perché magari ne avete parlato al vostro ritorno?»

«Al ritorno da dove?»

«Da Chrzanów.»

«Ahhh, da Chrzanów? Da mia mamma? No» rispose Anna Majer con profonda convinzione, «non ne abbiamo parlato. Un bordello, con tutto il rispetto per le sue orecchie, non è proprio un luogo di chiacchiere, lì si lavora sodo.»

E così via. Vennero condotte altre due persone, un'altra prostituta, questa volta piuttosto malmessa, in preda alla tosse, intabarrata in uno scialle spesso, con macchie color mattone sul viso – senza dubbio vittima della tubercolosi come Mariella Pomodoro –, e una vecchia sorda che lavava lenzuola e asciugamani del locale di via Różana; ribadì per sei volte che per una lavandaia non c'è lavoro migliore che quello per i lupanari di fascia alta, perché dopo ogni incontro viene lavato tutto e le macchie vengono via meglio. Tuttavia, da questi interrogatori non emerse nulla. Al cadetto venne chiesto di lasciare andare la vecchia e di far entrare la Smilzowa, e nel frattempo Klossowitz nell'ufficio vuoto iniziò a dire fra sé: «Si tratta, ovviamente, di interrogatori di poca importanza, giusto per rompere il ghiaccio. Aspettiamo che si ammorbidiscano. Con ogni dettaglio ottenuto potremo in seguito suggerire agli altri che sappiamo più di quel che sembra in realtà, e questo...» si interruppe perché il cadetto in quel momento aveva fatto entrare la proprietaria del lupanare in via Różana.

«Nome e cognome?»

«Olesia» rispose la donna in tono civettuolo.

«Nome e cognome completi!»

«Aleksandra Smilzowa» disse, come offesa.

«Età?»

«Signor giudice, chiede l'età a una donna?» replicò sbattendo le ciglia e ridacchiando.

Klossowitz si schiarì la voce in modo eloquente.

«Trentacinque.»

«Sui documenti c'è scritto quarantuno.»

«Signor giudice, non staremo a contrattare...» ridacchiò di nuovo la Smilzowa. Zofia vedeva attraverso la grata che a Klossowitz si erano arrossate le orecchie per il nervoso.

«La notte tra il lunedì di Pasqua, 15 aprile, e il martedì, 16 aprile, dello scorso anno.»

La Smilzowa fissò lo sguardo nello spazio come se stesse cercando qualcosa; alla moglie del professore per un attimo sembrò che l'avesse vista dietro la doppia grata, ma era stata solo una sua impressione. Osservò *Olesia* con attenzione; forse un esempio di bellezza volgare, ma Zofia sapeva che quel tipo di esuberanza e il temperamento che caratterizzava il suo viso – e il resto del corpo – con gli uomini funzionava. E non solo sui sempliciotti brutali come Loewenstein, ma anche su persone un po' più istruite, come, senza andare troppo lontano, l'ingegner Bzowski… Probabilmente non si aspettava l'arrivo della polizia, perché indossava abiti da casa e non per uscire, ed era anche poco truccata; e le donne propense a sfruttare la propria bellezza si preoccupavano sempre, nei momenti di pericolo, di mostrarsi agli uomini da cui dipendeva il loro destino dal lato più attraente e provocatorio possibile, sapendo che in quello stava la loro unica forza. Ma perfino priva delle sue armi più pesanti la Smilzowa si presentava – la Rombotyńska doveva ammetterlo – in un modo che doveva fare effetto, soprattutto su uomini di carattere come Klossowitz: capelli scuri raccolti in alto, collo sottile, spalle rotonde, seno abbondante e ondeggiante a ogni sussulto vero o simulato.

«Non saprei, non saprei, signor giudice» esordì infine, «vorrei essere d'aiuto, lo vorrei con tutte le mie forze, ma sono passati così tanti giorni, tante notti, la vita umana è piena di imprevisti, e la memoria, la memoria è debole, inaffidabile…»

«La prego di sforzarla.»

«Oh» disse lei sbattendo le palpebre, «come potrei mai sforzare qualcosa io, debole donna? Di che forza parla? Ma per favore.»

Le punte delle orecchie di Klossowitz assunsero una tonalità di rosso ancora più intensa.

«Signora Smilzowa, cerchi di ricordare. Lo scorso anno, durante le vacanze di Pasqua, il lunedì sera. Cos'è successo nel suo locale a Dębniki?»

Nel frattempo, la Rombotyńska fece un cenno all'usciere e gli consegnò delle domande scarabocchiate frettolosamente sulla busta.

«Ah, sarà stata una notte di gioia e felicità! Noi, figlie dell'amore, non contiamo né le notti, né i giorni... Senta cosa cantano: *Quando per Dębniki vai, un po' di luce non scordare mai, malintenzionati eviterai e salva a casa arriverai...*» e infine scoppiò in una risata cristallina e falsa. La moglie del professore pensò, a giudicare dalle sue reazioni, che Klossowitz sarebbe uscito fuori di sé, ma all'improvviso capì che le sue orecchie non si erano affatto arrossate per la collera, ma perché il fascino straordinario della Smilzowa stava avendo effetto su di lui.

Si sentì bussare, seguì un fragoroso «Avanti!» e lo scricchiolio della porta; attraverso la grata non vide l'usciere ma solo la sua mano che posava una busta piegata sul tavolo.

«Signora Aleksandra...» iniziò il giudice «per favore, mi dica...» dispiegò il foglio... «È a conoscenza...» ebbe un attimo di esitazione, si interruppe ma poi riprese a leggere «dei problemi del locale di Leon Brand?»

Calò il silenzio.

«Ho sentito qualcosa» borbottò la donna senza più sbattere le ciglia.

«Qualcosa? Mmmh. Si rende conto che simili problemi può averli ogni locale di quel genere?»

«Signor giudice, la prego, non scherzi su queste cose.»

Klossowitz si grattò la guancia poi disse con calma: «A Podgórze, per quanto ricordo, c'è una chiesa parrocchiale e, dal momento che esiste, c'è anche un parroco. C'è anche una scuola lì, con dei bambini che potrebbero scandalizzarsi per via del lupanare. E sono guai terribili, poi, terribili. Può chiedere al signor Brand. Che enormi perdite finanziarie ha avuto! Non solo lui ha subito un vero e proprio fallimento, ma anche la vedova che gli aveva prestato il capitale...»

È chiaro che la Smilzowa fu colpita come da un fulmine; la Rombotyńska riusciva quasi a vedere come sotto l'alta crocchia di capelli il suo cervello, forse non particolarmente grande, ma abile nei conti, calcolasse rischi, percentuali, finanze e lealtà.

«Ah, la notte tra lunedì e martedì» rise forzatamente, «forse, in realtà, potrei ricordarmi qualcosa. Dopotutto era Pasqua, quindi ci si ricorda.»

«La Majer non c'era.»

«Non c'era. Ma qualche altra ragazza sì.»

«Qualcuna nuova?»

In quel momento la Smilzowa si bloccò, allora il giudice decise di aiutarla: «Devo chiedere al signor Brand di venire a parlarci personalmente dei suoi problemi? Sono sicuro che accorrerà subito, è molto desideroso di dare una mano alla polizia. Le consiglierei di farsi un favore in anticipo, le frutterà di più».

«Una nuova c'era. L'aveva portata un tizio.»

«Quale tizio?»

«Sztycer. Mordka Sztycer.»

«Ultimamente non siamo riusciti a trovarlo, il signor Sztycer, deve essere molto occupato.»

«Viaggia» spiegò la donna con voce cupa.

«Molto bene, è un uomo curioso del mondo. E viaggia lontano?»

«Non lo so, ma non mi stupirebbe se viaggiasse lontano.»

«Capisco» rispose Klossowitz, «e cosa mi sa dire di quella nuova ragazza?»

«Era una piagnucolona. Urlava e imprecava. Di quelle che bisogna prima ammorbidire, ma non c'era tempo per farlo. Cosa posso dirle, signor giudice, si sa com'è. Una stupidotta, pensava di sposarsi. Eh, quando sei giovane ti sembra che le cose possano ancora cambiare, di essere speciale, che il destino sorriderà proprio a te... ma con gli anni...»

«Come si chiamava?»

«E chi se lo ricorda» rispose con una scrollata di spalle la Smilzowa. «Un nome ce l'aveva, ma l'importante era che fosse bella e vergine, perché era un regalo per Silberberg.»

«Un regalo?» prese nota Klossowitz.

«Sì, a lui piacevano così, Szlomo... cioè, Loewenstein... voglio dire Lewicki, diceva che a Silberberg piacevano così. Gli piacevano tutte, chiaro, ma soprattutto le vergini. Specialmente se opponevano resistenza...» La Rombotyńska, con il viso quasi premuto contro la grata, ascoltava avidamente tutte le sue parole, anche se con repulsione, al punto da tremare per la rabbia e il disgusto. «Come sapete c'è stato un certo problema, ma alla fine ha terminato il lavoro.»

«E gli è piaciuto?» chiese il giudice con voce composta.

«Questo non lo so. Ma è andato via solo al mattino, e a quell'ora dormivo già da un bel po', perché tutti... con Lewicki... avevamo fatto un po' festa.»

«E la ragazza?»

La Smilzowa fece un gesto con la mano.

«Se dovessi ricordarmele tutte. È arrivata e se n'è andata, probabilmente Lewicki l'ha portata da qualche parte, perché non l'ho più vista. Se la spassa per il mondo, forse sta facendo il bagno nello champagne in Brasile o ha già un suo locale a L'Avana e sta facendo fortuna. Era bella e giovane, perché no?»

Klossowitz girò la chiave nel cassetto, lo aprì leggermente, tirò fuori una foto di Karolina presa dall'appartamento dei Rombotyński durante la perquisizione: «È questa?».

Lei allungò una mano inanellata, spostò la foto sul ripiano del tavolo. La inclinò a destra e a sinistra.

«Questa» rispose con voce pacata e inespressiva.

«Non sembra che stia facendo bagni nello champagne, e nemmeno...» Klossowitz si interruppe quando sentì bussare. L'usciere rientrò nell'ufficio e consegnò un biglietto sul cui retro la Rombotyńska aveva scritto soltanto: *La prego di venire un attimo qui, signor giudice.* «... torno subito. L'usciere le farà compagnia.»

Un momento dopo era faccia a faccia con la moglie del professore, o meglio, faccia a faccia con le pieghe del suo abito. In quel modo era impossibile sussurrarsi qualcosa, Zofia doveva scendere dalla pedana.

«Vede, signora, a volte basta una spintarella per farli cantare. Questa o quella informazione, dettagli di interrogatori precedenti... ed è fatta.»

«Là è successo dell'altro.»

«Prego?»

«Là è successo dell'altro» ripeté Zofia, «e pensa che noi sappiamo cosa. Che lei lo sappia. Ha detto che, *come sapete*, c'era stato un certo problema.»

«Lo so dagli interrogatori precedenti. Prima che lei arrivasse uno dei dipendenti ha testimoniato che Silberberg aveva litigato con Loewenstein, o qualcosa del genere. Lo scopriremo esattamente solo quando arresteremo Loewenstein.»

«Permette ai testimoni di parlare fra loro?»

Klossowitz la guardò come se fosse una ragazzina ingenua.

«Ma figuriamoci, del resto è contro le regole dell'arte...»

«Infatti, come ho sentito dire, ognuno di loro viene condotto in una cella separata.»

«Fino al termine degli interrogatori.»

«Quindi non poteva sapere che lei era già al corrente di qualcosa. Perché lei, signor giudice, non gliel'ha detto.»

Il giudice la guardò per un attimo con aria concentrata.

«Con una certa cautela, si può in effetti supporre...»

«Per favore, glielo chieda. Lei ne è al corrente ma vuole sentire la sua versione, naturalmente.»

«È comprensibile» mormorò Klossowitz, poi la salutò e sparì subito dietro la porta, mentre Zofia, appoggiando i piedi sui gradini il più silenziosamente possibile, tornò sulla pedana.

Era così euforica che non solo si era completamente dimenticata della marmellata di susine, ma anche del fatto che stava lì in piedi da ben due ore.

«Ha detto che c'erano stati dei problemi di cui siamo al corrente. È così, in effetti, ma vorremmo conoscere la sua versione dei fatti.»

«Non capisco» disse stupita la Smilzowa.

«È semplice. Le persone ricordano cose diverse, dicono cose diverse. Non tutti dicono la verità. Quindi mi interesserebbe...»

«Io posso anche dirvelo» disse la donna gettando la testa all'indietro, «ma non penso che crederete più a me che alla vostra gente. Non mandate un vostro uomo per poi sentirlo da una *persona come me*.»

«Quale uomo?»

Lo stupore di lei era sempre più evidente.

«Uno dei vostri.»

«Dal tribunale?»

«Dalla polizia, nel bel mezzo della notte, è arrivato quel commissario, ha perquisito quasi tutta la sera Szl... il signor Lewicki, cioè... il signor Loewenstein... il signor Lewicki. Ha annusato intorno, ha urlato qualcosa, ha fatto irruzione nella stanza del signor Silberberg.»

«Il commissario?»

«Quel... come si chiama... c'entrava un animale...» la Smilzowa esitò un attimo. «Nosorożec. No, Jednoróg.»

La Rombotyńska, che per tutto il tempo aveva annotato diligentemente i minimi dettagli degli interrogatori, ora non riusciva a scrivere nulla, tanto le suonava strana tutta quella situazione.

«Il commissario Jednoróg era in via Różana?»

«Be', certo. Ma poi se n'è andato. Se fosse stato un altro, quella sera il capo... il signor Lewicki, lo avrebbe fatto pestare e cacciare via, ma il commissario può tutto, si sa.»

«Ha parlato con la ragazza?»

«E dove? Lei era già da Silberberg, nelle sue stanze. Ma quando se n'è andato, è stato tutto portato a termine, Silberberg ha finito quel che doveva finire, e poi se n'è andato anche lui, solo che io, in realtà, a quell'ora stavo già dormendo...»

L'interrogatorio proseguì, Zofia provava anche a concentrarsi sui dettagli, ma non ne venne fuori più nulla di interessante, mentre la visita di Jednoróg al lupanare di via Różana, fino a quel momento tenuta nascosta, metteva tutto sotto una luce diversa e misteriosa, come se avesse strappato o forse imbastito un altro velo che andava scucito in modo adeguato.

* * *

«Innanzitutto» furono le sue prime parole al giudice, «il commissario...»

«Il commissario non sa niente. Avevo già, volutamente, scelto di farmi aiutare nell'arresto dei testimoni da agenti di polizia che non sono ai suoi ordini, e la questione è stata tenuta tanto segreta quanto lo consentono le nostre procedure. Comunque Jednoróg è occupato.»

«Occupato?»

«Non lo ha sentito? In qualità di ufficiale ordine al merito» strascicò Klossowitz a denti stretti, «è diventato il principale responsabile del mantenimento dell'ordine il giorno dell'arrivo di Sua Maestà, quando Sua Maestà si fermerà a Cracovia di ritorno dalle operazioni. Avrà molto da fare.»

«Sicuramente» mormorò Zofia, «sicuramente...»

Rimasero entrambi per un attimo in silenzio; ognuno di loro cercava di spiegarsi in modo diverso quella visita del commissario in via Różana la notte dell'omicidio, ognuno cercava giustificazioni diverse, in modi diversi cercavano di mettere insieme tutti i dati, ma nulla rientrava in un unico quadro. E, come se non bastasse, lei aveva infranto la promessa fatta a se stessa di dedicare l'intera giornata alle questioni di casa, e non all'indagine.

«Be'» disse Zofia interrompendo il silenzio, «la ringrazio per l'invito… e la fiducia che mi ha dimostrato…»

«Sono io a ringraziarla per l'aiuto.»

«… ora devo andare, ho molto da fare. Oggi è il giorno della preparazione della marmellata. Nove secchi di susine non è cosa da poco!»

* * *

Quando tornò in via Święty Jan, tuttavia, scoprì che nell'appartamento non solo c'era un profumo meraviglioso, ma anche un'atmosfera cupa. Il professore era seduto in poltrona, mesto, accanto alla lampada spenta, Franciszka, altrettanto mesta, china sulla marmellata.

«Ignacy, cosa succede?»

«È successa una cosa terribile, Józia non lavora più per noi.»

Alla Rombotyńska si piegarono le gambe, al che il professore per tranquillizzarla aggiunse: «Oh no, non è come con Karolina. Lei sta bene, l'ho semplicemente licenziata».

Accese la lampada per guardare meglio suo marito; lui si occupava di diverse cose nella vita, dal ciclismo alla dissezione dell'apparato respiratorio di una tartaruga, ma quando si trattava di domestiche era sempre lei a prendere le decisioni.

«Ignacy?» chiese con un tono che esigeva delle spiegazioni.

Lui fece un profondo respiro, alzò verso di lei gli occhi socchiusi non abituati alla luce e disse: «È colpa mia. Non dovevo tornare ma per il lavoro avevo bisogno di un articolo che, come pensavo, era nell'annuario di una certa rivista, una rivista piuttosto vecchia, quindi già finita in soffitta... Sono entrato in casa, ho solo preso la chiave da Franciszka, sapevo che Józia era andata da qualche parte... a comprare o regolare qualche conto, non ricordo... entro in soffitta e ci trovo... ci trovo Józia. Non da sola».

«Non da sola?»

«No. Con lo spazzacamino.»

«Forse...» iniziò a dire Zofia, anche se non sapeva come concludere.

«No, in una posa inequivocabile.»

«Peggio della guerra» gemette Zofia come sua abitudine.

«Fortunatamente nessun altro è venuto a saperlo. Tranne Franciszka.»

«Eppure Józia viene dall'ufficio della Mikulska. Che tempi... che tempi...»

Sentiva che stava per venirle un'emicrania e decise di controllare soltanto se doveva ancora aggiungere la marmellata all'elenco dei disastri del giorno. Nel frattempo si scoprì che – unica fortuna in quella disgrazia – Franciszka se l'era cavata perfettamente. Nonostante gli eventi drammatici non si era allontanata dal calderone; aveva aggiunto le noci al momento giusto, tenuto d'occhio la temperatura, nulla si era interrotto, il sapore non era né troppo dolce né troppo aspro. L'onore della leggendaria marmellata di susine di Zofia Rombotyńska era salvo. Ma purtroppo non si poteva dire lo stesso dell'onore della casa.

La moglie del professore naturalmente si complimentò con Franciszka, e poi le disse di mettere la marmellata nei vasi di grès. Non dissero nulla su Józia, e soltanto quando uscì dalla cucina sentì la voce di Franciszka piena di disprezzo, indignazione, ma anche – le sembrò – di gelosia repressa: «Ce n'erano due, di spazzacamini».

CAPITOLO XIII

Nel quale la moglie del professore si sveglia con un puzzle finito, scopre una cerimonia permanente ed è inoltre sottoposta a una prova del fuoco dalla quale uscirà viva... ma che vita!

Di Cracovia dicevano spesso con disprezzo, soprattutto gli abitanti di Leopoli e Vienna, nonostante i cracoviani frequentassero le loro città, che era una città sonnolenta; eppure nel sonno succedono molte cose. Quando la moglie del professor Rombotyński si svegliò la mattina del 12 settembre, scostò la balza cadente della cuffia dall'occhio sinistro e constatò che il posto accanto a lei era vuoto e il sole già alto. Chiamò Franciszka e scoprì che l'orologio aveva appena battuto le dieci meno un quarto. In un primo momento voleva scattare in piedi, ma poi pensò che dieci minuti non l'avrebbero salvata, soprattutto perché sul confine tra sonno e veglia nella sua mente si erano sistemate alcune questioni che prima non si conciliavano fra loro. E ora provava a ricordare come il dormiveglia avesse collegato quei fili.

Ma la mente lucida e sveglia non riusciva a farlo. Pur avendo un'idea, reale o illusoria che fosse, del perché Loewenstein aveva rapito Karolina, continuava a non sapere chi l'aveva uccisa e perché. Per Loewenstein non ne sarebbe valsa la pena. Avrebbe potuto accoltellarla Silva in un delitto passionale, inorridito dall'atto a cui l'aveva spinto il suo vecchio socio, ma avrebbe lasciato il corpo di sua figlia in pasto ai dipendenti della Smilzowa? Il commissario Jednoróg aveva fatto irruzione in quel locale subito prima o dopo la morte di Karolina?

Perché non aveva informato nessuno, perché tenere il fatto segreto? Quale era stato il ruolo di Mordka Sztycer in tutto questo? Era forse stato lui a conficcare il coltello nel cuore di Karolina? Aveva l'impressione di sapere tutto e niente. Le sembrava di essere vicina, ma altrettanto lontana quanto in passato.

Starnutì e poi, con un profondo sospiro, si alzò dal letto. Bisognava riordinare la dispensa dove sarebbero stati sistemati i nuovi vasi di marmellata, magari mettere via un po' di insalata di cetrioli per l'inverno, finché questi erano ancora venduti a buon prezzo, magari passare in rassegna il guardaroba estivo prima di riporlo negli armadi... E naturalmente andare all'ufficio della Mikulska per trovare una nuova domestica. E mentre se ne stava così, davanti allo specchio, in camicia da notte, chiedendosi quale abito da casa avrebbe dovuto indossare quel giorno, all'improvviso le venne in mente un pensiero completamente nuovo... o forse proprio quello che le si era presentato in sogno al mattino, facendo poi attenzione a non farsi scoprire? "Ma certo!" pensò febbrilmente, "ma certo!" All'improvviso tutti i pezzi iniziarono a collegarsi dando vita a un insieme complicato. Ma come trovare la conferma? Dove cercarla?

In quella situazione non se ne parlava proprio di indossare un abito da casa... doveva scegliere qualcosa di modesto ma elegante. Sobrio ma non associabile alla prosaicità dei lavori domestici... un abito austero di serge grigio, senza ricami esagerati. Appoggiò tutto sullo schienale della sedia, sollevò il coperchio del mobile, sotto il quale stavano già in attesa una bacinella e una brocca d'acqua fresca preparate da Franciszka, e iniziò le sue abluzioni mattutine.

Tuttavia: un'indagine è un'indagine, una soluzione una soluzione e una casa una casa. Quando uscì, alle dieci e mezza, aveva già dato istruzioni per il pranzo, osservato con occhio critico gli scaffali nella dispensa e controllato che nessun barattolo chiuso con la lacca si fosse rotto durante la notte. Era già a metà delle scale quando tornò indietro, si precipitò nel suo salottino, rovistò nella cassetta delle lettere e, trovato quel che le serviva, si lanciò nuovamente di corsa fuori dall'appartamento come una palla di cannone lanciata in direzione del non lontano Albergo della Rosa.

* * *

Appena si sedette a pranzo, borbottando qualcosa sulla miriade di questioni che le passavano per la testa, e giustificando così la sua assenza da casa negli ultimi tempi, notò che Ignacy non solo prestava più attenzione a lei che ai piatti serviti da Franciszka, ma aveva un luccichio malizioso negli occhi, che Zofia ormai non vedeva più da anni; perché sotto la finanziera del medico e del professore batteva, e lei lo sapeva bene, il cuore di un monello. Rispondeva laconico a ciò che lei diceva, tirando per le lunghe la rivelazione di una notizia bella e importante. E più lui la tirava per le lunghe, più lei si spazientiva.

«Cosa ne diresti, mia cara» disse infine tagliando in due una foglia di insalata con il coltello, «se trascorressimo insieme il mercoledì sera?»

«Hai di nuovo qualche gara?» chiese Zofia sospettosa.

«Oh no, nient'affatto. Ce ne staremo qui. Una serata che potremmo definire» e gli brillò di nuovo l'occhio «stanziale. Vestiti a festa.»

«Ignacy, tu e i tuoi indovinelli! Lo sai che non mi piacciono gli indovinelli!»

«Oh, Zofia cara, prova a immaginare...» e qui Rombotyński cercò di eseguire una qualche manovra ingegnosa per estrarre da sotto al piatto qualcosa che, si direbbe, era stato preparato in precedenza; tuttavia lo fece in modo così maldestro che il piatto scivolò giù dal tavolo e per poco non si ruppe sul pavimento. Con un'agilità per lui fuori dal comune, Ignacy si slanciò, lo afferrò al volo, spalmandosi contemporaneamente tutta la salsa sulla manica della finanziera, e a metà fra il trionfante e l'imbarazzato rimise il piatto sul tavolo, si ripulì gli abiti con il tovagliolo, ovviamente alla veloce, e infine terminò la frase: «... prova a immaginare che mercoledì Sua Maestà si fermerà qualche minuto alla stazione e noi potremo dargli il benvenuto! Ho preso i biglietti!». E posò felicemente quei biglietti, solo leggermente macchiati di salsa, sulla tovaglia.

"Anche se il Wawel sprofondasse, lui mi amerà sempre" pensò Zofia fra sé non senza orgoglio. Poi, nonostante negli ultimi tempi fosse stata completamente assorbita da altre questioni, disse con convinzione: «Sei straordinario!».

Lui arrossì e abbassò gli occhi come uno scolaretto.

«Naturalmente il Senato accademico avrà i posti più vicini, poi i funzionari, le autorità laiche e religiose, i consiglieri, i delegati... ma anche noi... anche noi, cara Zofia, avremo posti non così distanti, con tanto di biglietti, di cui la stampa non ha ancora nemmeno fatto menzione, d'altronde... al meglio delle nostre modeste possibilità... e conoscenze.»

«Ignacy, quale professore dell'università saprebbe rendere felice la propria dolce metà come sai fare tu? E, soprattutto, dopo il disastro di ieri?»

«La sua metà migliore, la migliore» disse lui arrossendo ancor di più.

* * *

Il giorno seguente, a mezzogiorno in punto, alcuni signori seri e titolati si erano riuniti nel tribunale, in uno dei cupi uffici rivestiti di quercia, e stavano seduti attorno a un tavolo di legno massiccio. Cappotti scuri, uniformi scure: se non fosse stato per i colletti e gli sparati delle camicie che risplendevano nella penombra, se non fosse stato per i visi illuminati dalla luce del sole miserabile di quel giorno, l'intera stanza sarebbe stata completamente buia.

Il primo ad arrivare fu il giudice Klossowitz, che il giorno precedente li aveva invitati tutti *per una questione molto urgente quanto delicata*, poi si presentò il giudice Rozmarynowicz, che in passato si era occupato del caso di Karolina – in quel momento in lotta contro il sonno dopo essersi sistemato nella poltrona più comoda –, poi il commissario Jednoróg, che al tempo lo aveva sostituito in molti incarichi, e infine un esperto in tratta di esseri umani, il commissario Swolkień, nonché il direttore della polizia, il consigliere Korotkiewicz, chiaramente irritato per essere stato trascinato fuori dal suo ufficio per qualche sciocchezza. I saluti furono piuttosto asciutti; non avevano motivo di declinare il cortese ma deciso invito, eppure avevano tutti la sensazione che quel Klossowitz si fosse messo in testa qualcosa e volesse far perdere loro tempo prezioso.

«Signori» esordì infine Rajmund Klossowitz con voce sorprendentemente incerta per lui, «mi sono permesso di convocare questa piccola riunione perché le circostanze mi sembrano particolari. Non si tratta soltanto di un caso specifico, ma dell'onore di tutta la polizia e dell'intera magistratura di Cracovia.» Qui Korotkiewicz e Rozmarynowicz, in modo del tutto indipendente l'uno dall'altro, si mossero nervosamente, come facevano ogni volta che qualcuno osava suggerire che la magistratura o la polizia di Cracovia non erano entità perfette. «Devo ammettere che all'inizio sono stato cauto su queste rivelazioni, tuttavia... tuttavia convinto... be', le prove, le implicazioni... ho deciso di rendere partecipi anche voi. Vista la delicatezza delle questioni sollevate, devo chiedere il rispetto della più assoluta discrezione. Tutto ciò che verrà detto in questa sede deve rimanere nel più totale riserbo, e l'unico modo in cui potrà uscire dalla nostra cerchia è attraverso un procedimento legale ufficiale.»

In quel momento, la testa di Rozmarynowicz cadde violentemente di lato, svegliando il giudice e facendolo tossire più volte come segno che non stava dormendo affatto.

«Spero» continuò Klossowitz «che permetterete che il caso vi venga riferito dalla persona che ci ha lavorato di più ed è giunta a conclusioni al contempo scioccanti e spaventose...»

«Arrivi al punto, signor giudice, arrivi al punto» lo interruppe Korotkiewicz, «che lo riferisca chi vuole, purché in modo conciso. E veloce.»

«... grazie. Signori? Aggiungerò soltanto che alla persona che lo riferirà sarà chiesto lo stesso rispetto della più assoluta discrezione.»

Ottenne in risposta soltanto cenni di impazienza e la schiarita di voce di qualcuno; quindi sorrise debolmente, fece due passi e dalla porta laterale fece entrare in ufficio una figura che nessuno dei presenti si aspettava: Zofia Ignacowa Rombotyńska, nata Glodt.

* * *

Il giorno precedente, appena ricevuta la conferma della sua teoria, era corsa da Klossowitz e gli aveva esposto tutto nei dettagli, chiedendogli poi di convocare quella riunione. Non era sicura di raggiungere il suo scopo. Certo, aveva battuto il ferro finché era caldo e approfittato di un momento di agitazione, momento in cui lo aveva abbagliato, sedotto con le sue prove, ma lui avrebbe potuto non accettare. Fortunatamente qui le ambizioni giocavano un ruolo importante, e in ogni caso non sarebbe stata una sventatezza senza paracadute: sapeva che, se la moglie del professore si era sbagliata, sarebbe ricaduto su di lui il leggero *odium* di un uomo che aveva sprecato il pomeriggio di tutti con le fantasticherie di una folle e grottesca megera, ma questo non avrebbe fatto vacillare la sua carriera come se fosse stato lui a puntare i cannoni; se invece la Rombotyńska aveva ragione, la vittoria sarebbe stata comunque attribuita a lui, e suo sarebbe stato il merito di aver risolto il caso. Era un bravo calcolatore. E anche lei sapeva che la matematica era dalla sua parte in questa faccenda.

Come il giorno precedente, Zofia aveva scelto un abito di serge grigio, sobrio, senza alcuna sfumatura di colore; indossandolo assomigliava a una suora con la tonaca, o a una governante poco incline al sorriso, in poche parole: a quelle donne che disprezzano il genere femminile. Nonostante questo, quando entrò nella stanza gli uomini rimasero talmente sorpresi che all'inizio non si alzarono nemmeno, aspettandosi un qualche giovane agente di polizia o impiegato del tribunale; il primo che si unì a Klossowitz, già in piedi, fu Jednoróg, che si alzò di scatto galantemente battendo i tacchi, seguito da Swolkień; il direttore della polizia si alzò con un certo sforzo ed evidente riluttanza, mentre Rozmarynowicz si limitò a un leggero inchino senza muoversi dalla poltrona.

«Signora, mi perdoni» disse stupito, «ma ora abbiamo una riunione importante, vede, stiamo aspettando, in realtà, un relatore, potrà presentarci il suo caso, vede, al momento opportuno...»

«La signora Zofia Rombotyńska» la presentò Klossowitz, «che ci ha fatto ottenere grandi meriti risolvendo, tre anni fa, il mistero degli omicidi di Casa Helcel.»

«Lo ricordiamo, lo ricordiamo» sorrise Jednoróg, «un caso interessantissimo.»

«Non crederà mica, signor giudice» disse per primo risentito Korotkiewicz, «che siamo venuti qui per chiacchierare e spettegolare...»

«No, al contrario» lo interruppe la moglie del professore, «siete venuti qui per una conversazione molto seria, perché qualcuno in questa città, e non è stato, lo dico con tristezza, nessuno di voi, ha scoperto l'autore di un omicidio.»

Il mormorio si placò lentamente, si udì un sommesso e sarcastico «Bella questa», gli uomini si sedettero sulle loro seggiole e poltrone e Zofia, rinunciando al posto che le era stato offerto, iniziò la sua relazione.

«La chiave del mistero della morte della signorina Karolina Szulcówna, perché si tratta di lei, è che non abbiamo a che fare con un singolo puzzle, ma con diversi puzzle separati che a un certo punto si compenetrano. Per di più ci sono tre singoli giocatori, ognuno dei quali conosce solo una parte della verità e in base a questo quadro incompleto...»

«Signora cara, possiamo arrivare al sodo?» la interruppe Korotkiewicz.

«Avete avuto un anno per arrivare al sodo, signori» tagliò corto lei, «e come cercherò di dimostrare, non solo non ci siete arrivati, ma avete anche sbagliato mira alla grande. Colpendo per di più una persona estranea ai fatti, del tutto innocente.»

Korotkiewicz aggrottò le sopracciglia, voleva dire qualcos'altro, ma tacque.

«Allora: cominciamo con il dire chi è Karolina Szulcówna. Ecco: non è nessuno. Una comune domestica a servizio in un'onesta e rispettabile casa di Cracovia...»

«... presso la casa della moglie del professor Rombotyński» precisò Klossowitz.

«Possiamo dire così. Ma non ha la minima importanza» rispose Zofia senza sorridere. «È, come si suol dire, una figlia dell'amore, anche se è difficile dire se l'amore fosse reciproco, o se da una parte si trattasse di semplice lussuria di un uomo spietato. Basta dire che ha abbandonato sia la sua *amata*, sia il frutto di questa unione, in modo che il frutto è maturato senza sapere che suo padre, nel frattempo, era diventato un uomo ricco impegnato in una delle professioni più vergognose, ma allo stesso tempo più redditizie: la tratta di esseri umani. Questo uomo si chiamava Józef Silberberg, e più recentemente: José Silva.»

Korotkiewicz guardò con aria interrogativa Swolkień, che annuì: «Sì, era questo tipo di commerciante. Non siamo riusciti a condannarlo al processo di Leopoli e di recente, la primavera dell'anno scorso, si è suicidato all'Albergo della Rosa».

«Non solo di recente» lo interruppe la Rombotyńska, «bensì la mattina successiva alla notte dell'omicidio. Ma non anticipiamo i fatti. Sono sicura che il commissario Swolkień...» a quel punto si sentì il giudice Rozmarynowicz russare; Klossowitz, che sedeva più vicino, gli diede una leggera gomitata. «... confermerà che il sistema di potere e di distribuzione dei soldi fra trafficanti di donne è molto intricato e niente affatto trasparente.»

Fece una pausa e il commissario si sentì chiamato nuovamente a rispondere.

«Certo, certo» riprese schiarendosi la voce, «è un sistema, si può dire, ramificato... i lavoratori subalterni sono piccoli rametti, che crescono da rami più grandi, questi da rami principali che a loro volta spuntano da uno o due tronchi...»

«Per cui...» cercò di portarlo a dire Zofia.

«Per cui?»

«Per cui rametti e rami grandi in genere non sanno...»

«Ah, certo, si potrebbe dire così. Solo i collaboratori più stretti sanno gli uni degli altri, cioè da una parte i superiori e dall'altra i subalterni, e a volte, si potrebbe dire così, due grandi rami vicini...»

«La ringrazio molto. Infatti. Anche in questo caso è andata così. Il processo di Leopoli, a cui del resto entrambi i commissari hanno partecipato ed egregiamente contribuito, ha abbattuto una parte di questo grande albero. Ma non illudiamoci» disse la Rombotyńska avanzando e girando lentamente intorno al tavolo al quale sedevano gli uomini «che sia completamente caduto sotto la scure della polizia...»

«Possiamo fare a meno di queste metafore da segheria?» disse stizzito Korotkiewicz.

Lei lo ignorò, ma di fatto abbandonò la metafora.

«La corruzione, purtroppo, ha raggiunto le più alte sfere delle autorità amministrative e sia voi sia io sappiamo perfettamente che *le leggi sono come le ragnatele: il calabrone le attraversa e la colpa è della mosca.*»

«Signora cara!» reclamò offeso Rozmarynowicz. «È inaccettabile, è inaccettabile... La legge...»

«Sono parole di Mikołaj Rej, molto antiche ma sempre attuali. Alcuni calabroni l'hanno attraversata, e uno di loro è volato lontano, fino in Brasile, non solo lasciando i suoi subalterni in pasto alla giustizia, ma portando con sé anche quasi tutti i loro soldi, il malloppo di quell'impresa inumana. Si trattava, come sapete, di Józef Silberberg, che a Rio de Janeiro, ormai con il nome di José Silva, ha iniziato subito con ciò che conosceva meglio, vale a dire ha creato un vero e proprio impero di case chiuse. Le mosche più piccole...»

«Se non è segheria è etimologia» mormorò Korotkiewicz.

«Entomologia...» lo corresse lei, non senza una certa soddisfazione. «Le mosche più piccole sono finite in prigione e tra loro un certo Solomon Loewenstein *alias* Lewicki, che aveva giurato a Silberberg una terribile vendetta. E qui inizia il dramma di Karolina Szulcówna, che non sapeva nemmeno che suo padre dall'altra parte dell'oceano stava costruendo il suo impero sotterraneo, e che quella paternità avrebbe influito su tutta la sua vita. O meglio: sulla sua morte.»

«Se certi dettagli sono troppo scabrosi, sono pronto a...» propose Klossowitz.

«No, non si preoccupi» disse Zofia rivolgendosi a lui stando alle spalle di Swolkień, «non ho un carattere timido. Dunque, sappiamo già che Loewenstein aveva un metodo di vendetta preferito: disonorare le figlie dei suoi avversari. Questa volta però, se non sbaglio, aveva architettato una vendetta davvero diabolica: fare in modo che fosse lo stesso José Silva a... per così dire... violentare la propria figlia.»

Swolkień, Jednoróg e Korotkiewicz la fissarono con attenzione; perfino Rozmarynowicz era interessato e soltanto Klossowitz se ne stava seduto appoggiato allo schienale con gli occhi socchiusi, come se stesse assistendo a uno spettacolo già visto, certo che nulla di ciò che sarebbe arrivato dal palcoscenico lo avrebbe sorpreso.

«Per raggirare Karoli... la signorina Karolina» si corresse Zofia, «ha mandato un uomo ben addestrato, un suo subalterno, un certo Mordka Sztycer, che lavorava nella casa chiusa della Smilzowa in via Różana. Sztycer ha agito secondo un piano prestabilito: ha finto di essere un ricco ingegnere che si era innamorato di una bella ragazza e voleva sposarla subito e portarla con sé nel Nuovo Mondo, dove l'avrebbe circondata di lussi e felicità. E in effetti, tenendo all'oscuro sia i suoi padroni sia la madre, lei ha iniziato a incontrare il presunto ingegnere che l'ha portata a fare un lungo viaggio, cioè fino a Dębniki, al momento opportuno. Ed era opportuno perché José Silva era arrivato in Galizia. Per quale motivo?»

Le risposero sguardi perplessi.

«È una domanda per lei, signor commissario.»

Swolkień sbatté le palpebre, poi iniziò con cautela: «Probabilmente... era venuto per... merce fresca?».

«Sì, molto bene» si complimentò Zofia con lui come una vera governante. «José Silva era venuto per merce fresca, per "tappeti di Smirne" e "scrigni di madreperla", cioè belle ragazze che a Rio de Janeiro, acquistate da un terzo intermediario, costavano infinitamente di più che se comprate in loco, alla fonte, a metà prezzo. Loewenstein, venuto a conoscenza di questo viaggio, ha contattato il suo vecchio superiore. Suppongo che non pretendesse la restituzione del denaro, al contrario, si stava lasciando alle spalle vecchie discordie, non aveva rimpianti per i dieci mesi trascorsi in prigione, e si era offerto di occuparsi personalmente degli affari di Silberberg in Galizia, in cambio di una modesta percentuale, per assicurarsi che ai bordelli di Rio venissero inviate le ragazze più belle. A Cracovia» continuò aprendo il taccuino, «il 10 aprile, il mercoledì prima di Pasqua, arriva un uomo dal Brasile che alloggia all'Albergo della Rosa... il 13, il sabato di Pasqua, Karolina fugge con il fidanzato che la porta a Dębniki, o in qualche altro luogo dove viene tenuta fino al lunedì di Pasqua. È allora che Loewenstein decide di compiere la sua vendetta...»

«È chiaro» disse con voce roca Rozmarynowicz. «Gli ebrei a Pasqua sono pericolosi! Pericolosi!»

«... e per sigillare l'accordo stipulato porta a Silberberg una casta vergine, per di più una che gli oppone resistenza, e questo, come sa... questo... suscita in quell'uomo... i desideri più ardenti.»

«Avevo sentito dire di due ragazze rapite per vendetta, ma di una cosa del genere... no, non ne ho mai sentito parlare!» disse Swolkień lentamente, con la fronte tutta imperlata di sudore.

«Uno schifo, uno schifo» gli fece eco Jednoróg con fervore.

La Rombotyńska girò i tacchi e iniziò a camminare nella direzione opposta, facendo di nuovo il giro del tavolo, fermandosi di tanto in tanto dietro a una sedia o a una poltrona.

«Naturalmente, la vendetta non sarebbe stata completa se Silberberg non avesse scoperto chi aveva appena disonorato. Loewenstein, dopotutto, aveva organizzato una serata piacevole, signori e signore che bevevano, mangiavano, se la godevano... Solo al mattino vengono pronunciate quelle parole terribili, quando...»

Il direttore Korotkiewicz la interruppe: «Scusatemi, signori, ma ho impegni più urgenti che rimanere qui ad ascoltare estratti di un qualche romanzo. Voi lo sapete in cosa consiste un'indagine? Credetemi, non si tratta di una storia strappalacrime sul rapimento di vergini!».

«Questo non è un romanzo, ma la storia di un crimine» disse Zofia alzandosi, «e la mia relazione si basa su testimonianze, lunghe settimane di lavoro per arrivare al bandolo della matassa.»

«La ricerca del bandolo della matassa è l'occupazione più giusta per lei, me lo lasci dire, invece di...»

«Signor direttore» intervenne Klossowitz dall'altra parte del tavolo, «le chiedo di avere pazienza.»

«Che si sbrighi, che si sbrighi» borbottò il poliziotto.

«Mi sbrigherò se non continuerete a interrompermi. Dove eravamo? Ah, sì. Al mattino, Silberberg scopre ciò che era stato spinto a fare. Sconvolto, torna nella sua stanza d'albergo e là, come già sapete, si suicida con un colpo di pistola.»

«E la ragazza? Che ne è stato della ragazza?»

«Bene» continuò Zofia scrollandosi un po' di polvere dalla manica, «a questo punto, purtroppo, dobbiamo introdurre un'altra persona. Un terzo giocatore che in quell'albero di trafficanti si trovava allo stesso livello di Silberberg, e quindi al di sopra di Loewenstein, e che otteneva un discreto profitto dalle attività senza, tuttavia, fare molto. Si potrebbe addirittura dire che veniva pagato per non fare nulla. Come Loewenstein, aveva perso la sua parte di soldi che erano stati portati in Brasile ma, a differenza di lui, alla vendetta preferiva i contanti. Il terzo giocatore non poteva accettare che le ingenti somme che aveva fiduciosamente depositato nelle casse dei criminali fossero semplicemente servite a costruire l'impero privato di Silva a Rio de Janeiro. E poiché, in un modo tutto suo, è un uomo che crede al potere della legge, alla *legalità*, a una sorta, direi persino, di onestà, ha voluto fare appello, vi prego di non ridere, alla *coscienza* del suo vecchio socio...»

Si mise a ridere solamente Klossowitz, chiaramente divertito.

«... e venuto a sapere che si trovava in Galizia, sì, era a Cracovia, ha deciso di richiedere il rimborso dei suoi crediti. La sera fatidica in cui Loewenstein stava compiendo la sua terribile vendetta» continuò la Rombotyńska stando in piedi dietro la sedia del commissario Jednoróg, «la casa chiusa di via Różana era, ovviamente, interdetta alla clientela, e davanti alla porta erano piazzati due uomini messi lì per allontanare chiunque, a parole o a pugni. Eppure il terzo giocatore è stato fatto entrare, con grande irritazione di Loewenstein, come ci si può immaginare. D'altronde è difficile mandar via un commissario della polizia.»

Le ultime parole, pronunciate con enfasi, scatenarono una comprensibile agitazione; Korotkiewicz in particolare si sentì offeso, e si guardava intorno come se cercasse qualcuno che potesse confutare l'accusa. Soltanto Jednoróg se ne stava seduto immobile, con il volto impietrito come una maschera mortuaria su uno sfondo di serge grigio: l'abito della Rombotyńska in piedi dietro di lui.

«Il commissario Stanisław Jednoróg, perché è di lui che si tratta...»

«Signor commissario, dica qualcosa!» gli intimò, incollerito, Korotkiewicz.

«Perché?» rispose Jednoróg con calma. «Non vedo alcun motivo per contestare i fatti. Non vedo neanche nulla di riprovevole nel fatto che un poliziotto segua dei sospettati. Come sapete, Silberberg era coinvolto nella tratta di esseri umani, ma non siamo stati in grado di ottenere prove né di arrestarlo prima che fuggisse all'estero. Dal momento, tuttavia, che era ricomparso in Galizia, era mio dovere tenerlo d'occhio. Per quanto riguarda invece le ciance raccontate da questa signora, non ho veramente nulla da dire, perché non ho l'abitudine di difendermi da accuse inventate di sana pianta.»

«Perché allora non ha detto di essere stato in via Różana, la notte in cui è stato commesso il crimine?» domandò la Rombotyńska stando a tre passi di distanza, dietro Swolkień, in modo da poter guardare Jednoróg. «Lei stava indagando, e nel frattempo...»

«Oh, mi scusi» rise il commissario. «È evidente che lei non ha idea di come si svolge il lavoro della polizia. L'indagine era condotta dal giudice Rozmarynowicz.»

«Sappiamo tutti perfettamente...»

«No, signora, noi sappiamo. Lei non sa nulla. Lei sta immaginando varie cose.»

«Quindi mi starei immaginando che lei ha nascosto di essere stato in via Różana?»

Jednoróg sollevò leggermente il mento, si passò una mano sul viso e poi le parlò come a una bambina indisciplinata: «Ammetto, e lo faccio davanti a tutti i presenti, di avere agito con una certa debolezza nei suoi confronti, d'altronde lei è una donna, moglie di un professore, una persona rispettata che ha subito un comprensibile trauma quando la sua domestica è stata assassinata. E, di fatto, la colpa è mia: nel corso delle nostre conversazioni, potrei averle concesso troppe confidenze, il che potrebbe averla portata a fantasticare di essere in qualche modo coinvolta nell'indagine. Tuttavia, il suo ruolo era solo quello di testimone. Il fatto che non le abbia detto della mia visita in via Różana non significa che non ne abbia parlato al giudice istruttore».

«Signor giudice?» disse il direttore della polizia rivolto a Rozmarynowicz.

«Certo, certo» si udì una risposta confusa, «dev'essere da qualche parte negli atti...»

«No, negli atti non c'è nulla del genere» rispose Klossowitz con calma.

Jednoróg si mise a ridere.

«Vengo accusato di collaborare con i trafficanti di esseri umani perché qualcuno non si è preoccupato di mettere agli atti la mia deposizione? Questa è veramente la prova indiretta più ridicola che io abbia mai sentito!»

«Ho l'impressione che le nostre conversazioni siano giunte al termine» disse Korotkiewicz alzandosi. «Siamo persone impegnate che ricoprono posizioni importanti, mentre qui...»

«Ma aspettate un attimo, signori» disse la Rombotyńska assumendo questa volta il tono di una governante severa, «non siamo arrivati nemmeno a metà ragionamento! Pensate forse che avrei chiesto al giudice Klossowitz di convocare questa riunione se avessi avuto solo deboli indizi? Niente del genere.»

«Signor direttore» risuonò la voce di Klossowitz, «insisto perché ascoltiate fino alla fine.»

Korotkiewicz esitò, ma dopo un attimo si sedette e mostrò attenzione.

«Torniamo quindi agli eventi di quella fatidica notte... Dalla testimonianza della proprietaria, del resto solo apparentemente proprietaria della casa chiusa, Aleksandra Smilzowa, sappiamo che il commissario ha fatto irruzione nella stanza dove erano sistemati *l'ospite d'onore* e *il suo regalo*. Nel corridoio c'è stato un breve ma deciso scambio di parole con Loewenstein, e poi, una volta nella stanza, una discussione tra vecchi soci...»

«Non posso ascoltare una cosa simile» disse sdegnato Jednoróg.

«Per favore, non si metta a frignare e sopporti da uomo!» si interruppe la Rombotyńska, poi riprese a girare intorno al tavolo. «Richiamo, tuttavia, la vostra attenzione su una certa subordinazione. Loewenstein non aveva idea che il commissario collaborasse con Silberberg; al contrario, una volta l'aveva catturato e mandato in prigione per quasi un anno, quindi pensava che si trattasse di una semplice irruzione della polizia che, inoltre, avrebbe potuto mandare a monte i suoi piani. Se avesse saputo che erano membri della stessa organizzazione...»

«Signora Rombotyńska!» tuonò Korotkiewicz.

«... si sarebbe comportato in modo più audace con lui. Ma né lui, né nessuno dei suoi dipendenti lo sapeva, quindi l'unico motivo per cui il commissario Jednoróg era così efficiente, l'unico motivo per cui era così utile, era che ogni contatto con la banda era ridotto ai minimi termini. Forse solo Silberberg sapeva a chi i criminali dovevano la protezione della polizia di Cracovia, che li avvertiva in anticipo delle incursioni dell'onesto commissario Swolkień.» Swolkień, che se ne stava seduto con il viso mortalmente serio e teso ascoltando ogni parola con la massima attenzione, in quel momento ebbe un leggero fremito. «E solo Silberberg gli dava uno stipendio, o meglio: i dividendi del capitale criminale costantemente accumulato in cassa. Così, mentre i due vecchi complici discutevano, a bassa voce, di denaro a porte chiuse...»

«Sciocchezze, sciocchezze, non una sola parola di verità!» esplose Jednoróg.

«... Loewenstein, la Smilzowa e tutti gli altri hanno pensato che José Silva sarebbe stato condotto fuori dalla stanza perché tratto in arresto e l'intera vendetta sarebbe rimasta, diciamo così, in bilico, a seconda che la ragazza fosse già stata disonorata o meno. A un certo punto, però, il commissario è uscito nel corridoio, ha sbattuto la porta e non si è più visto. Perché? Il motivo è che, come si è scoperto, non stavano parlando affatto a quattr'occhi. È vero che erano separati dal corridoio da una porta coperta con una spessa tenda che smorzava tutti i suoni, come sappiamo dalla testimonianza della Smilzowa, ma all'interno, oltre a Silberberg, c'era anche la Szulcówna, o meglio, la Silberbergówna... Non so come il commissario non l'abbia vista, forse era sdraiata, piena di vergogna fra le lenzuola aggrovigliate, forse la luce era troppo fioca per scorgere qualcosa, o forse alla fine si è chiusa nel piccolo gabinetto a cui conduceva la porta del salottino, e poi è uscita improvvisamente da lì... Forse, sentendo la discussione e deducendone che aveva a che fare con un poliziotto, è spuntata da un angolo implorando aiuto? Questo non lo sapremo mai. Karolina è morta, Silberberg pure e il commissario non è propenso a rilasciare confessioni in merito alla questione.»

«Vuole che racconti sciocchezze in risposta a delle sciocchezze? Eccole qua» disse Jednoróg con voce minacciosamente calma. «Sono entrato in quella stanza, ma all'interno ci ho trovato soltanto Szewczyk Dratewka che serviva a Silva un agnello ripieno di zolfo e catrame. Spero che possiamo considerare la riunione conclusa. Non so voi, signori, ma io ho del lavoro da svolgere, Cracovia è una città tranquilla, ma crimini del genere non ci mancano. Con il vostro permesso...»

«Siediti, Staszek» intervenne Swolkień, con un tono così categorico che Jednoróg, che si era già alzato, ricadde sulla sedia.

«Grazie» disse la Rombotyńska con un inchino. «Lasciamo quindi perdere l'agnello e torniamo ai nostri montoni. Il signor Jednoróg» ora Zofia stava proprio di fronte a lui e lo guardava dritto negli occhi «si è reso subito conto che tutto il velo che aveva oscuramente tessuto, gli anni di lavoro impiegati per nascondere il volto del signor Hyde dietro la maschera del commissario Jekyll, non erano serviti a niente. Oltre a Silberberg ora c'era un'altra persona che conosceva il suo segreto, una ragazzina a caso, di nessun valore, data in gioco a Silberberg, una delle centinaia, delle migliaia di ragazze che si riversano a frotte da tutta la Galizia nei lupanari di Costantinopoli, Rio de Janeiro e New York. Si è reso conto che non solo non aveva ricavato nulla dal suo vecchio socio, ma si era anche pericolosamente esposto, mettendo a repentaglio la sua reputazione, la sua carriera, le sue onorificenze, la sua posizione e il rispetto di cui godeva. Se ci avesse riflettuto, se allora davanti allo stabile in via Różana si fosse rinfrescato un po' le idee all'aria notturna, avrebbe capito che non c'era nulla da temere.» Jednoróg reggeva il suo sguardo. «L'indomani, forse dopo due giorni, una settimana al massimo, la ragazza disonorata avrebbe condiviso il destino delle altre, e il fatto che conoscesse il segreto di un commissario di Cracovia non aveva alcuna importanza in una casa chiusa di Costantinopoli. Ma si è lasciato trasportare dalle emozioni. Perché? Ebbene, signori miei, ogni uomo è spinto da qualche desiderio. Alcuni da desideri nobili, altri da desideri infimi. La brama di denaro è altrettanto forte, e in certi casi forse ancora più forte del desiderio carnale, che a volte...»

«Le prove, cara signora, le prove!» la interruppe Korotkiewicz.

La Rombotyńska appoggiò le mani sulla poltrona del giudice Rozmarynowicz, poi disse: «Le prove arriveranno subito. Prima l'accusa. Accuso» iniziò assumendo un tono solenne «il vostro subalterno, il commissario di polizia Stanisław Jednoróg, di essersi appostato sotto le finestre dello stabile in via Różana nella notte tra il 15 e il 16 aprile dello scorso anno, e poi, quando Józef Silberberg si è addormentato e Loewenstein con i suoi complici beveva festeggiando la vendetta, di aver aiutato Karolina Szulcówna a fuggire, e in seguito di averla uccisa con una coltellata... con uno strumento affilato... e di aver gettato il suo corpo nella Vistola dal ponte di Dębniki. Quando poi ha scoperto che il fiume aveva restituito il cadavere sulla riva di Podgórze, con qualche mezzo a lui noto ha fatto in modo che dell'omicidio non si occupasse il tribunale di Podgórze, ma quello di Cracovia, e di conseguenza la polizia di Cracovia. Mi corregga, se questo non costituisce una grave violazione della legge» e si interruppe, ottenendo in risposta il silenzio. «Non solo! Ha fatto di tutto perché il caso fosse affidato al giudice Rozmarynowicz, che da tempo dovrebbe godersi la meritata pensione» e a quel punto Zofia si aspettava una qualche protesta, ma Rozmarynowicz si piegò su se stesso, e gli altri non intendevano discutere di ovvietà, «e *de facto* ha assunto lui stesso la direzione delle indagini indirizzandole verso persone estranee ai fatti. Inizialmente sul fidanzato di Karolina Szulcówna, ma la cosa non ha funzionato, mi sono quindi immischiata... cioè, mi sono unita alle indagini, e ho indicato la figura di un certo *Geber*, che aveva abbindolato la ragazza fingendosi ingegnere. Vedendo che non se la sarebbe cavata facilmente, il commissario ha deciso di prendere due piccioni con una fava. Ha scelto come nuovo bersaglio il giovane socialista Maciej Czarnota, e lo ha condannato deliberatamente a morte certa per mano dell'ispettore Trzeciak...» Swolkień si diede una manata nervosa sul gambale dello stivale, ma non disse nulla. «... noto per il suo odio verso i socialisti. Così facendo, in primo luogo ha trovato un colpevole e ha chiuso l'indagine; in secondo luogo ha dato all'ispettore l'opportunità di sparare all'attivista che gli metteva particolarmente i bastoni fra le ruote. Purtroppo il *Geber* era ancora in giro per Cracovia e l'altra mia domestica vi è incappata due volte, oltre a riconoscerlo come un certo Mordka Sztycer. Allora il commissario Jednoróg ha avvertito Loewenstein in forma anonima...» si sentì una certa agitazione intorno tavolo «che Sztycer doveva necessariamente essere nascosto alla polizia, che lo identificava come l'assassino, cosa che avrebbe potuto condurre le forze dell'ordine alla vicenda del rapimento della Szulcówna. Mordka, naturalmente, è stato mandato a Costantinopoli o a New York, mentre il commissario mi ha detto che il caso era chiuso e che il giudice Rozmarynowicz mi vietava categoricamente di occuparmene.»

Calò il silenzio. Tutti soppesarono quelle parole, ognuno a modo proprio. Jednoróg nella sua mente stava riassumendo tutto e verificando se esisteva qualche *prova*, al di là degli indizi, che potesse portare a lui; Korotkiewicz faceva altrettanto, ma nel farlo valutava i possibili guai derivanti dal fatto che la cosa venisse resa pubblica, Dio non voglia, sul giornale di Daszyński; Swolkień ripercorreva con la memoria tutti i casi nei quali aveva collaborato con Jednoróg e aveva notato alcune inquietanti irregolarità, ma sapeva perfettamente che l'intera accusa si fondava su basi estremamente deboli, mentre Klossowitz attendeva la stoccata decisiva. Solo Rozmarynowicz, troppo tardi, disse con calma: «Ma io non ho proprio vietato nulla...».

«Tutto qui? Che favola è questa? Queste sono le sue "prove"?» disse infine ridendo Jednoróg con evidente sollievo. «Oh, abbiamo ascoltato una storiella molto interessante inventata di sana pianta dalla qui presente. Questa volta, non me ne vogliate, non intendo annoiarmi oltre» e si alzò dalla sedia. «In circostanze normali l'avrei portata in tribunale per diffamazione, ma non querelerò una donna. Ho sentito dire che le donne senza figli soffrono di un particolare tipo di disturbo, l'isteria, che può assumere le forme più diverse, anche fantasie di questo tipo. È un fatto medico. Quindi...»

«No, non è tutto» disse la Rombotyńska in tono gelido, «non ho ancora menzionato un altro dettaglio. Un dettaglio che completa il quadro. Forse si ricorda di quando parlavamo del sistema di Bertillon, del manuale di Gross...» Swolkień sollevò le sopracciglia sorpreso. «Entrambi ci lamentavamo del fatto che la nostra polizia non facesse un uso corretto delle scoperte più recenti della scienza. Eppure bastava una semplice fotografia. Ricorda quella bella serata? Mi scuso ancora se per disattenzione mi sono dimenticata di mandarle...» a quel punto infilò la mano nella tasca dell'abito e tirò fuori un cartoncino che posò sul tavolo.

Sopra la scritta in rilievo *Sebald*, su uno sfondo dipinto che rappresentava le rovine di un castello, si vedevano tre figure in abiti da cerimonia: ai lati due uomini in *kontusz* e in mezzo a loro la stessa Rombotyńska, che sorrideva civettuola da sotto la tesa del cappello.

«Le persone hanno generalmente una memoria corta e debole. Il personale d'albergo non fa eccezione in questo senso: d'altronde ogni giorno un'intera folla di persone passa e ripassa in varie decine di stanze, figuriamoci in una settimana, un mese, un anno... Anche dopo un anno, tuttavia, è possibile ricordare qualcosa se si associa il ricordo a un evento drammatico, e il suicidio di Silberberg rientra sicuramente tra questi. La sua visita è stata quindi ricordata nei dettagli. E almeno due membri del personale d'albergo ricordano la spiacevole scena del venerdì santo, quando quel José Silva, di nazionalità brasiliana, ha gettato giù dalle scale un uomo che aveva in precedenza invitato nella sua stanza. Si ricordano anche che il cittadino brasiliano gli aveva urlato in perfetto polacco: "Non avrai neanche un centesimo, idiota! Neanche un centesimo!", e ancora: "Mi stai minacciando? A me? Pensa a cosa hai da perdere tu!". È bastato solo fargli sciogliere la lingua. E poi mostrare una fotografia e chiedere se per una stranissima coincidenza quell'uomo misterioso in abiti civili non fosse lo stesso della foto nel suo bel *kontusz*. Per questo» continuò Zofia guardando Jednoróg dritto negli occhi «ha fatto irruzione con una tale furia nella casa chiusa della Smilzowa: sapeva che era la sua ultima possibilità, che Silberberg stava per andarsene e che tutte le sue speranze di recuperare il denaro sarebbero svanite. E per questo ha reagito in modo così *isterico* uccidendo Karolina: era la seconda volta che un vecchio socio rischiava di svelare l'intero segreto. Nell'Albergo della Rosa sono state dette in pubblico parole dalle quali lei poteva facilmente difendersi; Karolina aveva scoperto per caso molto di più, e dalle stesse vostre bocche. Per vostra informazione» continuò rivolgendosi a tutti, «il giudice Klossowitz ha già preso nota di queste testimonianze, ma purtroppo la fotografia non sarà consegnata al commissario come piacevole ricordo di una sera di maggio, perché è stata aggiunta al fascicolo.»

Jednoróg rimase senza parole, come del resto Swolkień e Korotkiewicz. Rajmund Klossowitz, invece, spostò lo sguardo da un volto all'altro, cercando di valutare l'impressione che aveva fatto su di loro l'ultima stoccata della Rombotyńska. Korotkiewicz, chiaramente irritato, si chinò su Swolkień e bisbigliarono per un attimo; dopodiché si alzò, fece un cenno di saluto e disse: «Cara signora, apprezziamo il suo contributo all'indagine, senza dubbio ha individuato diverse correlazioni interessanti che dovrebbero essere vagliate a fondo, e la polizia se ne occuperà senz'altro. Tuttavia non si può negare che... l'accusa che lei muove... da vari fatti non necessariamente collegati fra loro, è estremamente debole. È piuttosto un insieme di osservazioni, di indizi vaghi...»

«Eppure...» iniziò a protestare la Rombotyńska.

«*Conosciamo* il nostro lavoro» la interruppe lui con ferma determinazione. «Ognuno di noi ha alle spalle una serie di casi risolti e le assicuro che non si sono mai tratte conclusioni in modo così libero. Gli indizi, le argomentazioni, sì, certo, sono tutte cose fondamentali. Ma il tribunale deve basarsi su delle prove. E prove, almeno per il momento, non ne vediamo. Forse ulteriori indagini da parte delle autorità preposte riveleranno qualcosa di più. Ringraziamo quindi il giudice Klossowitz per aver convocato questa riunione, e lei per questa relazione indubbiamente interessante sotto diversi punti di vista. Arrivederci.»

Zofia Rombotyńska rimase in piedi senza saper bene cosa dire. Guardò Klossowitz che con un movimento appena percettibile delle palpebre le fece capire che era il momento di cedere, e con profonda tristezza disse soltanto: «Grazie per il tempo che mi avete dedicato. Spero che porterà i suoi frutti. Arrivederci».

E uscì. Prima nel corridoio, poi dal tribunale, infine su via Grodzka, in un freddo e cupo giorno di settembre. Tutt'intorno la città continuava la sua vita di sempre: i facchini trasportavano merci, le ambulanti mercanteggiavano e le carrozze proseguivano verso le loro destinazioni.

EPILOGO

La città era stata meravigliosamente preparata per l'arrivo dell'imperatore. Sui ponti erano appese ghirlande di lampade colorate, piccole lanterne, illuminazioni a gas e perfino elettriche. Erano state illuminate tutte le strade che costeggiavano i binari della ferrovia, e soprattutto il parco Planty su via Dietla, così che l'illustre visitatore, attraversando il viadotto a Grzegórzki e guardando in basso, potesse vedere il fiume di luci: una sorta di ricreazione, grazie al miracolo dell'elettrificazione, della Vistola che una volta scorreva lì e che si era finito di interrare poco prima della famosa visita di Sua Maestà imperiale più di quindici anni prima. Oggi Sua Altezza apostolica era in visita a Cracovia da solo. Se avesse voluto alzare lo sguardo, avrebbe visto la collina del Wawel illuminata, i tetti e le cupole delle chiese e, più lontana, la torre del municipio. Avrebbe visto una Cracovia che per diversi giorni si era addobbata con i massimi sforzi per mostrargli il suo lato migliore, anche se solo per pochi minuti. Francesco Giuseppe non vide, tuttavia, né l'illuminazione dei ponti, né le chiese, e nemmeno la folla di persone che si dirigeva verso i viadotti e le massicciate ferroviarie per scorgere, anche solo per un momento, il passaggio del treno con il monarca regnante. Sedeva curvo alla sua scrivania sulla quale era ammassata una pila di documenti che richiedevano la sua urgente attenzione: nomine di generali, ringraziamenti, resoconti amministrativi, ovvero tutto ciò che talvolta chiamava con impotenza «il vaso delle Danaidi». Chinato, terminò di scrivere una lettera alla sua cara amica Katharina Schratt: *L'accoglienza qui è particolarmente favolosa, cordiale e patriottica, le ovazioni non si placano, solo le consuete innumerevoli richieste in questo Paese, che mi vengono consegnate durante il passaggio…* Attraverso i finestrini oscurati entrò nella carrozza imperiale il pallido riflesso delle luci di un'altra città galiziana in cui doveva recarsi in visita, una delle infinite roccaforti di questo Paese pittoresco ma un po' selvaggio.

I più fortunati, come i coniugi Rombotyński, che avevano richiesto all'ufficio del magistrato un biglietto per la banchina, si radunarono intorno alla stazione. L'edificio, recentemente rialzato di mezzo piano e arricchito di decorazioni, aveva un aspetto tutto sommato dignitoso, ma era oscurato dall'arco di trionfo su via Lubicz, il cui centro a tre arcate raggiungeva il secondo piano dell'atrio della stazione. Sopra l'arco si trovava la corona dell'imperatore con le iniziali intrecciate FG e l'aquila bicipite asburgica, coronata dalla bandiera imperiale nera e gialla, dalla bandiera galiziana bianca e rossa e dalla bandiera di Cracovia bianca e blu, che sventolavano nella leggera brezza. Ignacy era pieno di ammirazione.

«Cielo terso e la bella Vistola azzurra, i colori della nostra città per secoli uniti a quelli della dinastia degli Asburgo! Una vista davvero edificante, non c'è che dire! Non credi, mia cara?»

«Ehm» si schiarì la voce Zofia. Si aggiustò il cappello nero ornato di rudbeckie gialle, scelto su strenua insistenza del marito che amava quella combinazione di colori, e si guardò intorno osservando tutto ciò che accadeva con un misto di indifferenza e irritazione.

«Guarda» le fece notare Rombotyński, «vedi che idea ingegnosa hanno avuto?»

L'arco che sovrastava la strada proprio di fronte al passaggio a livello si scoprì avere anche un altro compito, oltre a quello di celebrare la gloria della casa regnante; qualche tempo prima era stata smontata una piattaforma rotante per l'inversione delle locomotive a vapore, per abbassare la strada e costruire un sottopassaggio sotto i binari della ferrovia; i cumuli di terra e sabbia estratti durante i lavori preparatori erano stati nascosti da una recinzione eretta in fretta e furia, a sua volta nascosta da una colonna decorata con festoni verdi dell'arco di trionfo.

«Un incrocio a due piani» continuò, «pensa, un vero e proprio miracolo della tecnologia! A essere sincero mi sorprende, tuttavia, che sia stato commissionato a quello strambo di Talowski, ma be', i consiglieri sono famosi per le loro idee, ehm, non convenzionali. Speriamo solo che non decori il viadotto con ragni, scorpioni o altri artropodi...»

«Sporcizia e disordine coperti dalla bellezza delle ghirlande. Una maschera di illusioni posata su una brutta realtà. C'era da aspettarsela una cosa del genere» disse in tono secco la Rombotyńska.

«Ma, mia cara...» Ignacy la guardò con incredulità, ma proprio in quel momento il presidente della commissione dell'ordine pubblico, il dottor Weigel, ordinò agli ospiti riuniti di iniziare a sistemarsi: i generali della guarnigione di Cracovia, il principe vescovo con il clero, i rappresentanti dell'aristocrazia e della nobiltà in *kontusz* e quelli dei contadini con il tipico abito da festa, i deputati del Consiglio di Stato, i consiglieri comunali con il presidente e il vicepresidente, il rettore dell'università con una delegazione di professori (Rombotyński non era stato scelto per la delegazione, l'onore era andato a Kostanecki, cosa che Zofia, con sorpresa del marito, non aveva commentato con nessuna parola maliziosa), i funzionari di vari uffici, i presidi delle scuole. In altre parole, tutta la griglia di Cracovia del *Calendario di Czech* dell'anno 1896 iniziò a orbitare intorno alla banchina coperta di tappeti provando a occupare il posto assegnato fra tende damascate cremisi, palme e fiori in vaso e gli affaccendati membri della guardia civica d'onore, appuntati con coccarde bianche e blu, che cercavano di eseguire con zelo gli ordini di Weigel.

Nel gruppo dei notabili Zofia vide il conte Starzeński impegnato in una piacevole conversazione con il direttore della polizia Korotkiewicz.

«Oh sì, Starzeński» bisbigliò Ignacy notando in quale direzione stava guardando la moglie. «Chi si sarebbe mai aspettato che una piccola città avrebbe avuto un tale onore! Lo starosta di Podgórze, già.» Poi, vedendo che Zofia non reagiva, decise di dilettarla con un paragone divertente: «Qualche giorno fa leggevo su un giornale la descrizione di una cerimonia di apertura e devo dire che le circostanze di allora non erano meno sfarzose di quelle di oggi». Dopodiché si mise a ridere sperando di mettere di buon umore la moglie.

«Sì, è molto probabile» disse la Rombotyńska stringendo gli occhi per vedere meglio lo starosta.

«"Il Tempo" ha espresso un parere molto positivo. Il conte ha assicurato che il suo unico obiettivo sarà il bene della città e dei suoi abitanti...»

«Mi sono giunte voci che ha a cuore soprattutto il suo, di bene. Si dice che speculi sulle forniture di fieno per l'esercito. E che conceda prestiti a tassi da usuraio.»

«Sul serio, Zofia, non ci posso credere» disse il professore scuotendo la testa, «ma anche se fosse davvero così... cosa di cui, ripeto, dubito sinceramente... pensi che il governatorato gli affiderebbe un incarico di tale responsabilità? I funzionari pubblici nella nostra monarchia devono comunque essere persone con una reputazione irreprensibile.»

La Rombotyńska osservò il marito con uno sguardo pieno di compassione ma in fondo intriso di quella tenerezza che suscitava in lei la sua ingenuità di buon cuore. Tuttavia, non disse una parola.

«Scusatemi tanto...» All'improvviso davanti ai coniugi Rombotyński spuntò un magro spilungone rosso di capelli con una coccarda bianca e blu sul bavero.

«Il cadetto Erychleb, a quanto vedo» disse la moglie del professore che riconobbe subito il giovane. Le sopracciglia aggrottate del marito, invece, indicavano chiaramente che non sapeva chi fosse.

«Al vostro servizio» rispose l'agente di polizia con un colpo di tacchi.

«Ma certo!» esclamò Ignacy ricordandosi infine perché conosceva quell'uomo. «L'anno scorso, durante il caso della nostra povera Karolina! Che memoria che hai, Zofia! Prego, dica pure.»

Erychleb annuì con la testa, poi riprovò: «Chiedo scusa se mi permetto, ma...».

«Vedo che è stato trasferito alla guardia civile» continuò Ignacy. «Ma come è possibile, essendo lei un agente di polizia? Non è che» disse abbassando la voce «è qui *in incognito*, in quanto...» le ultime parole, addirittura, le sussurrò «*agente segreto*?»

«In realtà, signor professore» rispose confuso Erychleb, «mi è stato dato ordine di presentarmi volontario alla guardia civile, per ogni evenienza... per questioni di sicurezza, naturalmente. Mi ha assegnato questo incarico il compianto commissario Jednoróg che, come certamente saprà, era uno dei vicepresidenti del comitato dell'ordine pubblico...»

«Siamo tutti sconvolti dalla terribile tragedia che ha colpito il commissario» lo interruppe Rombotyński. «Chi si sarebbe mai aspettato che un poliziotto così esperto potesse morire pulendo la propria arma? Una morte così incredibile!»

«Ma infatti, chi se lo sarebbe aspettato?» disse la moglie a bassa voce.

«Avevamo un enorme debito di gratitudine nei confronti del defunto commissario, per aver risolto in modo eccellente il mistero della morte della nostra amata Karolina...» continuò Ignacy. «Ha catturato il criminale in un lampo, senza risparmiarsi sforzi... Vero, Zofia? Sì, sì, era un uomo eccezionale, dedito con tutto il cuore al suo servizio. Si può addirittura dire che abbia dato la vita per questo» annuì tristemente Rombotyński. «Un vero e proprio simbolo di ciò che rappresentano le nostre forze di polizia, anzi, direi di più, dei valori su cui si basa l'intero servizio nel nostro impero. Sei d'accordo con me, mia cara?» E anche questa domanda rimase senza risposta. «È una perdita irrimediabile per la nostra città... È un vero peccato che i funerali del commissario si siano svolti così all'improvviso, e non nel cimitero di Rakowice, che sarebbe stato il luogo più appropriato, ma nella città natale della moglie... Purtroppo non abbiamo potuto partecipare, come capirà, ma spero, anzi, ne sono certo, che la cerimonia di oggi, così eccellentemente preparata, possa essere l'eredità del commissario Jednoróg. E lascerà ai posteri un ricordo buono quanto quello del compianto commissario.»

«Certamente, professore, la ringrazio per le belle parole» disse Erychleb riuscendo finalmente a riprendere il discorso, «ma mi rivolgo a voi per una questione di ordine... Vorrei chiedere alla signora Rombotyńska se volesse, per cortesia, recarsi alla sezione femminile che» indicò con la mano «si trova, ecco, laggiù...»

«No, giovanotto» dichiarò in tono gelido la Rombotyńska, «non voglio. Intendo stare esattamente dove mi pare, e non essere trattata in modo diverso perché sono una donna.»

«Ma signora Rombotyńska...» Il giovane arrossì e fece un inchino. «Non oserei mai...»

«Zofia, ma il ragazzo non intendeva nulla di male...»

«È solo un suggerimento, mi scuso sinceramente se...»

In quel momento, però, un grido fragoroso – «Viva l'imperatore!» – proruppe dai polmoni di centinaia di persone radunate sulla banchina e di migliaia davanti alla stazione. Erychleb con vari inchini si ritirò defilandosi verso il posto a lui assegnato. Ignacy, come tutti gli uomini riuniti lì, si tolse il cilindro e si raddrizzò, teso come una corda.

Quando il treno arrivò al binario, l'orchestra dei veterani iniziò a suonare l'inno. Al finestrino della carrozza verde decorata con stemmi dorati comparve per grazia divina l'imperatore d'Austria, re apostolico d'Ungheria, re di Boemia, Dalmazia, Croazia, Slavonia, Galizia, Lodomiria e Illiria, re di Gerusalemme eccetera, eccetera, arciduca d'Austria, gran duca di Toscana e Cracovia, duca di Lorena, Salisburgo, Stiria, Carinzia, Carniola e Bucovina, gran principe di Transilvania, margravio di Moravia, duca d'Alta e Bassa Slesia, Modena, Parma, Piacenza, Guastalla, Oświęcim e Zator, Cieszyn, Friuli, Ragusa e Zara, conte principesco d'Asburgo e Tirolo, di Kyburg, Gorizia e Gradisca, principe di Trento e Bressanone, margravio di Alta e Bassa Lusazia e Istria, conte di Hohenems, Feldkirch, Bregenz, Sonnenberg, signore di Trieste, Cattaro e delle Marche Slovene, gran voivoda del voivodato di Serbia eccetera, eccetera. Indossava un'uniforme da generale. Il suo cranio era calvo come una collinetta del deserto e le sue basette bianche sembravano un paio di ali di neve. Ringraziò l'orchestra con un cenno del capo, poi scese i gradini rivestiti di velluto cremisi.

«Ah, che passo scattante e imperiale!» bisbigliò Ignacy.

«Sta tutto curvo» osservò sobriamente Zofia.

«Ma che dici!» sibilò Rombotyński. Le sue basette brizzolate, simbolo di profondo rispetto per Sua Maestà, tremarono di rabbia. Per la prima volta, dopo molto tempo, era veramente infastidito da sua moglie. Tanti sforzi per ottenere i biglietti, tanta fatica, tutto nella speranza di accontentarla con i posti direttamente sulla banchina, a due passi dall'amato monarca. Mentre le sue buone intenzioni avevano incontrato soltanto sgarbatezza e parole che potevano addirittura suonare come un'offesa a Sua Maestà.

«Sono felice di essere nel mio amato Regno di Galizia, dove tanti cuori benevoli battono per me» disse l'imperatore dopo aver ascoltato il discorso di benvenuto del sindaco della città, che gli aveva assicurato il profondo affetto e la profonda fedeltà degli abitanti di Cracovia. «In realtà» aggiunse, «volevo fermarmi qui almeno per un istante.»

Gli risposero con applausi.

Zofia Rombotyńska assisteva a tutto ciò con irritazione, che aveva ormai completamente sostituito la precedente indifferenza. L'imperatore – che, bisogna ammetterlo, mascherava bene la noia – chiese se la città stava crescendo, se si costruiva molto e così via, dopodiché iniziarono a presentargli tutta una serie di persone.

Ignacy seguiva la scena con il massimo trasporto, mentre lei si guardava intorno disgustata dall'alta società di Cracovia: qui l'usuraio Starzeński, là il meschino Puzyna, per poco non c'era fra loro anche il commissario Jednoróg con le sue rilucenti decorazioni.

Era contenta? Be', avrebbe preferito vedere Jednoróg davanti al giudice, degradato, umiliato pubblicamente, e infine dietro le sbarre della prigione, se non sul patibolo. Ma non la sorprese il fatto che la polizia e i giudici avessero preferito risolverla in modo da non gettare ombre sul sistema giudiziario imperiale e reale: a Jednoróg era stato dato un ultimatum. O la moglie e i figli avrebbero ricevuto un cospicuo sussidio dalle casse dello Stato in quanto vedova e orfani di un benemerito commissario, morto in uno sfortunato incidente, o lui sarebbe stato condannato dal giudice, e loro da un tribunale incomparabilmente più crudele, cioè l'alta società di Cracovia. Pochi avrebbero fatto una scelta diversa dalla sua.

Il giorno stesso della memorabile riunione, la polizia si era messa energicamente al lavoro.

Alla sera erano stati effettuati arresti da Sidoli, dove andavano in scena attrazioni provenienti direttamente da Parigi: le quattro famose sorelle Chiarini, le italiane che volavano sui trapezi e i mangiatori di fuoco americani, i fratelli Dantes. Vennero prelevati dal circo Anna Blum di Salonicco, l'agente di Ehrlich di Leopoli (che si diceva reclutasse ragazze per un complesso femminile ma esigeva che fossero belle e ben fatte; Solomon Ehrlich inviava loro un acconto per il viaggio e assicurava ai genitori *le cure più premurose*), nonché Szymon Lewicki *alias* Salomon Loewenstein accusato, come riportava la stampa del 15 settembre, *del reato di rapimento e omicidio di Karolina Szulcówna, una domestica. In precedenza si era identificato il colpevole in un manovale morto durante il tentativo di fuga dalla polizia che lo stava arrestando, evidentemente aveva altri crimini sulla coscienza. Soltanto le approfondite indagini della polizia hanno portato alla scoperta del vero colpevole.* A Ignacy, a quanto pare, sfuggì del tutto quella precisazione, e la Rombotyńska non aveva intenzione di fargliela notare. Il processo sarebbe iniziato da un momento all'altro e, sebbene sapesse che né Loewenstein né i suoi subalterni avevano ucciso Karolina, riteneva che il loro crimine non fosse inferiore all'omicidio e attendeva con soddisfazione le severe condanne, che era certa sarebbero state inflitte.

Guardava l'imperatore stringere la mano a Korotkiewicz e pensò che forse era un bene che fosse andata così. Il fatto di appartenere a un piccolo gruppo legato da un patto di discrezione, che si era riunito qualche giorno prima nel palazzo di giustizia, e di conoscere la vera fine fatta dal commissario Jednoróg, in futuro poteva aprirle molte porte.

Nel frattempo la visita di venti minuti di Sua Maestà stava giungendo al termine; Ignacy, con gli occhi velati di lacrime o per l'emozione o per aver sforzato la vista, fissava la calvizie del monarca mentre questi si dirigeva verso la sua carrozza e, tra le grida «Viva l'imperatore!», salutava i suoi sudditi. Il consigliere imperiale, il vicedirettore dei trasporti Zdenko Kuttig, l'ispettore dei trasporti, il consigliere imperiale Hubert Husnik, il controllore esperto dei trasporti Jan Swieczynowsky e il capostazione Jozafat Szczepański diedero tutti insieme il segnale di partenza del treno. Francesco Giuseppe, in piedi accanto al finestrino, ringraziò per l'accoglienza calorosa. Percorse con lo sguardo la banchina e a Zofia sembrò che per un attimo guardasse proprio lei, che avesse scelto lei tra la folla con il suo freddo sguardo blu porcellana che non diceva assolutamente nulla.

RINGRAZIAMENTI

L'autrice ringrazia Tomasz Fiałkowski e Konrad Myślik per le preziose osservazioni relative al contesto cracoviano, e le altre prime lettrici e i primi lettori che con i loro numerosi consigli hanno contribuito a evitare molti errori imbarazzanti.

Durante la stesura di *Come un fiore di papavero scuro* l'autrice ha attinto a numerosi studi e opere, in particolare al romanzo di Martin Pollack *L'imperatore d'America* (Keller, 2023) e a *Crimini dell'emigrazione in Galizia 1897-1918* di Grzegorz Maria Kowalski (Edizioni dell'Università Jagellonica, Cracovia 2003).

Alcune parti del testo sono citazioni implicite di opere di autori a cui spetta il giusto riconoscimento.

Nel 1888, Stanisław Szczepanowski pubblicò un'opera importante dal titolo *La miseria della Galizia in cifre e il programma per il vigoroso sviluppo dell'economia nazionale* che aprì gli occhi a molti lettori sui problemi della regione più povera d'Europa.

Tra il 1905 e il 1906 il dottor Stanisław Teofil Kurkiewicz pubblicò a Cracovia la sua opera in tre volumi *Indagini (studi) sulla vita sessuale*, e nel 1913 un'altra raccolta separata di termini particolari (definiti da Boy-Żeleński «kurkiewate»): *Dizionario sessuale: raccolta di espressioni sulle caratteristiche, i disturbi ecc. della sfera sessuale: da utilizzare durante il colloquio con un sessuologo.*

Nel libro di Augustyn Czarnowski *La vita sessuale e il suo significato dal punto di vista della salute e della morale. Secondo varie fonti raccolte e curate dal dottor Czarnowski. Seconda edizione completa, con numerose incisioni*, pubblicato dalla casa editrice Przewodnik Zdrowia (Berlino, senza data, probabilmente 1904), si può leggere dell'odore dei vestiti di una ragazza vergine e dell'attacco di cataplessia causato dall'odore maschile, così come delle differenze tra il fisico maschile e femminile e del fatto che l'educazione scolastica porta alla degenerazione ghiandolare e all'infertilità.

Sul fatto che le donne dovrebbero restare a casa invece di scrivere racconti ed essere medici da strapazzo si esprime con saccenza il dottor Antoni Gettlich nel suo articolo *L'istruzione superiore delle donne*, nel quale, sostenendo la civiltà cristiana, si batte per l'istituzione di una scuola femminile sul modello del liceo maschile. Gettlich (che si presentava anche come Getilich e Getlich) è stato per trent'anni preside della Scuola femminile di Santa Scolastica a Cracovia.

Ignacy Daszyński ha pubblicato i suoi *Diari* tra il 1925 e il 1926.

Leon Brand, il Giobbe dei protettori di Cracovia, non è un personaggio inventato, sebbene abbia presentato le sue istanze dieci anni più tardi. I fascicoli dei suoi casi, compresa la lettera delle prostitute, si possono consultare nell'Archivio nazionale di Cracovia.

Infine numerose citazioni – tra cui quelle dello *Strano caso del Dottor Jekyll e Mr Hyde* di Stevenson – provengono dalla stampa galiziana dell'epoca, soprattutto dal giornale preferito dei coniugi Rombotyński, ovvero «Il Tempo», ma anche dalla «Nuova Riforma», dal «Giornale di Leopoli», dal «Corriere di Leopoli», dal «Giornale Nazionale», dall'«Avanti» e dal «Giornale Operaio».

nero

Nella stessa collana

1. Enrico Pandiani, *Un giorno di festa*
2. Bruno Morchio, *Un piede in due scarpe*
3. Roberto Perrone, *L'estate degli inganni*
4. Corrado De Rosa, *L'uomo che dorme*
5. Maurizio de Giovanni, *Sara al tramonto*
6. Daniele Autieri, *Ama il nemico tuo*
7. Piergiorgio Pulixi, *Lo stupore della notte*
8. Carlotto – De Cataldo – de Giovanni, *Sbirre*
9. Luca Crovi, *L'ombra del campione*
10. Andrea Cotti, *Il cinese*
11. Olivier Norek, *Tra due mondi*
12. Piero Colaprico, *Il fantasma del ponte di ferro*
13. Gianni Mattencini, *L'onore e il silenzio*
14. Enrico Pandiani, *Ragione da vendere*
15. Cristina Rava, *Di punto in bianco*
16. Maurizio de Giovanni, *Le parole di Sara*
17. Gabriella Genisi, *Pizzica amara*
18. Roberto Perrone, *L'ultima volontà*
19. Giancarlo De Cataldo, *Alba nera*
20. Piera Carlomagno, *Una favolosa estate di morte*
21. Frédéric Dard, *Il montacarichi*
22. Piergiorgio Pulixi, *L'isola delle anime*
23. Thomas Mullen, *La città è dei bianchi*
24. Enrico Franceschini, *Bassa marea*
25. Gianni Zanolin, *Il senso del limite*
26. Marco Felder, *Tutta quella brava gente*
27. Girolamo De Michele, *Le cose innominabili*

28. Arturo Pérez-Reverte, *I cani di strada non ballano*
29. Sandrone Dazieri, *La danza del Gorilla*
30. Agustín Martínez, *Monteperdido*
31. Giuseppe Fabro, *Il sangue dei padri*
32. Luca Crovi, *L'ultima canzone del Naviglio*
33. Cristina Rava, *I segreti del professore*
34. Bruno Morchio, *Dove crollano i sogni*
35. Sandrine Destombes, *Nel monastero di Crest*
36. Maurizio de Giovanni, *Una lettera per Sara*
37. Giampaolo Simi, Piera Degli Esposti, *L'estate di Piera*
38. Luigi Bernardi, *Atlante freddo*
39. Piergiorgio Pulixi, *Un colpo al cuore*
40. Anthony Horowitz, *I delitti della gazza ladra*
41. Gabriella Genisi, *La Regola di Santa Croce*
42. Maurizio de Giovanni, *Gli occhi di Sara*
43. Massimo Carlotto, *E verrà un altro inverno*
44. Lorenzo Scano, *Via libera*
45. Frédéric Dard, *I bastardi vanno all'inferno*
46. Cristina Rava, *Il pozzo della discordia*
47. Valeria Corciolani, *Con l'arte e con l'inganno*
48. Enrico Franceschini, *Ferragosto*
49. Andrea Cotti, *L'Impero di Mezzo*
50. Frédéric Dard, *Gli scellerati*
51. Anthony Horowitz, *I delitti della bella di notte*
52. Enrico Pandiani, *Fuoco*
53. Jadel Andreetto e Guglielmo Pispisa, *La parola amore uccide*
54. Luca Crovi, *Il Gigante e la Madonnina*
55. Cristina Rava, *Il Tessitore*
56. Frédéric Dard, *Prato all'inglese*
57. Maurizio de Giovanni, *Un volo per Sara*
58. Piergiorgio Pulixi, *La settima luna*
59. Antonio Fusco, *Io sono l'Indiano*
60. Gabriella Genisi, Marilù Oliva, Mariolina Venezia, Grazia Verasani, *Le invisibili*

61. Enrico Franceschini, *Un'estate a Borgomarina*
62. Valeria Corciolani, *Di rosso e di luce*
63. Olivier Norek, *Superficie*
64. Riccardo Gazzaniga, *In forma di essere umano*
65. Nicholas Hogg, *Tokyo*
66. Bruno Morchio, *La fine è ignota*
67. Patrizia Rinaldi, *Guaio di notte*
68. Olivier Norek, *Il pesatore di anime*
69. Horacio Castellanos Moya, *Moronga*
70. Cristina Rava, *Il sale sulla ferita*
71. Massimo Felisatti e Fabio Pittorru, *Una famiglia perbene*
72. Frédéric Dard, *Negli occhi di Marianne*
73. Maurizio de Giovanni, *Sorelle – Una storia di Sara*
74. Enrico Pandiani, *Ombra*
75. Gabriella Genisi, *L'angelo di Castelforte*
76. Anthony Horowitz, *Detective in cerca d'autore*
77. Piergiorgio Pulixi, *Stella di mare*
78. Alessandro Berselli, *Gli eversivi*
79. Orso Tosco, *L'ultimo Pinguino delle Langhe*
80. Olivier Norek, *Codice 93*
81. Cristina Rava, *Dalla parte del ragno*
82. Lorenzo Scano, *Una mattina come questa*
83. Piergiorgio Pulixi, *Per un'ora d'amore*
84. Antonio Fusco, *La scomparsa di Elisa Ohlsen*
85. Enrico Pandiani, *Naufragio*
86. Patrizia Rinaldi, *Mare di pietra*
87. Anthony Horowitz, *La sentenza è morte*
88. Maryla Szymiczkowa, *La signora Mohr scompare*
89. Ian Rankin, *Città di lacrime*
90. Frédéric Dard, *La moglie del becchino*
91. Luca Crovi, *La velocità della tartaruga*
92. Orso Tosco, *La controra del Barolo*
93. Olivier Norek, *Territori*
94. Cristina Rava, *Degna sepoltura*

95. C.L. Miller, *Guida al delitto per mercanti d'arte*
96. Enrico Pandiani, *Rimorsi*
97. Maurizio de Giovanni, *Il pappagallo muto*
98. Valeria Corciolani, *Delitto in bianco*
99. Bruno Morchio, *La morte non paga doppio*

Finito di stampare nel mese di giugno 2025
su carta HOLMEN con fibra vergine proveniente da foreste sostenibili
holmen.com/paper
presso Elcograf S.p.A. – stabilimento di Cles (TN)
Printed in Italy